大宋籍田歌

张生全 著

四川文艺出版社

图书在版编目（CIP）数据

大宋籍田歌 / 张生全著. — 成都：四川文艺出版社, 2024. 10. — ISBN 978-7-5411-7071-3

Ⅰ.I247.5

中国国家版本馆CIP数据核字第2024XL9869号

DASONG JI TIAN GE

大宋籍田歌

张生全 著

出 品 人	冯　静
责任编辑	谢雨环　范菱薇
封面设计	叶　茂
封面插画	邓　枫
内文设计	史小燕
责任校对	文　雯
责任印制	崔　娜

出版发行	四川文艺出版社（成都市锦江区三色路238号）
网　　址	www.scwys.com
电　　话	028-86361802（发行部）　028-86361781（编辑部）
排　　版	四川胜翔数码印务设计有限公司
印　　刷	四川五洲彩印有限责任公司
成品尺寸	168mm×238mm　　开　本　16开
印　　张	21　　字　数　360千
版　　次	2024年10月第一版　　印　次　2024年10月第一次印刷
书　　号	ISBN 978-7-5411-7071-3
定　　价	65.00元

版权所有·侵权必究。如有质量问题，请与出版社联系更换。028-86361796

目录

第一章 徵部 事：纵火何人 001

第二章 羽部 物：春雪何罪 075

第三章 角部 民：蜀安何时 129

第四章 宫部 君：伟业何在 221

第五章 商部 臣：谏官何处 259

后记 327

第一章 徽部

事：纵火何人

1

汴河两岸，白汽浮荡。

一袭红袍的田锡，如一支火炬，在白汽中跳了跳，灼灼地抢了出来。他甩着两只长袖，乌纱上的帽翅扁担一样颤悠着。

田锡脸色潮红，胡子上挂着汗珠。他腰身如一张弓，脑袋冲在前面，脚步落在后面。不过他的目光一直亮灼灼的，就仿佛那是火炬的焰头，迸发着永不熄灭的光。

人渐渐多了起来，骑驴的、坐轿的、撑筏的、摇船的，小路汇成大路，小溪聚为大河。大路与大河像两条巨龙，往东京城奔腾而去，仿佛天下运脉、钱谷与人才，都呼啦啦拥入了东京城一般。

此情此景，田锡看得心潮起伏。大宋开国也就二三十年，却已如池中新荷，虽然还只是这里冒个泡那里撑个圆，远远没到满池堆绿叠翠的繁茂，但那千般争发万头攒动，却已迸发出让人心荡神驰的勃勃生机。

路旁的垂柳，泛着一抹淡淡的青色。数间房屋，被青色擦洗着，擦出清晰的铁黑。平畴沃野往远处延伸，三三两两的农人，如几笔水墨剪影。大宋的春天是一幅青绿山水，让人充满期待。但此刻这青绿山水还沉睡在昏黄厚实的底版里，需要有人把它唤醒。

谁是唤醒青绿山水的那个人？

昨日朝会，作为籍田令的田锡，向太宗皇帝奏报了籍田礼的准备情况：太史已选定了吉日，工部已筑好了先农坛，司农寺已备全青箱、耒耜、九谷等一应用具。总之万事俱备，静待大戏登场。

太宗很高兴，满面笑容说道："诸位爱卿，从明日起，朕便将和皇室贵戚及文武大臣们斋戒三日,然后举行盛大仪式,祭拜上苍,告慰先祖,执'三推三反',领天下百姓悉心稼穑,迎盛世太平。"

太宗说这话时,一幅卷轴在田锡面前徐徐展开。这卷轴是一册连环画卷,整个籍田仪式的过程,如同卷轴上的一帧帧画页。那画页虽是静止的,但随着帧页翻动,画页都跟着动了起来,还上了色,返了青,着了彩,青绿山水由此荡漾开了。

谁是这幅青绿山水的画师?当然是太宗皇帝。

谁把画笔饱蘸了浓墨递到太宗手里?自然是田锡。

太平兴国二年(977),田锡还是一个寓居东京寒陋客栈里的白衣学子,但他就蘸过一次"浓墨",递过一次画笔。这"浓墨"就是他写的《请修籍田书》。当时太宗接了那笔,但并没有在画卷上落墨。不过,太宗记住了田锡这个名字。太平兴国三年(978)九月,太宗亲自主持殿试,取胡旦以下进士七十四人,胡旦是状元,田锡是第二名榜眼,赵昌言是第三名探花。

从那天开始,田锡便不断上奏进谏,不断把画笔往太宗手里递。

但是,太宗真正准备接过笔,把墨落在纸上,画这幅青绿山水的时候,已经是十多年过去了。

十多年的时间里,太宗一直很忙。

大宋虽然已经传到了第二代皇帝,但远远没有太平。北汉未收复,契丹窥金瓯,西北闹分裂,蜀地民乱汹,大臣分派系,皇室暗潮涌……在这十多年时间里,太宗灭北汉,攻契丹,平民乱,定秦王,他的战刀一直在挥舞,他的马蹄始终在奔腾。

四十年前,后周皇帝柴荣登基时曾说,如果上天给他三十年光阴,他将以十年复天下,十年养百姓,十年致太平。可惜柴荣在位六年就驾崩了,壮志未酬。

太宗上台时,并未说过这样的话。但柴荣是太宗最崇拜的皇帝之一,他暗暗把柴荣当作人生榜样。在他登基的第一个十年里,尽管灭了北汉,实现了小统一,但是要实现大统一,得把"儿皇帝"石敬瑭割给契丹的幽云十六州收回来。若是能收回,则他的功绩不但超过太祖,也超过柴荣,国内的许多问题都能迎刃而解。

但是,太宗连续两次北伐,都以失败告终。失败的结果是,大统一的目标未能实现，小统一也眼看着又要崩析。

田锡一生饱读诗书，他知道，一个繁盛辉煌的王朝，第二代皇帝是至关重要的。第二代皇帝如果策略不当，像秦二世、隋炀帝那样，王朝很可能迅速倾覆。

第二代皇帝正确的做法是什么？汉朝的文景做出了很好的榜样，就是休养生息。青壮年不是去打仗，而是待在家里生孩子种庄稼，人口多了，粮食多了，国才能富，民才能强。

田锡一直试图把这个道理告诉太宗，所以他才会持续不断地向太宗"递笔"，哪怕得罪了宰相卢多逊后，被撵出朝，外任七八年，他都没有放弃"递笔"。他一直希望太宗能接过笔，认真"作画"。在田锡看来，一个画家作画，首先得焚香磨墨；太宗画大宋这幅"青绿山水"，首先要做的，则是举行籍田礼。

功夫不负有心人，经过十多年坚持不懈的努力，太宗终于答应举行籍田礼了。同时，太宗还把田锡任命为籍田令。

籍田令只是一个九品小官，也是一个临时职务，但在整个籍田仪式中，权力却是非常大的，可以协调六部九寺五监，成为"一时之相"。很明显，这是太宗给田锡压的重担，也是给予他的极高荣誉。

那天朝会结束后，田锡的心情还久久不能平静。尽管籍田的各项议程都已准备妥当，但他每天还会赶到东京城东郊巡查一下，看看还有没有什么纰漏。田锡的家在东京城西郊，从西郊到东郊，路途遥远。每天回家，常常已是半夜时分，但田锡绝不懈怠。

田锡青少年时期，长期在外求学，曾在长安及渭北求学数年，妻子杨氏和两个儿子田庆远、田庆余一直待在蜀地洪雅老家。现在妻子已经去世，两个儿子也不在他身边，去了京兆读书谋生。田锡在京城的家，除了一个老仆，也就是他一人。田锡为官清廉，经济拮据，买不起东京城里好地段的房子，便只能在西郊购一小院，聊作安身之处。

不过田锡并不以为苦。他每天要么骑驴，要么甩着长袖疾行。尽管已经年过半百，但他精力充沛，走路带风，像个小年轻。

这天晚上，田锡回到小院，虽已近子时，但他上床后，依然兴奋得没有睡意。于是他披衣下床，磨墨展纸，挥笔写下《籍田颂》——

圣主文明，时方太平。四鄙无事，万邦咸宁。贯索星稀，所以措刑。泰阶文符，可以偃兵。物俗丕变，礼让兴行。条风块雨，年惟顺成。屋粟里布，岁有常征。济济之众，蚩蚩之氓。若登华胥，若造大庭。籍田之礼，历代久废。乃下御札，宣示中外。乃命有司，询谋经制。祖述三皇，宪章五帝。蠲洁之享，割牲莫币。清明之诚，三酒五齐。后稷豆笾，先农坛陛。钟磬罗列，冠剑繁会。千官侍耕，诸侯助祭。居靡都鄙，人无华裔。叠迹驾肩，掎裳连袂。观我耕籍，劝民树艺。布德覃恩，行庆施惠。惠泽雰流，天光下济。礼仪彬彬，文物皆新。圣德动天，至诚感神。嘉雪应候，和气先春。梅飘洒道，絮落清尘。驰道若砥，列帷如鳞。卤簿云罗，车斾星陈。辉辉煌煌，阗阗辚辚。三推礼毕，五路回轮。普天之下，率土之滨。知我劝农，悦我为民。雕几返朴，风化还淳。庙祧之享，烝禴之辰。萧茅鬯酒，籍田而有。黍稷粢盛，籍田而取。洁其簠簋，丰其俎豆。致享艺祖，展礼先后。祝史正辞，神降之祐。繁祉来宜，嘉谷允受。时岁丰穰，生物畅茂。帝王之孝，永言在兹。黎元之本，莫重于斯。惟仓惟箱，如京如坻。有醴有酪，为盛为粢。神既歆之，民实赖之。臣参词臣，官为右史。因献斯颂，得以言事。乡饮之礼，行之甚易。庠序之学，复之可以。古典郁堙，由人振起。千载一时，允谓昌期。时不再来，臣实惜之。登封降禅，愿陛下行之。

田锡写完，又念了一遍，一时间竟是满眼泪水。只有他明白，这篇颂文绝不是恭维话，而是他美好的愿望。大宋还远远没到"四鄙无事，万邦咸宁"的时候。但是，如果能让大宋喘一口气，安安静静休养几年，"雕几返朴，风化还淳""时岁丰穰，生物畅茂"的盛世美景必将到来。大宋这幅青绿山水，必将在历史画卷上，留下浓墨重彩的一笔。

2

田锡一边走，一边心情激荡地回忆着昨晚写的颂文。籍田礼结束后，皇帝一定会摆一场庆功宴。庆功宴上，田锡会把这篇颂文呈上，并且还会用他特有的洪雅方言,声情并茂地朗诵给大家听。田锡一想到将要到来的那个场景,他的心中再一次风起云涌。

却在这时,身旁忽然传来一阵叫好声,仿佛大水撞在礁石上,卷起一片雪白的浪花。田锡转头一看,原来路边有块空地,一道篱笆把空地围了起来。路人靠在篱笆外,挤挤挨挨,又围成一道人墙篱笆。

透过人缝,只见空地上一位青年,正张弓射箭。他手里攥着满把的箭,往弓上一搭。弓是一张硬弓,有大半人高。那青年扎好步,双手把弓,但见那硬弓一点一点张成满月,仿佛月亮从半月到满月的漫长过程。就在众人屏息凝神的瞬间,一支箭已经笔直地飞了出去。众人还没回过神来,一阵"嘭嘭嘭"的声音便密集响起,就像一串鞭炮炸裂。在脆响声中,箭矢从青年的弓上一支支疾飞而出,首尾相连,在空中拉成一条长长的线,就仿佛这青年射的不是箭,而是把一支带绳的飞镖扔出,镖头往前,直往靶子冲去,后面的绳子则被绷得笔直。

如此功夫,田锡也忍不住大声叫好。

青年似乎察觉到了什么,转过身,透过人缝看见了田锡。他的目光瞬间被点燃。但见他把弓往身上一挎,一个起落,就从空地上腾飞而出,稳稳落在田锡面前,躬身抱拳施礼道:"小人康继英拜见田先生!"

田锡诧异道:"壮士认得我?"

"先生天下正人,名满朝野,何人不识!"

在交谈中,田锡得知,康继英原来是康保裔的儿子。康家是名将世家。康继英的曾祖康志忠是后唐名将;祖父康再遇任龙捷指挥使,跟随太祖征伐叛乱的李筠,战死沙场;父亲康保裔在君子馆之战中,陷入辽军重重包围之中,力战而死。尽管康保裔战死,可他不但没有获得嘉奖,反而被追夺爵位。康继英从少年起,便已多次随父亲征战。君子馆之战他也参加了,好在最终从死人堆里逃了出来。父亲康保裔被追夺爵位后,康继英也只能流落东京街头,靠表演射箭,卖艺为生。

关于康保裔在君子馆之战中的事迹,田锡是知道的。当时他在睦州任知州。君子馆一战,宋军数万人全军覆灭。朝廷得出的结论是有将领带头临阵脱逃,形成头羊效应,造成宋军全线溃退。这个带头的将领,就是康保裔。所以康保裔虽然死在战场上,但是不仅没有功绩,反而被夺爵。

不过，田锡当时也听到一些议论，说康保裔之所以战死，是因为另一位名将李继隆见死不救。李继隆当时手中有一万人马，如果他领兵救援，康保裔是可以从辽军的重围中杀出来的。李继隆不但不救，反而退保乐寿，才使得康保裔战死沙场。

见死不救，本来李继隆要受到处罚，但有人帮李继隆洗脱，说是因为康保裔临阵脱逃，涣散了军心，才造成宋军惨败。因此应该处罚的人不是李继隆，而是康保裔。最终太宗采信了这种说法，处罚了已战死的康保裔和他的家人，而让李继隆继续留在队伍里。

当时田锡听到这样的议论后，觉得事有蹊跷，曾给太宗上奏，请太宗详查。如果康保裔确实是"力战而死"而非"临阵脱逃"，不但不该夺爵，反而应该把他树为英雄榜样，否则很容易寒了将士们的心。田锡在奏章中并没有提李继隆"见死不救"的事情，毕竟他也没有证据，不能乱说。

田锡的奏章送上来后，太宗并未启动调查。不过，他却在这时把田锡从睦州调了回来，先让田锡去了史馆，后又去了舍人院，改任知制诰。

太宗不理会此事，但田锡并没有因此作罢。他暗中调查了一阵子，只是没理出个头绪，再加上公务忙碌，他渐渐地就把这件事丢在了一边。今天看到流落街头的康继英，田锡心中一阵愧疚，一把抓住康继英的手道："继英，那时候你在战场上，你告诉老夫，究竟是怎么回事，你父亲真的临阵脱逃吗？"

"不是！绝不是！小人父亲是死在冲锋的战场上，他是英雄，他绝没有临阵脱逃！"

"好好好，老夫相信你！你现在就和老夫一起去面见官家，把你看到的一切，向皇帝如实说明，绝不能让你父亲蒙冤！"

然而，康继英却摇了摇头。

田锡急了："你害怕有人从中作梗？你放心，官家赏罚分明，英明神武，绝不会因为亲疏好恶就冤枉一个英雄的！"

康继英叹口气道："先生，小人相信官家至公至正，但是那些坏人抓到一个把柄，却让小人百口莫辩啊……"

"什么把柄？"

"战死的将士们都是身前受箭，但是小人父亲是后背受箭，因此那些坏人们说他临阵脱逃……"

田锡疑惑道："你父亲为何后背受箭？"

康继英道："先生，如果小人不是在战场上，也怀疑父亲是临阵脱逃。但当时小人亲眼看见，父亲指挥将士们向前冲锋的时候，有奸细从后面向他放冷箭，从背后射死了他。"

"奸细？抓到了吗？"

"没有，奸细射死小人父亲后，转身就逃跑了。这个奸细不但箭术一流，而且轻功奇高，几个纵闪就逃掉了。不瞒先生说，小人从小习武，天下武林高手中，武功能胜过小人的并不多。没想到小人竟然没能追上他，让他逃脱了……"

康继英说，等到他回来的时候，他父亲手下三千人的部队，几乎全部战死。他父亲指挥的这支部队人数虽不多，却是整支宋军的箭头。由于箭头没了，其他宋军就慌了，开始大溃逃，所以最后才造成宋军惨败。康继英说，他还是在死人堆里扒了很久，才把父亲的遗体扒出来背了回来。但是没想到，那些坏人却从他父亲受箭的情况，得出所谓的结论，说他父亲是"临阵脱逃"。康继英说，他争执了很久，但是没人相信他，那些坏人还反问他说："既然你父亲是被奸细暗杀的，请问奸细在哪里？你要是把奸细找出来，我们就相信你！"

"你没有告诉他们奸细逃掉了吗？"

"讲了呀，但是他们说，你不是武功天下第一吗？奸细怎么可能从你手上逃掉？"康继英一拳砸在树上，"先生啊，实在是小人无能，没有抓到奸细，因此给了那些坏人口实。小人也是百口莫辩，只能看着父亲承受屈辱……"

田锡愤慨地说道："那些朝堂上的官老爷们，根本不知战场的残酷，只会想当然地分析推演。还为了一己私利，罔顾事实真相，真是可恨！"

"先生说得对啊，但有什么办法呢？"康继英叹息道，"小人现在能想到的办法，就是无论如何要找到那个奸细。只要抓住他，让他承认杀死我父亲，就能洗刷我父亲的冤情！只是可惜，小人虽然寻了几年，几乎寻遍了大半个大宋，都没有这奸细的踪迹……"

"你知道奸细长什么样子吗？"

"不知道。不过他的背影非常独特，小人只要看一眼就能认出来。但是小人此后就再也没有见过那样的背影了……"

3

康继英仰慕田锡已久,这次见面后,他便不再去街头卖艺,而是拜田锡为师,追随在田锡身边。尽管康继英没了父亲,但是田锡却给了他父亲般的感觉,让他快乐不已。

回到那天的场景。当时两人边走边聊,不知不觉就走进城里。

城中气象果然不一样。很快,两人就淹没在一片嘈杂的喧闹声中——车辘辘吱嘎声、马嘶驴叫声、车夫吆喝声、商贩叫卖声……各种各样的声音碰撞着,擦挂着,碾压着,在窄窄的街道上挤来挤去,挤出满地碎屑,挤得尘土飞扬。

其实东京城的街道不算太窄,后周显德三年(956)才扩建过一次,但由于街两旁的店铺太过繁密,生意太过火爆,因此商家都偷偷往街中间拓展。尽管街道司衙役会来管,但往往衙役一走,店铺又往街上蔓延开了。就仿佛街道司是扫帚,把水渍往两边扫,但刚把扫帚提起来,水又往中间漫一样。

田锡每每走过街道,心情总有些矛盾。一方面他对这种嘈杂和拥挤很担忧,另一方面他又对东京城的繁华感到兴奋。这样的繁华,可是大宋建国以后才有的啊!没有大宋建国后的安定和开放,这样的繁华怎么可能想象呢?

和街道中间的嘈杂拥挤一样,街两旁也被各种声响挤得水泄不通。吆喝叫卖声、追逐嬉闹声、猜拳行令声、歌吹弦响声,仿佛池中潮水,一波未平,一波又起。又仿佛两边篱笆墙上的春花,绽苞的,怒放的,残败的,零落的,一排排绕过去,又一排排绕过来。

声音从墙根升到楼上,便又如花枝从篱笆攀到树上。那欢声笑语被热腾腾的酒气浸了香,被彩绸灯笼染了色,就成了绮丽的云霞,笼盖在东京城的天空。而从雕栏花窗里飞出的红曲白嗓,则又给云霞镶嵌了一圈亮丽的金边。

此时还是清晨,却已有了中午的热闹。或是昨晚的欢宴尚未结束,余音仍在绕梁。前后两天的欢悦接续在一起,堆叠在一起,如同那大格蒸着的馒头,蒸汽从未消散。

康继英愤愤地说道:"契丹在北边虎视眈眈,党项在西北诡诈奸变,可是京城人仿佛不知道一样,整日里醉生梦死,实在可恨!"

田锡笑道："继英啊，老夫倒是觉得，咱们该为京城的繁华高兴才是。唐末以来，东京一直是一派肃杀之气。一到晚上，户户闭门，家家熄灯，害怕盗贼兵匪，更害怕火情灾变。可现在的东京城，生意兴隆，百姓乐业，一派祥和景象，这难道不是咱们读书人一生追求的目标吗？"

康继英道："先生说得是，但是学生总觉得咱们东京城过于繁华，像早熟的花朵，虽然开得鲜艳，但若是节令不对，可能开的就只是一些'谎花'，很可能不会有好结果啊……"

田锡点点头："继英啊，你能有这样清醒的认识，相当难得！不错，咱们一边呼唤太平盛世的到来，一边确实需要在心中保持足够的忧患和警醒！"

田锡随即又指着旁边高塔上的望火楼说："什么是读书人？读书人就应该是这东京城里的望火楼，它虽然显得孤独，不合群，终年被寒风吹彻，被烈日暴晒，但因为站得高，因此能够俯视整座城市。哪里有火情，它都能看得清清楚楚，并及时发出警告的声音……"

两人正议论着，忽然一阵急促的马蹄声从身后传来。伴随马蹄声的，是路人一排排地往两边翻侧滚逃的惊叫。

田锡来不及让步，马蹄声便要砸在他身上了。好在康继英身手敏捷，一个腾跳，已飞身抓住马嚼子，往下一按，便把马头按在地上。马是一匹惊马，性烈如火，康继英压住马头，马的屁股却撅得老高，后蹄腾空乱踢，一下就把马背上的人颠了下来。康继英一个箭步蹿出，一手一腿轻轻托住那人。那人虽从马背上摔落下来，却似掉落草堆里一样，竟是毫发无损。

那人惊魂未定，连晃了好几下，才站直身子。站直后，第一个动作，就是整理头上乌纱，连转了几个圈，才让帽翅分落两旁，各就各位。直到这时，田锡才认出，此人原来是开封府推官胡旦。

田锡忍不住笑道："周父，驾驭烈马需要高超骑术，看来周父的骑术没有笔头强健啊……"

康继英不认识胡旦，生气地责备道："这位官人，身为朝廷命官，却纵马在大街上狂奔，惊扰百姓，是何道理？"

胡旦侧头斜瞅康继英："这位小哥是哪路神仙，敢说此大话，管本官的闲事！"

康继英正色道："我康继英布衣一个，更不是什么神仙。但天子脚下，朗朗乾坤，官人却纵马扰民。难道官人就不怕天子知道后，摘了你的乌纱？"

田锡也严肃地说道："周父，这还真是你的不对！你是开封府推官，街上纵马踩踏行人、损坏别人财物这样的事，可是你在管。若是你也这么做，遇到这样的案子时，你该如何判？"

胡旦和田锡都是太平兴国三年进士，胡旦是状元，田锡是榜眼。虽说是同一榜，但胡旦足足比田锡小了十五岁。两人在中榜之前就是好朋友，还曾一同求学宦游。不过入仕十多年来，尽管两人多次同朝为官，但田锡觉得两人渐行渐远。不仅仅是年龄相差十五岁，两人的政治分歧也越来越大，大得就像隔着一条汴河，里面浊浪滚滚，似乎还找不到连通的虹桥。

有田锡在，胡旦也不敢发火。他嘿嘿一笑，攀住田锡肩头道："表圣啊，益王殿下的'英雄宴'记得参加哦！太平兴国三年进士众多，能获益王殿下宴请的不过七八人，包括你、我、董俨等人，还有李昌龄、赵昌言两位宰辅，王继恩王都知也会列席此盛宴呢……"

田锡闻到一股浓浓的酒味，知道胡旦喝了不少。只不知是昨晚的宿醉，还是今晨的补酒。这时，胡旦的马夫终于惊慌失措撵了上来。胡旦一鞭子向马夫抽去，马夫不敢多说，趴在地上，等胡旦踩着他的背爬上马背。马虽是一匹惊马，但经过康继英驯服后，已经温顺多了。胡旦重新骑上，虽还有些摇摇晃晃，但好歹走正步了。

田锡皱眉呆立原地，他的脑海里还在回响着胡旦刚才说的话。益王是太宗皇帝的第五子赵元杰，十六岁的少年郎，为人极为豪爽，平日里仗义疏财，结交了不少俊杰之士，有"小孟尝"之称。

田锡对这位皇子虽然没有恶感，但隐隐有些担忧，毕竟"皇子交通大臣"，不是一件好事。所以前些时，田锡曾给太宗上过一道密疏，提醒太宗重视"皇子交通大臣"的问题，最好订立一条规矩，杜绝此类现象，这也是保护皇子的做法。

说起来，太宗时期设立的这种密疏制度，还与田锡有关。卢多逊当宰相的时候，凡是对自己不利的言论，他都扣押下来，不上达天听。为此，田锡参了卢多逊一本，卢多逊很不高兴，把田锡撵出朝。当时太宗同意卢多逊的建议，放田锡外任。不过，为了表扬田锡敢提意见，同时又奖励田锡五十万钱，此事在当时引起不小轰动。

后来，卢多逊参与秦王赵廷美叛乱，太宗把卢多逊流放崖州的同时，也逐渐认识到卢多逊专权之恶，因此设立密疏制度。言官有奏，可以直接交给皇帝，不再通过宰相。

不过，田锡给太宗呈递"皇子不得交通大臣"的密疏，太宗却立刻把赵元杰叫来，把密疏交给他看。

按常理，赵元杰应该吓出一身冷汗才对。但实际上，赵元杰不但没有害怕，反而一副天真烂漫的样子："父皇，田掌诰提醒得很对。但是，儿臣可不是'交通大臣'，儿臣是给那些大臣们化解矛盾，避免他们党争呢。如果朝臣们能精诚团结，和睦相处，共襄盛世，那将是咱们大宋之福，也是天下百姓之福。父皇若是不信儿臣之话，可以派人查验啊！"

太宗果然派人查验。

查验官员回话说，益王的话句句属实。他确实经常在丰乐楼宴请朝中大臣们，所宴请之人，确实是在朝中曾发生过矛盾的。而且在宴席上，益王也只是劝和促谈。宴后，大臣们的关系果然好了不少。

太宗听后，异常高兴。他依然坚持"皇子不能交通大臣"，但是对天真烂漫的赵元杰，他却意外地开了绿灯。

太宗再一次赞扬田锡"知无不言，言无不尽"的奏事风格，并且还夸他是"天下正人"！太宗甚至得意地对大臣们说道："你们知道朕为何钦点田锡为榜眼吗？不只是因为他文才好，还因为他是洪雅人。洪者，大也；雅者，正也。朕当时就希望田锡能成为'大正'之人。今日看来，朕的眼光还是相当准的……"

经过太宗这一番夸奖，田锡"天下正人"的雅号，由此在朝野上下四处传开了。

田锡虽然被太宗夸赞，但他并不高兴，反而隐隐有些担忧。田锡推测，太宗之所以对益王所做之事并不在意，多半是因为益王年纪小，又排行第五，所以他的行为对储位不构成冲击和威胁，交不交通大臣，似乎都无所谓。而田锡担心的，恰好就在这点——或许，所有的危险，都蕴藏在看似不可能之中。

得知赵元杰要宴请太平兴国三年的同年，田锡的担忧又多了一层。从表面上看，赵元杰的宴请，依然在劝和促谈，但其实拉帮结派的味道非常浓。这场宴请，还有个明显的目的，就是希望田锡能够闭嘴。吃了这顿饭后，再也不能在官家面前提他的意见。再提意见，那就是闹不团结。别看赵元杰年少，他的算盘打得够精的……

4

其实，在胡旦说这话之前，王继恩早就把这个消息告诉田锡了，而且田锡当场就拒绝了。

田锡还记得王继恩主动到舍人院找他的情形。那天，王继恩一来，就意味深长说道："田掌诰，官家最近挺关注你啊。官家多次问过咱家，田掌诰怎样？咱家可是一直在官家面前说田掌诰的好话，所以官家才对田掌诰又是封赏又是赞扬啊！"

田锡听出来了，王继恩是在向他示好。

王继恩可是太宗跟前的大红人。当年太祖意外驾崩的时候，王继恩还只是个小宦官。伤心欲绝的宋皇后派王继恩去把太祖的四皇子赵德芳叫到灵前来继位。但是王继恩出去后，却叫来了晋王赵光义。晋王继位成为太宗后，对王继恩非常宠爱。先是让他担任永昌陵使，接着又让他担任内侍行首、宫苑使这样的职务，也就是说，王继恩成为管理内朝的入内小底都知，相当于大内总管。

事实上，由于唐朝后期朝廷里出现了严重的宦官专政，因此太祖一上台，就对宦官的人数和权力给予了严格限制，人数一般也就五十人，级别最高也就是六品。不过，由于王继恩对太宗有特别的功劳，因此他获得了太宗极大的信任。尽管他的官阶不高，但太宗除了让王继恩掌管内朝以外，还让他参与军队事务。比如雍熙北伐期间，太宗就让王继恩担任天雄军都监，易州团练使，镇、定、高阳关三路排阵钤辖等差遣官职。当然了，让他担任武官，并不是让他打仗，而是让他负责后勤粮草筹备和押运。

因为太宗宠幸王继恩，宫内宦官人数也猛增，达到了两百多人，是太祖时期人数的四倍多。

不仅内朝和军队，外朝的很多事情，太宗也会找王继恩商量。王继恩一时成为威重令行的风云人物，被朝臣们暗暗称作"内相"，权力甚至超过了真正的宰相赵普、枢密使曹彬等人。

当然了，太宗不重用赵普和曹彬，也有他的理由——这两人年纪都太大了。不用朝中琐事来烦他们，其实也是关爱他们的表现。但实际上，大家都心知肚明，除了年龄因素外，还因为这两人都是太祖的旧臣。

赵普数次被罢相，又数次被太宗复相。最近一次复相，是在赵昌言揭发秦王和卢多逊勾结造反后。秦王被贬，卢多逊被罢相，因此赵普得以复相。只是赵普虽然复相，但他反而被闲置起来，挂了个空头衔。朝中有什么事，太宗只会找参知政事寇准、李昌龄等人商量——不过，商量得最多的，其实反而是并非宰相的六品内官王继恩。

曹彬在太祖时期就是枢密使。太宗上台后，对他依然很重视，几次北伐，都让他担任主将坐镇指挥。可惜他的仗打得很糟糕，几乎都是失败。不过奇怪的是，尽管曹彬的仗打得很糟糕，太宗虽然当时降了他的职，但没过多久，又会把他提拔起来，让他重新担任枢密使。

有人说，这是因为这几场仗，都是太宗事前向曹彬授了"阵图"，要求曹彬只能按"阵图"来打。曹彬很听话，但最终打败了。太宗若是严厉处罚曹彬，便相当于否定自己。

太宗没处罚曹彬，但也从此不再重用他。

关于打仗的事，太宗一般都是找枢密副使赵昌言商量。不过，即便太宗与赵昌言商量过了，回宫后，他依然还会征求王继恩的意见。若王继恩不认可，太宗也不会施行。

由此可见，王继恩这个"内相"，管了中书门下的事，还管枢密院的事。官不大，但权力通天。朝堂上下的官员们，要想升职调动，都会悄悄走王继恩的门子。只要王继恩答应了，官员们的升职调动也就八九不离十了。

现在王继恩主动向田锡示好，照理说，田锡应该感激不尽，一旦有了王继恩这层关系，此后就等着飞黄腾达了。但恰好相反，田锡不但没有表现出感激的样子，还不冷不热回应："王都知，你是两朝重臣，可得秉持公心，不能根据喜好说话啊。"

王继恩示好田锡，其实是想引出赵元杰的事情。果然，很快他就说道："田掌诰，益王殿下想做个局，在东京城最豪华的丰乐楼，宴请太平兴国三年同榜进士中的俊杰人物。益王殿下把这个宴会叫作'英雄宴'。益王殿下选人时，专门征求了咱家意见。你知道为何吗？"

田锡呵呵冷笑:"想来是因为王都知朋友遍布朝野,同时对朝中每一位大臣都了如指掌,因此益王殿下才找都知权衡吧。"

王继恩没有听出田锡是在批评他拉帮结派,反而扬扬得意说道:"这算一个原因吧,但还有更重要的原因呢。要知道,太平兴国三年的秋试,可是在咱家的极力奏请下,官家才举行的呢。太平兴国二年,官家践位以来第一次开科举士,由于官家宽厚仁明,想把天下人才都吸纳到朝廷中来,因此那一榜招纳的人过多,官家便决定歇一年。最后是咱家反复奏请,官家才在秋天补试。因此才有太平兴国三年你们那一榜。益王殿下知道,要开太平兴国三年的'英雄宴',当然绕不开咱家这个'媒人'啊!"

没想到田锡全然不领情:"王都知,田某倒是觉得官家想歇一年是对的。本朝自太平兴国以来,每年进士及第的人数,确实太多了。就比如太平兴国二年那一榜,录取了五百多人,比太祖朝所有录取人数的总和,还多五十多人。从那一年开始,十多年一路录取下来,现在的官员实在太多了,而职位却远远不够。本朝一个官员身上有官、职、差遣三套体系,这在历史上可是从来没有出现过的,这算不算冗官现象?长此发展下去,国库如何承担得起!"

"田掌诰,咱们不讨论这个!"王继恩嘿嘿笑,"当时益王殿下给咱家看初选名单时,咱家发现,这个名单中竟然没有田掌诰。当时咱家就很生气地问益王殿下,田掌诰是榜眼,名单中为何没有他?益王殿下说,田掌诰确实是榜眼,但一方面他只是个五品官;另一方面,田掌诰性格太直,处理事情太过简单粗暴,算不得成熟的俊杰名臣,因此不能入列这一名局之中。"

王继恩顿了一下,似乎在看田锡的反应。但田锡脸上如古井水面,纹丝不动,于是他继续说道:"当时咱家严肃地对益王殿下说,益王殿下您错了,田掌诰虽说性格太直,做事手段不够柔和。但咱们大宋圣朝,应当海纳百川,难道竟然不能容纳一个田掌诰的存在吗?益王殿下这才回心转意。可以说,有了田掌诰,益王殿下的这一名局,才算是完美了呢。田掌诰,你说咱家说得对不对?"

田锡再也忍不住,直言批评道:"王都知,益王殿下喜欢结交天下豪杰,就这种事,田某曾向官家递过奏章,你应该知道田某的态度。益王殿下当初向官家解释是,他这样做,是为了化解大臣们之间的矛盾,为何现在却变成了所谓的'英雄宴'?"

王继恩碰了一鼻子灰，但他早就炼就了金刚不坏之躯，不但不怒，反而一副好脾气的样子："田掌诰，益王殿下开'英雄宴'，不过是个美称。不这么说，益王殿下邀请大家的时候，大家心里能舒服吗？赴宴的这个过程，不就是在化解矛盾吗？就比如你田掌诰，李昌龄、赵昌言、胡旦、董俨这几位，他们都是你的同年，你能说你和他们没有矛盾吗？再比如先前你弹劾益王殿下，你能说自己和益王殿下没有矛盾吗？益王殿下不计前嫌，要和你修好关系，这就是他的格局。田掌诰啊，你我都是老人家，咱们在格局上，可不能输于年轻人啊……"

田锡打断王继恩："王都知，所谓'君子不党'，田某向来独来独往，没资格入这个名局，也不想入这个名局。要说矛盾，田某与益王殿下也并无私人矛盾。田某向陛下上奏，也不是因为和益王殿下有私人恩怨，所以益王殿下用不着多此一举设此宴！"

田锡不留情面的拒绝，让王继恩很是下不了台。不过他城府很深，脸色丝毫没有变化，还不忘暗讽田锡："唉，田掌诰，所谓'宰相肚里能撑船'，若是田掌诰没有一个能撑船的宰相肚，恐怕不容易当上宰相啊……"

田锡是太宗登基以来头两次科举的进士。十多年过去后，这两榜进士中，有很多人都已经进过二府（中书门下和枢密院），可年纪最大的田锡，却还只是个五品官员。田锡名气很大，大家对他的赞誉很多，包括太宗都赞他是"天下正人"，可他最多就是一个言官，还两进两出，长年外任，官运不济。根本原因，就是田锡直言敢谏，得罪了不少人，包括得罪皇帝。王继恩拿这事讽刺田锡，他认为这是打在田锡七寸上了。

但田锡依然我行我素，对王继恩这个太宗身边的大红人，不但不曲意巴结，还冷言相对。王继恩的讽刺挖苦，他更是毫不在意，只报以冷哼。他不想再多说，随即拱拱手道："王都知，如果还有别的事，就请即刻吩咐；若是没有别的事，田某还有些公务要处理，王都知请回吧。"

王继恩被田锡抢白一顿，心里很不高兴，一边往外走，一边话中有话说道："好吧，田掌诰忙，咱家就不打扰了。青山不改，绿水长流，咱们后会有期吧……"

5

正当田锡思绪万千时,街旁传来一阵呼喝之声,又夹杂着一个女子的尖叫。田锡和康继英循声望去,只见旁边小巷里,几个壮汉正围堵一个长相俊俏的年轻女子。那年轻女子虽然身材单薄,却滑得像一条泥鳅,在壮汉间穿来穿去。那群壮汉四处围堵,却都没能抓住她。

不过,女子虽然灵活,毕竟面对的是七八个壮汉,所以渐渐地显出了窘样,衣衫凌乱,狼狈不堪。

田锡冲几个壮汉大喝道:"你们是何人?光天化日之下,为何欺负一个弱女子?"

趁几个壮汉愣神间,年轻女子冲过来,躲到田锡身后,抓住田锡官袍的后摆不放。

壮汉们摇摇摆摆走过来,矮胖头目瞟了田锡一眼,不屑地说道:"你是哪根葱,咱们许王殿下看上的人,你也敢横插一杠子?滚开!"说着,伸出大手就来掀田锡。

康继英一出手就搭在矮胖头目腕上,那矮胖头目的手像被吸住一样,扯了半天纹丝不动。两名壮汉见状,一左一右抄上前,舞着棍子向康继英砸来。康继英艺高人胆大,空手接住棍子,顺势一扯,随即矮身一腿扫过去,又往回里一带。一时之间,三个壮汉竟挨个摔趴在地,叠罗汉一般。

年轻女子从田锡身后钻出,没有感激,反而很不服气地冲康继英嚷道:"你这浑小子,逞什么能?本姑娘和他们玩呢,谁让你瞎帮忙?"

康继英又气又尴尬,竟一句话也说不出来。

几个壮汉见康继英身手了得,从地上爬起来后,边退边说:"好呀好呀,你们真敢管咱们许王殿下的闲事!哼哼,等着吧,有本事报上名来!"

田锡把康继英拦在身后,对几个壮汉一拱手道:"本官行不更名,坐不改姓,乃是当朝起居舍人、知制诰田锡。几位想来是许王殿下家里的吧?为何做出此等强抢民女之事?"

"哼哼,原来是田掌诰,天下正人,好威风啊!等着吧,哼哼,等着吧……"几个壮汉已经退到远处,一忽闪转身全跑了。

年轻女子激动地抓住田锡的手大叫道:"你就是田先生啊?哎呀哎呀,奴家可找到你了!可找到你了!"

田锡笑道:"姑娘,别着急,慢慢说,你是哪里人?为何找老夫?"

年轻女子又哭又笑,说了半天,田锡终于听明白,年轻女子姓苏,名叫"雅儿",也是蜀地洪雅人,田锡的老乡。

雅儿本是洪雅的茶农,洪雅出名茶,原本在后周的时候,雅儿一家靠种茶,也能丰衣足食。但是大宋收复蜀地,天下太平后,茶农的生活反而发生了很大的改变。

原来大宋在蜀地实行茶叶专卖制度,官府从茶农手中低价买进茶叶,再高价卖给茶贩子,由茶贩子卖到京城及全国各地。由于官府专卖,不但茶农的收益微薄,茶贩子也赚不了什么钱。因此,茶贩子除了从官府手中买茶以外,还偷偷从茶农手中买茶,私自卖出去。买卖私茶是不允许的,一旦发现了,就要重罚。但问题在于,官府在专卖过程中,为了谋取个人私利,对茶农肆意压价,又对茶贩子肆意加价,这样一来,茶农和茶贩子几乎无利可图,并且越是低档茶叶,越是没什么收益,有点收益的,也只有"瓦屋春雪"这样的高档茶叶。但恰恰是这种高档茶叶,官府的盘剥更加严重,因此茶农和茶贩子私下买卖茶叶的现象如暗潮涌动。官府当然不能容忍,他们总是严厉打击,每抓到一起,常常会搞得买卖双方都家破人亡。一些官员为了追求政绩,同时从中牟利,就算没有走私,他们也会故意诬告,把茶农当走私犯抓起来,严刑拷问,屈打成招。

雅儿家原本就没有参与走私,但官府却借口把雅儿的父亲抓起来,准备押到衙门,严刑拷打……

听到这里,田锡再也忍不住,大骂道:"蜀地的官员这是在干什么?真的是'山高皇帝远',无法无天了吗?"

雅儿伤心地哭道:"先生啊,你不知道。衙门的捕役押着我父亲才走到半道上,竟然就用箭把我父亲射死了……"

康继英不解:"不对呀,官府把你父亲抓起来,不过想逼迫他承认走私,为何却在半道上害他?"

"你这浑小子,竟帮官府辩解,可见你和他们是一丘之貉!"雅儿大骂康继英,"捕役射死本姑娘父亲,本姑娘看得清清楚楚,这还能有假?"

田锡安慰雅儿:"雅儿姑娘,你别急,说一下当时的情形吧。"

"当时奴家就躲在一旁的林中,本想劫下父亲,带他远走高飞。不承想刚要出手,父亲竟被人射死。那射箭之人,奴家看得清清楚楚,虽然不在押解队伍中,却穿着和捕役一样的兵服,奴家岂能看错!"雅儿又激动起来,"凶手明明穿着官服,官老爷们竟然说不是他们干的!咱们苏姓族人非常愤怒,围住官府,让他们交出凶手。官府不但不交,还拿棍子打咱们,打伤了好多人。上面派人调查,官府竟然诬告咱们造反。上面都信了他们的鬼话,反而帮他们镇压咱们。一气之下,奴家就来到了东京城。"

"你到东京城来做什么?"

"田先生,奴家来就是找你呢!咱们洪雅人都知道你在京城当大官。千百年来,咱们洪雅就出了你这么一位大官,当地还盛传你是官家赞誉的'天下正人',最能主持公道,所以奴家就进京来,找你给咱们申冤呢!"

雅儿接着讲到,她一路跋山涉水,花了一个多月时间,终于才到东京城。可东京城太大,她找了大半年,都没有找到田锡的下落。身上的盘缠也早已用完,没办法,只好在街头卖艺为生。好在她小时候学过一些剑术,因此在街上丢个架势,倒也能获得一点赏钱,勉强糊口度日。

雅儿又说,她在卖艺过程中,结识了一对小夫妻,丈夫叫龚美,妻子叫刘娥,也曾是蜀地的茶农,也是因为种茶赚不到钱,还被官府诬陷走私,不得已,从蜀地逃难到京城卖艺为生。由于大家志趣相投,雅儿便和这对小夫妻结成一个组合,刘娥唱歌播鼗,龚美敲锣圆场,雅儿舞棍弄剑,三人配合默契,不仅获得了更多赏钱,还在东京城闯出了一些名声,人称"大雅公刘"组合。

雅儿道:"先生,'大雅公刘'除了有我们三人的姓名外,还有什么意思啊?大家都说这个名字很雅,奴家不知雅在哪里,刘娥夫妇也不懂,先生你学问那么高,你给解释解释啊。"

田锡笑道:"《大雅·公刘》是《诗经》里的一首诗呢,写的是周朝先人开疆创业的故事。你们能获得这样的美称,说明京城人对你们的评价很高啊,也说明你们的创业获得了很大成功呢。"

"成功什么呀?唉,别提了……"雅儿叹口气。

雅儿说,他们在演出中,不知怎么地,就惊动了襄王。襄王多次前来看他们表演,给他们赏钱。雅儿说,襄王其实就是来看表演,并没有别的想法。但是没想到，刘娥竟然主动招惹襄王，进襄王府去了。"刘娥姐进了襄王府，让龚美不给她当丈夫，给她当哥哥，以便于她嫁给襄王，没想到这龚美竟然同意了，心甘情愿把妻子让出来！唉，枉自咱们叫'大雅公刘'，说什么开疆创业，他们就是贪图享乐，不想奋斗，奴家真是高看他们了……"

雅儿一拳砸在街边的小树上，震得树叶簌簌下落。

田锡皱眉问道："雅儿姑娘，为何许王府的下人在这里纠缠你，这是怎么回事？"

"纠缠不是一次两次了！"雅儿恨恨地说，"自从刘娥姐进了襄王府，或许那许王觉得，本姑娘也像刘娥姐一样，喜欢攀龙附凤，所以才来纠缠本姑娘，让本姑娘进府给他做妾。本姑娘才不稀罕什么王府呢！每次许王府的那几个狗腿子前来抓本姑娘，本姑娘就玩得他们找不着北，哈哈……"随即雅儿就瞪了康继英一眼："今天本姑娘玩得正带劲儿，偏偏这傻小子过来横插一杠子，坏了本姑娘的雅兴！"

康继英讷讷着，也不反驳。他看得明白，那几个壮汉并没有下全力抓捕雅儿，若是下了全力，雅儿是抵抗不了几个回合的。他也不揭破，只是笑道："雅儿姑娘，你想到哪里去？你这样在街上流浪，也不是办法啊。"

"你管我到哪里去，反正不跟你去！"

雅儿一转身，挎住田锡的一条胳膊，央求道："先生，奴家这一生就跟定你了！哼，你可别想把奴家撵走！"

田锡忙拍拍雅儿手背，轻轻抽出胳膊，笑道："雅儿，你放心。大宋江山，朗朗乾坤，岂能允许贪官污吏危害百姓！老夫会详加查明，还你父亲一个公道的。只不过，你现在惹上了许王，他是绝对不会善罢甘休的。你最好离开京城先回蜀地，这边有了好消息，老夫会尽快告诉你的。"

田锡又说："雅儿，若是你一人回去，老夫也不放心。这样吧，去老夫那里拿点盘缠，让继英送你回去吧。"

雅儿一屁股坐在台阶上，抱着腿大声呻吟："哎哟哎哟哎哟，奴家被那几个泼皮打伤了，走不动了，走不动了啊……"

康继英笑道："刚才溜得比兔子还快，现在又走不动了。"

雅儿呻吟声更大了："先生啊，你赶紧把这傻小子打走吧，他一点同情心都没有啊……"

"正好，前面有座潘家医馆。这样吧，咱们喊一顶轿子，把雅儿姑娘送过去，请潘大夫看看吧。"

"好啊，那你就赶紧喊轿子吧！"

两个年轻人你来我往斗嘴，把田锡看乐了。他没有开腔，由着他们闹。不一会儿，康继英果然叫来一顶轿子，把雅儿送到了街东头的潘家医馆。

潘家医馆的医生名叫潘阆。这个潘阆可了不得，他一身文采，写过不少好诗，在京城很有名。不过，他虽然文采了得，却不愿科举入仕。不愿科举入仕，但他又与官场中人走得很近，曾被秦王赵廷美引为座上宾。后来，秦王造反事发，被贬到房州安置后。潘阆吓住了，跑到中条山出家。虽说是出家，却并不剃度。几年后，他竟然又潜回了东京城。

有人发现潘阆偷偷跑回来了，上告太宗。太宗却不予追究，还笑着对开封府通判吕端说，潘阆是诗人，也是大夫。他若是想作诗，就给他在东京城开个诗馆；他若是想行医，就给他在东京城开个医馆。

作诗虽然是潘阆喜欢的，可惜养不活自己，他就选择了医馆。于是，潘家医馆就这么堂而皇之开起来了，而且潘阆还给自己取了个绰号叫"奉旨行医潘市人"。

这潘阆在行医上还真有些本事，治好了许多疑难杂症，被众人传为"神医"。不过，尽管太宗给他限定了"业务范围"，尽管他自己也戏称"奉旨行医"，但他不是一个循规蹈矩的人。他不但行医，还算命。贩夫走卒找他算命，科举学子也找他算命，达官贵人还找他算命。他算命的本事，甚至比行医的本事还大，一算一个准。这样一来，大家就不只称他为"神医"，还称他为"半仙"。然而潘阆自己却又不喜欢这个称号，他也不像其他道士一样自称"山人"，而是自称"市人"。

说起来，田锡和潘阆还是老熟人。太平兴国二年秋天，田锡到东京城寓居，准备第二年的科举考试，当时与潘阆便有诗文唱和。潘阆称赞田锡的诗才，却又嘲笑田锡热衷功名，说他都年近不惑了，还对功名孜孜以求，真正是"寻章摘句老雕虫"。

被潘阆嘲笑，田锡也不生气。他的年纪确实不小了，这一年已经三十七岁了，却还没有入仕。不过，田锡一生都记得当年他父亲曾对他说过的那句话："汝读圣人之书而学其道，慎无速，为期二十年，可以从政矣。"父亲告诉他这句话的时候，他刚好十五岁。到这一年时，早就超过二十年了，田锡依然没有入仕从政。想起来也是够凄凉的，他在渭北求学时，曾写过一首诗："渭北居来似塞垣，三逢尧历度寒暄。家贫老幼思归国，性僻交朋少及门。天暖忆游沙苑寺，雪中会过洛河村。流年又是重阳节，赏菊论诗酒一樽。"诗里的"家贫老幼思归国，性僻交朋少及门"写尽了他读书的艰辛和苍凉。但"天暖忆游沙苑寺，雪中会过洛河村"这样的诗句，又道出他的从容和欢欣。

除此外，才华横溢的田锡，还写过一首名为《自勉》的诗——

飘泊年年颇恨身，梁园未到滞咸秦。
上楼独为青山立，揽鉴初惊白发新。
北叟何曾悲失马，宣尼犹自问迷津。
功名分有终须得，莫强忧愁耗尔神。

"北叟何曾悲失马，宣尼犹自问迷津"，对于功名，田锡的态度是积极进取，孜孜以求，永不放弃。但是他又有一个超然的心态，"功名分有终须得，莫强忧愁耗尔神"，不疾不徐，随遇而安。这样的田锡，二十年算什么？三十年又算什么？

潘阆却一定要打击他。当田锡从渭北到东京，全力以赴准备迎考的时候，潘阆对他冷嘲道："等着吧，明年春试不会举行的！"

田锡才不相信呢！太宗即位后，第一次开科录取的人数就是太祖朝年平均的八倍多。这样重视读书人的太宗，怎么可能不开科呢？

没想到，太平兴国三年春天的时候，太宗果然取消了春试。尽管秋天的时候，朝廷补考了一次，田锡在那次科考中榜眼及第，但是田锡却发现一个事实：这个潘阆很可怕！

田锡隐隐觉得，大宋王朝出现这么一个"料事如神"的人，可不是一件好事。子不语"怪力乱神"，"神人"真正出现的时候，就是值得忧虑的时候！

从那时起，田锡就疏远了潘阆。尽管潘阆的诗才在当世算得上数一数二的。能与一个高才之人诗酒唱和，是人生幸事，但田锡还是努力抑制住了自己的这个爱好。

田锡这么想着，不知不觉跟随两个逗闹的年轻人，进了潘家医馆。

潘阆正被许多人密密匝匝围在中间，见田锡前来，先是一愣，接着就让仆人把看病和算命的人全部赶走。

不过，潘阆这么做，别以为他是想单独接见田锡。才不是呢，他既不看茶，也不让座，自己仰躺在一把靠背椅上，跷起二郎腿，不屑地斜眼瞧田锡："田掌诰也会生病？"

康继英忙把雅儿扶下轿。潘阆不看雅儿，挥挥手："这姑娘没病，抬走抬走，市人不治。要治，市人只给田掌诰治！"

康继英哈哈一笑："潘大夫，在下佩服你，却又不佩服你。"

潘阆眼皮一抬："你如何佩服？又如何不佩服？"

"在下佩服你一眼就看出雅儿装病……"康继英还没说完，雅儿已经站起来，一肘子击向康继英。康继英闪身躲开，继续说："在下不佩服你的是，咱们先生精神矍铄，你竟然说他有病！"

雅儿听了康继英后面这句话，高兴起来，不再攻击康继英，还帮腔："你这傻小子总算说了句对的话！哼哼，咱们先生哪里有病？有病的是你这个庸医！"

潘阆冷哼一声："要说庸医，田掌诰才是庸医。他经常给咱们大宋乱开药方，一会儿泻药，一会儿补药，已经让大宋没病也吃出大病来了！"

雅儿气得就要上前理论，田锡向她轻轻摆摆手，笑问："潘大夫可否告诉田某，田某现在给大宋开的是何药方？"

"你现在开的是补药，大补特补的药。嘿嘿，田掌诰啊，你这药可真是太猛，把咱们大宋补得满脸通红了！"潘阆站起来，拂一拂衣摆，甩着长袖大步往外走去，一边走，一边哈哈大笑，"看着吧，大宋头上已经冒烟，不久就会燃起来了……"

雅儿再也忍不住，拔剑冲过去，一挺剑就往潘阆后背刺去。田锡吓得惊呼一声，却见潘阆脚下一动，便已轻轻避开。雅儿回手再一剑，潘阆依然只是脚下一动，雅儿的剑还是刺了个空。雅儿又羞又气，一霎功夫递出七八剑。然而，她依然连潘阆的衣角都没能沾着。

"好俊的功夫！"

康继英忍不住赞道。却是技痒，也冲上前，想帮雅儿拿住潘阆。不承想斜刺里冲出一个人，从康继英的前面跑过，挡住了康继英的视线。等康继英推开他找潘阆时，哪里还有潘阆的影子。

康继英很生气，感觉那人是故意掩护潘阆逃走，于是冲上前，想把那人抓住。谁知那人身手矫健，几个纵步就扎入来来往往的人群中，瞬间不见了。

"奇怪了，这背影我好像在哪里见过……"

"对呀，我也好像在哪里见过……"

康继英和雅儿都有些发呆。

"失火了！失火了！"

不知谁喊了一嗓子，人群一下骚动起来，仿佛旋风突然从人群里刮过一样。紧接着，望火楼上的士兵惊慌失措飞奔下来，水井边的士兵也把辘轳摇出一阵刺耳的响声。人们跑来跑去，脚步声、尖叫声、马嘶驴鸣声，一时响成一片。街上腾起浓浓的灰尘，又把这些声音挟裹进去，仿佛往开水锅里下饺子一样。

皇城方向冒出一大片滚滚黑烟。尽管是白天，依然可见火光把半边天空映成诡异的黑红色。整个京城都震动起来，一种不安的情绪蔓延开来，传到四面八方。

6

因为是在白天，虽然皇城里烧了几间房，但火势很快就被扑灭了。

火灾起因也很快查明，原来是楚王赵元佐亲手放的火，赵元佐自己也承认了。

赵元佐是太宗的长子。少年时期，赵元佐是个非常优秀的皇子，不但文才了得，处理政务的能力强，还武艺不凡。十三岁的时候，他曾参加太宗举行的围猎活动，英姿飒爽骑在马上，张弓搭箭，一箭就射中一只兔子。当时契丹使者也在现场，看到赵元佐的表现以后，大为惊异。虽然表面上对赵元佐赞叹不已，其实内心充满恐惧。回国后说到这件事，契丹主还一阵哀叹："南朝有这样一位大皇子，咱们恐怕是没有希望了……"

既是大皇子，又能文能武，显然，包括契丹人在内，所有的人都把赵元佐看成大宋太子的不二人选。

不过太平兴国七年（982），却出现了一个大的变故。当时太宗去金明池检阅水军操练。负责准备工作的是开封府尹、秦王赵廷美，以及开封府通判吕端。就在太宗准备出发时，赵昌言告发说，赵廷美要在金明池劫持太宗，逼太宗让位。

太宗大怒，把赵廷美抓起来，贬去西京洛阳留守。吕端因为对赵廷美监管不力，也被太宗贬到商州。后来，吕端因为政绩突出，又被太宗召回朝廷，不过赵廷美的情形便不那么妙了。

说起来，赵廷美被贬，最受益的人就是赵元佐。因为虽说大家都觉得他应该是太子的不二人选，但大宋开国后，毕竟还有一个"兄终弟及"的传统。太宗继位太祖，就是这么来的。也就是说，太宗驾崩后，作为弟弟的赵廷美也应该继位。现在赵廷美被贬，而且还没有悔过之意，他显然就不可能再继位了，"兄终弟及"就变成了"父死子继"，赵元佐的储位这才没有悬念了。

但让人始料不及的是，满朝文武，都没人为赵廷美求情，只有一个人求情，而这个人不是别人，竟然是赵元佐！

赵元佐认为，四叔赵廷美不可能造反，说他造反完全是对他的诬告！赵元佐还请求父亲，让自己主持调查，还四叔一个清白。太宗没有搭理赵元佐，还以赵廷美不悔过为由，夺了赵廷美的秦王爵位，把他再贬到房州安置。

那时候，赵元佐的精神就开始出现问题了。等到了雍熙元年（984），赵廷美在房州忧惧而死后，赵元佐就彻底疯了。他经常做一些极端的事，比如半夜三更突然发出凄厉的鬼叫声，比如无来由地用刀割侍从，比如又莫名其妙地拿箭在门口射路人。虽然没有发生命案，但是他这种做法显得十分危险，和储君的形象差距越来越大。

赵元佐为什么会发疯？

朝堂上下，大家虽然不说，但心里都在嘀咕。嘀咕分为两派，一派认为他是真疯，一派认为他是装疯。

认为赵元佐真疯的，是知道他心里有愧。毕竟他和赵廷美在储位上是竞争关系。原本他们叔侄关系很好，当赵昌言告发赵廷美造反时，赵元佐觉得，他有"幕后主使"的嫌疑。毕竟只要赵廷美倒了，赵元佐的继承权就稳了。

赵元佐的内心充满愧疚，却又没办法向赵廷美解释，解释了赵廷美也不信。这样一来，愧疚越积越多，久而久之就真生病了。再加上赵廷美不久就在房州去世，赵元佐心里扯得很紧的那根弦，终于嘣一声断了，于是他这人就彻底疯了。

认为装疯的，则把赵元佐当成一个"泰伯"，他的疯都是装出来的。他之所以做那种疯狂举动，就是想通过这样的表现，让太宗认为他不堪大用，因此放弃他，而选择赵廷美为接班人。

后来赵廷美去世后，赵元佐为何还要装疯呢？那是因为心里愧疚。如果获得继承权，心里会更愧疚。因此才继续装疯，不让太宗把皇位传给他。只有不继承皇位，他才会心里舒坦。

不过，过了一段时间后，赵元佐的疯病似乎好了，不再像之前那样了。赵元佐的疯病为什么会好转呢？有人分析说，这与开封府尹这个职位有关。

那时候有一种不成文的做法，担任开封府尹，是担任储君的一个过渡。若是没有担任过开封府尹，多半不会被确立为储君。五代时期是这样的传统，大宋立国后，也是这样的传统。当年太宗就曾担任开封府尹，后来就继承了皇位。接着是赵廷美担任开封府尹，所以当时很多人都说，大宋将延续"兄终弟及"，赵廷美一定会被确立为储君。

赵廷美被贬，开封府尹的职位出缺。太宗本来是要赵元佐担任开封府尹的，但是赵元佐发了疯，自然不可能任职，所以开封府尹的职位就空缺了下来。

可以说，正因为太宗并没有让赵元佐担任开封府尹，所以赵元佐的疯病才渐渐好转起来了。

那么，既然赵元佐的疯病好转了，为什么又做出火烧皇宫这样更加疯狂的举动呢？

事情还得从太宗准备举行籍田礼开始。

田锡多次上奏，希望太宗举行籍田礼。太宗也觉得这是一个很重要的举措，却迟迟没有行动。为什么不动呢？一方面，两次北伐契丹都失败了，西北的党项人也蠢蠢欲动，地方上乱民闹事又时有发生，太宗认为没到时候；另一方面，赵廷美的造反与赵元佐的病情，也让太宗闹心不已。总之，太宗没那个心思。

不过，当大宋和契丹的烟尘渐渐消散，赵廷美"自绝于人类"，赵元佐的病也渐渐好转后，太宗的心情也大好起来，准备接过田锡递了十多年的那支笔，开始描摹那幅"青绿山水"。

要举行籍田礼，便需要斋戒三日。太宗知道，皇子皇孙们都是锦衣玉食惯了，让他们三天不吃肉，他们可能有些不习惯。于是，太宗便把皇子皇孙召进宫来，一来，想让皇子皇孙们在斋戒前好好撮一顿；二来，也是借此机会告诫他们，三天之内千万别犯戒，犯戒了必定受处罚。

本来太宗想把所有皇子皇孙都叫来，但是赵元佐因为大病初愈，太宗便没有叫他。让他去吃那些肥甘的食物，他也消化不了。太宗又了解到，赵元佐平常饮食清简，不让他赴宴，想来他也不会生气。

宴会后的第二天一大早，太宗的二皇子、许王赵元僖特地前往东宫看望自己这位哥哥。赵元僖这样做，也体现了他的兄弟仁爱之情。但是没想到，赵元僖走后不久，赵元佐的疯病就再一次复发了。

这一次简直疯得离谱，竟然点火烧了皇宫！

赵元僖害怕别人怀疑他对赵元佐说了什么不该说的话，立刻进宫，把那天见赵元佐的情形，向太宗一五一十做了禀报。赵元僖跪在地上，痛哭流涕对太宗说，都是自己害了皇兄。因为在宴会上没见到皇兄，不放心，以为皇兄生病了，所以第二天一早就去东宫看望皇兄。但皇兄听说皇子皇孙当中只有他一人没被邀请，一时情绪激动，当场就大叫："父皇这是把我抛弃了吗？"

赵元僖说，他见哥哥情绪不稳，赶紧安慰他说："没有呢，父皇一直惦记着皇兄呢，宴会上父皇还表扬了皇兄，说皇兄病好了，又像以前那样了呢！"

太宗说："对呀，朕在宴会上不是夸他了吗？看到他精神恢复，回到原来的样子了，朕高兴着呢，怎么会抛弃他？"

赵元僖哭道："父皇啊，看来皇兄的精神离恢复还差得远啊……真不该让皇兄知道父皇宴请我们的事情，唉，这一切都是儿臣的错，重新让皇兄疯癫，儿臣请求父皇对儿臣给予惩罚！"

"你没有错。你关心哥哥，重视骨肉亲情，这有什么错！"太宗把赵元僖扶起来，愤怒地说道，"元佐不是疯了，朕看他就是故意的，故意要和朕作对！明明知道朕要举行籍田礼，他竟然在这个节骨眼上放火烧皇宫，这个籍田礼还怎么举行！哼，这一次，朕绝不会轻饶了他，必须给他一点教训！"

赵元僖又跪下来，再次痛哭流涕连连磕头："父皇，不要处罚皇兄，不要啊！父皇越是处罚皇兄，儿臣越是觉得对不起皇兄，心里的愧疚越大……"

太宗道："元僖，你若是像你哥一样，在大是大非面前一副儿女情长的样子，你可要让朕失望了！不要说了，赶紧起来，出去吧！"

赵元僖不敢多说，给太宗磕了一个头，站起来，垂头出宫去了。

却是他一离开宫门，立刻变得活跃起来，一个箭步跨上骏马，朝马屁股上猛抽一鞭，很快，东京城腾起一片烟尘。

7

圣旨很快下来，赵元佐纵火烧皇宫，被废为庶人，发配均州安置。

与此同时，许王赵元僖被任命为开封府尹，吕端从大理寺少卿调到开封府，出任开封府通判，当赵元僖的副手。

东宫上下哭成一团。烧宫一事，大家本来就已经被搞得灰头土脸了，没想到赵元佐又被夺爵，废为庶人。这也就意味着，东宫上下都不可能再留在东京，过衣食不愁的快乐生活，而得去均州吃苦了。同时，赵元佐没了爵位，也就意味着没了俸禄，一大家子去均州，说不定得自食其力，大家怎能不哭呢？

但是没想到，赵元佐接过圣旨后，立刻回到床上，呼呼大睡起来。很快，在一片嘤嘤的哭声中，赵元佐发出了均匀而悠长的鼾声。

赵元佐睡得很香，朝堂上却闹腾起来了。赵元佐是大皇子，大皇子被废为庶人，这可不是小事。所以，满朝文武都在为大皇子求情。只要太宗一上朝，堂下就黑压压跪成一片。太宗这次铁了心，谁求情都不答应。不胜其烦的情况下，他干脆不上朝。太宗不上朝，朝臣们便跑到太宗宫门外跪地求情。

这些求情人员分为两拨，一拨是赵元僖与一众皇子，他们跪在宫门的左边；另一拨是参知政事李昌龄、枢密副使赵昌言、开封府推官胡旦带领的百官，他们跪在宫门的右边。朝臣们大声哭喊，跪地磕头，甚至有人不惜跑过去，挥手用力敲打宫门，把他们的热情和急迫表现得淋漓尽致。

太宗非常狠，不给皇子及官员们留任何机会。他放话说，这事没有任何商量余地，谁要再继续为赵元佐求情，就夺了谁的官，再把他一并发配去均州！

有人觉得太宗只是吓唬一下，未必动真。没想到太宗就动了真，有几个不信邪的官员，还真被贬职，先行去均州了。这样一来，就再也没人敢在宫门外求情了。

8

这一天，枢密副使赵昌言前往福宁殿觐见太宗。

赵昌言这个人，个性非常鲜明，敢作敢为，很受太宗喜爱。太平兴国三年的科举，太宗钦点胡旦为状元、田锡为榜眼、赵昌言为探花。多年后，太宗对于那一年自己排的那个名次有些不太满意。在他看来，田锡做第二名榜眼没问题。田锡缺乏临场决断力，但他性格沉静，头脑清醒，有谋略，敢直言，排第二是比较恰当的。不恰当的是状元胡旦。胡旦好大言，做事不靠谱，可以说，自己完全看走了眼。太宗觉得，如果重新排，则应该是赵昌言状元，田锡榜眼，李昌龄探花，胡旦根本排不上位次。

正因为太宗觉得有愧于赵昌言，所以一直想重用他，让他进二府。赵普也觉得赵昌言不错，不过寇准极力反对，认为赵昌言喜欢拉帮结派，刚愎自用，不是恰当的宰相人选，这使得太宗颇有些犹豫。不过后来有件事，让太宗下定决心，把赵昌言提拔为枢密副使。

这件事就是金明池水军操练。

那一天，太宗正要前往观看由开封府组织的水军操练。但是赵昌言突然告发开封府尹、秦王赵廷美和宰相卢多逊密谋，准备在太宗检阅部队时劫持他。当时赵昌言是负责水军操练的，他说无意中了解到赵廷美的阴谋，所以及时揭发。也因此，太宗才没有陷入危险之中。

"金明池政变"后，太宗就把赵昌言提拔为枢密副使了。

当然了，对于"金明池政变"，大臣们心中是有不同看法的。有人认为，这是因为赵普罢相后，想重新上位，把卢多逊掀翻下台，因此暗中指使赵昌言诬告赵廷美和卢多逊。而太宗其实也想把弟弟赵廷美压下去，好让大皇子赵元佐继位，所以顺水推舟，处罚了赵廷美，又把卢多逊贬谪到崖州。出于报答，太宗让赵普重新当宰相，又让赵昌言出任枢密副使。

不过大臣们虽然有这样的想法，但谁也不会说。唯一闹脾气表达不满的，偏偏是最大的受益人赵元佐。

回过头来说赵昌言觐见太宗。

太宗劈脸问道："你不会又是来替那逆子说情的吧？"

赵昌言也不回避，干脆地说："陛下，臣还真就是为了大殿下的事情来的。"

太宗沉下脸："你也想去均州吗？你想去，朕成全你！"

赵昌言道："陛下，臣斗胆请问，陛下只是想惩戒大殿下，还是想让大殿下改过自新？如果陛下只是想惩戒大殿下，那就让他去均州吃点苦，过几年再让他回京也行。如果陛下想让大殿下改过自新，那就应该给他锻炼的机会，不但要让他认识到太祖和陛下创业的艰难，还要让他为大宋的安定做点贡献。如果陛下想这样，就应该给大殿下换一个地方。"

太宗怦然心动："你想把他换到哪里去？"

"蜀地成都府。"

太宗大吃一惊，蜀地现在有点不太平，这一点，太宗是知道的。赵元佐本来疯疯癫癫，他去那里，会不会出现意外呢？虽然太宗很生赵元佐的气，但其实他是很爱赵元佐的，他当然不愿意赵元佐涉身险地。所以，他一时没有开腔。

赵昌言要的就是这个效果，他继续说："陛下，现在蜀地有些不太平。之所以不太平，是因为蜀地离京城很远，又长期在前后蜀遮蔽之下，很少沐浴皇恩，感受不到陛下德音。如果陛下把大殿下派去蜀地，蜀地百姓一定非常高兴，认为陛下把他们当成了自家人。这样一来，他们自然愿意归附，蜀地就会太平了。蜀地从动乱变太平，大殿下就立功了；大殿下立功，心情高兴，他的病自然就好了！"

太宗的心思动了，觉得这确实是一个不错的主意。但他还是没有下定决心，就那么犹豫着。

9

太宗犹豫着，不过赵昌言给太宗上奏这个话，却已传到李皇后耳里了。李皇后非常着急，赶紧悄悄给参知政事李昌龄带去一封信，让他想办法阻止皇帝把赵元佐安置到蜀地。蜀地那么乱，赵元佐去了那里，一旦有个三长两短，他们的希望就全落空了。

赵元佐和李昌龄、李皇后有什么关系呢？李昌龄在外朝，李皇后在后宫，他们是如何联系到一起的呢？

李昌龄是受过贬谪处分的人。实际上，大宋的官员，没被贬谪过的几乎没有，官员们也纷纷以被贬为荣。后世的范仲淹一生被贬三次，每次被贬，朝中大臣都争相去祝贺他，每贬一次，大家就说他光耀一次。但是李昌龄被贬与别的官员不同。别的官员多是因进言获罪，而李昌龄却因贪腐获罪，大节有亏。

不过，虽然他因贪腐获罪遭贬，但最终又慢慢升迁，直到进入二府，当了参知政事。李昌龄之所以在人品有污点的情况下，还能升迁，除了他很会说话以外，还在于有李皇后为他撑腰。

李皇后和李昌龄都姓李，但他们并无姻亲关系，原本也不认识。不过，李昌龄和李继隆认识。李继隆是李皇后的哥哥，也是太宗朝的新生代将军，太宗对他很信任。

太宗上台后，发动了两次伐辽战争，两次都失败了。这两次伐辽战争，他所用的将领，主要都是太祖时期的旧将，包括曹彬、潘美等人。所以太宗认为，两次战争失败，是因为没有自己嫡系将领的缘故。

也就在这种情况下，李继隆冒了出来。高粱河之战，宋军惨败，慌作一团拼命南逃，太宗的大腿上还挨了一箭。但是李继隆指挥的部队却军容整肃，且战且退，几乎没有损失，连辽军主帅耶律休哥都大吃一惊。此后在与耶律休哥对垒中，李继隆总能保持不相上下。就算宋军整体战败，李继隆也能取得局部小胜。再加上李继隆又是李皇后的哥哥，也就是太宗的大舅哥，所以太宗对李继隆寄予了很大的希望。他觉得曹彬、潘美等人都老了，大宋的军队得靠自己这位年轻的大舅哥来支撑。

李昌龄看出李继隆在太宗心中的地位，所以想通过李继隆获得太宗的信任。再说了，李继隆的妹妹又是太宗的皇后，他一旦攀上这层关系，就将有双重机会获得太宗认可。

不过，李昌龄想攀上这层关系并不容易。尽管两人都姓李，但并不是姻亲。李昌龄有办法，他对李继隆说，按照他们那一支李姓的排行，他应该尊李继隆为爷爷，自己是老孙子。所以每次碰到李继隆，他都恭恭敬敬称呼年轻的李继隆为"爷爷"，逢年过节都会向李继隆请安。

即便这样，李继隆依然没把李昌龄当回事，没怎么在太宗面前给李昌龄说好话。直到后来君子馆之战后，李继隆才感到了李昌龄的重要性。

君子馆之战，当时辽军把宋军大将刘廷让的数万人团团围住。李继隆的军队驻扎在旁边，手中有一万多人。但他不但不救，还退到乐寿去了，这也造成了刘廷让的部队几乎全军覆灭。

宋太宗知道刘廷让失败的原因是李继隆没有及时救援后，大为生气，也非常失望，要严肃处理李继隆。很多人想救李继隆，却根本找不到办法。就在这时，李昌龄给太宗上了一道密疏。他在密疏中称赞李继隆是最睿智的最有战场判断力的将军。他说，就当时的战场形势来说，辽军太过于强大，几乎是倾巢出动。如果李继隆真的率军前往救援，不但不能解围刘廷让，他那一万多人也会全部搭进去。这一万多人是李继隆训练出来的宋军最精锐的部队，也是宋军今后与契丹作战的火种。李继隆保护了这一万多人，也就给大宋留下了火种。所以，李继隆不但不该受到处罚，还应该获得嘉奖。

李昌龄在为李继隆辩解时，还给太宗呈报了处理这件事的办法。李昌龄说，根据他的了解，刘廷让部队之所以大败，主要是因为刘廷让手下的大将康保裔带头溃逃，形成头羊效应，致使整支军队大溃退。康保裔后背中箭，就是他转身带头逃跑的证据。军队里绝不允许逃跑，严肃处理这件事，就能确保大宋军队的战斗力，把不利变成有利，把失败化为成功。

太宗拿着李昌龄的密疏反复看了很久，越看越觉得有道理，因此最终并没有处罚李继隆，而是严肃处理了康保裔。

李继隆在李昌龄的帮助下逃过这一劫，从那以后，他就开始着力帮助李昌龄，又让妹妹李皇后不断在太宗耳边吹枕头风。于是李昌龄一路获得提拔，直到登上参知政事高位。

同时，李继隆又连续打了两场胜仗，这使得太宗对李昌龄和李继隆更加信任。也因此，李昌龄、李继隆以及李皇后抱成一个朋党，暗中培植了一大批追随者，在朝中呼风唤雨，一时风头无两。他们这个朋党，被朝臣们偷偷称作"三李"。

不过，虽说"三李"在朝中很吃得开，但他们却缺少一个重要根基，那就是李皇后已经接近三十岁了，却依然没有孩子。李皇后早年生过一个儿子赵元亿，但赵元亿出生不久就夭折了，从此李皇后再无生育了。

李皇后不生育，"三李"就必须在现有皇子中找一个代理人。现有皇子中，有较大希望继承皇位的，无非是大皇子楚王赵元佐、二皇子许王赵元僖、三皇子襄王赵元侃。赵元佐和赵元侃的生母恰好也姓李，而且在太平兴国二年便已去世，因此李皇后对这两个皇子特别亲近，很用心地抚养他们。也就是说，这两个皇子便相当于李皇后的亲儿子。

这两个儿子中，最有可能继位的，显然是赵元佐。所以，"三李"也一直把赵元佐作为根基。但是没想到赵元佐却让人颇为失望，赵廷美造反被贬后，他就开始发疯，此次更是因为纵火烧宫，被夺了王爵，流放到均州。流放到均州，也就意味着赵元佐的政治生命结束了，"三李"如何不着急呢！因此，当大臣们在宫门前跪求太宗饶恕赵元佐时，"三李"是最积极的。毕竟别人这样做，只是为了讨好太宗，而"三李"这样做，却是攸关自己的利益！

太宗很坚决，把一些求情的人撵到均州去了。这样一来，"三李"未免大失所望。正不知如何是好时，李皇后得知太宗准备把赵元佐送去成都府的消息。

安置成都府，还不如均州呢，所以李皇后急得不行，当即派人给李昌龄递话，让他赶紧拿主意。

没想到李昌龄给她的回信，是让她放弃赵元佐。

不但放弃赵元佐，还要李皇后积极促成赵元佐去蜀地。

10

这一天，李皇后请太宗到仁明殿喝茶。

太宗的心情正不好，一听李皇后请喝茶，心里一下充满期待，散朝后，便急急忙忙往仁明殿赶去。

到了仁明殿，李皇后扶太宗坐下，拿出她收藏的瓦屋春雪给太宗点茶。李皇后有一套特有的茶具：一只土陶茶瓶、一只白瓷盏、一只青瓷盏。这套茶具，李皇后是要等到太宗来才用的。她用土陶茶瓶注水，茶汤冲点好后，白瓷盏给太宗，青瓷盏给自己。李皇后知道，太宗不会写诗，但他却特别喜欢诗情画意。因此，李皇后在生活上特别有仪式感。这也是她虽然年近三十岁"高龄"，又没有孩子，依然受到太宗宠幸的原因。

李皇后点好茶后，跪在地上，把白瓷盏递给太宗，满含歉意说道："陛下，这瓦屋春雪是去年留存的，味儿已不太清纯，陛下可不要嫌弃啊。"

太宗接过茶盏，喝了一口，让茶汤在齿舌间翻动。咽下后，随即赞道：

"皇后不必多礼，平身吧。这茶虽是去年的陈茶，但味儿依然纯净清香，确实是好茶呢！"

李皇后喜滋滋站起来，坐到凳子上，叹口气道："陛下啊，可惜臣妾没办法给陛下喝到最正宗的瓦屋春雪，若是最正宗的，那味儿才叫绝呢！"

"哦，还有最正宗的？"太宗笑道，"最正宗是什么样的？"

李皇后道："陛下，让臣妾讲讲瓦屋春雪的故事吧。瓦屋春雪这种茶，产自蜀地洪雅瓦屋山半山腰的云雾之间。每年立春前后，当茶枝冒出一个个小尖儿时，就得采摘了。那时节，瓦屋山半山腰上的茶枝上，往往还卧着半口雪，所以这茶又叫'春雪'。又因茶形如同刚出巢初试啼音的雏鸟嫩舌，所以又叫'雀舌'……"

太宗道："这些名字倒还颇有诗情画意啊。"

"可不是，"李皇后道，"要制作正宗的极品春雪，其实是极为讲究的。必须是茶芽刚从雪堆中拱出一个小尖儿时，就得采了。采茶之人也颇有讲究，必得是未及笄的女儿家。每日采茶时间也有说法，必须在晨雾未开之前。日升后雪有融化，茶芽发软，味儿也变了。制茶也得赶在日升之前，需要烧瓦屋山上的冷云杉枝条焙制，这样做出的茶，不但品质纯净，还透着清寒之气。总之，采摘时机、采茶之人、所采茶芽、制茶工具、烘焙火料都有讲究。尤其是采摘和制作的时机，简直如同在刀尖上舞蹈，过与不及都可能导致制茶失败。"

太宗大笑："哈哈，这做法确实挺讲究的。"

"这还不算讲究，有更讲究的呢。"李皇后接着说，"当年孟昶在蜀地的时候，要求瓦屋山的茶农必须当天早膳之前，就把新茶送到成都。孟昶得喝过春雪后，才有胃口用早膳。而花蕊夫人呢，也得在喝过茶后，才能赋上一首新诗。这样一来，瓦屋山的茶农可就忙了。他们得三更天就点着火把上山采茶，鸡叫头遍就要做好茶，接着用快马往成都送。沿途驿站换马不换人，往往一饼新茶送到成都，得累死好几匹马……"

太宗听不下去了，把桌子猛一拍，骂道："这个孟昶真是荒淫无道！当年他用的便盆镶嵌了七颗宝石，朕就已经觉得匪夷所思了。没想到他竟然还干出这等扰民之事。难怪他把国家弄丢了！"

"是啊，"李皇后又道，"虽说按孟昶那样的要求，做出来的瓦屋春雪才是最正宗的，然而这样给蜀地茶农造成的伤害，却也是最大的。臣妾之前不知，后来听说了孟昶的故事后，便让蜀地减少上贡瓦屋春雪的量。今年又向蜀地传话说，咱们宫中还有往年余下来的瓦屋春雪，可以不再往宫中送新茶了。所以陛下现在喝到的，也只能是陈年的滋味。陛下不会责怪臣妾吧？"

太宗笑道："怎么会呢，正该这样考虑呢。"

李皇后又叹道："陛下，臣妾这样做，只能算有点象征意义。据臣妾所知，虽然臣妾今年不让蜀地往宫里送春雪，但春雪依然是抢手货。京城的达官贵人，都以能获得一饼春雪为荣，所以春雪供不应求，蜀地老百姓深受其害。陛下，臣妾斗胆请求禁止买卖瓦屋春雪，只要需求没了，对蜀地百姓的伤害也就减少了。"

太宗惊讶地问道："皇后，你不是很喜欢喝瓦屋春雪吗？为何禁止买卖？"

李皇后垂目道："陛下，如果能保得蜀地百姓平安，臣妾少一点口腹之欲，又算得了什么。"

太宗大赞："皇后，你能这么想，太让朕高兴了。好好好，朕即刻拟旨，发布这条德音！"

李氏喜极而泣，但随即她又说道："陛下，这条德音对蜀地百姓非常重要。只是陛下的德音虽然像海洋一样宽广，但要让德音的波涛遍及蜀地山山水水每一个地方，却是很难的。所以，陛下得选个恰当的人选，前往蜀地宣扬，蜀地百姓沐浴了陛下的德音光辉，才会永世归附啊！"

太宗道："皇后思虑得是，蜀地确实太偏远，乱象丛生，朕也早有耳闻，确实需要有个恰当的人前往治理，让蜀地百姓知道朕一直惦记着他们。只是朕苦思良久，却没能找到这样的人。皇后有合适的人选吗？"

李皇后道："陛下，后宫不干涉前朝之事，这可是咱们大宋的规矩。这个话陛下可不该问臣妾，该去问前朝大臣呢。"

太宗哈哈一笑，又把李皇后夸奖一番。太宗之所以一直宠爱李皇后，就在于李皇后不但有情有趣、性情温和，还知规懂矩，这都是一个后妃的美好品德啊。

李皇后被夸，但她并没有表现出高兴的样子，而是神情黯然地说道："陛下，前朝之事臣妾不便多说，但后宫之事，臣妾却也做得很差，不配获得陛下肯定……"

太宗诧异道:"皇后何故自轻?"

李皇后垂泪道:"陛下,元佐疯癫,臣妾有不可推卸的教育失责……元佐虽非臣妾亲生,但臣妾一直把他当亲儿子对待,对他抱有很大希望。哪知他竟这般不成器,现在竟然发展到纵火烧宫。唉,臣妾的罪过实在太大了……"

太宗拍拍李皇后肩膀:"皇后不必自责,朕都把那逆子教育不好,何况你还不是他的生母,他怎么可能听你的!"

李皇后拿手绢蒙着脸,继续哭:"臣妾想到过世的姐姐,就为她难过。她薨逝的时候,元佐才十三岁。臣妾第二年入宫,没有什么功劳,就白得了元佐、元侃两个儿子。可惜臣妾无能,教子无方。臣妾想到元佐要去均州,就夜夜睡不着觉,觉得愧对姐姐。陛下,均州地小物薄,元佐一大家人去那里,会过得很艰难啊……"

"你想替元佐求情吗?"太宗警惕地问。

"臣妾先前才说了,陛下处置得当,臣妾哪敢求情!"李皇后赶紧解释,"臣妾是想请陛下改一个地点,把元佐安置到成都府去。蜀地物产丰富,元佐去了蜀地,生活不至于太过于窘迫,也让臣妾心中对姐姐的愧疚少一些。当然了,这不是最主要的。陛下刚才不是说找不到恰当的治理蜀地的人选吗?元佐去了成都……"

"皇子皇孙们都只是'奉朝请',不能参与朝廷政务,也不能进行地方治理。你是知规懂矩的人,难道不明白这个道理吗?"太宗有点不高兴了。

李皇后也不急,笑道:"陛下,臣妾说让元佐去成都,并不是让他去治理蜀地,他可没那个本事。蜀地不太平,元佐去成都,可以看到治国的艰辛,行为举止便不会再像之前那样任性。而且这样一来,元佐还会在蜀地宣扬陛下的德音。蜀地百姓聆听了陛下的德音,他们就不会再那么野蛮,蜀地也就会变得太平了。陛下,这可是一举三得啊!"

"哪三得?"

"一得,元佐一家老小的生活有了保障,臣妾不愧疚于姐姐,陛下也不会太忧心;二得,元佐明白了治国的艰辛,他就不会再任性,病也会很快好起来;三得,蜀地百姓得到了教化,他们安居乐业,蜀地也就大安了。如此三得,陛下不高兴吗?"

自从赵昌言提议把赵元佐安置到成都府去后,太宗就一直犹豫不决。其中有个担忧,就是怕李皇后不高兴。李皇后把赵元佐当自己亲儿子养,太宗看在眼里,喜在心里。现在见李皇后竟然愿意让赵元佐去成都,他更加高兴,同时对李皇后也更加宠爱。于是,太宗当即做出决定,把赵元佐的安置地点,改为成都。

11

太宗的圣旨一颁,第一个做出反应的人是益王赵元杰。

赵元杰来到福宁殿,见到太宗,对他说道:"父皇,儿臣是为大皇兄的事情而来。"

太宗很不高兴:"朕早已说过,关于元佐的事情,不准再提。而且朕还把他安置到生活条件更好的成都,你还有什么可说的?"

赵元杰道:"父皇,虽然儿臣不希望大皇兄外放吃苦,但是父皇把大皇兄改放到成都,足见父皇皇恩浩荡,儿臣没有意见。"

太宗道:"没有意见,你还来说什么?"

赵元杰道:"父皇,儿臣不是来为大皇兄求情的,儿臣是想随大皇兄去蜀地。"

太宗道:"你随元佐去蜀地干什么?"

赵元杰道:"父皇,大皇兄有病,需要有人照顾他,儿臣想去蜀地照顾大皇兄。"

太宗听了心里暖暖的,不过他笑道:"元佐家里有下人,地方上还有州府官员,不用你照顾。再说了,你也是个小孩子,你能照顾什么呀……"

"儿臣不是小孩,能照顾人了!"赵元杰道,"父皇啊,人都是很势利的。大皇兄还是楚王的时候,有钱有地位,大家都会捧他,巴结奉承他。现在他被废为庶人,没钱没地位了,谁还管他死活。正是出于这样的考虑,儿臣才想去成都照顾大皇兄。"

太宗没想到赵元杰竟然这般顾及兄弟之情,大为欣慰,软声说道:"元杰啊,你不用去,元佐做出悖逆之事,他正该去蜀地吃苦,受到那样的惩罚。你懂事又仁厚,朕不能让你去跟着去吃苦。"

赵元杰朗声说道："儿臣不怕吃苦。如果能照顾好大皇兄，劝得大皇兄回心转意，从此不再疯癫，儿臣内心欢喜。"

"父皇，儿臣还是益王呢！"赵元杰又笑道，"虽然藩王不领州府之事，但是儿臣这个益王也不能白当，大皇兄既然去了成都，也就相当于到儿臣的家里去了。既然到儿臣家里去了，儿臣怎能不尽心尽力照顾他呢？"

太宗更加高兴，但他还是摇摇头："元杰啊，朕是不会让你去成都吃苦的。不过，朕再封你为成都府尹，领成都府尹的俸禄。你住在京城，可以让成都的知府和通判按时向你呈报元佐在成都的生活及修习情况，一旦发现问题，你可以及时帮助解决。"

赵元杰悲伤地说道："父皇啊，儿臣本来希望陪大皇兄去吃苦，没想到竟然还获得封赏。父皇皇恩浩荡，只怪大皇兄不懂殷殷父爱。父皇放心，成都府尹的这份俸禄，儿臣会拿来资助大皇兄的。儿臣也会不断给大皇兄写信规劝他，希望他的疯症能尽快好起来，尽快回到父皇身边！"

太宗满意地拍拍赵元杰肩膀，让他走了。

蜀地动乱不已，谁都不敢去，为何赵元杰却主动申请去呢？其实这是李昌龄给他出的主意。那么，李昌龄又为何与赵元杰有联系呢？

"小孟尝"赵元杰本想设宴请李昌龄、赵昌言、田锡等人。但由于田锡坚决拒绝，因此这顿宴请没能请成。不过，赵元杰因此和李昌龄联系上了。

起初，李昌龄也没怎么把赵元杰看在眼里，毕竟赵元杰还小，而且性格上多少有些张扬。"小孟尝"之事，因为他年纪小，太宗爱儿，不与他计较。但若是他年纪大一点还这么做，一定会受太宗猜忌的。因此李昌龄不愿意多和他打交道。但是赵元佐的事接二连三发生后，李昌龄渐渐明白，依靠赵元佐是没有希望了，必须当机立断，抛弃赵元佐，另找一个拥戴之人。

找谁呢？李昌龄最早想到的是三皇子赵元侃。

二皇子赵元僖是赵昌言集团拥戴的人，基本上属于敌对势力，因此不可能和他联结。能联结的就是三皇子赵元侃。再说了，赵元侃又是赵元佐的亲兄弟，因此找他是最恰当不过的了。但是赵元侃却像一团寒冰，李昌龄在他那里试探了好几次，他都对李昌龄不理不睬。他的心就像被冻在寒冰中一样，没有一丝搏动。哪怕李皇后暗示他，他也没给李皇后一点好脸色。所有这一切，都使得李昌龄最终不得不抛弃赵元侃，渐渐地靠近了赵元杰。

其实赵元杰之上还有一个四皇子赵元份。但是赵元份懦弱无主见，又有点笨，太宗不喜欢他，李昌龄自然不会考虑他。往下排，也就是五皇子赵元杰了。

赵元杰很受太宗宠爱。他是一块璞玉，一支潜力股，只要好好雕琢一番，将来取代赵元僖成为皇位继承人，也不是不可能。

也正是出于这样的考虑，李昌龄才想到一个一箭三雕的办法。让李皇后借请太宗喝茶的机会，奏请把赵元佐安置到蜀地去。这样做，可以让太宗觉得李皇后公正无私，因而更宠爱她。这是"一雕"。赵元佐去蜀地，遭遇不测就算了。但如果他改过向善，重获太宗信任，将来还可以再利用他争夺储位。这是"二雕"。再让赵元杰以照顾赵元佐为名去蜀地，在太宗那里博得好印象，这样会极大地增加他获得储位的希望，这是"三雕"。

"三李"想的是"三雕"，给太宗奏报的却是"三得"。绝顶聪明的太宗，竟然也被他们给哄骗了。

12

这一天，田锡正在家里呆呆出神，参知政事寇准忽然走上门来。

田锡住在东京城西郊，显然寇准是走了很长的路，才到田锡家来的，而且还是不告而来，这让田锡甚是诧异。

田锡忙上前施礼，让雅儿倒茶。但是寇准不理田锡，也不喝茶，只在屋里转悠，仰着头，往空中四处张望。田锡有点莫名其妙："寇相，你在望什么？"

寇准道："我在找一个人。"

雅儿忍不住笑道："寇相想找人，为何往空中望？难道那人有翅膀，会飞？"

寇准道："那个人虽然不会飞，但他的精神是飘飞在空中的，是容不得地上有半粒灰尘的。只要他发现谁的脸脏了，他必定上前擦洗；只要发现哪里的路有不平，他必定上前铲削；只要发现谁的身子歪斜，他必定上前扶正。尤其是对官家，他直言敢谏，甚至不留情面。有一次，他把官家得罪了，官家气得不行，谁知他却对官家说：ّ日往月来，养成圣性。'他是天下公认的正直之士，被官家赞为'天下正人'，也是满朝文武公认的'天下正人'！"

雅儿虽然不了解，却也听明白了，原来寇准在夸奖田锡呢。先生被夸，雅儿心潮起伏，激动不已，满眼都是波涛。

寇准夸完，却又坐下来，垂着头，长长地叹了口气："唉，可惜好好的一位'天下正人'，却已经飞走了……"

雅儿着急地说："没有啊寇相，咱们先生不是好好地坐在这里吗，哪里飞走了？"

田锡哈哈一笑，正色道："寇相，你真的认为，只要田某出面求情，官家就会收回成命吗？"

"田掌诰是咱们大宋的魏徵，官家圣比唐朝的太宗皇帝，从谏如流，怎会不听！"

"寇相，你错了。在这件事上，咱们越劝谏，官家越不会听。很多人正是看出官家不会听，因此才拼命进谏。他们不是为了改变官家的决定，而是为了在官家面前挣表现。寇相，田某宁愿被官家误解，也绝不做这种溜须拍马之事！"

"果然是'天下正人'！"寇准大赞道，"寇某也看出官家铁了心，一定要让大殿下受些教训，这是没法更改的。虽然寇某欣赏大殿下的个人情操，但他情绪不稳，确实不足以成大事。官家让他去吃苦，也是对的。所以当大臣们都在宫门前跪求官家赦免大殿下时，寇某并没有上前凑这个热闹。寇某也没见到田掌诰在那里凑热闹，想来田掌诰也和寇某是一样的想法吧。"

"不错，田某确实也是那么认为的。想来吕蒙正、吕端这几位也是这样的想法吧，田某也没看见他们跪在宫门外抹眼泪啊，哈哈。"田锡笑一笑，又问道，"寇相，既然你认为官家对大殿下处置得当，为什么还来让下官去上奏呢？"

雅儿也帮腔道："是啊，寇相赶这远长的路到咱家来，总不可能只是来串门儿的吧？"雅儿刚到田锡家落脚，就说"咱家"，显然她已经真把这里当成她的家了。

"当然不是，"寇准道，"如果官家把大殿下送到均州安置也就算了。但是他却又把安置地点改换到成都，而且给他提这个建议的，不仅有赵昌言集团，还有'三李'。赵李二人向来意见相左，这次竟然出奇地一致，田掌诰，你不觉得这事很奇怪吗?"

田锡点点头道:"当然奇怪,田某也正为这事苦恼呢……"

"是啊,"寇准道,"蜀地虽然归顺了我大宋,但兵变与民乱一直没有停过。治蜀官员又一味高压,课税繁重,贪赃枉法,使得蜀地矛盾愈发尖锐。别看蜀地现在只有一些小波澜,但水底下很可能藏着一个大漩涡。大殿下身份特殊,他去蜀地,蜀地那些别有用心的人,正好利用大殿下的特殊身份,把藏在水底的大漩涡搅上来,掀起惊天波澜。到那时候,咱们大宋这条大船,就又可能遭遇强力颠簸了。搞不好,不但大殿下会葬身漩涡之中,大宋也会遍体鳞伤啊……"

雅儿急了:"寇相,既然蜀地那么危险,为何还有人建议官家把大殿下送去蜀地呢?"

"赵昌言希望大殿下去危险的蜀地不难理解,毕竟他和许王走得很近。大殿下遭遇危险,对许王来说自然是最有利的。"寇准道,"只是这'三李',他们是把大殿下当成他们的基石啊,为何他们也建议官家把大殿下外放到蜀地呢?田掌诰,你知道原因吗?"

"什么原因?"

"唯一的解释就是'置之死地而后生'!"寇准分析道,"官家已经把大殿下废为庶人,如果此后没有大的变故,大殿下很难东山再起。把大殿下外放均州,均州太平无事,不可能出现什么变故。唯一可能出现变故的,只有蜀地……"

"大殿下去蜀地会有什么变故?"雅儿问道。

"蜀地不太平,大殿下去那里虽然很危险,但也很容易立功。只要大殿下立了功,官家肯定会恢复大殿下的王爵。大殿下的王爵一旦恢复,他又会被重新纳入储位的讨论之中。"

"寇相说得有理,"田锡点点头,"不过田某觉得,'三李'的想法虽然好,但是很可能竹篮打水一场空。如果大殿下去蜀地遭遇了不测,对'三李'还有什么意义?"

寇准道:"你怎么就肯定大殿下去蜀地会遭遇不测?蜀地虽然不太平,想来大殿下应该不会有危险吧……"

田锡突然抬头,直视寇准道:"寇相,你认为东宫的那把火,一定是大殿下放的吗？"

寇准大惊："田掌诰为何这么说？大殿下不是自己也承认了吗？"

"自从秦王被贬谪以来，大殿下一直在干一些自伤自轻的事，有意破坏自己的形象。关于这一点，寇相认可么？"

"认可。"

"所以啊，就算是别人放的火，大殿下也乐于安在自己头上呢。"

"你说是别人放的，你有什么证据？"

"没有，田某只是一种感觉，但田某相信自己的感觉。"

"你认为是谁放的？放火的目的何在？"

"田某不知，"田锡摇摇头，"田某只是感觉，大殿下很像是被人做了一个局。做局的人，不但想让官家把大殿下废为庶人，还想让官家把大殿下外放到蜀地去搞事。如果真是这样，大殿下去了蜀地，难道还不危险吗？"

寇准点点头："田掌诰，寇某虽然没有想到这一点，但毫无疑问，咱们必须阻止大殿下去蜀地。只是寇某向官家上奏，官家未必肯听，因此寇某才想到田掌诰，现在恐怕唯有你才能说服官家，不把大殿下外放去蜀地了。"

田锡叹息道："寇相高看田某了。李昌龄和赵昌言是官家最信任的两个人，他们都支持大殿下去蜀地，田某怎能让官家改变主意？现在唯一的办法，就是找到真正的纵火人。一旦找到，一切阴谋都将不攻自破，大殿下肯定就可以不用去蜀地了。"

"能找到纵火人吗？"

13

田锡的怀疑是从潘家医馆开始的。

那天，潘阆在离开前说"大宋头上已经冒烟，不久就会燃起来了"这话后，紧接着就发生了所谓的"楚王纵火"事件。田锡从小读圣贤书，一向信奉"子不语怪力乱神"，因此对潘阆的所谓"精准预言"，他并不相信，他觉得这绝非天意，而是人为。

这是第一件可疑之事。

第二件，便是那天掩护潘阆逃走的那个背影。当时康继英和雅儿都觉得好像在哪里见过那个背影，却都一时没想起来。等他们晚上回到田府时，康继英突然大声说："那人是奸细！"

"什么奸细？"田锡和雅儿都不明白康继英在说什么。

"就是从背后下黑手射死我父亲的那个奸细！"康继英情绪激动，"这人外表没有什么特征，正面也看不出什么异样。不过，等他转身跑起来时，他的特征就显露出来了——他的肩背像鹰一样耸立，步子像狼一样迅捷。没错，就是他！我只需看一眼，就永远忘不掉这个背影！就是他，就是他射死了我父亲！就是他让我父亲背黑锅！"

没想到雅儿也激动起来："没错，这也是射死我父亲的那个捕役，他也是从背后射死我父亲的！他逃走时，也是这样的背影！肩背像鹰一样耸立，步子像狼一样迅捷，确实就是这样的背影！"

田锡陷入沉思："不对呀，这个奸细就算跑得再快，他也不可能一会儿在边关，一会儿在蜀地，一会儿又在京城呀！"

康继英和雅儿也觉得奇怪，但是他们都坚定地表示，他们没有看错，这个人就是杀害他们父亲的凶手！

这个人为何刚好挡在康继英和潘阆之间？他是故意这样做，好救出潘阆吗？如果是，他和潘阆是什么关系？潘阆的"预言"又和这个人有什么关系？为何他一会儿边关一会儿蜀地一会儿京城，能够像神仙一样无处不在？

田锡的心中一团乱麻。

不过虽说一团乱麻，但潘阆的"精准预言"和奸细的"无处不在"，却让田锡感到，所谓"楚王纵火"是很值得怀疑的！

但是，如果是别人放的火，纵火人与潘阆有没有关系？

田锡赶紧派康继英再去潘家医馆找潘阆。但哪里还有潘阆的影子？门庭若市的潘家医馆，突然关门闭户。扫地的下人说，潘大夫去中条山云游了。去中条山哪里呢？只在此山中，云深不知处……

田锡不但心中一团乱麻，还失望不已，因为太宗取消了籍田礼。

接到取消籍田礼旨令的那天，田锡又去了一趟东郊。尽管实际上去那里已经没有任何意义了，但田锡还是忍不住再去了一次。他围着那些肥沃的籍田转了一圈又一圈。他从一根田埂转过去，又从另一根田埂转过来。临近中午的时候，他终于转到先农坛。

先农坛是一座高大的台子。春天是一个把筷子丢在地上都能发芽的季节,一切都在快速生长,也就几天时间,青苔便已爬到先农坛台基上,连台面也泛出铁青色,像是密布着的愁云。

田锡不知明年能不能举行籍田礼,但是可以确定的是,若是没人打理,明年这个时候,青苔便已经攀上先农坛台面,甚至荒草会把整个台子都覆盖上。那时的先农坛,会不会像一座巨大的坟茔……

14

田锡从东郊回到舍人院,坐在凳子上久久发呆。

这时,太宗派人宣田锡去崇政殿面圣。

田锡很激动,他其实也有一肚子的话要和皇帝说,没想到皇帝竟然主动召见他。他从抽屉里拿出一道奏章揣在怀里,这才匆匆出门。

田锡一来,太宗便笑着问道:"田卿,你对朕可从来没有客气过,只要发现朕言行有什么不合适的地方,立马就会指出来,所以田卿才叫'天下正人'!只是这一次,朕取消了田卿辛苦操劳小半年的籍田礼,为何不见田卿的奏章?"

田锡叹口气:"陛下取消得对,微臣没什么可说的。"

太宗笑道:"田卿,朕可很少听到你的表扬啊……"

田锡道:"陛下,微臣请陛下举行籍田礼,现在回头想来,确实有些操之过急。陛下圣明,取消籍田礼,这是纠正微臣的错误。陛下没有治微臣的罪,已是皇恩浩荡,微臣感激不尽……"

太宗从田锡的语气中听出了不满,也听出了顺服,听出了悲叹。田锡可不是轻易顺服悲叹的人,他说出这样的话,可见他内心的痛苦。太宗眼中潮潮的,沉默了一会儿,才又说道:"田卿,你知道朕为何召你前来吗?"

"微臣愚钝,请陛下明示。"

"这座宫殿,原先叫'讲武殿'。太平兴国八年(983)的时候,朕改名'崇政殿',卿还记得吗?"

"记得。"

"田卿可知朕为什么改名吗?"

"陛下希望天下尽快息却刀兵，以致太平。"

太宗点点头："田卿，朕知道你为什么反复奏请举行籍田礼。你的心思和朕是一样的，都希望能够早一日实现天下太平。到那时候，咱们君臣便可以不问世事，终日只以宴饮为乐。但是这一天还远远没有到来，现在还只是一个理想。朕和卿差不多是同年之人，都已年迈，都希望有生之年能看到这一天的到来。不过，尽管着急，咱们也不能揠苗助长，必须一步一步往前走啊……"

田锡瞬间泪崩！

显然，太宗是因为知道他心里难受，才特地把他叫来安慰的。看得出，太宗心里比他更难受。但太宗难受，他却并没有表露，而是极力忍着，还反过来安慰自己！既然如此，自己还有什么可抱怨的呢？

太宗从龙椅上站起来，在殿内踱了几步，这才转身说道："田卿，之前你一直做的是言官的工作，朕想发挥你更大的作用，交给你一项更重要的工作。你从舍人院搬到银台司，负责奏章的收集、传递和封驳。银台司是一个总开关，天下的奏章都要从那里过。你去了那里，必须秉持公心，把最要紧的奏章呈报上来，绝不能徇私舞弊。另外，朝廷的各项诏令，你也得认真把关。有不恰当的，你必须及时封驳回来。田卿啊，你要明白，这是朕对你的考验，你要经受住这个考验啊！"

田锡很清楚，太宗说的"经受住考验"这话是什么意思。银台司是通往二府的快捷通道，一个官员到了银台司，也就意味着进二府当宰相不远了。只要不出大错，干个一年半载，就可以升为宰执。显然，太宗正是以此暗示他，希望他好好干。

不过，田锡对太宗的暗示似乎并不是特别感兴趣，他的兴奋点不在那上面。那段时间，他除了专注于籍田礼以外，还对蜀地官府给茶农造成的危害有很深的感触。

田锡从怀里掏出奏章，郑重地递给太宗。

实际上，这道奏章田锡早就递交过了。但究竟有没有交到皇帝手里，田锡并不知道，总之没有下文。所以田锡趁这个机会，把奏章当面交到了太宗的手里。

田锡道："陛下，微臣斗胆请求取消蜀地茶叶专卖制度，尤其是取消对瓦屋春雪这种高档茶叶的专卖，改为征收一定的税赋。这样一来，茶叶走私的现象不但不会再发生,官府也不会得一个'与民争利'的恶名……"

田锡还没说完,太宗就打断他:"瓦屋春雪的事,皇后已和朕谈过了。瓦屋春雪这种茶叶,本身就是孟昶搜刮民脂民膏的产物,所以朕正准备下一道命令,全国禁止买卖瓦屋春雪!只要没有买卖,就没有生产。这样一来,就能减轻茶农负担了!"

田锡急迫说道:"陛下,瓦屋春雪是微臣老家洪雅出产的高档茶叶,一旦禁止买卖,就断了许多茶农的生计,他们就没活路了啊!其实,问题不在于瓦屋春雪这种茶,而在于茶叶专卖制度……"

太宗又打断田锡:"取消茶叶专卖制度,你的俸禄由谁来发?田卿,你现在是朕的谏官,你向朕提建议的时候,不能只考虑你洪雅的利益,你得有一个大局性的眼光,明白吗?"

"但是微臣认为……"

"没有什么认为,今后做好你银台司的事情就行了!"

太宗说完,转身拂袖而去。

田锡不知道,他交给中书的奏章,并没有被截留。不但没有被截留,李昌龄还当即交给了太宗。只不过他对太宗说了这样一番话:"陛下,田掌诰只考虑他洪雅的利益,这种做法太自私了吧!蜀地茶叶专卖,是咱们财政收入的一个重要来源,若是没有这笔收入,咱们拿什么来给全国各地的官员们发俸禄……"

这话太厉害,太宗立刻很不高兴地说:"既然如此,那就留中不发吧。"

田锡不知有这一则,还旧事重提,太宗怎会高兴呢?

实际上,李昌龄把田锡的奏章给太宗后,立刻又吩咐李皇后对太宗上奏不准瓦屋春雪买卖的建议。这样的环环相扣,不但让太宗不满田锡,而且也增加了太宗对李皇后的宠爱——对于"三李"来说,太宗对李皇后的宠爱,就是他们能继续在朝中呼风唤雨的基石!

15

田锡离开皇宫,刚走出乾元门,康继英就迎上来说,他在皇城外又看见了那个奸细!

田锡急问:"你为何没抓住他?"

康继英恨得跌足:"这奸细太狡猾了!他其实是从学生身边走过去的,但学生并没有发现。因为他走路的样子和常人并没有什么区别,也没有特殊容貌,不容易引人注目。也是凑巧,当那奸细走过虹桥时,一辆马车从桥上冲下来,差点撞着桥下一乘轿子。轿夫吓得脸都黄了,着急大喊。学生赶紧冲上前拉住轿杆,扯住马,这才避免了一场险情。却是学生往前一冲,那奸细误以为学生是抓他,吓得赶紧逃跑,这才露出了他那'鹰背狼步',让学生认出来了。"

"你赶紧上去追呀!"

"是啊,学生也想立马上前追,但学生拉着轿子,腾不出手来。等那惊马安静下来,学生转身去追时,那奸细已跑出很远。好在学生也算有些腿上功夫,跟着猛追。眼看就要追上时,那奸细竟然翻过围墙,跳进许王府去了。学生不敢擅闯许王府,这才回来找先生……"

"跳进许王府去了?难道那奸细是许王府的人?"

"也许是,也许不是,这事太过蹊跷……"

田锡陷入沉思,他感到事情似乎越来越复杂,却又似乎越来越明确。不管怎么说,寻找楚王府"纵火人",他现在已经有方向了。

田锡准备去找一个人,这个人就是开封府通判吕端。

田锡找吕端,是一个冒险行动。

田锡已经是年过半百的老人家,但其实吕端比田锡还大五岁。年纪比田锡大五岁,官阶却比田锡还小,只是从五品。不过虽是从五品,但是深受太宗器重,让他担任开封府通判这样一个重要官职。开封府的正职是开封府尹,通判是副职。尽管是副职,其实责任重大。大宋初年,开封府尹都是由"准储君"来担任的,皇族一般不领州府事,因此作为副职的通判,其实就是实质上的一把手。

吕端尽管深受太宗器重,但他这个通判,似乎当得并不成功。

吕端辅佐赵廷美,但赵廷美与卢多逊勾结造反,吕端却一无所知。因此赵廷美和卢多逊被贬后,他也被贬为商州司户参军。只不过很快就被太宗召回来,去了太常寺。而当太宗让许王赵元僖担任开封府尹时,又让吕端去开封府充任通判,可见太宗对吕端依然是很信任的。

其实吕端做事并不上心,开封府的事,能简就简。大部分时间,他喜欢待在家里喝酒,整日里喝得醉醺醺的。很多人弹劾他,说他糊涂。但太宗却说:"此人小事糊涂,但大事不糊涂!"

众人都不知太宗此话何意,只觉得太宗对吕端太过偏爱。

这天晚上,田锡拎着一壶酒,带着康继英,去吕府登门拜访。

吕端已经自斟自饮喝上了,田锡一见,大笑道:"易直兄,开封府事务千头万绪,堆积如山,你咋还能优哉游哉喝酒啊?"

吕端也笑:"表圣,你是不了解吕某。吕某和别人不一样,别人一喝酒就糊涂,吕某正好相反,只有喝了酒才清醒。正因为开封府事务多,为了更清醒地处理,吕某才喝酒呢。"

田锡哈哈一笑,把手中的酒壶放在桌上:"易直兄竟有这番歪理!好吧,你算是把田某说服了。这不,田某给你拎酒来了呢。来来来,尝尝田某老家洪雅酿的桐花酿,看看能不能让你更清醒一点。"

说着,便自顾自温好酒,给吕端倒了一盏,又自倒一盏。

吕端端盏闻了闻,尝了一口,随即一口喝干,连声称赞:"好酒啊,味道醇厚温润,却又清寒简古,大有君子之风啊。表圣,这酒是用什么酿的?"

田锡道:"田某的老家洪雅,有一座山,名叫瓦屋山。瓦屋山上有一种树叫珙桐树。春末夏初,珙桐花开。珙桐花形似鸽子,所以又叫鸽子花。珙桐花刚吐蕊的时候是淡绿的,开到繁盛时,就变成雪白的。远远望去,仿佛满枝春雪,又如一树雪鸽。每每这时候,当地人便把珙桐花采下,放入五谷杂粮中酿酒,名桐花酿。田某少时在一座名叫'阿吒寺'的庙里读书,山寺清简寂寞。尽管家父曾劝告田某读书'慎无速,为期二十年',但是荒山野寺,青灯残卷,无人交流,也颇感孤寂。每每此时,田某便爱喝桐花酿解忧。只不过稍长以后,从开宝五年(972)入秦求学,直到来京城入仕,十余载中,再没有回过洪雅老家,反而特别怀念年少时的寂寞岁月了。因此便常常叮嘱家人寄一瓮桐花酿来,聊慰思乡之苦。易直兄若是喜欢,田某下次让家人寄酒的时候,就让他们多寄一瓮,送给易直兄。"

"好啊!"吕端也不推辞,随即跟着叹息道,"表圣啊,你我都老了……人越老,越想念家乡的山水草木。吕某在后晋时期,不到十二岁就入职为官,到如今差不多五十年过去了,依然只是个从五品通判,一事无成。古人在吕某这个年纪，早该致仕回家了。可吕某五十多年得个从五品，就算致仕，也没脸回去见人啊……"

田锡把住吕端的手臂，动情说道："易直兄，你说咱们读书人在五十岁的时候，应该知道什么样的'天命'？是慨叹自己官运不济，未能位极人臣？还是应该忧愁民生艰难，天下未至太平？"

吕端猛然醒悟，拱手道："表圣说得好啊，修身齐家治国平天下，这本来是咱们读书人的初心，这份初心咱们永远都不能丢。至于当官大小，那确实不是咱们应该考虑的，表圣批评得当！"

随即吕端倒满酒，哈哈笑道："看来吕某还是酒喝少了，不够清醒，吕某自罚一盏！"

田锡也端酒一饮而尽。两人哈哈笑过，吕端才问道："表圣，你今天晚上不是专门来陪吕某喝酒的吧？"

"当然不是，吕通判，田某今天来，是有一句话要问你。"田锡称呼吕端官名，严肃地问道，"通判上次担任开封府通判，遇到秦王谋逆。这次再当开封府通判，想来不愿意再出现类似的事情了吧？"

吕端羞红脸道："当然不愿意……"

田锡道："如果这样的事情再发生？吕通判该怎么做？"

吕端满腹疑惑："表圣，你发现了什么？"

"吕通判先回答田某，你会不会包庇？"

吕端凛然说道："吕某是官家派来辅佐开封府尹的，必须对官家负责，对江山社稷负责，岂能徇私枉法！"

田锡站起来，给吕端深深一揖，赞道："易直兄有这般认识，田某敬佩，官家赞你'大事不糊涂'，果然不假，请受田某一拜！"

田锡随即把他的怀疑，以及他和寇准对这件事的分析讲了一遍。田锡强调道："咱们并不是说，皇宫的那场火，就是许王派人放的。但这个奸细既然逃进许王府，就不得不让人怀疑。现在唯一的办法，就是尽快抓到这个奸细。抓到这个奸细，一来可以保护大殿下，二来还可以还许王清白。退一万步说，这件事如果真是许王在幕后指使，咱们也好趁许王在被立为太子之前，让官家有个清醒的判断，以确保大宋江山长治久安！"

"田掌诰说得有理，"吕端抱拳道，"田掌诰放心，吕某一定竭尽所能找到那个奸细。只是这奸细究竟长什么样子，有什么线索，田掌谙可否告知？"

前面咱们说道，田锡让吕端做这事有些冒险，为什么这么说呢？

就个人利益来说，吕端是不愿意做的。一来，许王是吕端辅佐的"准储君"，一旦许王成了太子，乃至于登基做了皇帝，吕端自然是宰相人选。所以，维护许王的利益，也就是在维护吕端的利益。

二来，吕端先前辅佐秦王，秦王就出了问题，太宗迁怒于他，把他贬到商州。如果现在辅佐许王，许王再出问题，太宗对他生的气会更大，他将受到的处罚也会更大。

总之，一旦调查出许王纵火的事实，对吕端是极为不利的。

这事对吕端如此不利，田锡却还来找吕端，所以说田锡在冒险。

不过，在田锡看来，他又并不是冒险，因为他相信吕端的人品，相信吕端的无私、良知和担当！

事实证明，田锡的判断没错，吕端确实和他是同路人。所以当吕端满口答应时，田锡心中感动不已。他端起酒盏一饮而尽，给站在门外的康继英招了招手，让他过来。

吕端把康继英端详一阵，若有所思说道："这位壮士好眼熟，似乎在哪里见过，但一时想不起来……"

田锡笑道："易直兄当然眼熟，他是康保裔的儿子康继英。康将军当年蒙冤时，易直兄还为康将军求过情呢。"

田锡一说，吕端一下想起来了，心中不免一阵感慨。

吕端和康保裔当然是很熟悉的，康保裔曾是秦王赵廷美的部下，两人都曾在赵廷美手下共事。后来，康保裔随军参加北伐契丹的军事行动，到刘廷让手下为将。君子馆之战后，康保裔虽然战死沙场，但是在李昌龄等人的弹劾下，康保裔被判临战脱逃，是造成君子馆之战失败的罪魁祸首。吕端不信康保裔会做出临阵脱逃之事，也上奏为康保裔辩护，但最终没用，战死沙场的康保裔，依然受到了严厉处罚。

后来潘阆曾对吕端说，你给康保裔辩护什么，你完全是在做无用功！处罚康保裔，其实就是处罚秦王的前兆。就好比砍倒一棵大树之前，先把大树的枝丫砍断。只有砍掉了枝丫，大树倒下时，才不至于带起太大的风声。

吕端知道康保裔有个武功高强的儿子流落民间，本想找到他推荐给朝廷，让他建功立业。但由于随后秦王叛乱的事情发生，吕端也被贬到商州，自身难保，因此寻找并推荐康保裔儿子的事，便这样搁置起来。

听说眼前这个壮士就是康保裔的儿子，吕端激动不已，站起来围着康继英转了一圈，又上下端详了一阵，忍不住啧啧称奇，喜之不尽。

田锡道："易直兄，继英是东京城唯一认识奸细的，只要把继英召入开封府供职，让他有机会出入许王府，就一定能查到这个奸细，把事情弄个水落石出。"

吕端在屋里走了几圈，步伐矫健，完全没有先前喝酒糊涂的样子。他突然停住脚步，果断说道："表圣，我立刻写奏章举荐康继英，推荐他担任开封府军巡使。正好你现在到了银台司，负责奏章的传递。你把奏章带回去，明天就交给寇相，请寇相火速递到官家手里。只要有官家的任命，继英便可以在开封府、许王府随便出入了。"

16

第二天，吕端刚到开封府，许王赵元僖就在开封府推官胡旦的陪同下，突然闯了进来。

赵元僖一跨进门槛，便冲吕端大声嚷道："吕通判，听说你准备把康继英那个罪犯招进开封府，是不是？"

吕端大惊。昨晚田锡只是悄悄到他府上，向皇帝推荐康继英之事，也只是他们的密谋，外人不得而知，何以许王立刻就知道了？

胡旦似笑非笑说道："吕通判，许王殿下是开封府尹，开封府有什么事能逃过殿下的法眼。吕通判暗中做了什么，还是赶紧向殿下坦白吧。"

吕端非常厌恶胡旦。

胡旦和田锡一样，也是太平兴国三年进士。那一榜，胡旦被太宗钦点为状元，田锡是榜眼。胡旦比田锡足足小了十五岁，高中状元的时候才二十四岁。少年成名，未免轻狂。因此这些年过去，同榜进士中的李昌龄、赵昌言等人都已经位及宰相了，而胡旦还只是个小小的开封府推官，因此他心里一直很郁闷，同时也怨气冲天，觉得没当宰相，是处处受打压的原因。

首先是受到参知政事吕蒙正的打压。当年吕蒙正到他老家游学，胡旦的父亲是知县，宴请吕蒙正。席间，胡旦很瞧不上这个穷书生，就让他吟诗。吕蒙正吟了一首，诗中有一句"挑尽寒灯梦不成"，当时胡旦就笑出声来，鄙夷地说："读啥书啊，一个瞌睡虫罢了！"

吕蒙正被知县公子嘲笑，也没说什么，回去后更加发奋苦读，最终在第二年考上状元。吕蒙正考上状元后，便给胡旦写了一封信，信上说："瞌睡虫如今中状元了！"

胡旦不以为然："明年我就中个状元给他看看！"

第三年，胡旦果然中了状元。

胡旦说中状元就中状元，这让他对自己有了充分的自信。随即他对外宣称："应举不作状元，仕宦不作宰相，乃虚生也！"

只是这一次并没能说什么就是什么，十多年过去了，他还只是个从六品的开封府推官，而吕蒙正却早就高居相位了。每每想到这些，胡旦就怨气冲天。他总觉得这是吕蒙正在背地里故意压制他，他才没有得到升迁。

胡旦有这样的想法，也是有根据的。除了嘲笑吕蒙正是瞌睡虫外，当吕蒙正第一次当上参知政事时，他和吕蒙正还有过节。当时朝会，吕蒙正刚走进大殿，胡旦就捏着嗓子在一旁嘲笑："这个瞌睡虫也能当上宰相呀？"

胡旦这个人有个特点，就是嘴巴在脑子的前面。说完话，他才觉得不对，赶紧从那里躲开。好多人都回头往那个方向看，不过吕蒙正没有回头。有人为吕蒙正打抱不平，准备调查究竟是谁在讽刺挖苦，但吕蒙正阻止了调查之人，大度地说："吕某不会调查的。吕某要是知道了他的名字，可能就终身忘不了他了！"

吕蒙正的话说得明明白白，就是不会打击报复胡旦。但胡旦却认为吕蒙正是假正经，自己之所以迟迟得不到升迁，正是吕蒙正在暗中搞鬼的缘故！

胡旦还对吕端充满怨气。

他比吕端先到开封府，本来上一任开封府通判走后，他就应该递补的，但吕端却空降到开封府，把这个职位占了。吕端原先当开封府通判就没干好，出了秦王造反这样的大事，被贬去地方上了。没想到许王被任命为开封府尹后，他又回来任通判，活生生地把本该属于胡旦的职位抢走了。

实际上，许王赵元僖也不喜欢吕端当他的副手。

赵元僖听说吕端要来，就曾上奏说，吕端是个丧门星，他不愿意吕端辅佐他，想换一个人。但太宗不听，还把许王呵斥了一顿。

胡旦看得出来，从吕端来到开封府那天起，赵元僖就对他没有好脸色。这使得胡旦再次充满希望，只要紧紧跟着赵元僖，别说将来当通判，就是当宰相也是极有可能的。

实际上，在赵元僖还未到开封府的时候，胡旦常常是和赵元杰搅在一起的。在他看来，太宗宠爱纵容赵元杰，也就是要对赵元杰委以重任。不过，现在赵元僖担任开封府尹，显然就有了尘埃落定的味道。所以胡旦离开赵元杰，完全投奔到赵元僖门下了。

吕端厌恶的，就是胡旦这种趋炎附势的样子。他见胡旦帮腔，真想嘲讽他两句。不过，在赵元僖面前，吕端却也不好表露出他的厌恶，还只能老老实实回复："回禀殿下，下官确实向官家推荐了康继英，不过康继英并不是罪犯……"

"不行，你必须让这个罪犯赶紧离开开封府，赶紧离开！"

吕端好言解释："殿下，康继英虽然是康保裔的儿子，但他并不是戴罪之身，而且他武功了得，咱们开封府正是用人之际……"

赵元僖厉声打断吕端："本王已经说了，让康继英赶紧离开，难道你还要本王再说一遍？康继英是罪臣之子，你把罪臣之子吸纳到开封府来，如果他对本王造成伤害，你负得起这个责吗？你还说他武功了得，他武功越高，对本王的危害就越大，你明不明白？"

赵元僖的霸道，吕端很是反感。但吕端是副手，他不可能和赵元僖闹矛盾。心思转了转，吕端立马有了主意，他做出恍然大悟的样子说道："殿下考虑得很周全啊，只怪下官昨晚喝了酒，糊涂到现在，怎么就没想到这一层呢？哎呀呀，大事不好了，下官已经把奏章送去朝廷了。如果奏章还在银台司，让他们退还就是了。但如果奏章已经送到官家那里去，就不好办了。官家见咱们开封府刚递奏章又撤回来，儿戏一般，这可是欺君之罪啊！"

"那你还拖延什么，赶紧去追呀！"赵元僖恶狠狠吓唬吕端，"本王警告你，要是奏章送到父皇那里了，本王要你的命！"

"下官马上去追，马上！"吕端说完，又一副替赵元僖考虑的样子道，"殿下，这事事关重大，下官担心信使半道偷懒呢。毕竟咱们东京城是一处繁华热闹的地方，信使要是在路上忙着看热闹，把时间耽搁了，可就不好办了。

所以嘛，殿下最好派一个护卫紧跟着信使，督促他，这样就不会误事了。"

吕端这样说，显然是避免赵元僖怀疑他搞鬼。赵元僖一听很高兴，真就让随身护卫跟在信使后面，往银台司飞奔而去。

其实吕端之所以敢这么做，是有底气的。这个底气就是康继英武功高强，绝对能跑在信使前面。所以当赵元僖和胡旦离开后，他立刻找到康继英，吩咐他道："你快抄近道去银台司找田主事，让田主事务必在信使到来之前，把奏章送到官家手里。如果信使抢先赶到，奏章让他拿回来，事情就不好办了！"

17

康继英出开封府不久，就有个蒙面黑衣人从背后悄无声息撺上来，出掌偷袭他。好在康继英警觉，轻松让过去，回身劈掌还击。蒙面黑衣人跳开，又从另一个方向袭击他。康继英不敢和黑衣人纠缠太久，怕耽误时间。所以他一出掌就是重手，想尽快逼退黑衣人。黑衣人在武功上显然比不上康继英，因此康继英几掌就把他打退了。但是这个黑衣人不依不饶，没一会儿，又追上来，从后面偷袭康继英。

这黑衣人打不过康继英，为何却不断偷袭？目的何在？

康继英发了狠，当那黑衣人再偷袭他时，他挥掌密不透风攻击，试图制服黑衣人。黑衣人不是康继英对手，一阵手忙脚乱，蒙面巾都差点被扯下来了。

但黑衣人也有优势，就是轻功了得，打不赢就逃跑。却是他这一跑，康继英大吃一惊，因为康继英又看见了那个熟悉的背影：肩背像鹰一样耸立，步子像狼一样迅捷！

"你就是那个奸细？"康继英大声喝道。

"对，我就是那个奸细！你不是要来抓我吗？来呀！"

康继英朝奸细猛冲过去。不过刚跑出两步，疑惑就涌上心头：此人真的是那个奸细吗？他明知康继英想抓他，为何还主动报名？会不会是装的奸细，目的是拖延康继英的时间？

康继英停住脚步，回身往银台司跑。

黑衣人在后面纵声狂笑："怎么了？尿了？你难道看不出，我就是那个射死你父亲的奸细吗？你难道不想为你父亲报仇雪恨？"

康继英脑袋嗡一声响,眼泪瞬间就流下来了。他朝思暮想都希望抓住奸细,还父亲清白——但是他明白,绝不能上这个人的当!他把泪一抹,提起步子,奋力往前冲。

黑衣人见康继英不为所动,从后面跑上来,冲康继英的背影低声喊:"你就算不为你父亲报仇,也得为你的小情人雅儿报仇呀!我也是射死你小情人父亲的那个奸细呢,你难道不想抓我回去,讨好你的小情人吗?"

这人连雅儿父亲被射杀之事都知道,不是奸细本人,谁能了解得这么清楚!不过,康继英心中越疑惑,越觉得这是一个阴谋;越觉得是一个阴谋,他就明白越应该保持定力,不能上当。

黑衣人靠得更近,口水都喷到康继英脸上了:"小子,我再告诉你一个秘密吧,皇宫的那把火,就是我放的。我放火的目的,就是想嫁祸给楚王。嘿嘿,我成功地让皇帝把楚王废为庶人了,难道你不想抓住我为楚王申冤吗?"

康继英心下骇然!不错,这就是那个奸细!康继英尽管依然跑得很快,但他的脚步乱了。

"我知道你为什么不愿为你的父亲、为你的情人、为楚王报仇了,因为这些都不重要,重要的是你想当官!只要你跑在信使前面,让田锡及时把奏章送到官家手里,你就能当官,对不对?我说得对不对?"

洪水终于冲破了康继英拼命守护的那道心堤。他再也忍不住,转回身,劈手就朝黑衣人抓去。黑衣人没有料到康继英动作那么快,惊诧之间赶紧往后猛跳,躲到一个行人身后,这才避过了康继英的一抓。

不过这一次,康继英显然不打算放过黑衣人,他跟着黑衣人左右腾挪,穷追猛打,把他从繁华的大街,一直追进冷清的小巷。进了小巷,没有阻隔的时候,黑衣人轻功的劣势就显露出来了。康继英几个起落,就跳到黑衣人前面,出掌织成一张网,把黑衣人密密裹进网里。

康继英一把扯下黑衣人的面罩。那只是一张很普通的脸,康继英感到似乎在哪里见过,又似乎没见过。不过这张脸此刻满是惊恐之色,眼神躲躲闪闪,连声求饶:"康壮士,你饶了我吧,我不是杀你父亲的人,不是杀雅儿父亲的人,也没有放火烧过皇宫,我说的这些话,都是有人教我说的!"

"谁教你说的?"

"是……"

黑衣人才开个头，突然"啊"一声惨叫，便嘴角流血，歪头断气死了。原来不知从哪里飞来一箭，不偏不倚，正好射在奸细后背上。康继英拔出箭来，发现无论着箭的位置，还是箭的外形，以及箭上涂的毒药，几乎都和杀害他父亲的毒箭一模一样。

　　康继英抬头搜寻，看见有人极快地朝远处逃遁——那又是一个蒙面黑衣人，而且依然是相同的飞逃动作：像鹰一样耸立的肩膀，像狼一样迅捷的步子！

　　怎么又有一个奸细？难道有两个奸细？

　　康继英丢下这个黑衣人的尸体，拔腿朝那个黑衣人追去。那个黑衣人不往偏僻的地方跑，却只往热闹的市井跑。市井之中，人头攒动，重重阻隔，只一晃，那人就不见了。

　　康继英懊恼地返回来找被射杀的黑衣人尸体，可是那里什么也没有，地上也没有血迹，他拔出来丢在地上的那支毒箭也不见了。

　　康继英疑惑了。会不会这件事从来就没有发生过，所有的一切，都是自己心中的想象？难道真的是自己的心在当官与为父报仇之间徘徊吗？

18

　　康继英心急火燎赶到银台司，看见田锡正伏案写字，赶忙问道："先生，吕通判的信使来过吗？"

　　"来过了。"

　　"信使把吕通判的奏章要回去了吗？"

　　"要回去了。"

　　"哎呀呀，学生误事了，来迟了，来迟了！"康继英气得跌足，却又有些埋怨，"先生啊，你怎么就把奏章退回去了呢？你难道看不出，实际上是许王逼迫吕通判这么做的吗？"

　　"看出来了。"

　　"哎呀先生啊，看出来了你还退给他？你应该说奏章已经交上去退不回来了嘛！只要奏章交到官家那里，事已成定局，许王也无可奈何呀！"康继英直砸自己脑袋，"都怪我，要不是在路上被那黑衣人拖住，也不会错过！"

田锡笑道："就算你及时赶到，老夫也不会把奏章交上去的。"

"为什么？学生进不了开封府，就没办法查案了呀！"

田锡说道："继英啊，你有没有想过？既然许王不许吕通判推荐你，不管老夫是不是把他的奏章交上去，许王都不会高兴。许王不高兴，作为副手的吕通判，还能在开封府立足吗？从保护吕通判的角度出发，无论如何，咱们都不能把这个奏章递上去啊。"

"那怎么办呢？"

田锡拿起案头的印章，盖在刚写的那张纸上，递给康继英道："继英，你不用担心，老夫已经重新拟好奏章，现在以老夫的名义呈报上去，这样就和吕通判没关系了！"

康继英脸上并无欣喜之色："先生啊，你倒是把吕通判保护起来了，但你这样做，不是把自己置身于危险之中吗？再说了，我是你的学生，由你来呈报，不是正好给了许王打击报复你的口实吗？"

田锡正色道："成大事者不拘小节，老夫做事但凭本心，如果瞻前顾后、患得患失，永远别想把事情做好！"

康继英崇敬地望着田锡，心中涌起滚滚热浪。

田锡把奏章送出去后，又问康继英："刚才你说在路上遇到一个黑衣人纠缠，这是怎么回事？"

康继英把路上所遇之事向田锡讲了一遍。田锡沉思道："据你说来，奸细不止一个，而是两个，甚至还可能更多？还有，奸细似乎对咱们了如指掌，咱们所做的一切事情，都在他们的掌控之中？再一点，奸细的事，许王究竟是否知情？幕后主使是他，还是另有其人？现在看来，事情越来越扑朔迷离了……"

"是啊，一团乱麻，完全搅缠在一起了……"

"你确定那个奸细被射死了？"

"的确死了。但学生再回头看时，却不知他的尸体到哪里去了。"

"既然死了，尸体必然送出城！"田锡道，"你立刻回去告诉吕通判，让他务必派人守住各大城门，防备奸细把尸体运出城去。只要找到奸细的尸体，就可以顺藤摸瓜，找到更多的线索。"

康继英道："如果查尸体的话，会不会显得很怪异，引人注意？而且这样还可能打草惊蛇，让奸细毁尸灭迹。"

"当然不能直接说查尸体！"田锡笑道，"你告诉吕通判，让他查盗贼。这样做，就不会引起怀疑了。"

康继英恍然大悟，这确实是一个不错的理由。东京城取消宵禁以后，什么人都可以从城门随便进出，晚上也不关门，整座城市变得空前繁荣。但与此同时，盗贼也变得空前猖獗，失窃的事情层出不穷，确实需要整治一下。田锡让康继英传这个话，其实也是在委婉地让康继英提醒吕端，该抓一抓这事了。

临走前，田锡又吩咐康继英道："继英啊，官家还没有批准，但是查探不能等。这样，你回去给吕通判说，让他把你安排在卫队里，先干着，你也借机悄悄查一查。等这边官家批准后，你就可以正大光明出来做事了。当然了，你也要注意，别被许王发现你在开封府。"

19

田锡回家，见雅儿不在家，心里不免有些担忧。早晨上朝时，他还反复叮嘱过雅儿，让雅儿不要随便出门，避免被许王府下人发现，继续纠缠她。田锡曾喝退许王府下人，又推荐康继英，这些都是让许王不高兴的事。若是许王知道雅儿到了田锡那里，肯定会更加痛恨田锡。尽管所有的事情，田锡都做得光明磊落，但是作为"准王储"的许王想打击田锡这位五品小官，还不是轻而易举的事吗？

田锡不怕被打击，他怕雅儿再次遭遇不测。

田锡正要派人出去寻找雅儿时，雅儿却兴冲冲跑回来了。一见到田锡，就噼里啪啦讲起来："先生啊，今天奴家看姐姐刘娥去了。唉，可怜啊，真是可怜啊……"

"可怜啥呀？"

"刘娥去了王宫，奴家本来以为她住在高房大院里，天天穿锦绣绸缎，吃山珍海味，奴家也可以跟着蹭一顿好吃的。没想到她的日子竟然过得那么艰难……"

"怎么了，襄王府没好吃的吗？"

"她若是住在襄王府，当然有好吃的，可她不住在襄王府啊！"雅儿道，

"先生你不知道，刘娥姐可惨了。她进了襄王府后，襄王妃不喜欢她，骂她是勾引襄王的狐狸精。襄王的奶娘也不喜欢她，在官家面前说刘娥姐的坏话。官家听说刘娥姐是个在大街上卖唱的歌女，非常生气，命令襄王必须把刘娥姐扫地出门。好在襄王也爱刘娥姐，他没有把刘娥姐扫地出门，而是把刘娥姐安置在郊外襄王府指挥使张耆的家里，时不时偷偷溜出来，到张耆家见刘娥姐一面。先生呀，你说刘娥姐搞得像个贼一样，她跟着襄王图啥呀！"

"有这等事？"

"是啊，奴家对刘娥姐也很不理解，她就这么长年累月待在荒郊野岭，图啥啊？"

田锡道："雅儿，既然你刘娥姐过得很不如意，干脆你先带着她回蜀地去吧。等这边老夫找到杀害你父亲的凶手，为你报仇后，再派人通知你，如何？"

"先生，你想赶奴家走吗？奴家告诉你，你休想，奴家要一辈子跟着你！"雅儿睁大眼叫起来，"再说了，刘娥姐也不愿意跟奴家回蜀地呀。她和襄王那么相爱，她怎么可能离开襄王！刘娥姐不像奴家，奴家吊儿郎当，啥都不在乎。刘娥姐是很有想法的人，当初咱们的'大雅公刘'能够搞得那么有名，都是刘娥姐出谋划策的结果。刘娥姐对奴家说过，她一定会重新回到王府的，而且襄王还会八抬大轿，吹吹打打把她接回去，让她成为襄王府女主人！"

田锡心中一阵凛然，这个刘娥，显然并非一般的小女子。若是让她长久地留在襄王身边，还真不知是祸是福啊……

在太宗所有皇子中，田锡最欣赏的就是襄王赵元侃。襄王敦厚稳重、仁爱宽阔，是最有人君气象的。当然了，太宗要选谁为继承人，那是太宗自己的事，田锡不可能帮太宗选，太宗也忌讳别人帮他选。尽管如此，田锡依然希望襄王能给太宗留下一个好印象。

自从结发妻子杨氏去世后，田锡就一直单身至今。照理说，田锡年纪大了，确实需要一个知冷知热的人在身边照顾他，但他一直忘不了杨氏，因此一直没有考虑续弦的事。从这一点来说，田锡是相信爱情的，他也相信襄王和刘娥是有爱情的。但如果他们的爱情破坏了襄王在太宗心中的形象，田锡觉得殊为可惜。再一点，刘娥不是个简单女人，别看她现在委身在郊外张耆的家里，处境凄凉，但这恰好说明她是一个能伸能屈之人，同时也是一个有想法的强势之人。这样的人，就是襄王手中的一把双刃剑，她能够帮助襄王，但同时也可能伤害襄王。

田锡叹口气，吩咐雅儿道："雅儿，老夫知道你和你刘娥姐关系很好，但你还是不要和她走得太近。再一点，许王的下人正在四处找你，你若是出去，被他们纠缠上，可就不好脱身了。因此你还是好好地待在家里吧……"

雅儿大眼望着田锡："先生，你真的担心奴家安危吗？"

"说什么话，老夫怎会不关心你？"

"你为何那么关心奴家？"

"你是老夫小老乡啊，"田锡笑道，"就算不是老夫小老乡，你一个弱女子，老夫岂能看着你受到伤害。"

雅儿呆了一会儿，忽然蹦一句："奴家才不是弱女子呢，不需要你关心！"说完噔噔噔回屋去，把房门砰一声关上了。搞得田锡莫名其妙，不知雅儿为何就生气了。

赵元佐已经收拾停当，准备上路，前往遥远的蜀地。

赵元僖大张旗鼓，带着开封府的大小官员，一起来到东京城西水门外的长亭，摆下酒宴，与赵元佐饯别。

实际上，赵元僖做这个决定时，吕端是反对的。赵元僖这样做，无疑是落井下石，是一个胜利者对失败者的炫耀。赵元佐的精神原本就有些不正常，若是再这样刺激他，对他不是一个更大的打击吗？当然了，吕端不会直接这么说，他另找了个反对的理由："殿下，官家对大殿下责罚得很重，甚至不准大臣们为他求情。殿下如果大张旗鼓为大殿下饯行，官家知道了，会不会很生气？"

一旁胡旦冷笑道："这就怪了，殿下为大殿下饯行，体现的正是殿下对兄弟的仁爱之情。官家见兄弟和睦，只会高兴，怎么会生气呢？"

赵元僖凛然说道："难道为了保护自己，连兄弟之情都不顾了吗？本王是这种只顾自己的人吗？"

吕端瞠目结舌，不知说什么。

赵元僖显然被自己给感动了，背着手，仰着头，伤心地说道："这一次，皇兄离开京城去蜀地。满朝文武都害怕与皇兄沾上关系，竟然没有一个人敢为他送行。难道一个人犯了点错误，就该一棒子打死吗？更何况他还是皇子！你们害怕丢官，你们为了自己的仕途，竟然做得如此绝情！本王不会这样，本王要带着全开封府的官员去给皇兄送行！本王这么做，就是给皇兄极大的面子，也是给皇兄最大的安慰！吕通判，你懂不懂？"

吕端只好道歉："殿下批评得好，确实是下官糊涂……"

"你整天喝酒，能不糊涂？"胡旦向来得势不饶人，还讽刺吕端，"吕通判，上次你是吕通判的时候，因为喝酒把通判给丢了，这一次可得汲取教训啊！"

吕端不理胡旦，转身就走，身后传来赵元僖和胡旦的大笑声。

吕端阻止赵元僖给赵元佐饯别，除了害怕赵元僖刺激伤害赵元佐外，其实还有另一个目的。

尽管他不相信赵元僖是纵火的幕后主使，也不相信赵元僖是奸细的幕后主人，但他还是对开封府的城门加强了警戒。他按照田锡说的，查盗贼。因为是查盗贼，赵元僖也找不到反对的理由。

这段时间里，城门口查验的官兵报告，有上百具尸体被送出城。不过，这些死者的情况都能说清楚，并没有发现什么异样。

越是这样，吕端越是觉得事情非同小可。当赵元僖准备带着全开封府大小官员及一众随从去给赵元佐送别时，他心里咯噔一下，赵元僖这样做，会不会趁机把奸细的尸体送出城呢？

吕端整日喝酒，糊里糊涂，但在关键事情上，他却心细如丝。

20

汴河沿岸，杨柳依依。长亭边上，马鸣萧萧。

长亭里摆了一桌酒席，杯盘碗盏，高低错杂。旁边有一队歌女抚琴吹笛，《渭城》曲声，低婉哀怨。几个侍儿笔直站立，俯首垂目，手里捧着从柳树上采摘下来的青翠柳枝。队伍的最前面，赵元僖带着开封府上下官员，一字排开，迎候在远去的古道旁。

不过，一上午过去了，还不见赵元佐的辘辘马车过来。酒菜的热气早已散尽，食物上面，就像结了一层霜。琴声如同飞累了的乌鸦，落在枯枝上，时不时悲鸣一声。新鲜摘下的带着露珠的青绿柳枝，露水早已晒干，叶片也全都垂下来,仿佛池塘里的小鱼儿一片片闷死,翻了肚白。

众人正百无聊赖之际,远处忽有一队人马缓缓过来。众人有了精神,各就各位,大戏登场。

胡旦发现了异样:"许王殿下,这不是大殿下的车队吧?"

果然不是,这是一队送葬队伍。唢呐响起,如低低压垂的乌云;锣声荡开,则如奔逝的河水;纸钱喷出,若漫天飞舞的雪花;哭声融化,又似满地堆积的泥泞。

送葬队伍前面的那个人,穿着白袍,摇着拂尘,披散头发,嗓音嘶哑,歌声苍凉——

荒草何茫茫,白杨亦萧萧。驽马滞悲声,北风冻寒毛。此去关山远,永生不回朝。亲朋分两界,阴阳割一刀。新鬼半宿泣,旧人一梦嚎……

众人心里都有些发毛,身上起了密密麻麻的鸡皮疙瘩。独有胡旦内心荡漾,向赵元僖卖弄道:"殿下,认识前面那个唱送葬歌的人吗?"

"你说那个道士?"

"他可不只是道士,其实是个郎中呢。"

"郎中?"

"他也不是郎中,其实是个相士。"

"相士?"

"也不算相士,其实是个书生,是个诗人……"

"胡旦,你究竟想说什么?"赵元僖火了。

胡旦赶紧说出谜底:"殿下,殿下,他就是潘阆啊,潘阆!"

"哦,就是那个'奉旨行医潘市人'?"

"对对对,就是那个家伙。前一阵突然把医馆关了,众人都不知他跑到哪里去了,不知为何,他又在这里帮人送葬!"

送葬队伍渐渐靠近,锣鼓喧天,唢呐呜咽,纸钱匝地,一股凛然的气息直逼过来。只是送葬队伍的众人表情木木的,也没人哭。

遇到送葬,是一件晦气的事情。但也只能忍受,死者为大,连运送棺材的路,都只能走直路。所以大家都把头转向别的地方,希望送葬队伍赶紧过去。

不过吕端心里却着急起来。很明显，这个送葬队伍是从城里出来的。城门口他是安排了兵丁检查的，这个送葬队伍兵丁查过吗？奸细的尸体会不会就在棺材里，被堂而皇之送出去？

吕端赶紧对赵元僖说道："殿下，这个送葬队伍颇为怪异，所有人的脸上都没有悲伤的样子。会不会是一伙盗贼啊，下官请求派卫士上前盘查。"

胡旦嘲笑道："吕通判，明明是送葬，你却说是盗贼，你是不是喝酒还没清醒，才这么异想天开？"

吕端道："若真是送葬也就罢了。怕就怕盗贼假借送葬之名，把盗窃来的财物堂而皇之送出去。"

胡旦道："吕通判，难道你不明白咱们现在在干什么吗？咱们是在等大殿下前来，给他饯别。那是送葬，送葬就是'送终'，只要是正常人，都会躲开，避免不吉利。你是想把这种不吉利的东西传染给大殿下，让大殿下遭遇不测吗？"

吕端张开嘴，还没说话，巧舌如簧的胡旦又抢着说道："老百姓家里死了人，人家心里得有多悲伤！你当官的没有同情之心，还去掀人家的棺材板子！天子脚下，朗朗乾坤，你竟然要做出这等扰民之事，吕通判，你这可不是大事不糊涂，你这是大事小事都糊涂啊！"

论口才，吕端根本不是胡旦的对手。所以在胡旦一波接一波的奚落责备之下，吕端竟张口结舌，说不出话来。胡旦还不想饶过他，依然紧逼道："吕通判，上一次你是吕通判的时候，就因为糊涂，不但把秦王送到房州去了，自己也被贬到了商州。你不吸取教训，难道想把咱们许王殿下也送出京城吗？"

胡旦的挑拨离间没有激怒吕端，却成功地把赵元僖激怒了，他怒喝道："大胆，你如此造次，难道不怕本王把你撵出开封府？"

胡旦再补一刀："呵呵，殿下别天真了，人家后台硬着呢，何曾把殿下放在眼里……"

赵元僖和胡旦一唱一和，话虽然说得恶毒，但吕端并不当回事。反而他们越阻止他，吕端越觉得蹊跷，感觉棺材中必有猫腻。

如果让这个送葬队伍轻松过去，也许所有线索都没了。他把心一横，既然没办法调动侍卫，干脆自己动手。就算立马被赵元僖撤职，他也要把事情查个水落石出。

吕端从队伍中走出来。年近花甲体弱多病的吕端，此刻就像一位孤胆英雄，在众人惊讶的目光中，毅然决然地朝送葬队伍走去。

却在这时，侍卫队伍中，有人飞纵而出，冲过去拦在吕端前面，说道："吕通判且慢，让在下上前看看！"说着，他几个纵步，就冲到了送葬队伍前面。

胡旦眼尖，一眼就认出这人是康继英。这一发现让胡旦狂喜不已，大叫道："吕通判，你好大的胆子！殿下不许你把康继英这小子招进开封府，你竟然完全不把殿下的话放在眼里。殿下和你吕通判，究竟谁才是开封府的主人？"

赵元僖的心中被煽出熊熊大火，但见他通红脸，冲侍卫沉声喝道："去，把吕端给本王抓起来！"

侍卫一拥而上，轻易就把吕端两手抓住，扯过去背在身后。却是胡旦还觉得不过瘾，嚷道："把他的官帽摘了！"

便有侍卫上前，摘下吕端官帽，露出他满头花白的头发。

胡旦拿过那顶官帽，戴在自己头上，对赵元僖笑道："殿下，你看下官戴这顶官帽合不合适？"

赵元僖不屑地说道："你想戴，本王给你戴就是了，这有何难！"

康继英见吕端被抓，又被羞辱，回身前来相救。

吕端大声："继英，别管老夫，你赶紧去掀那棺材板子，看看里面究竟藏的是什么！"

康继英停住脚步，眼含热泪。他虽然心中难受，但还是听话地转回身，往棺材冲去。

潘阆拦在他面前，嘻嘻笑道："康壮士，你想干什么？掀人棺材盖子，那可是短寿的事！你这么干，别怪市人没提醒过你。"

康继英也不示弱，冷冷说道："杀人放火才是短寿的！潘大夫，谜底即将揭开，也别怪在下没提醒过你。"

潘阆大笑："康壮士别自作聪明了，市人告诉你，自作聪明的人，往往是聪明反被聪明误。你以为揭开的是谜底，但很可能，揭开的是射向你的利箭。"

康继英不想多废话，一把掀开潘阆，大步往棺材走去。送葬队伍里显然不乏身手矫健之人，见康继英过来，纷纷从队伍中冲出来，变戏法一样抽出刀剑，把康继英团团围住。康继英艺高人胆大，浑然不惧。但见他翻滚跳跃，左冲右突，一阵叮叮当当兵器的碰撞声响过，康继英已经站到棺材边，一扬手，便把厚重的棺材板揭了起来。

只见一个人从棺材里爬起来，跳到地上，捂住脸就往前跑。不知谁喊了一声"诈尸了"，众人一阵惊呼，纷纷四处逃散。

康继英几个起落冲上来，把那人抓住，扯下他挡住脸的衣袖。

众人一看，不由得大吃一惊，那人竟是赵元佐！

赵元僖走上前，扯住赵元佐的手，大笑道："皇兄啊，小弟正在这里设宴，准备给你饯别，你为何跑到棺材里躲起来了？你这究竟唱的是哪一出啊？"

赵元佐一副畏惧赵元僖的样子，猛抽回手，惊恐地大喊道："我不是被人偷出来的赃物，我不是，我是尸体，是尸体！"

赵元僖悲悯地叹道："唉，看来皇兄的疯病又发了……"

赵元佐重新爬回棺材，站在棺材里冲随行吼道："你们还等着干什么，赶紧走啊，赶紧把我抬出去呀！我是尸体了，不能耽搁了，耽搁可就腐烂了。我要是烂在京城里，大家都会闻到臭味的，我要是污了大家的鼻子，那可就不好了！"

众人再次起身，抬起赵元佐往前走。锣鼓滚地而来，纸钱漫空飞舞。唢呐如同从雾气中冲出来的白鸽，惊叫哀鸣。潘阆把法器摇响，唱着凄厉的哀歌，大地轻轻颤动，长空为之低昂。

既然棺材里是赵元佐，不是尸体，赵元僖也不好再命令侍卫抓捕康继英了。再说了，康继英武功高强，想抓也抓不住。

不过，赵元僖却可以把吕端抓走。尽管赵元僖没有资格撤换朝廷命官，但至少可以给吕端一个下马威，同时也可以借此到太宗那里参吕端一本，把他撵走。

只是侍卫推着吕端没走两步，有个女子忽然提着宝剑冲过来，上三剑下三剑把侍卫逼退。接着又挑过胡旦头上的帽子，给吕端戴好。

赵元僖定睛一看，原来是雅儿，心里不禁一阵狂喜："雅儿姑娘，你怎么也来蹚这浑水。那吕端是本王的属下，本王教训他，是咱们开封府的内部事务，与你有何干系？你若是想管，你就到本王王府来，那时候，这就成了咱们的家事，你想怎么干涉，本王也不管了。"

"谁跟你去王府！"雅儿柳眉一挑，"吕通判也不是你的私官，他是朝廷命官，本姑娘如何管不得？"

胡旦怪笑着凑上前说道："雅儿姑娘，你还是去许王府吧。你去了许王府，那就是人上人，整个开封府都是你的了。那时候，你穿金戴银吃香喝辣，可比在大街上风餐露宿强多了！"

就在这时，田锡骑着毛驴气喘吁吁跑过来，远远大喊："雅儿，你到哪里去了？让你待在家里，你怎么出来乱跑？"

雅儿和田锡都挤到这里来了，其实并非他们有意而为，只是凑巧。

田锡吩咐雅儿不要出去，但雅儿心中思念刘娥，又跑了出来。回来的时候，恰好就遇到这个场景，一时心中不平拔剑便上。田锡也是回家不见了雅儿，赶紧带着仆人出来寻，刚好就遇到雅儿横眉竖剑站在吕端面前。他也是着急，没看清许王在场，就急忙大喊。

胡旦来劲了："好啊田锡，咱们许王殿下四处找雅儿，正找不到呢，原来被你金屋藏娇了！田锡，你可真是老不正经，年过半百的人了，竟然敢和咱们殿下抢女人！"

胡旦嘴上没边，赵元僖不高兴了，喝道："胡旦你胡说什么，本王哪里在抢女人？"

田锡也是涨红脸，正色道："胡推官，你叫胡旦，不叫胡说，也不叫胡扯！雅儿是田某的小老乡，她到京城来谋生，没地方去，暂时安顿在田某家里，有何不妥？按照咱们老家的说法，田某就是她的家族长辈。她的事情，田某岂能不管！"

没想到雅儿却不给田锡面子，冲他嚷道："先生，你也管得太宽了吧，奴家的事，用不着你管！"

说完，转身气鼓鼓地走了，搞得在场所有人都莫名其妙。

田锡也不管雅儿，凑上前问吕端，知道事情原委后，忙向赵元僖施礼道："许王殿下，康继英出现在开封府侍卫队伍里，与吕通判没有关系，是下官让他去的。康继英在东京街头卖艺为生，前些时跟了下官，成为下官的入室弟子。下官见他衣食无着，因此让他去开封府谋生。此事下官并未和吕通判通气,吕通判全然不知呢。"

吕端没想到田锡这么说,忙说道:"田主事,这事……"

田锡打断吕端:"吕通判,虽然这事你不知情,但是康继英去开封府供职,田某认为并无不妥。康继英的父亲确实曾被夺爵,但是康继英并无大错。咱们大宋不拘一格降人才,康继英又是'大宋第一好汉',有这么一个武功高强的人保护开封府的安全,保护大宋的安全,难道不是正合适的吗?吕通判,陛下称你'大事不糊涂',你可不能辜负陛下期望啊!"

田锡一番话,其实是在暗示吕端不要出头,要保护好自己。保护好自己,也才有机会把奸细查出来,搞清楚"纵火案"真相。田锡提醒吕端"大事不糊涂",就是让他分清大事小事。同时,田锡也是说给赵元僖听的,告诉他,康继英进开封府不违规,他不该小题大做。

吕端当然明白田锡在说什么,他也是感动不已。因为这也就意味着,田锡把自己公开摆在赵元僖的对立面。赵元僖是许王,是开封府尹,是未来的储君人选,田锡把自己摆在赵元僖对立面,显然是一种不要未来的做法。

田锡装着不知赵元僖不想让康继英在开封府的样子,借吕端继续敲打赵元僖:"许王殿下,作为开封府的通判,不但应该有眼光,而且应该有气量。吕通判如果不容康继英留在开封府,岂不是既没有眼光,也没有气量的表现?"

赵元僖阴着脸,不开腔。

田锡继续笑道:"许王殿下,吕通判虽然屡犯糊涂,但正如陛下所说的,他'大事不糊涂',这样的小事,他糊涂一下也是能理解的。下官恳请殿下饶恕吕通判,也体现殿下的大度和雅量。"

说着,田锡向赵元僖深深揖了一礼。

赵元僖哑巴吃黄连,气得转身拂袖而去。

回开封府后,赵元僖一屁股坐在椅子上,猛拍桌子,大骂田锡。

胡旦嘿嘿笑道:"殿下别急,留下康继英,是好事呢……"

赵元僖一巴掌打在胡旦头上,把他的帽子打歪:"你说本王抢女人,现在又说留下康继英是好事,你是不是酒还没醒?"

胡旦确实又喝了酒,但他是清醒的,他知道帽子很重要,立刻伸手把帽子戴正说道:"殿下,留下康继英也不是坏事,咱们可以借他收拾田锡这个多嘴多舌的老头子!"

"怎么收拾？"

"很简单啊，康继英到开封府来，是来作恶的。"

"他作什么恶？"

"他放火烧了许王府！"

"啊！你说的是真的？"赵元僖大吃一惊。

"当然是真的！"

21

宫外传来许王府被烧的消息时，太宗正拿着田锡推荐康继英为开封府军巡使的奏章看。

对康继英这个人，太宗并不陌生，毕竟康继英号称"大宋第一好汉"，名声在外。前些年，他还曾想把康继英调到自己名下，当自己的贴身护卫，但最终他并没有付诸行动。他知道，康继英和他的父亲康保裔都是赵廷美的人，赵廷美这个四弟，是一个小心眼又牢骚满腹的人。若是调走他的人，他肯定会很不满，认为是自己夺了他的东西。而赵廷美后来之所以造反，就是有这种心理作祟的结果。

康保裔和康继英父子，太宗是非常欣赏的，尽管他们是赵廷美手下的人，但太宗认为他们的品质都是不错的。君子馆之战失败后，朝廷内外的人都把责任推在已经战死的康保裔身上。尽管太宗不相信康保裔会临阵脱逃，但大家都这么说，而且背后受箭，证据确凿，太宗也只得夺了康保裔的爵，又把康继英逐出军营。

不过，太宗并没有忘了康继英。他一直在想着，找个什么机会，重新把康继英召回来。大宋需要这样的勇士，太宗也需要这样的护卫。

就在这时，田锡把推荐康继英为开封府军巡使的奏章交到了太宗手里。

照理，田锡推荐康继英，对于太宗来说，恰像瞌睡了遇上枕头，他应该高兴才是。但他并不高兴，因为在田锡的奏章交到太宗手里的前一刻，赵昌言告发康继英的奏章，也交到了太宗手里。

赵昌言在奏章中说："康继英被撵出军营后，并不安分守己，而是终日游走于达官贵人之中，掏钱送礼，让他们举荐自己。尤其是他听说田锡被陛下赞为'天下正人'后,就不断给田主事送钱,还拜田主事为师,目的就是希望田主事能举荐他。微臣认为,田主事既然号称'天下正人',自然不会举荐他。但康继英这种四处钻营的做法,必须制止。因为就算田主事不举荐他,难保他不钻营到别人门下,让别人把他推荐到军营中来。那样的话,肯定会带坏军营的风气。如果兵士们整天都琢磨钻营而不是苦练本领,这支军队还怎么打仗!"

而在田锡奏章交到太宗手里的后一刻,又传来许王府被烧的消息,并且开封府推官胡旦很快就把查探结果呈报了上来。胡旦在奏章中说,放火烧许王府的不是别人,正是康继英!

胡旦说,康继英被逐出军营后,本来在东京街头卖艺。后来拜在田锡门下,成为田锡学生,于是田锡就通过关系,让他进入开封府护卫队中。没想到康继英进护卫队谋生是假,目的是放火烧许王府。

胡旦进一步分析说,康继英放火烧许王府的目的,则是为他过去的主子赵廷美和他的父亲康保裔报仇。因为康继英认为,赵廷美被贬以及康继英被夺爵,都是皇帝有意打压的结果。皇帝打压赵廷美和康保裔的目的,是为了名正言顺把皇位传给自己的儿子。正是出于这样的歪心思,康继英才潜入王府当奸细,放火烧许王府。

胡旦又说,尽管康继英逃走了,没有抓住他,没有得到他的口供,但是胡旦怀疑,皇宫的那把火,也是康继英烧的。康继英既然能烧许王府,就能烧皇宫。

胡旦接着说,康继英之所以潜入许王府,实际上是田锡指使的。康继英现在已经拜田锡为师,成为田锡的学生。由此可见,尽管康继英是为了"复仇",但是田锡才是幕后主使。当年处罚康保裔临阵脱逃时,田锡就曾为康保裔辩解过,由此可见,田锡其实是赵廷美的人。尽管赵廷美已经死了,但田锡依然试图为赵廷美翻案!

胡旦在奏章的最后写道:"看着吧,很快田锡为康继英辩护的奏章就会交上来的。尽管康继英已经畏罪潜逃,但是田锡为了洗白自己,他一定会为康继英开脱。而田锡为康继英开脱的理由肯定是,康继英去开封府是为了查找真正的纵火人。陛下想想,其中是不是意味深长呢……"

田锡的奏章,压在赵昌言和胡旦的奏章之间,就像稻米压在上下两扇石磨之间，瞬间被扒了皮，磨成粉。这样一来，太宗再看田锡的奏章，便怎么看怎么不顺眼，觉得田锡确实别有用心。

不过，太宗可不是别人说几句就能轻易改变想法的人。在他的心中，田锡是品质纯正的人，不像能做出别有用心之事的样子。所以，尽管有赵昌言和胡旦围追堵截，他依然觉得还需要再找个人了解了解。

找谁呢？太宗第一个想到的就是李昌龄。

太宗之所以想到李昌龄，是因为赵昌言和李昌龄这两个人虽然都很能干，还都愿意干脏活累活，但是他们常常意见相左，互相拆台。赵昌言肯定的，李昌龄往往反对；反过来李昌龄肯定的，赵昌言却又会否定。

两人同在二府，照理说在一个班子里，需要的是团结，互相拆台不是好事。但是太宗恰好喜欢，因为他们互相拆台，也就能够起到互相制衡的效果，这也是太宗防止相权过大的措施之一。

相权过大，必然造成皇权削弱。而皇权削弱，必然造成国家动荡，甚至改朝换代，这是五代时期经常发生的事情。大宋建国后，无论太祖还是太宗，都深刻地认识到这一点。所以太祖时期，当他和宰相们讨论事情的时候，原先宰相们是有座位的。不过有一天，他把宰相们的座位撤了，让他们站着说话，不准和自己平起平坐。太宗上台后，又设置了多个副相，他常常只找副相讨论问题，而把正相赵普和曹彬闲置着，不让参与朝廷事务。同时，他会有意选择意见相左的副相进二府。比如赵昌言和李昌龄有矛盾，把他们都选进来；比如寇准和赵昌言、李昌龄有矛盾，又把寇准选进二府。这样一来，太宗总能听到多层次的不同意见，这些宰辅们也不可能一支独大，给国家带来麻烦。

所以当赵昌言和胡旦都在指责田锡时，太宗决定召见李昌龄，听听他对田锡的看法。

其实李昌龄早就不满田锡，想把田锡撵走了。田锡到了银台司后，他想要的那些奏章，田锡往往认为不恰当，扣下来不往二府送。就算送上来，田锡也总是交到寇准手里，不给自己。这使得自己几乎无所事事，也因此失去了太多在太宗面前表现的机会。再一点，银台司是通往二府的必由之路，一旦田锡获得太宗的认可，很可能就会被提拔起来。若是田锡进了二府，很可能就会挤走自己。就算没被挤走，按照田锡的性格，他肯定和自己唱对台戏。与其让田锡到二府后威胁到自己，不如提早把他撵走。

李昌龄正在琢磨着怎么撵走田锡的时候，没想到皇帝竟然主动问他对田锡的看法。这简直就是天赐良机，怎能不把握住！

李昌龄笑一笑，小心说道："陛下，实在惭愧，微臣几乎和田主事没什么接触，因此真的没法回答田主事究竟好还是不好。"

太宗奇怪地问道："李卿怎么可能和他没有接触？他在银台司，不是每天都会把大臣们的奏章交到二府，由你们转呈予朕吗？"

李昌龄道："陛下说得对，微臣也奇怪啊。当微臣正想去银台司问的时候，银台司的魏廷式却哭着来找微臣，说田锡在银台司上报奏章时，总是凭自己好恶，以及是否对自己有利，选择性地上报。魏廷式说他曾反对田锡这样做，但是田锡作风霸道，根本听不进他的意见！"

太宗皱紧眉头："田锡怎么会这样？"

"是啊，微臣也不相信啊……"李昌龄道，"想当年，卢多逊当宰相时，就因为在向陛下呈报奏章时，总是对自己有利的就呈报，不利的就压下来，田主事因此弹劾卢多逊。田主事既然明白这个道理，他负责奏章上报时，怎么也不可能这么干了！所以，微臣便悄悄前往调查。但是调查的结果却让微臣很失望。微臣发现，魏廷式讲的竟然全都是真的。而田主事之所以一直不把奏章送到微臣手里来，正是害怕微臣指责他假公济私呢……"

太宗听到这里，阴着脸不说话，挥挥手让李昌龄走了。

赵昌言、李昌龄都一致否定田锡，但是太宗仍然不相信，他还在等。胡旦不是说田锡会为康继英辩护吗？太宗想赌一把，如果田锡不给康继英辩护，那就放了田锡；如果田锡真的为康继英辩护，那么自己就再也没有相信田锡的理由了。

太宗想，田锡啊，你可要帮朕赢这一局啊！

22

就在这一刻，寇准也正赶到银台司找田锡。

当他见到田锡时，田锡正把他写的一封奏章盖上章，卷起来。寇准走过去，二话没说，夺过田锡手上的奏章，三两下撕得粉碎。

田锡叫道："寇相你干什么，田某刚写完奏章，正想上呈给官家，你怎么给田某撕掉了？"

"撕掉？幸亏寇某给你撕掉，"寇准道，"寇某若是撕迟了，你交到官家手里，可就闯大祸了！"

"闯什么大祸，你知道田某写的是什么吗？"

"那还用猜，肯定是为康继英辩护，希望官家放了康继英！"

"你说对了，田某确实是要给康继英申冤呢！"田锡道，"康继英明显是被冤枉的！吕通判给田某讲过当时的真实情况，他说，康继英正在许王府巡查时，突然发现失火了。于是他赶紧跑去救火。没想到他竟然被抓了起来。在场的人都指证康继英不是去救火，而是在放火。康继英百口莫辩，好在他武功高强，一下挣脱众人跑了！"

寇准惋惜道："这小子跑什么呢？明明是有人给他下了套，人家就等着他跑呢。他这一跑，不是正好落入人家的圈套中吗？"

"是啊，康继英也是太年轻了，轻易就被人装进套中了……"

"唉，这就是这小子的命！上次在战场上，没有逃跑，却被污蔑成逃跑；现在面临新的战场，不该逃跑，他竟然逃跑了。"寇准叹息一阵，又对田锡说道，"表圣啊，康继英是你的弟子，他既然已经逃了，你也是百口莫辩。你去帮他申冤，又没有证据，这冤怎么申？另外，我听说赵昌言、胡旦、李昌龄等人正在官家那里告你的刁状呢。你在这时上奏救康继英，不是正好往他们的套子中钻吗？康继英已经钻进他们套子中了，难道你也要钻进去？"

田锡明白寇准讲的是那个理。不仅寇准这样劝他，吕端也这样劝过他。朝中的那几个人，确实正在围猎他，他只要上前救康继英，肯定就钻进他们布下的套子中了……

但问题在于，如果他不出面，康继英不是就会一直在他们的套子中，永远出不来吗？他不可能为了自己安全，不管康继英死活啊！

其实，在田锡看来，事情也没这么悲观。尽管赵昌言、胡旦、李昌龄等人设下了套子，田锡一去就会被他们抓住。但是最终判断他是不是猎物的裁判，不是这几个人，而是皇帝。田锡的底气就在于他非常相信皇帝，皇帝是圣明的，洞若观火，看得出这些人的圈套，知道田锡的真心。所以，有什么可担心的呢！

当年自己已经三十八岁了，还被皇帝选为榜眼；当年自己得罪卢多逊，被撑出朝廷，但是皇帝却奖励他五十万钱；当年自己给秦王的部下康保裔申冤，皇帝不但不生气，还把他调回京城……所有这一切，都说明皇帝是圣明的。有这样圣明的皇帝，田锡怕什么！

所以，寇准走后，田锡又重新写了奏章，毫不犹豫递了上去。

太宗接过奏章，悄悄叹了一口气。太宗输了，自己和自己赌，结果自己输了。自己和自己赌，怎么可能不输呢？但是太宗不这么想，他把田锡的奏章往地上一扔，就像扔一片有虫洞的黄叶。随后他下了一道圣旨，把田锡贬出京城，外放到陈州任知州去了。

第二章 羽部

物：春雪何罪

1

东京城的夜晚如一锅沸水。

走在大街上的田锡,感觉沸水中的气泡,都在他的体内咕嘟咕嘟往上冒,胀大以后便砰一声破裂。大团大团的热气冲出来,在他的胸膛里翻滚冲涌,挤得他的身体有一种就要爆炸的感觉。

田锡本来信心满满地给皇帝递奏章,感觉只要奏章递上去,皇帝就会赦免康继英的罪行。没想到皇帝不但没有赦免康继英,反而还把他贬去陈州。田锡又憋屈又失望。憋屈的是明明自己有理,皇帝却不听,还遭贬谪;失望的是田锡以为皇帝会给他托底,但皇帝转身就走了,让他从空中掉下来,摔了个四仰八叉。

当田锡接到被贬的诏令后,他第一件事就是去找寇准和吕端,让他们千万不要为自己辩护。赵昌言、李昌龄和胡旦布下的是一张大网。他们的目的很明确,赵昌言和李昌龄把寇准撵出二府,胡旦把吕端撵出开封府。康继英只是一个诱饵,顺着这个诱饵,先把田锡拉进网里,然后再把寇准和吕端也往里拉,最终一网打尽。

寇准和吕端听了,都感叹不已:"表圣,你害怕我们被扯进网里,为何你却主动进网?"

田锡尴尬地笑道:"原本田某以为自己是不会进网的……但既然田某已经进网,就用血的教训告诉你们,这个网,千万别进!"

寇准和吕端很感动,但也都答应了。寇准甚至笑着说:"放心,寇某可不会进他那张网。寇某要是进了,朝中只剩下歪风邪气,那就不好玩了!"

田锡放心地走了。

但他的放心也就一会儿，很快他的心又被自己揪住了。

他揪心的是，大宋的风气变了。

大宋初建时，朝堂上下，一派风清气正，君臣和睦，臣僚团结。太祖被部下"黄袍加身"，以至于改朝换代。但是这个过程进行得井然有序，并没有引起太多撕裂。后来太祖"杯酒释兵权"，那些失了兵权的人，也不见抱怨。

可是这种好气象，现在似乎就要消失了。消失的时间，是从太平兴国三年的进士榜开始的。消失的标志就是这一榜开始拉帮结派，扰乱朝纲！

田锡曾给太宗上奏过五皇子赵元杰"小孟尝"的事情，除了提醒太宗避免"皇子交通大臣"以外，也是在提醒太宗避免大臣们拉帮结派，但是太宗并没有引起重视。现在太宗把田锡外放去了陈州，对田锡的上奏更加不会重视了。

要怎样才能让太宗重视这个问题呢？

田锡忽然想到了赵普。从某种意义上说，赵昌言是赵普推荐并提拔起来的人，赵普的话，赵昌言是听得进去的。如果让赵普提醒提醒赵昌言，应该是会起作用的。

于是，田锡在出发前往陈州的那天晚上，除了见寇准和吕端以外，为了确保朝廷的安定团结，他又前往赵府见赵普。

赵普的府邸，田锡之前是去过的。尽管可能只去过一次，但是那一次给田锡留下了非常深刻的印象。门前车水马龙，官员们从赵府进进出出，像赶集一样。府中更是丝竹管弦、灯红酒绿、高朋满座。似乎赵府不是住宅，倒像是丰乐楼这样的繁华酒楼。

田锡向来不喜热闹，因此那一次去过赵府后，就再也没去过了。

但这一次去，却是另一番景象。天空阴沉沉的，有一些小雨。赵府门前冷冷清清，一个流浪汉坐在门外的墙上，抱着膝盖。他的面前有一个小水凼，那是石板路面长年人踩马踏形成的凹坑。只是此刻凹坑中蓄着一汪清水，在天光中映着一片铁青色，又在细雨中溅出一圈圈小涟漪。

敲了半天门，才有个老仆前来把田锡迎进去。

走过一段幽深昏暗的廊道，忽见前面一间屋子灯火通明。田锡以为赵普正在会见朋友，但是屋里却一点儿声音也没有。田锡走进去才发现，屋里四处燃着几根小孩拳头般粗的蜡烛，把房间照得如白昼一般。屋中只有赵普一人，坐在椅子上，手里捧着一本书，专心致志地读着。

落座后,田锡好奇地问道:"赵公啊,您看的是什么书?"

"《论语》。"

田锡笑道:"赵公,您可是半部《论语》便能治天下的人,怎么还在看《论语》啊?"

赵普也笑道:"当年老夫半部《论语》治天下,那是因为那时老夫政事繁忙,实在没时间读书。现在老夫闲下来了,没事干了,只有等死了,因此才决定把另外半部《论语》看完,免得亵渎了咱们的圣人呢……"

田锡道:"赵公如何说这等丧气话!您可是当朝宰相,还发挥着重要作用呢!"

赵普冷笑一声:"你觉得老夫现在还在发挥作用吗?"

"当然还在发挥作用!官家现在只是让赵公养身体。一旦赵公养好身体出山,又有着另外半部《论语》的加持,那就是大宋之福,百姓之福!"田锡道,"其实,就算赵公在养病期间,也能发挥传帮带的作用嘛。赵公啊,枢密副使赵昌言可是赵公一手提拔起来的,此时正该帮他一把,让他也像赵公一样,成为大宋的顶梁柱啊!"

"赵昌言,哼哼,"赵普又一次冷笑,"他还用得着老夫提携?"

田锡摇摇头:"不然,下官以为,赵枢相向您学习的地方多着呢。赵枢相进了二府后,便拉帮结派、排斥异己,这可不是赵公的作风,反而有点像当年的卢多逊。赵公啊,您把赵枢相送上马,还得扶着他走一程,这样才能确保大宋这辆马车走得平稳安定嘛。"

赵普神情黯然:"表圣啊,赵昌言确实有些不走正道,只怪当初老夫看花了眼。但是老夫现在已经老了,扶不动他了。别说扶他走,就算他不走正道,老夫想把他拉下马,也不可能了……"

田锡愤然说道:"赵昌言心术不正,不知官家为何那么器重他!"

赵普把《论语》往桌上一放,笑道:"你想知道官家为何器重他,很容易啊,你现在去他的府上看看就明白了……"

2

田锡满腹狐疑,不知赵普想让他看什么。出门后,便雇了一顶小轿,往赵昌言府上赶去。

夜已深了，东京街头的灯火也渐次昏黄，整座城市有一种深深的疲惫感。田锡被轿子抬着，穿大街，走小巷，摇摇晃晃，心里愁肠百结，疑窦丛生。就在差不多走到赵昌言府前时，透过轿帘，田锡突然看见一个熟悉的背影——没错，那人正是胡旦！

胡旦躲在暗处，似乎正和一个人说着什么。他们头靠着头，嘀嘀咕咕。那人把一包东西交到胡旦手里，胡旦则拿出几锭沉甸甸的纹银，放进那人手上。随后，胡旦捧着那包东西，转身进赵府去了。

赵府在东京城闹市区，门前的灯笼又高又大，照得朱漆大门红亮耀眼。门旁的墙上，拴着很多马匹。那一众马匹都刨着蹄，喷着气，一副等得很不耐烦的样子。而马夫侍卫们则三三两两蹲在地上，或打牌，或掷骰，或聊天，仿佛这里是娱乐场所。

田锡正呆望着赵府出神，他的肩膀忽然被人轻轻拍了一下。

田锡忙转头看，身后站着一个高大精壮的汉子。那汉子的眼睛如两盏明灯一样，灼灼地发着光。不过他又突然眯着眼睛，凑过头来，低声说道："看官人一身官袍，想来也是想走进这道门的吧？"

田锡笑道："这道门很难进，对吧？"

"当然难进！"那汉子道，"不过，官人想进，也不是没有办法，小人这里有两个办法教给官人。"

"什么办法？"

汉子指了指刚和胡旦交易的那个人，说道："一个办法，就是从那人手里买一样东西。那东西是敲门砖，你拿着那东西，就可以敲开赵府的大门了。"

"什么东西？"

"瓦屋春雪！你听说过吗？这是一款来自蜀地的茶叶，卖得极贵，很不容易搞到。前些年，这款茶叶就已经是官场升迁的敲门砖了。前不久，官家认为这款茶叶害了蜀地老百姓，不准买卖。但没想到，这茶叶由此进入黑市，偷偷地进行交易，卖得比之前公开买卖还贵。官场中人想升迁，也是偷偷去黑市买。不过，他们也害怕被发现受举报，所以只能在晚上交易。"

那汉子又笑道："官人啊，也是你运气好，遇到小人，小人可以带你去买茶叶。否则，或许你永远走不进这道大门呢。"

田锡道："你不是说还有一个办法可以走进这道大门吗？我想用另一个办法。"

那汉子鼻孔哼一声："算了吧，那个办法对你没用！"

"你不说，怎知对我没用？"

汉子道："你听说过'陈三更，董半夜'吧？"

"这是什么？"田锡不解。

"你这都不懂，这办法对你能有何用！"汉子很不屑，"'陈三更'是指陈象舆，'董半夜'是指董俨。说的是这两个官员几乎每天都会聚在赵府，半夜三更也不回家。官人，你是官场中人，想来是知道这两个人的吧？"

田锡当然知道，陈象舆是当朝盐铁副使，董俨是判登闻鼓院事。这两个人和田锡、赵昌言一样，都是太平兴国三年的进士，他们到赵府来做什么？

"还能做什么？据说每天晚上都在一起研究，皇帝喜欢什么，就给皇帝来什么呗。"汉子道，"官人，这第二个办法就是，你得像'陈三更，董半夜'一样，夜夜聚在赵府，这一点你能办得到吗？看见了吗？刚才这位在黑市上买茶叶进去的官员，正在试图加入'陈三更，董半夜'的队伍呢。"

田锡陷入了沉思。他知道汉子说的人是胡旦，田锡也知道胡旦想当官的热情很高。只是胡旦不是正巴结着赵元僖吗，为何又来巴结赵昌言了？是因为觉得赵元僖被立储到今后当皇帝，时间太过于漫长，他等不及，才又巴结赵昌言，想提前升官吗？或者，他担任赵元僖和赵昌言的信使，皇子不能交通大臣，于是他们就通过胡旦偷偷联结？

田锡忽然又想到，这汉子是谁，他为何对这一切了如指掌？转头正要问，却才发现，那汉子已经离开，往远处走去。田锡大声招呼那汉子留下来，没想到田锡一喊，汉子不但不停，反而跑了起来。汉子跑步的姿势，让田锡大吃一惊，因为他露出了一个不可思议的背影：肩背像鹰一样耸立，步子像狼一样迅捷！

奸细？！

正在田锡愣神的时候，那汉子一晃就没影了。

奇怪了，若真是奸细，他为何在这里出现？他对赵府的情况为何了解得这么详细？为何感觉这奸细无处不在又无所不知？奸细把这些告诉田锡是有意而为，还是帮黑市茶贩子推销茶叶？若说是为了推销茶叶他为何又要跑？若不是为了推销茶叶,他给田锡讲这些的目的是什么?还有,赵普让田锡到赵府来看,而这个奸细刚好就在这里,其中有没有什么关联?

尽管田锡心中的疑惑纠结成团,但有一点是明确的:赵昌言、陈象舆、董俨、胡旦等人每天晚上都聚在一起,一直到半夜三更!要知道,这是不允许的。朝廷为了避免官员们拉帮结派,明确规定不准整夜聚集,他们为何还敢这么做?如果田锡把这事上奏给太宗,这些人绝对会受到严厉处罚!赵昌言、胡旦等人把田锡赶出朝廷,对于田锡来说,上奏弹劾赵昌言等人,正是一个复仇的机会。只要利用好这个机会,立了功,皇帝说不定就会取消让田锡去陈州的旨令。

赵普让田锡来赵府,就是认为田锡对赵昌言有怨言。再加上田锡原本就以爱上奏出名,看到"陈三更,董半夜"的场景,赵普断定田锡肯定是会上奏的。只要上奏,就可以把赵昌言搞下台。

赵昌言是赵普提拔起来的,但是赵昌言忘恩负义,赵普没权,拿赵昌言没办法,便想借田锡的手掀翻赵昌言,就像他当初借赵昌言的手掀翻卢多逊一样。

谁知道,田锡并不打算上奏,他要直接进赵府,当面批评。当面批评,显然更有利于大臣之间的团结。

田锡来到赵府,递上名帖。很快赵昌言便传话,请田锡进去。

田锡进了赵府,赵昌言等人正在书房里听琴。他们的脸上红彤彤的,嘴上也油乎乎的,一看就知道刚才正在喝酒,听说田锡进来,才到书房,做出听琴的样子。

胡旦怪笑道:"田主事,你是来请赵枢相帮你说情,让你留在京城的吧?"

田锡冷笑道:"胡推官,田某真想留在京城,办法多着呢。比如,田某只需把'陈三更,董半夜',还有你这个'胡子时'之事向皇帝禀报,立马就能立功。只要田某立了功,何愁不能留下来?"

众人对视一眼,胡旦辩解道:"田主事,咱们只不过偶尔聚在赵府听琴娱情,你说什么'三更半夜子时分'?"

田锡道:"这话可不是田某说的,东京的大街小巷,都传遍了呢,田某只不过有幸在今天晚上前来告诉你们罢了!"

081

众人面面相觑，眼神躲躲闪闪，都不敢再开腔。

田锡把声音放软，真诚地说道："赵枢相，田某今天来，就是想和各位明公聊聊咱们大宋官场生态的问题。咱们的官场生态，从中唐开始就破坏了，后来经过五代，官场倾轧内耗更加严重。五代之所以都是一些短命的朝代，显然与官场中人拉帮结派、钩心斗角、互相倾轧不无关系。咱们大宋建国以来，在太祖和今上两代皇帝的苦心经营之下，官场生态有了很好的转变，宰相宽宏大量，谏官直言敢说，官家虚怀纳谏，大宋一派风清气正。赵枢相，各位明公，咱们这种风清气正，来得可不容易啊。咱们必须细心呵护，勤奋浇灌，只有这样，大宋官场的大花园，才会生机盎然、草长莺飞啊。"

赵昌言脸上阴晴不定，但胡旦依然满不在乎，鄙夷地说："田主事，如果胡某没记错的话，你应该是因为在银台司徇私不公、排斥异己，惹怒了官家，因此官家让你明天就启程去陈州吧？既然你明天就要走了，还是赶紧回去收拾，免得走得匆忙，丢三落四啊。陈州虽然离京城不远，但是去了那里，可也不容易回来呢……"

田锡淡然说道："胡推官放心，别说去陈州，就是去遥远的蜀地，田某也不会丢了自己。田某从小读圣贤书，知道一个士人守住素心和良知有多么重要。周父兄，田某和你，包括和赵枢相都是同年进士，不知周父兄是否记得当年咱们一起苦读的岁月。那时候咱们读圣贤书，无非为了修齐治平。现在真到了可以修齐治平的时候，咱们可不能忘了初心啊！"

胡旦还想反驳，赵昌言赶紧向他摆摆手，笑道："胡推官，田主事这一番话，可谓用心良苦。你既然知道田主事明天还得赶着上路，就不要耽搁田主事的时间了。田主事，咱们就此别过，赵某明天公务缠身，就不能前去给你饯别送行了。咱们今晚就以茶代酒，祝田主事明日一路顺风！"

说着，赵昌言把一盏茶递到田锡手里，又吆喝众人举起茶盏。"这茶可是正宗的瓦屋春雪，以后恐怕再难喝到了，这茶是绝品！田主事，请满饮此盏！"

赵昌言下了逐客令，田锡张了张嘴，但是他最终什么也没说，端起茶喝尽后，拱一拱手，转身离去了。

田锡走后，赵昌言冷笑道："田锡刚才说陈州离京城太近了，他又说哪里离京城比较远呢？"

胡旦道:"他说的是蜀地。"

"好啊,咱们可得记住他说的话。"

"一定记住!"胡旦快活得直拍大腿。

3

田锡回到家,已是后半夜。但雅儿显然还没睡,依然守在窗前。见田锡回来,雅儿赶紧从屋里冲出来,铁锅爆炒豆一样,噼里啪啦说道:"先生,听说康继英那傻小子跑了是不是?这傻小子,也真是傻得可以,被人冤枉,不留下来辩解,竟然跑了!他这一跑,简直百口莫辩,不是粪也是粪了!先生啊,你千万不要出面救他,也别为他辩护。你要是出面为他辩护,你也踩在粪上,跟着倒霉了!先生啊,你不会像康继英那傻小子一样傻吧?"

田锡坐到椅子上,喝了一口茶,笑着看雅儿。

雅儿面色变了变,担忧地轻声问道:"先生,你不会已经为那傻小子辩护了吧?"

"雅儿呀,继英被冤枉,老夫怎能不救?"田锡苦笑道,"只是老夫无能,非但没能救回继英,反而还被贬到陈州去了。"

雅儿大声嚷:"先生你真是,没想到你真救那傻小子啊!哎呀哎呀,你被贬到陈州去了,啥时候能回来?谁为你申冤?真傻啊,你怎么能像那傻小子一样,做出这等傻事!"

田锡道:"雅儿,老夫去陈州,你跟老夫去吗?"

"我不去!我才不跟一个傻子去呢!"

雅儿眼泪飞崩出来,捂着脸,猛地冲进自己房间。

田锡坐在椅子上,叹息一阵。很显然,雅儿对他很失望,因此才不跟他去陈州。

田锡站在雅儿门前劝了一阵,但雅儿始终没有搭理他,只听得屋里一直传来低低的饮泣声。田锡心里难受,他没能帮到雅儿,却反而给雅儿带来难受。雅儿对他失望,也是理所当然的。田锡没办法,和衣滚了一夜。第二天一大早,他骑着一头毛驴,带着一个仆人、一箱书,黯然离开了京城。

083

4

其实雅儿并不是不愿意跟着田锡去陈州。早上田锡离开时，她就偷偷跟在后面，跟着田锡走了很长一段路，直到走出二十多里地后，她才抹着眼泪转回来。

雅儿留在东京，是因为她要想办法把田锡救回来。如果不救，田锡去陈州，至少三年时间。人生有多少个三年啊，何况田锡已经是五十多岁的老头子了，他的身体，能吃得消外放州府的那些苦吗？

可是怎么救田锡呢？自己也就是一个无根无基无权无势的弱女子，能有什么办法让皇帝改变主意，把田锡召回来呢？

思来想去，雅儿想到了刘娥。刘娥是雅儿在东京城唯一的朋友，又是襄王宠爱的女子，本身也很有主见。只要刘娥给襄王说一声，襄王找皇帝求个情，或许就把田锡救回来了。

很快，雅儿就来到张耆郊外的别墅，也就是刘娥住的地方。张耆让刘娥住在他郊外的别墅，安排了几个老仆照顾刘娥，然后他在城中租了个房子住，此后就没有回过这个别墅了。他不再回来，不是不关心刘娥，而是为了避嫌，避免襄王怀疑他和刘娥有什么不三不四的事。出于同样的考虑，他也让老银匠龚美跟在他身边，不去别墅。

襄王隔三岔五会到这里和刘娥聚会一次。尽管太宗坚决反对他和刘娥在一起，但他对刘娥的感情完全割舍不断，所以总是想方设法找时间前来和刘娥欢聚。同时因为在别墅里，太宗并不知情，因此他们的欢聚不受打扰。

不过最近一段时间，襄王来得渐渐稀疏了。

襄王来得稀疏了，张耆又从不回来，因此家中的那些老仆对刘娥就有些简慢，爱理不理。刘娥心里波涛翻滚，不知襄王来得少，是因为事务繁忙，还是因为对她的新鲜感已过，把她忘了。如果襄王对她的新鲜感过去了，不再宠她，那可真就是虚度光阴！她之所以愿意藏在这个偏远的郊外，是因为她始终相信，襄王最终会把她迎进王府的。如果襄王不再宠她了，这个愿望，怎么可能实现！

刘娥忧心不已，暗自伤神，把自己搞得面容憔悴。同时又懒于梳妆，因此整日一副蓬头垢面的样子。

雅儿闯进刘娥房间,看见刘娥的样子时,不禁大吃一惊:"姐姐,你这是怎么了?怎么变成这样了?"

刘娥没想到雅儿莽莽撞撞就闯进来了。她本来给老仆吩咐过,若有人来,一定要及时通报。大约是长久没人来,那老仆也变得疏懒,不知躲到哪儿睡懒觉去了。刘娥不愿意任何人见到她憔悴的样子,哪怕雅儿也不行!雅儿这么一嚷嚷,她立马就变了一个形象,大声嗔骂道:"你这鬼丫头,还是这么没规没矩。姐姐刚起床,还没来得及梳洗呢,你就闯进来了!你等着,让姐姐进去梳洗了再来见你!"

说着,忙站起来,转身往里屋走。一边走一边还伸懒腰,做出惬意的样子:"哎呀,一觉睡到自然醒,真舒服……"

不一会儿后,刘娥就妆容精致地走了出来。

雅儿几次抢着说话,刘娥都阻止了她,优雅地清洗茶具,冲点瓦屋春雪请雅儿品尝。一边泡一边浅浅笑:"雅儿,瓦屋春雪可是咱们老家的名茶,朝廷颁布不许买卖的诏令后,这款茶叶一下变得千金难求。前些时襄王殿下前来,我提到说,自己有点思念家乡。没想到第二天,襄王就给我送来了这款茶叶,还对我说,知道我思念家乡,因此特地准备了这款茶叶,让我尝尝家乡的味道,聊解思念之苦。雅儿,看见了吗,襄王殿下对我真的很上心啊!"

刘娥讲了半天,见雅儿心不在焉、局促不安,这才问道:"鬼丫头,你这么冒冒失失闯进来,又一副失魂落魄的样子,不会是遇到了什么麻烦吧?"

雅儿"哇"一声大哭起来,把田锡被贬陈州之事说了一遍,又拉住刘娥的手,向刘娥求情道:"姐姐,襄王殿下对你那么宠爱,你给殿下说一下,让殿下在官家那里求个情,把我家先生召回来吧!"

刘娥一听,无名火起。一者,襄王已经多日不来,会不会再来,谁也说不清。襄王不来,怎么给襄王讲?二者,皇子不能交通大臣、干预朝政,这是大宋的规矩。如果让襄王去给田锡求情,不就是把襄王往火坑里推吗?三者,襄王把自己安置在郊外张耆别墅里,这是极隐蔽的事。若是让襄王给田锡求情,会不会就把自己牵出来了?真这样做,那可就傻到家了。这么傻的事,刘娥怎么可能做!

尽管刘娥已经决定这么干,但她不会直截了当拒绝雅儿。一来,她实在没有朋友，也需要雅儿这个朋友，尤其是处在孤独寂寞的时候。二来，她也不愿意雅儿小瞧了她，破坏自己在雅儿心中的形象。所以便满口答应下来，让雅儿回去等消息。还拿出一些钱给雅儿，让雅儿照顾好自己。雅儿感激涕零，搂住刘娥，趴在她肩膀上猛哭。

5

但是很多天过去了，却丝毫没有消息。

雅儿再去问，刘娥还是说，让她耐心等，这事急不得。刘娥笑道："襄王殿下得找机会给官家说呢。若机会不合适，官家不高兴，不但不能救回你家先生，或许还会把他贬到更偏远的地方呢。"

雅儿更加焦急："什么机会才是合适的？"

刘娥拍拍雅儿的肩膀："什么机会，姐姐也不知啊，只能等待呢。但雅儿你放心，襄王殿下对姐姐交代他的事情一向是很用心的。很快他就会找到合适机会的……"

雅儿后来又去了几次，却都没有等来襄王回信，心里不免失望。

没想到回家路上，雅儿忽然被一伙泼皮缠上了。

尽管雅儿把一把梨花宝剑舞得密不透风，但毕竟泼皮人数众多，她打倒一批，另一批又围了上来。雅儿双拳难敌四手，很快就被泼皮抓住，扭着往前走。雅儿大叫道："放开我！你们抓我去干什么？"

泼皮头子嘻嘻笑："咱们董员外爱慕你长得水灵，要请你去董府做如夫人呢……"

雅儿大为惊恐，她不知这"董员外"是谁，为何盯上了她。她拼命挣扎，但众泼皮把她抓得紧紧的，她根本就挣不动。

正在这危急时刻，突然有人大喝道："光天化日之下，你们竟敢强抢民女，还有王法吗？"

雅儿一看，原来是许王赵元僖。他的身边跟着胡旦、矮胖管家及一众侍卫。那伙泼皮似乎不认识赵元僖，傲慢地说道："你是谁呀，吃了豹子胆么，咱们董员外的事，你也敢管，滚开，别挡老子的道！"

赵元僖大怒，给身边的侍卫一挥手。侍卫们冲上前，挥拳朝那伙泼皮打去。尽管泼皮人数不少，但他们哪里是许王府侍卫的对手。侍卫们三拳两脚，那伙泼皮便丢下雅儿跑了。

雅儿整理好衣衫，也不说谢，转身就走。

胡旦冲到雅儿前面，拦住她："你这姑娘，咱们许王殿下救了你，你一句谢谢都没有就走，是何道理！"

雅儿不好走了。赵元僖走过来，笑着温柔说道："雅儿姑娘，你家先生去了陈州，你就该好好待在家里。郊外这么乱，这样的泼皮遍地都是，你一个人出来做什么？"

雅儿背过脸去，不说话。胡旦嘻嘻笑道："雅儿姑娘，你不说，咱们许王殿下也知道。你是想通过襄王的那个小妾刘娥求襄王，请襄王把你家先生救回京城对吧？嘿嘿，本官告诉你，你这是枉费心机。襄王对你家姐姐刘娥的新鲜感已经过去了，他都三个多月没去见过你姐姐了，此后也不可能再去了。他厌弃你姐姐了，怎么还可能帮你？哈哈，做梦吧……"

雅儿大惊，涨红脸说道："胡说，襄王殿下才不是那种薄情寡义之人呢，他对我姐姐疼爱着呢，怎么可能厌弃我姐姐！"

"嘿嘿，雅儿姑娘，你要是不信，你就自己去找你姐姐求证吧！"

胡旦说这个话，自然是知道内情的。襄王把刘娥藏在东郊张耆家的事情，是胡旦最先发现的。胡旦发现这个秘密后，大为惊喜。这给了他巴结赵元僖的又一个机会。胡旦一直在努力巴结赵元僖，但是赵元僖对他却不冷不热。他一门心思想进二府当宰相，但是赵元僖尽管嘴上说帮助他，推荐他，提拔他，但从来没有付诸过行动。这使得胡旦认识到，或许这是对赵元僖的讨好还不到位的缘故。

发现刘娥的秘密后，胡旦心中好一阵喜悦。他一封奏章就到了太宗那里，说襄王还在继续和那个卖唱女子偷偷幽会。太宗非常生气，把襄王召去，狠狠地骂了一顿。襄王吓住了，不敢再去别墅见刘娥。这也就是为什么，在很长时间里，刘娥都没有见到襄王到来。

为什么说胡旦做这事，是在讨好赵元僖呢？

因为胡旦知道，赵元僖虽然当了开封府尹，但毕竟还没有被立为太子，这说明太宗还没有拿定主意，而这也是赵元僖非常焦虑的地方。

秦王造反事件发生并被太宗镇压后，储位之争就只在皇子间进行了。四皇子赵元份性格懦弱，没有主见，皇帝也不喜欢他，基本上可以把他排除出去；五皇子赵元杰虽然有"小孟尝"之称，但他年纪太小，大家都觉得他是闹着玩的，没把他当回事。真正对赵元僖构成威胁的，就是大皇子赵元佐和三皇子赵元侃。赵元佐精神疯癫，还放火烧皇宫，被安置到蜀地去了。这样一来，剩下的竞争对手也就只有赵元侃了。赵元侃这人低调不张扬，也不拉帮结派，看起来不显山不露水，但胡旦知道，这恰恰是赵元僖最害怕的地方。所以，只要打击赵元侃，让他在太宗心中留下坏印象，就能提升赵元僖在太宗心中的地位。胡旦要帮助赵元僖，就得想办法打击赵元侃。

赵元侃唯一值得打击，唯一能够让太宗对他产生恶感的，就是他和小歌女刘娥之间的事。于是，胡旦便派人跟踪调查，终于发现，原来赵元侃把刘娥藏在手下张耆东郊外的别墅里，还经常去与她幽会。

随即，胡旦弹劾赵元侃的奏章，就交到了太宗的手里。

胡旦这还是一箭双雕之计。

第一"雕"，就是损毁赵元侃在太宗心中的形象，以此帮助赵元僖稳固地位；第二"雕"，便是拉皮条，让赵元僖抱得美人归。

这都是前情。这些前情，雅儿如何知道呢，所以胡旦的话，一下就把雅儿说蒙了。

看到自己的话起了效果后，胡旦嘿嘿笑道："雅儿姑娘，你想把你家先生救回来，何必舍近求远求襄王？许王殿下是开封府尹，官比襄王大，能耐比襄王强。只要许王殿下给官家说说，让官家把你家先生调回京城，那不就是动动嘴皮子的事么！只不过，许王殿下也不能随便向官家求情，他得师出有名啊。雅儿，只要你进了许王府，嫁给许王，这样一来，你的事就是咱们许王殿下的事，许王殿下说这个话，就有理了。雅儿呀，你要不要考虑考虑？"

"不用考虑！"雅儿打断胡旦，"本姑娘不会进许王府，本姑娘的事，用不着你们操心！"

说完，雅儿便转身往远处跑去。

胡旦追着雅儿喊道："雅儿姑娘，你可得好好想一想啊。你只要进了许王府，许王殿下不但会把你家先生调回来，还会去找襄王说一说，让襄王不抛弃你的刘娥姐。那样一来，你不但帮了你家先生，也帮了你刘娥姐。这是一举两得、两全其美的事情啊。你要是想明白了，就来咱们许王府，咱们许王殿下是谦谦君子，绝不会用强，他就在家里等着你的到来啊……"

雅儿越跑越远，越跑越快，胡旦的脚步声和嗓音越来越小，最终消失在烟尘之中。

6

雅儿虽然表现得很硬气，但回到家时，却忍不住痛哭起来。

襄王几个月没去别墅，原来刘娥一直瞒着她，却还对她说，会找襄王帮忙。雅儿知道，刘娥并不是故意想骗她，而是很好面子，不想让雅儿知道她的惨状。

她可怜，没想到刘娥更可怜。

雅儿几次离开家，走到刘娥住的别墅，想进去安慰刘娥。但最终她黯然转身离去。刘娥好面子，去安慰她，也就意味着揭穿秘密，刘娥一定会非常难堪。对于刘娥来说，难堪的滋味，比被遗弃的滋味更让她难受。

就在雅儿转身回家的路上，曾抓过雅儿的董员外家的那伙泼皮，却又拥上来，把雅儿团团围住。那泼皮头子扬扬得意说道："小丫头，这一次你别想逃脱了！上次有许王为你撑腰，现在许王不在，看你还往哪里逃！哼哼，我告诉你，咱们董员外喜欢上了你，娶你是给你脸，也不违法。你就是去敲登闻鼓，让官家来判，也把我家员外没有办法！"

雅儿也不多说，拔剑就和泼皮打起来，但最终还是被泼皮抓住。

就在这时，有个蒙面汉子从路旁冲出来，挥动拳头，噼里啪啦把泼皮打得东倒西歪。泼皮们不服，倒下后又爬起来，试图再把雅儿抢过去。但蒙面汉子武功实在太高，三拳两脚，泼皮便纷纷倒在地上，鼻青脸肿，大声呻吟。这下他们知道蒙面汉子的厉害了，再不敢纠缠，灰溜溜跑了。

泼皮走后，蒙面汉子这才扯下面巾。雅儿一看，一时脸涨得通红，提起宝剑就向汉子刺去。原来那汉子不是别人，正是康继英！

康继英赶紧躲避："雅儿，在下救了你，你为何要杀在下？"

雅儿大骂："你这个混蛋，为什么要放火烧许王府？"

康继英辩解："在下没有放过火！"

雅儿不依不饶，那剑如同在水面跳荡的石片，追着康继英跑："你没放过火，为何要逃跑？你逃跑，不就坐实了火是你放的吗？这也罢了，你被冤枉也是活该。但你为何要连累先生！先生为你求情，结果被贬去陈州。你说，你如何对得起先生！"

康继英惭愧地说："在下当时确实有欠考虑，先生确实被在下连累了。雅儿，你要杀就杀吧，在下确实该杀……"

康继英说着，站在原地不动，垂手低头等雅儿杀他。雅儿的宝剑已经逼到他脖子下了，他也不躲一躲，一副一心求死的样子。

雅儿把宝剑猛收回来，冲康继英大喊："你滚吧，赶紧从本姑娘的眼前消失，本姑娘不想再看见你！"

康继英道："在下不走。在下去陈州找过先生，是先生让在下回来照顾你的……"

雅儿一呆，随即又拿宝剑往康继英身上比画："谁要你照顾？你这个大傻子，你现在最应该做的事就是守在先生身边，保护他，安慰他。他被贬谪去了陈州，心情肯定不好，正需要你安慰，你为何又当了逃兵？你已经当过两次逃兵了，难道还想当第三次逃兵？"

康继英被雅儿说得无地自容，不敢再说，埋着头，往远处走去。没走多远，他又回头喊："雅儿，你千万不要嫁入许王府，你这样是不可能把先生救回来的！救先生的事，咱们一起想办法，你可千万别出此下策啊！"

"滚吧，你这个逃兵！"雅儿继续大骂，"你不让先生更倒霉就阿弥陀佛了，还救先生！快滚，滚得越远越好！"

康继英不再多说，回身走去。他越走越惭愧，深感田锡被贬，确实是自己造成的。雅儿说得没错，自己绝不能当逃兵！想到这里，康继英二话不说，从脸上摘下面巾，毅然往开封府走去——他要去自首，用这种方式，把田锡救回来。

7

康继英去开封府自首的事，雅儿很快就知道了。她一时有些后悔，感到自己对康继英骂得确实太过分了。同时也有些欣慰，觉得康继英确实还算是个血性汉子，做事敢于承担责任。

不过，等了很多天，雅儿又有些不安了。

照理说，只要康继英进去，向开封府解释清楚，火不是他放的，田锡被证明清白，就能得救了。为何这么久还没有他的音信呢？若田锡不能得救，不是又白搭了一个康继英吗？

雅儿忽然想起那天泼皮头子说的让她去敲登闻鼓的话，一下就有了主意。雅儿在街上卖唱时，就见过乾元门外那个巨大的登闻鼓。她听说，只要敲那个鼓，官家就能听见，就能出来为百姓申冤。不过，这个鼓也不能随便敲，一旦查验不实，敲鼓人会受严厉的惩罚。

雅儿穿过大半个东京城，进了皇城，来到乾元门前，提起鼓槌，用尽全身力气，"咚咚咚"擂响了登闻鼓。

守登闻鼓的衙役班头正趴在桌上睡觉。雅儿敲击的声音太大，惊得衙役班头从椅子上滚了下来。

被打扰了瞌睡，衙役班头很不高兴，带着一众衙役，絮絮叨叨出门来。看见是个年轻漂亮的女子，衙役班头一下来了精神，嘻嘻笑道："小娘子，你在这里干什么呀？你知不知道这个东西是不能随便乱敲的。随便乱敲，是要被关进监狱的。"

衙役班头的油腔滑调，让雅儿很不舒服。她皱皱眉，回答道："奴家没有随便乱敲，奴家是来为先生申冤的！"

"你家先生是谁？"

"田锡。"

衙役班头自然是知道田锡的，他不敢大意，赶紧带着雅儿来到登闻鼓院。

登闻鼓院的长官是左补阙、判登闻鼓院事董俨。董俨一听说雅儿来为田锡申冤，赶紧把班头召到面前，给他说了几句悄悄话。

班头一听，欢天喜地出去，一屁股坐在院事椅子上，拿起惊堂木一拍，厉声喝道："你听着，你来为田锡申冤，你知不知道田锡是谁把他贬到陈州去的？是官家把他贬去的！你说申冤，难道你是想说官家错了吗？大胆刁民，竟敢说出如此大逆不道之话！来人呀，把这个逆贼抓起来！"

衙役一拥而上，把雅儿绑了起来。那班头也过来，趁机在雅儿身上摸来摸去。雅儿手脚被捆住，没办法还击，便一口唾沫吐在班头脸上，大骂道："你们这些狗官，竟然如此糊涂办案！这里还是天子脚下吗？还有王法吗？"

班头把脸一抹，大怒道："好啊，你竟敢吐本官口水！按住，给本官按住，狠狠地打！"

众衙役冲上前，按头的按头，按脚的按脚，把雅儿按在条凳上。雅儿空有一身武功，可惜手脚被缚住，施展不出来。不过她并没有屈服，依然拼命挣扎，破口大骂。

这时候，董俨摇着扇子走了出来，大声喝道："你们在吵嚷什么？"

班头上前说道："董大人，这个刁妇名叫雅儿，自称是田锡家人，进门就为田锡喊冤，说是官家冤枉了田锡。如此大逆不道，咱们自然要给她一点教训啊！"

董俨扇子一收，在班头头上敲了一记："混账，谁告诉你雅儿姑娘大逆不道？还不赶快把雅儿姑娘放了！"

班头摸着被打疼的头，嘀咕着，向众衙役一扬手。衙役们只得把雅儿身上的绳子解开。

董俨让雅儿坐下，给她递上一盏茶，和蔼地说道："雅儿姑娘，这都是些鲁莽粗人，你千万别和他们一般见识。也是本官平常管教不严，本官在这里给雅儿姑娘道歉了！"

看见董俨这般谦和，雅儿心里的气也消了，忙抱拳施礼道："董判院，奴家也知道这个登闻鼓不能随便敲，奴家也没有说过官家判罚不公。但奴家先生确实又是被冤枉的，所以奴家前来，就是请董判院把奴家状子递给官家，请官家把奴家先生重新召回京城来！"

董俨叹一口气："雅儿姑娘，田公是本官同年，都是太平兴国三年进士。平日里，本官和田公也是极好的朋友。田公被贬谪去了陈州，本官也很忧心，也曾上奏营救田公。无奈朝中奸臣当道，蒙蔽了官家。官家不听，反而把本官骂了一顿，差点把本官也逐出朝廷。唉，本官也正为这事焦虑呢，一直在想，有什么办法能把田公救回来啊……"

雅儿焦急地问："董判院，你想到办法了吗？"

董俨道："要救田公，唯一的办法，就是把大奸臣赶出朝。只要把他赶走，官家才会听咱们的进谏，也才能把田公救出来呢。"

"这个大奸臣是谁？"

董俨道："雅儿姑娘，本官问你，前一段时间，朝中是不是有大人物到你家来，和你家先生聊过以后，你家先生就把康继英推荐到开封府去了？"

雅儿想起来，确实有个大人物，那就是当朝参知政事寇准。

"是，但那是寇相啊……"

"对呀，就是他！他就是大奸臣，你家先生被贬谪到陈州，就是他向官家进了谗言呢！"

雅儿不信："寇相可是'寇青天'，他怎么可能是奸臣！"

董俨笑道："雅儿姑娘，你不相信是对的。正所谓'知人知面不知心'，如果本官是你，本官也不信。毕竟你听说的只有'寇青天'。但真实的寇准是怎样的人，你一点儿也不了解。"

"反正奴家不信，寇相绝对不是大奸臣！"

董俨也不急，缓缓讲道："雅儿姑娘，寇准是个怎样的人，本官不想多评价，本官只讲事实。先是康继英对外宣称有奸细，接着寇准来你家，让你家先生把康继英送去开封府，接着康继英放火烧许王府，再接着康继英逃跑，嫁祸你家先生。等你家先生被撵出朝，贬谪到陈州后，康继英再出来，假装自首被抓进监狱里——雅儿呀，这是一套连环计呢！而这套连环计，正是大奸臣寇准一手策划的，你明白吗？"

雅儿大吃一惊，董俨分析得合情合理，她不得不信。但是，无论如何，她也接受不了寇准是大奸臣、康继英是奸细这一事实。

董俨看出雅儿的犹豫，站起来，抖一抖官袍："雅儿姑娘，本官知道你不信。你等着吧，过不了几天，康继英就会被无罪释放的。因为他演的那戏已经完美结束了。毕竟你家先生已经被贬谪到陈州去了，因此寇准会指使开封府无罪释放他。他出来后，又会再假装找奸细，如此循环！嘿嘿，你不相信本官也没关系，如果康继英没几天就出来了，那时你再判断本官的分析对不对吧。"

8

雅儿在登闻鼓院没有把状纸递出去，还装满了一肚子疑惑，这使得她相当郁闷。回家后，没过几天，前些时纠缠她的那伙泼皮，又来到她门口。不仅如此，他们还抬来一顶轿子。泼皮头子嬉皮笑脸说："雅儿姑娘，请上轿，请上轿吧。"

雅儿莫名其妙:"上什么轿?你们在搞什么鬼?"

"上花轿啊,嫁入董府去享福啊!"泼皮头子挤挤眼,"雅儿姑娘,恭喜你了,你嫁给咱们董员外后,从此脱离苦海,可以有享不尽的荣华富贵了!"

雅儿拔出宝剑就往泼皮砍去。不过这一次,泼皮没有抓雅儿,而是纷纷往后退。泼皮头子跳出来,从怀里取出一张纸,高举着亮给雅儿看:"雅儿姑娘,别动手,看到没?我们是有依据的,康继英已经把你卖给董员外了,这是卖身契,上面还有康继英的手印呢。嘿嘿,你现在已是董员外的人了,赶紧上轿,跟咱们走吧。"

雅儿抱起手,冷笑道:"你这混账东西,撒谎也靠谱一点吧。康继英还在开封府的牢中呢,他怎么可能给你写什么卖身契!"

泼皮头子哈哈大笑:"雅儿姑娘,你有所不知,那康继英已经出来了。知道董员外想娶你,就把你卖了。要知道,咱们董员外可是花了大价钱的,你不去也不行呢。"

康继英真的出来了,还干出这样的事情吗?就算他出来,也没权力卖自己呀!雅儿强硬说道:"康继英是我什么人?他凭什么卖我?"

泼皮头子轻佻地说:"你家先生被贬谪到陈州后,康继英就是你汉子了。你汉子把你卖掉,不是天经地义的吗?有啥大惊小怪的?别再多说了,赶紧跟咱们走吧!"

"胡说八道!胡说八道!"雅儿气得只能重复这几个字,同时更猛烈地挥动手中的剑,朝那伙泼皮冲杀而去。

泼皮不和雅儿纠缠,抬着花轿往后撤。一边撤,一边喊:"雅儿姑娘,尽管你违约,不愿意跟咱们走。但是咱们董员外是仁义之人,绝不会强求。今天咱们先回去,给你一些考虑时间。不过,你可不要让董员外等得太久,过两天,董员外还会让咱们来抬你的……"

9

康继英果真被开封府放出来了。

康继英被放出来,自己都有些莫名其妙。难道开封府已查清他的案子,认定许王府的那把火不是他烧的吗?如果真是认定他无罪,那也就意味着,先生田锡也是被冤枉的,应该很快会回来了。

康继英大为兴奋,立刻前去寇府。他要把这一情况告诉寇准,希望寇准能把田锡救回来。

寇准听完,没有兴奋,反而表情凝重地说道:"继英啊,你也看出他们放你有点反常吧?正所谓'事出反常必有妖',咱们得仔细一点,别上了他们的当!至于你家先生,把他排挤出朝,是赵昌言等人蓄谋已久的,可不会因为证明了你不是纵火者,就让你家先生回朝。继英啊,你放心,本官会找适当的时机给官家进谏,让你先生回来的。你虽然现在不可能去开封府,但你依然要继续查探奸细的下落。蜀地非常乱,本官很担心那里出大乱子,尤其担心大殿下在那里出现意外。如果抓住奸细,能证明大殿下没错,就能让大殿下回来了。"

10

这天,康继英正在许王府外观察,看看是否有奸细出入。就在这时,他忽然发现雅儿正朝许王府走去。康继英心下疑惑,雅儿要去许王府做什么?难道她想嫁入许王府,让许王搭救田锡?

康继英冲出来,拦住雅儿道:"雅儿,你要干什么?你可千万别试图嫁入许王府。你那样做,害了自己,也不可能把先生救回来的。"

雅儿手捏在剑柄上,怪笑道:"你是怎么出狱的?是不是被无罪释放出来的?"

"是被无罪释放出来的。"

"你被放出来后,是不是去了寇相的府上?"

"是去了寇相的府上。"

"你去了寇相的府上,寇相是不是让你继续找奸细?"

"寇相是让在下继续找奸细。"

雅儿突然拔出宝剑,猛地往康继英身上刺去。好在康继英武功高强,尽管雅儿这一剑刺得突然,但康继英依然轻松躲过。雅儿一剑不中,又递过来一剑,剑尖直指康继英的要害。康继英避让的动作行云流水,嘴上却很慌乱:"雅儿你怎么了?你为什么杀在下?在下什么事惹你不高兴了?就算要判在下死刑，你也得给个理由嘛……"

雅儿刺了半天，没能伤得康继英半点皮毛，这使她更加生气，一跺脚，收了剑，转身跑了起来。

康继英更加莫名其妙："雅儿，你要到哪里去？"

雅儿不理康继英，跑得更快。康继英摇摇头，继续守在许王府。

雅儿一口气跑到乾元门外，拿起鼓槌，猛敲起来。

衙役班头骂骂咧咧出来，发现又是雅儿，正要动粗。雅儿冷冷说道："走，带本姑娘去见你们董判院，本姑娘要状告寇准！"

11

百姓通过登闻鼓院状告当朝宰相，这事自然非同小可。登闻鼓院的状子，一般是需要皇帝亲自阅审的。所以，雅儿的状纸，很快就通过赵昌言，秘密送到太宗手里。雅儿在状纸上说，寇准在京城里暗藏了很多奸细，包括潜入许王府的奸细，都是寇准暗中布置的。寇准的目的，就是想谋朝篡位。而且，开封府还抓到一个奸细，经过审讯，这个人就是寇准藏在京城的众多奸细中的一个。

太宗很生气，宣寇准火速前来对质。

寇准才散朝回家，还没喘口气，又被皇帝宣去。他不敢怠慢，爬上马背，就往皇宫跑去。却是在半道上遇到了阻碍，有个衣衫褴褛之人横躺在路上，不让寇准过去。寇准若是纵马过去，必然踩死他。寇准没办法，只得下马来，准备牵着马，从那人身边绕过去。

谁知寇准刚一下马，那人突然一骨碌爬起来，跪在寇准面前，连声大喊"万岁"。

寇准大吃一惊，正想抓住那人问个究竟。没想到呼啦一下拥过来很多人，围住寇准，对他一阵指指点点。另有一些人也跟着跪在地上，大喊"万岁"。

寇准虽然心里发蒙，但他也明白，这是有人要故意陷害他。好在他脑子好使，也猛地跪在地上，朝着皇宫的方向跪拜，嘴里也大呼"万岁"。跪完后，他这才站起来，拍拍身上的尘土，翻身上马，再往皇宫方向飞奔而去。

但是，寇准在皇宫并没有见到太宗。等来的，是王继恩交给他的一份把他贬谪到青州的圣旨。寇准顿时呆住了，捧着圣旨不知所措。王继恩笑道："寇相，你也别伤心。不知是谁想陷害你，把大街上有人拦着喊你'万岁'的事情告诉了官家。官家非常生气，因此不想见你，只是拟定了这道圣旨，让咱家交给你。"

寇准心下骇然，又满腹狐疑。这件事显然不通情理。在大街上被人拦着喊"万岁"，也就是刚才发生的事情。事情发生后，自己立刻上马飞驰到皇宫。也就是说，皇帝知道这事，必须有一个人以比他更快的速度跑到皇宫，而且还得绕过重重阻碍，第一时间把情况报告给皇帝。但就算这样，皇帝也没有拟圣旨的时间。所以，唯一的可能就是，有人已经"未卜先知"地把这件事告诉了皇帝，让皇帝很生气地拟定了圣旨，不给寇准见皇帝的机会。

寇准把这一切想明白后，照理他应该立刻申诉。但是他并没有，反而哈哈大笑起来。

王继恩关心地说道："寇相，哦不对，不能喊'寇相'，得喊'寇太守'了。寇太守，你也别太难过了，过不了几年，官家就会再让你回来的。"

寇准又一阵大笑："寇某有什么难过的！这是官家体谅寇某呢，官家看寇某累了，让寇某去青州登泰山、蹈东海，赏山川风物之美，修心养性。寇某感激还来不及，怎么会难过！"

说着，甩着大袖，哼着小曲，绝尘而去。

王继恩望着寇准的背影，咕噜道："这人一定是疯了……"

12

寇准被贬出朝后，雅儿兴奋地再次来到登闻鼓院找董俨。

那时候，董俨备好酒礼，正要往赵昌言家走去。刚一出门，就碰上雅儿。雅儿道："董判院，寇准这个大奸贼已经被撵出朝了，我家先生什么时候能回朝啊？"

董俨乐得不行，嘻嘻笑道："雅儿姑娘，你家先生什么时候回朝？这个问题你该去问官家，怎么问本官呢？本官说了也不算啊！"

雅儿急了："董判院，你不是说，只要把寇准这个大奸贼撵出朝，我家先生就能回朝吗？"

董俨歪着头说道:"雅儿姑娘,把寇准这个大奸贼撵出朝,没人在官家面前说你家先生坏话,只能说你家先生回来变得更容易了。但是官家什么时候把你家先生召回来,这个得靠你家先生努力。如果你家先生足够努力,做出了政绩,用不了三年,你家先生就会回朝,说不定还会得到提拔。但如果你家先生不努力,还像以前那样'治郡无称',官家非但不会让他回来,还可能把他贬谪到更偏远的地方啊。"

雅儿终于明白,自己上了董俨的当!

同时这也说明,寇准很可能是被冤枉的!

董俨正是利用她的轻信和幼稚,把寇准撵出朝,同时还彻底锁死田锡回朝之路!

"狗官,你竟敢骗本姑娘!"

雅儿又羞又恼,拔出宝剑,就往董俨身上刺去。董俨俯身一躲,雅儿虽然没有刺中他,却把他的官帽挑下来了。董俨吓得冲衙役大叫:"挡住!赶紧给本官挡住!"

衙役们一拥而上,挡在董俨前面,缠住雅儿。班头捡起官帽,给董俨戴在头上。董俨来不及把官帽戴正,就慌慌张张爬上马,策马往外跑去。跑到远远的地方,他才定住心魂。

却是这样,他还不忘给赵元僖拉皮条:"雅儿姑娘,本官没有骗你。本官想救你家先生,但是没有那个能力。要不,你嫁到许王府去吧。只要进了许王府,许王出面,旦夕之间,你家先生就回来了!你要不去许王府,还会被什么'董员外'不'懂员外'纠缠,麻烦会很大的!"

13

雅儿垂头丧气回家。

刚跨进大门,就看见康继英满脸严肃地坐在院子里。这一次雅儿不敢再撵康继英,而是不好意思地走到另一角落,垂着头不说话。

康继英心情沉痛地责备道:"雅儿,你在干什么呀,为什么要诬告寇相?如今寇相被贬出朝,你满意了吧!满意了吧!"

雅儿"哇"一声大哭起来:"继英哥,你打我吧!骂我吧!我被董俨那个狗官骗了。他说只要我告倒寇相，就能把先生救出来。但是我告倒寇相后，那个狗官却不承认了……"

雅儿一五一十地把事情的经过告诉了康继英。康继英道："雅儿，这不怪你，那张所谓的'卖身契'，是我在监狱时，他们把我打晕，偷偷拿我的手指按的。我醒来后，发现手指上有朱砂，就怀疑他们借我的手印干了什么坏事。还没想明白，他们竟然又把我放出来了。原来所有这一切，都是那些人的阴谋！"

雅儿恨恨说道："那个许王真是太可恶，简直无法无天，想干啥就干啥！官家竟然还让他当开封府尹，官家真是瞎了眼……"

康继英赶紧捂住雅儿的嘴，不让她继续说下去，同时又到门口四处看了看，这才回来，软声安慰雅儿道："算了，雅儿，事已至此，伤心也没用了。我听说，官家这次动了真怒，限定寇相必须今天就得离开东京城。走，咱们去给寇相送送行吧……"

雅儿直往后退，捂着脸，眼泪顺着指缝往外淌："继英哥，我不去，是我害了寇相。我没脸见他，没脸见他……"

康继英道："雅儿，你应该去，咱们去给寇相道个歉，做错了就应该承认。寇相大人大量，他会原谅咱们的！"

"我不原谅自己，我不原谅自己……"

康继英好说歹说，终于还是让雅儿答应一同前往。

两人出了城门，一路疾行，前去追赶寇准。寇准像是很着急，康继英和雅儿足足追出五十里，才追到寇准。当寇准看到气喘吁吁满头大汗的康继英和雅儿时，忍不住哈哈大笑，笑得像孩子一样。

康继英道："寇相，看您笑得这么开心，此去青州路途遥远，前途未卜，您难道不忧心吗？"

寇准道："本官这一路，看山是山，看水是水，心里踏实又安定，有什么可忧心的？"

雅儿垂头低声道歉道："寇相，奴家被董俨那个奸贼骗了……奴家实在太糊涂，竟然干出这样的事来……奴家不敢求寇相原谅……"雅儿说不下去了，蒙着脸大哭起来。

寇准笑道："雅儿姑娘，你不用自责，没你的事。你递给官家的那张状纸，其实连由头都算不上。就算没有你那张状纸，本官也会出朝的。"

康继英道："是啊，朝廷中那帮奸贼容不下您！"

寇准道："也不能说是朝廷中的那帮人，他们也算不得什么奸贼。一切都是命数，命数中寇某有出朝这一则。所以，寇某不会责怪谁，寇某也没有不高兴。"

寇准如此坦然通透，甚至心中没有怨恨，这让康继英和雅儿心中感佩不已。就如同他们看自己的先生田锡一样，不知该说什么，只能用崇敬的眼光看着寇准。

寇准对康继英说道："继英，既然大殿下去蜀地的事情已经没办法改变，而且本官和你们先生都已经不在朝中，你查探奸细的事，也暂告一段落吧。来日方长，奸细早晚会现形的，咱们也不急于一时。同时，你们也不要试图再救你们先生回朝了。本官刚才已告诉你们，一切都是命数，命数中你们先生有出朝这一劫。说不定你们先生并不以出朝为苦呢。"

寇准大手一挥，又说道："就像寇某，虽然去了青州，但是寇某也不以为苦，反而认为这是官家特地给寇某的假期。因为过不了多久，官家又会把寇某召回朝的，那时候又得忙了。所以啊，寇某得趁这个放假的机会，好好休息一下。"

说完，寇准再次翻身上马，长袖飘飘，绝尘而去，风中飘来他豪迈的歌声——

    将相功名终若何，不堪急景似奔梭。
    人间万事何须问，且向樽前听艳歌。

14

康继英和雅儿送走寇准后，合计了一阵，觉得还是去陈州追随田锡。既然寇准也说了，查探奸细的事情可以暂告一段落，也不必再想办法救田锡，那么留在京城就没什么意义了。再说了，雅儿若是继续留在京城，还会受到赵元僖的持续纠缠。显然，离开京城去陈州追随他们的先生田锡，是最好的选择。

陈州离东京不远，康继英和雅儿走得快，三天时间就到了。进了陈州后，两人恍然觉得似乎又回到东京。街道上人来人往，络绎不绝。叫卖声此起彼伏，重重叠叠。两人遛街赏景，兴致盎然。康继英兴奋地说道："陈州离东京近，受东京的影响，没想到商业竟如此繁荣，简直可以称得上是'小东京'了！"

雅儿撇撇嘴："哪里是受东京的影响，明显是先生治理有方！若是别人当知州，能有这般好气象？"

康继英笑笑。他明白雅儿的思维，只要是好的，所有的功劳都要算在先生身上。当然了，也不光雅儿如此，实际上连东京街头的老百姓也有这样的看法。因为田锡号称"天下正人"，因此朝廷中但凡出一道利民的政策，东京街头的百姓就议论说，这是田锡上的奏议。

雅儿见康继英只是笑笑，并没有肯定她，很不高兴地冲康继英吼道："你笑什么？难道我说得不对？"

"说得对啊，在下笑，就是认可你啊。"

雅儿哼一声，两人继续往前走。

忽见街头上拥来一群衣衫褴褛的人，而且他们逐渐发现，这样的人越来越多，大都在伸手乞讨，与这条街上的繁华景象极不协调。

康继英不禁皱起眉头。雅儿又不高兴了："你皱什么眉头？锦衣漂亮，上面难免有污渍。你以为太平盛世就不能有乞丐吗？你以为有乞丐就抹杀咱们先生的治理之功吗？"

"哎呀喂，笑也不是，哭也不是，在下的脸是不是该像木头一样，没有表情才对啊？"康继英一抹脸，果真抹出木头的样子。

雅儿扑哧一笑："你就是个木头！"

两人说说笑笑，又往前走了一段路，看见前面有一处茶叶交易市场。市场上人头攒动，讨价还价，热闹非凡。而且雅儿很快就发现，那些进行茶叶交易的人，很多都是蜀地口音。显然，这是蜀地的茶叶交易市场开拓到陈州来了。雅儿见到家乡人，格外兴奋，忍不住上前问东问西。就在问的时候，她发现茶肆上竟有很多瓦屋春雪在卖，而且是公开售卖。买的人，也都是一些穿着锦衣的达官贵人。

康继英又皱起眉头："瓦屋春雪不是不准卖吗？为什么在这里却公开售卖？难道先生不知？"

雅儿也觉得不可思议，不过她依然维护田锡："也许是今天才开始售卖的吧，信息还没传到先生耳朵里呢。"

一时两人都不再说话，不过他们心里却都各自嘀咕上了。尽管田锡有"天下正人"的令名，但也有人议论他"治郡无称"。也就是说，让他当一个谏官合适，但是若让他治理一个州府，他就有些力不从心。

雅儿当然不愿承认，康继英虽然冷静一些，他也不愿意承认。

然而，陈州大街上的情形，正在摧毁他们的信念。这里虽然繁华，但满地乞丐，无人搭理；朝廷严厉禁止销售瓦屋春雪，这里却堂而皇之摆在市面上，公开销售。这是不是"放羊式"管理？是不是"治郡无称"？

两人满腹心事走进陈州府衙。陈州府衙格外清静，几乎没有什么人，唯有几个衙役双手拢在袖筒里，蜷着身子打盹。两人也只能小心谨慎地走着，像害怕惊扰了那些衙役的睡梦一样。

走进公堂时，发现田锡正端坐着读书。仿佛这里不是公堂，倒成了他的书房。雅儿胸膛里波涛汹涌，眼中蓄满热热的泪花。但她努力抑制住自己情感，轻轻问道："先生，你看的是什么书呀？"

"《诗经》，老夫在研究古书里关于'籍田礼''乡饮酒礼'之类的记载呢，寻找一点完善咱们现在的'籍田礼'和'乡饮酒礼'制度的启发。"田锡像没看见雅儿和康继英一样，并未有一种久别重逢的欣喜，而是依然埋头看书，陷入沉思之中。

雅儿道："先生呀，官家不是取消籍田礼了吗？先生现在还研究这些东西，有什么意义呀？"

"胡说！"田锡生气地抬起头来，"你们可别糊涂。虽然官家取消了籍田礼，但那只是暂停，也许明年官家又会恢复。籍田礼可不仅仅是一个仪式，它对于一个国家来说是有重要意义的。举行籍田礼，也就意味着四方安定，刀兵偃息。到那时候，老百姓就能专注农事，勤于耕作，国泰民安的局面就会到来。"

雅儿道："先生啊，你又不在朝堂上，管这些闲事做什么？"

"这是国家大事，怎么可能是闲事呢？"田锡笑道，"就算不在朝堂上，老夫也要积极推动这件事。'籍田礼'做不成，咱们也可以在州府搞'乡饮酒礼'呢。"

"啥是'乡饮酒礼'啊？"

田锡正要解释，忽然公堂外面传来一阵嘈杂的喧闹声，一个一身油腻的泼皮，抓扯着另外一个敦实憨厚短衣幞头的商贩，闹嚷着闯了进来。衙役们上前想把他们扯开，却都办不到。

泼皮扯着商贩衣领，走到公堂正中，大声嚷道："田知州，朝廷三令五申，不准买卖瓦屋春雪，这人竟敢在大庭广众之下摆摊买卖，是不是应该把他抓起来，丢进监狱里去？"

那商贩跪在地上哭道："田知州，不是这样的，他说谎……"

泼皮揉了商贩几把，粗声粗气说："不是这样是怎样的？你违反朝廷禁令，你还有理了？"

田锡赶紧制止那泼皮，不准他动手，又对那商贩和蔼地问道："别急，慢慢说，究竟是怎么回事？说出来，本官替你做主。"

商贩道："田知州，小人是从蜀地洪雅来的茶农……"

雅儿惊喜地打断他："你真是从洪雅来的吗？奴家也是洪雅人。哈哈，没想到他乡遇故知啊！"

那商贩也高兴起来，说话也流畅了许多："田知州，姑娘，小人确实是蜀地洪雅来的茶农，小人在家里做的就是瓦屋春雪。以前瓦屋春雪在市场上卖得很贵，但是官府垄断了买卖，给咱们茶农的价钱很低。不过虽然很低，好歹还有些收益。后来朝廷颁布了一道命令，不准售卖瓦屋春雪，这就完全断了咱们的口粮。不得已，咱们茶农只得带着茶，去东京黑市上想办法出手。只是如此一来，风险极大，很多人因此被抓进狱中，甚至被砍头。后来，咱们听说陈州这里可以买卖，官府拘管得并没有那么严格，因此才聚集到陈州来了……但没想到这人竟然以朝廷有禁令威胁咱们，多次从咱们手中抢走瓦屋春雪，一分钱也不给。小人今天实在忍不住，不给他茶叶。没想到他不但打小人，还把小人抓到官府来了……"

田锡怒视那泼皮："他说的是否属实？你是否强抢别人财物？"

那泼皮满不在乎："什么叫强抢？瓦屋春雪是朝廷明令禁止不准买卖的，他竟敢违抗朝廷禁令。我没收他的赃物，是在代朝廷执法，维护朝廷法令权威，这能说是强抢吗？"

田锡把惊堂木一拍，大怒道："你是何人，敢代朝廷执法？还以代朝廷执法的名义，抢人财物。你这是犯了两条大罪你懂不懂？本官正告你，如果你赶紧把抢劫别人的东西归还了，本官可以饶你。若是再执迷不悟，本官定当对你绳之以法！"

泼皮道："田知州，我可以把茶叶归还他。但是他贩卖朝廷禁止之物，也是犯了大罪，必须抓起来！田知州可不能因为他是您老乡，您就徇私舞弊。如果那样，小人不服！"

田锡冷冷说道："本官告诉你，在陈州，瓦屋春雪是允许买卖的！"

泼皮既惊讶又惊喜："田知州，你说什么？瓦屋春雪在陈州允许买卖？全国都不许买卖，独有陈州允许买卖，难道陈州不是咱大宋的领土吗？"

泼皮如此趾高气扬说话，雅儿早已忍不住，拔剑便指向泼皮："你没有耳朵？咱们先生说允许买卖就允许买卖，你又不是朝廷中人，你懂什么？你赶紧回去把茶叶退给人家，要再敢饶舌，小心本姑娘一剑削下你的舌头！"

"好啊好啊，我走，我现在就走……"那泼皮冷笑一声，转身出去了。田锡安慰茶贩道："你放心，本官随后会派人督查此事，谅他也不敢不退。此后你们蜀地茶农，都可以到陈州安心卖茶叶，再也没人敲诈勒索你们了！"

一众人出去后，雅儿欢欣不已，康继英则忧心忡忡："先生，陈州真的允许买卖瓦屋春雪吗？"

"没有。"随即田锡又说道，"不过你们放心，我会立刻奏请官家，请他取消瓦屋春雪禁售令。倒洗澡水时，咱们不能把孩子一并倒了，因噎废食的事情咱们决不能做！我已经写好奏章请求官家取消瓦屋春雪的民间禁售令，这个禁售令只需要在官府里执行就可以了。只要官府中人不参与瓦屋春雪的销售，就不会损伤百姓利益了。"

康继英道："先生啊，还是等朝廷取消禁售令后，再允许陈州买卖吧。若是提前，官家怪罪下来，先生又要吃大亏了！"

田锡道："官家会不会及时取消这条禁售令，谁也不知道。再说了，赵昌言、李昌龄围在官家身边，他们会让官家听我的吗？何况此前，我已就这事上奏过官家，官家当时就不同意。这一次上奏，很可能官家不但不同意，还会很生气。假如赵昌言、李昌龄再在旁边说点风凉话，我可能还会倒霉……"

雅儿忍不住了："对呀，先生啊，你既然知道会倒霉，为什么还要上奏？你既然知道上奏就可能惹得官家不高兴，你为何还要先斩后奏？官家知道了不是更加不高兴吗？李昌龄、赵昌言这些人，不是更要进你的谗言吗？"

康继英道："先生啊，雅儿说得有理，先生可不能往枪尖上撞啊！"

田锡道："没错，我若是为了保全自己，完全可以不说，也跟着朝廷禁止瓦屋春雪销售。但若是这样做，就相当于关闭了蜀地茶农卖瓦屋春雪的唯一窗口，许多人都将衣食无着。同时，这样做必然激化蜀地茶农矛盾，引发动乱。如果真出现了大动乱，后果将不堪收拾。你们说，蜀地茶农千里迢迢来咱们陈州，目的是什么？无非就是因为这里可以透一口气。咱们若是一下把大宋仅有的这扇窗给关上，百姓不是会憋死吗？"

田锡说得正气凛然，康继英和雅儿虽然很感动，但内心却充满担忧，都紧皱眉头，不开腔。

田锡对康继英说道："你现在即刻把这道奏章送去京城，交到参知政事吕蒙正手里，让他交给官家。寇相已经外贬青州，朝中很多正直的大臣也纷纷出朝外任，朝堂上一派乌烟瘴气。现在只能依靠吕相拨开乌云，漏出一丝光亮来了。"

15

康继英快马加鞭来到京城，把奏章交给吕蒙正。

吕蒙正是太平兴国二年科举的状元，也是太宗选拔的第一个状元。太宗对他钦点的这个状元很信任也很喜爱，不到十年时间，吕蒙正已经两度进入中书，出任宰相。吕蒙正正如他的名字一样，很"正"，不谋私利。卢多逊当宰相的时候，他的儿子刚出仕，卢多逊就把儿子推为正六品的水部员外郎，由此成了惯例。后来吕蒙正当宰相，他的儿子出仕时，也应该封为正六品的官员，但是吕蒙正却上奏说，天下学子们寒窗苦读几十年，好不容易中举，最多封为九品官。宰相的儿子凭什么就该是正六品？微臣的儿子也应该先从九品官当起。太宗很高兴，立刻准奏。吕蒙正改掉这条规矩后，宰相的儿子此后出仕，就只能当九品官了。

吕蒙正在性格上与寇准刚好相反，寇准敢拼敢杀，而吕蒙正则清简无为。太宗用寇准当宰相，朝中之事，根本不用他操心，寇准就能把所有事情办得妥妥帖帖，太宗很放心。吕蒙正想不到那么多办法，他做事中规中矩，不偏不倚。但是，这却让太宗感到另一种放心。

太宗一般不会把这两人同时放在二府。所以当太宗把寇准贬去青州后，立刻便把吕蒙正提拔起来，让他再次进入中书，担任参知政事。

回过头来说康继英。当康继英星夜兼程，终于把田锡的奏章交到新任参知政事吕蒙正手里时，吕蒙正安慰康继英道："康壮士放心，本官会择时机把奏章交给官家的。"

康继英一听就急了："吕相，这事怕是不能等啊，吕相一定要把奏章尽快交到官家手里，若是迟了，我家先生会很危险的。"

吕蒙正道："交给官家没有任何问题，但官家原本就不同意田知州的建议，田知州又旧事重提，若官家一口回绝了怎么办？到那时候，恐怕就很难有回旋余地了。田知州允许民间买卖瓦屋春雪这事，就变成抗旨了。抗旨是什么？是重罪啊！"

"那该怎么办呢？"

吕蒙正道："继英啊，你别急，先回去，劝田知州暂时把瓦屋春雪的买卖市场关掉……"

康继英摇摇头："不可能的！咱们先生说了，若是连陈州也不许茶农买卖瓦屋春雪，就相当于掐灭了蜀地茶农最后一丝生的希望，蜀地会因此动荡起来的！"

吕蒙正点点头道："田知州爱民如子，让人敬佩。本官也知道，他是不会关的。这样吧，你先回去告诉田知州，不关也罢，但一定要确保不出意外，避免节外生枝。本官这边会尽快想办法劝官家改变主意的。"

16

康继英怕田锡着急，也怕陈州出现意外，因此火急火燎赶回陈州。不过，等他回到陈州时，意外还是不可避免地发生了。

康继英一回陈州，便急忙去茶叶市场看。

没想到刚到茶叶市场，就发现一群人围着一个人在地上猛打。

康继英吓了一跳，赶紧冲过去把众人拉开。那时候，地上那人已经被打得一脸是血。康继英仔细一看，这才发现，这人竟是曾强抢商贩瓦屋春雪的泼皮。康继英忙问是怎么回事，围观的人告诉康继英，这个泼皮强抢了商贩的很多瓦屋春雪，田知州判他及时归还，他不但不归还，还继续抢。而且扬言说，朝廷都不准买卖瓦屋春雪，田知州却允许陈州买卖，他要进京告御状，把田知州关进监狱。众人一时气不过，这才纷纷围过来，对他一顿狠打。

那泼皮在地上呻吟，嘴巴依然像鸭子嘴一样硬："哼哼，竟敢打老子，等着吧，老子这就去京城，告那个狗官田锡！他敢违抗朝廷命令，还敢包庇他的老乡！等着吧，老子很快就要让他进监狱！"

说着，那泼皮从地上挣扎着爬起来，嘴里骂骂咧咧往外走。康继英也忍不住，冲到他前面抓住他的衣领，把他从地上提起来，大骂道："混蛋，你明抢人家财物，还敢污蔑我家先生，你果真是无法无天了！"

众人一见，高兴地喊道："打死他！打死他！"

那泼皮被康继英提到空中，虽然有些害怕，但他还是不服软："老子就无法无天了又怎样？你敢打老子？你要是打了老子，不但田锡那个狗官要蹲监，你小子也会跟着去蹲监！"

康继英抡起拳头，恨不得一拳砸在泼皮脸上，把他嘴巴砸歪，让他不准再胡说。不过，他努力克制住自己。因为如果他真的一拳挥下去，肯定就会把这个泼皮砸死。康继英一时间不知怎么处置，恨恨地把泼皮扔在地上。

只是康继英一扔，那泼皮脸上专横的样子渐渐消失，眼睛直往上翻，嘴角流出黑血，头一歪，死掉了。

康继英吓了一跳，他并没有出手，泼皮怎么会突然死掉呢？

康继英把泼皮翻过来看，发现他的背上竟然又有一支短小的毒箭。显然，泼皮是毒箭射死的。

康继英站起来四处寻找，目光扫了一圈，终于发现一个可疑之人，只是已经跑到极远的地方。而那个身形，正是他十分熟悉但却从来没有抓住过的"鹰背狼步"！

很显然，泼皮又是被这个武功极高的奸细射死的！

"打死人了！打死人了！"周围的人喧闹起来，四散奔逃，只剩下康继英守在那泼皮身边。康继英知道，虽然这泼皮的死和他没有任何关系，但是他刚才抓住泼皮，却已脱不了干系。若是他此时回陈州府衙去，一定会连累田锡，被人说成田锡纵容部下打死人。

107

康继英决定离开陈州，朝奸细逃跑的方向搜寻，务必要查个水落石出。他已经感觉到，这并不是同一个奸细，而是一个奸细组织。奸细组织里一定有很多人，而且都经过了极为严格的统一训练，因而都有着极高的武功、极强的箭术和极快的轻功，甚至奔跑时，他们都已经被训练成了同样的"鹰背狼步"。

这些奸细显然不止在一个地方，而是遍布全国。否则的话，根本就没法解释奸细为何不但出现在边关，还出现在蜀地、东京、陈州等很多地方。

或许，康继英这又是一次逃跑。只不过，这一次他和前几次不一样，这一次或许不叫逃跑，而是进击。

康继英很快就撵上了那个奸细，但并没有上前抓他，而是远远地跟在后面，一路来到了东京城。

到京城后，那奸细便去一家客栈住了下来。康继英暗中查探了客栈，并没有发现异样，也没有找到奸细组织活动的痕迹。康继英有点纳闷，不知这奸细组织搞的什么鬼。

到了晚上，那奸细从客栈出来，又上了东京街头。康继英跟着他，想看他到哪里去。那奸细似乎不急，溜溜达达，左顾右盼，直往东京街上的那些小巷子里钻。很快，那奸细的前面就出现了一个人，短衣幞头，像个商贩的样子。似乎那商贩把什么东西交到奸细的手中，奸细接过后，便拿了东西往前走去。

等那奸细走远，康继英忙走上前，抓住商贩，逼问他情况。那商贩吓得脸色都黄了，但他紧闭嘴不说。康继英在手上加了一点力，那商贩吃不住痛，只得告诉康继英，他给那奸细送的是瓦屋春雪。商贩说，有人把瓦屋春雪给他，让他在这里等着有人来取。至于送瓦屋春雪的人是谁，又是谁来取，他全然不知。

康继英疑惑不已，也不能多问，怕那奸细逃掉了。于是他丢下商贩，跟在奸细后面撵去。那奸细走街串巷，跑跑停停，不知不觉中，来到一处府邸。接着奸细左顾右盼一阵，确定没人跟踪后，便往府门走去。门卫也不拦他，大门无声打开随即又无声关上。

康继英这才认出，这座高屋大府，原来是李昌龄的府邸。

康继英有些恍惚，他曾经发现一个这样的奸细进过许王府，现在又看见奸细进了李昌龄府邸。康继英记得，田锡曾给他讲过，在赵昌言的府邸外也见过这样的奸细。这是怎么回事？难道这个奸细组织与开封府赵元僖，以及二府宰相李昌龄、赵昌言都有关系？

17

　　吕蒙正忽然生病了，病得倒在床上不能上朝。太宗很焦急，前往探视。吕蒙正有气无力，想坐起身子，却没有成功。太宗一边给他摆摆手，让他别动，一边关切地问道："吕卿，怎么回事啊，为何突然病得这么厉害？"

　　吕蒙正叹口气道："回禀陛下，臣也没什么大病，就是没力气。"

　　太宗皱眉道："前几天还好好的，为何突然就没力气了？"

　　吕蒙正道："确实前些时还好好的，不过遇到一件事，这件事说出来也不怕陛下笑话，就是臣在吃饭的时候，突然噎住了。此后一想到吃饭，喉咙里就一阵痉挛，一口都吃不进去。吃不了饭，臣也变得越来越没劲了……"

　　太宗大笑："吕卿啊，你这不就是因噎废食吗？"

　　吕蒙正道："陛下，因噎废食很好笑吗？"

　　"吕卿，难道这还不好笑吗？"太宗继续大笑，"你这算什么病，回头朕派个御医给你抓一服药，包你药到病除！"

　　太宗回去后，果然派了个御医前来。也就一两天时间，吕蒙正不但能吃饭，还能下地走路上朝了。

　　吕蒙正进宫见太宗，说了一通感谢的话后，又说道："陛下，臣前些时收到陈州知州田锡的奏章。当时臣以为不妥，本想留中不发，因此并没有上报陛下。不过，经过了这次'因噎废食'事件后，臣仔细思考，觉得田知州说得似乎有些道理，因此今日前来，郑重其事把这道奏章交给陛下。"

　　吕蒙正把奏章递给太宗后，接着说道："陛下，臣觉得禁售瓦屋春雪就有一点'因噎废食'的味道。瓦屋春雪的买卖，确实让蜀地老百姓不满。但是这种不满，不是瓦屋春雪本身有什么问题，而是因为官府参与，投机倒把，低买高卖，损伤了茶农的利益。田锡在奏章中说，这是'与民争利'，臣现在觉得很有道理。事实上，瓦屋春雪产生的矛盾，就是因为官府中人'与民争利'的缘故。所以，咱们只要禁止官府中人买卖就可以了，没有必要全面禁售啊。"

　　太宗也觉得吕蒙正说得有理。当初他做出这个决定，也没有深入思考，只是觉得李皇后有"后妃之德"，作为对她的鼓励，才颁了这道旨令。既然吕蒙正和田锡都觉得需要调整，调整一下，也不是什么大问题。

然而，当太宗吩咐李昌龄拟旨的时候，李昌龄却冷笑道："陛下，不用拟旨了吧，这道旨令不是已经在实施了吗？"

太宗不解："哪里在实施了？"

"陈州啊，"李昌龄道，"据微臣所知，陈州的大街小巷里，到处都在卖瓦屋春雪呢。听说到处都在卖，微臣以为这道旨令已经颁布了呢……"

太宗很不高兴："卿如此说来，那田锡竟然是先斩后奏了？"

"先斩后奏？哎呀，这田知州还真有本事啊，都敢先斩后奏了！"李昌龄阴阴说道，"只是好奇怪，吕相难道不知田锡先斩后奏吗？竟然还帮田锡递交奏章？"

正在这时，赵昌言闯了进来，粗声粗气说道："陛下，微臣弹劾陈州知州田锡。他去陈州没几天，就纵容弟子康继英打死了人。堂堂一州知州，竟然干出这等事来，这与恶霸匪徒有何区别？"说着，赵昌言把弹劾奏章递到太宗手里。

太宗惊问："真有这等事？"

"千真万确！"赵昌言肯定地说道。

李昌龄又补了一句："陛下，这事微臣也听说了。微臣原本想向陛下禀报的，但是听说吕相正在推荐田锡的奏章，微臣怕自己没有完全搞清楚事实真相，因此才压了下来。今天赵枢相这么说，可见这事是真的了……"

"推荐田锡的奏章？"赵昌言做出个不可思议的表情，"如此说来，这吕蒙正还真不算'正'，果真'正'，能干出这等事？"

"刚进入二府，就忙着谋私利，呵呵，这确实算不得'正'……"

李昌龄和赵昌言两人本来是政敌，今天他们的腔调如此一致，显然是因为他们都想把吕蒙正搞下去的缘故。他们好不容易把寇准撵到青州去，本来以为从此可以独霸天下了。没想到太宗又把吕蒙正提拔起来，相当于他们之前做的全是无用功。所以两人不得不再次联合，想趁吕蒙正立足未稳，把他撵走。

没想到结果多少有些让李昌龄和赵昌言失望，太宗并没有以抗旨大罪处理田锡，只是把他降为团练副使，发配单州，并且不准签书州事。至于吕蒙正，太宗并没有动他。

李昌龄和赵昌言都不满意，对于他们来说，田锡从来就不是他们的对手，只是用来打击寇准、吕蒙正的棋子。没想到太宗仅仅是把棋子推倒，那棋盘却还在，对弈也还在，他们再一次白费功夫。

18

单州是一个不起眼的小地方，就算担任知州，也不会获得朝廷的重视，更何况是不准签书州事的团练副使。因此在单州，田锡基本上没什么事可干，也基本上没有人来打扰他。他每天能做的，也就是看看书，写写诗，种种菜。

当听到田锡被贬谪到单州，又降为团练副使时，雅儿是非常难受的。原先田锡被外放到陈州时，雅儿就难受过一次；贬谪到单州，雅儿再次难受不已。不过，当雅儿真正来到单州住下来后，她的难受却一扫而空。因为田锡不需要做公务，雅儿能够整天和田锡待在一起。平日里，田锡坐着读书写诗，安静得像一株山野里寂寞盛开的花树。而雅儿在那几间破房子里进进出出，扫地做饭收拾房间，则像是一只绕着花树嗡嗡嚷闹的蜜蜂。

傍晚时分，他们就去屋旁的山坡上种菜。夕阳下山，倦鸟归巢，蝉声婉转，清风和畅，雅儿和田锡的身影，在菜地里被拖得老长老长——这种并立的姿势，也是雅儿非常喜欢的。常常是天色很晚了，雅儿依然舍不得回去。就算不在地里种菜了，雅儿也要拖着田锡坐在石头上看萤火虫，看星空。

不过，雅儿很快乐，一整天都有说不完的话。但田锡却很少说话，更多的时候，他都在默默地思考着，眉心皱成一个"川"字。雅儿真想上前摸一摸田锡的脸，把他眉心的那个"川"字抚平。但她真正走上前时，也就是剪一剪烛花，然后便默默地走开了。

除了思考，田锡就写诗。田锡写的诗，雅儿都会一字一句地读。尽管雅儿很喜欢读，但她似乎不喜欢田锡写的内容。比如田锡写了一首《牧牛图》——

干戈扰扰遍中州，挽粟车行似水流。
何日承平如画里，短蓑长笛一川秋。

并不是说田锡写得不好，田锡写得非常好，雅儿甚至感觉比她曾经读过的类似的古诗都好。但是雅儿又觉得，如果这首诗只有最后一句就好了，干吗要写前面三句呢？为什么一定要忧国忧民呢？如果自己和田锡一起，一直住在单州这样一个小地方，与世隔绝，不问世事，不是也非常好吗？

还有一首题名《拟古》的诗，也让雅儿感到不安——

棠溪出精金，百炼无余滓。
铸得芙蓉剑，灵辉若秋水。
陆可断兕犀，阴亦惊神鬼。
照物双影寒，中宵灵气紫。
有时风雨至，欲作龙蛇起。
海酒与陵肉，宝烛延奇士。
酣饮取传观，英图各相视。
吐气成虹蜺，将平不平事。
大笑荆轲辈，卒如儿女子。

雅儿觉得田锡特别傻！皇帝就是一个昏君，田锡所做的一切事情，都是在为皇帝考虑，没想到皇帝却不断打击田锡，把他贬到陈州，又再贬到单州，这样的皇帝，值得把自己变成一把"芙蓉剑"，为他"平不平事"吗？

田锡不是在写诗，他是在思考国家大事。

田锡处在最困顿的境地，他考虑的也不是自己，而是国家的安危。

雅儿不喜欢田锡这种一直把道义扛在肩上的样子。傻傻的田锡，他会遭遇太多的挫折。雅儿只喜欢和田锡待在一起，过安定祥和的生活。如果田锡不再被起用，就一直和自己这样待着，慢慢变老，那是多么美好的事情。

雅儿在田锡的诗稿中翻找着，她要找到一首这样的诗。找了半天，她终于扒出了一首《幽居》——

寂寂闲居客至稀，静中滋味意何归。
因探易象知深旨，自喜吟高得化机。
桑露乍寒蚕欲老，草烟才暖蝶交飞。
樊川物景终南翠，遂性空思杜紫微。

雅儿拿着这首诗，高兴地对田锡说："先生啊，你现在写的那些诗，奴家都不太喜欢。你写一些这样的吧，奴家特别喜欢你写这类诗，清词丽句，这才是诗歌的最高境界啊！"

田锡笑了笑："雅儿啊，老夫也想写这样的诗。能够轻松愉悦地写这种诗，那也是老夫的人生之盼啊。但是现在咱们大宋还不太平，你让老夫如何写？"

"哪有不平啊？为何奴家看到的都是岁月静好呢？"

"等着吧，不平之事，很快就会来的。"

19

田锡的预判惊人的准，就在这时，蜀地忽然掀起一场动乱的狂风暴雨。

这场狂风暴雨，是由一个名叫王小波的茶贩子掀起的。

王小波为了抗议官府在茶叶专卖上对百姓盘剥欺诈，在青城县聚集了百余人闹事。

起初，王小波只是想闹闹事，发泄一下不满，避免官府再肆意抓人，打击他们这样的茶贩子。但是没想到，仅仅十天时间，就有好几万人聚集到他身边。到那时候，王小波的心思就发生了变化，想有更大的作为了。于是，他提出了"吾疾贫富不均，今为汝均之"的口号，开始率军攻打县城。攻下青城后，又打彭山。

彭山的知县齐元振是个大贪官，也是对茶农和茶贩子盘剥得最狠的人。蜀地百姓告他贪腐，朝廷派人来查他，他把搜刮的金银财宝运到别处藏起来。朝廷没查到什么，还表扬他廉洁。等官府走后，他更加肆无忌惮地打击那些茶贩子，认为是这些茶贩子告发了他，朝廷才会调查他。也正是如此，受到迫害的王小波，才一怒之下聚众闹事。所以，义军在拿下青城后，随即便攻打彭山。义军攻下彭山并捕获齐元振后，特地把他的脑袋砍下来，挂在城头；又剖开他的肚子，把他搜刮的钱财塞进去泄愤。

不久后，王小波因受伤太重去世。接着，王小波的妻弟李顺被大家推举为义军领袖，继续带着义军攻打成都。

李顺之所以被众人推举为领袖，可不仅仅因为他是王小波的妻弟，还因为他是后蜀主孟昶的小儿子。后蜀灭亡，孟昶被抓到东京后，小儿子被民间一户李姓人家收养，改名"李顺"，希望他"顺服"，并延请先生教他读书。后来，李家大女儿嫁给了茶贩子王小波。王小波起义后，李顺并没有顺服，而是前来投奔跟随。王小波虽然是义军首领，但他学识并不高，"均贫富"这样的口号，就是李顺教给他的。李顺说，这是各朝各代的根本问题，只要提出这个主张，就会有很多百姓前来归附，共举义旗。

李顺是后蜀主孟昶小儿子这个秘密，王小波活着的时候，并没有对外说。他很担心，一旦说出这个秘密，大家就会转而拥戴李顺，不再拥戴他了。直到他受伤病重去世前，他才把李顺的秘密公之于众。

孟昶当后蜀主时，花天酒地，不务正业，以致失国。但是孟昶却也很少发动战争，因此百姓的日子还算太平。蜀地归了大宋以后，官府大肆搜刮，尤其是因为蜀地茶叶品质冠绝华夏，官府在专卖中给百姓带来了沉重的负担，因此蜀地百姓对大宋很是不满。而这种不满，也就转化为对后蜀的怀念。当王小波临死前公开李顺身份后，前来投奔的百姓如百川归海，如蜜蜂归巢，义军队伍空前壮大，很快就攻下了成都府，建立了"大蜀"政权。

20

蜀地民变震惊了太宗，震惊了满朝文武。

当然了，太宗之惊和朝中大臣之惊是不一样的，太宗惊中有忧。

对于蜀地民变，他其实并没有太当回事。虽说十天就发展成几万人，几个月就攻下了成都，但是太宗并不焦心。这伙乱民不过是一些乌合之众，朝廷军队只要开过去，必定如战车碾压蚂蚁。太宗焦心的是两件事：一是赵元佐的安全，二是由谁来统兵进蜀地平乱。

尽管民乱一爆发，就不断有大臣上奏召赵元佐回来。甚至像上次那样，跪在宫门前求情。但太宗不但没答应，还大声斥责那些跪请的大臣："现在蜀地匪祸横行，荼毒生灵，咱们正该团结一致，共赴国难，剿灭群凶，还百姓太平安宁。在此关键时刻，朕的儿子正该冲锋在前，和蜀地军民共克时艰。朕怎么可能把自己儿子喊回来躲避，却让别人的儿子上前线拼命？朕的儿子的命是命，别人的儿子的命就不是命了吗？"

太宗一番慷慨陈词，官员无不眼含热泪，感动不已。

这件事传到宫外，百姓也是非常感动，纷纷捐钱捐物，表示要把儿子送上战场，与大殿下共赴生死。

不过，太宗虽然说了这番慷慨激昂的话，但他心中却满是担忧。赵元佐虽然疯疯癫癫，但这并不表示，太宗不在乎他的生死。恰恰相反，他对儿子的安全非常担忧。太宗确实不应该把儿子叫回来，可是，如何才能保证儿子的安全呢？

除了儿子的事让他忧心外，派谁带兵平乱，也让他忧心不已。

"所守或匪亲，化为狼与豺。"雍熙年间的北伐，太宗明白，很多人对他"亲授阵图"有意见，甚至有人认为雍熙北伐失败，就是因为他"亲授阵图"的缘故。但是只有太宗明白"亲授阵图"多么重要。败在契丹手下不可怕，契丹不可能灭掉大宋；可怕的是五代时期郭威及太祖"黄袍加身"这样的事情再次发生，因为出现这种情况，也就意味着改朝换代了。

其实，一开始的时候，这样的担忧太宗是没有的。当蜀地民乱的消息最先传到京城时，赵昌言就抢先挺身而出，表示愿意带兵平乱。赵昌言是枢密副使，他愿意带兵，太宗自然是很高兴的，当即安排赵昌言做准备，一旦准备好，立刻出发。

赵昌言兴奋不已。因为他明白，率军前去平定这样的乌合之众，简直就是给自己送功劳。一旦获得这份功劳，他就会再升一级，把"副"字去掉，当上枢密使。现在的枢密使是曹彬，此人完全是尸位素餐。在赵昌言看来，太宗之所以没有撤换曹彬，不过是因为没有战功比曹彬大的人。只要自己从蜀地立下大功回来，替代曹彬成为枢密使，那是顺理成章的事。赵昌言正是瞅准了这样的机会，所以才慷慨陈词，拼命争取。

然而，正当赵昌言准备带兵出发的时候，这一天，李昌龄向太宗禀报完朝中事务，转身走了几步，又转回来，对太宗说道："陛下，微臣还有一事，不知当讲不当讲……"

太宗白了他一眼："臣子不得向君王隐瞒任何事情，你好歹也是宰相，难道还不懂这条规矩吗？"

"陛下恕罪！"李昌龄赶紧解释道，"微臣当然明白这个道理，只是微臣感到这是无稽之谈，所以才会犹豫不决。"

太宗来了兴趣:"什么样的无稽之谈?"

李昌龄道:"陛下,您还记得潘阆吗?"

"你说的那个郎中?他怎么了,朕不是给他开了一家医馆,让他在那里专职行医吗?"

"对,就是他。"李昌龄道,"潘阆确实在医馆里行医,但并未专职,因为他还是个术士,东京城传言他算命的本事比他看病的本事还大。因此前去找他算命的人,比找他看病的人多得多。前些时,微臣前往他的医馆……"

"李卿也找他算命?"

"没有没有,子不语怪力乱神,微臣怎么可能算命!"李昌龄道,"微臣是因为老寒腿发了,找他看病呢。可是在看病过程中,他却非要给微臣算命。微臣当然不同意,他就反复怂恿,说自己算得很准,还说赵枢相也找他算过命。因为听说赵枢相也找他算命,微臣就忍不住多问了一句,问他赵枢相的命相如何。结果潘阆回答的话让微臣大吃一惊,微臣当即严肃告诉他,此话以后绝不能乱说,要是再听到这样的话,微臣一定砸了他的医馆,把他送进狱中!"

"他说了什么?"

"他说赵枢相'鼻折山根',有反相!"李昌龄说完,又赶紧维护赵昌言道,"陛下,这简直就是无稽之谈嘛!赵枢相一向忠心耿耿,怎么可能有反相!但是,微臣尽管觉得是无稽之谈,可心里搁着这件事,怎么也放不下,不知该不该告诉陛下啊……"

太宗笑笑:"你已经告诉朕了。"

"是是是,微臣智短,不能明断是非,还请陛下斟酌。"李昌龄道,"不管怎么说,微臣一直是很相信赵枢相的!"

太宗什么也没说,只是给李昌龄挥了挥手。

尽管李昌龄没有从太宗那里得到什么结论,但是结局是让他很满意的。不久后,太宗就以朝中事务繁忙,离不开赵昌言为由,不让赵昌言带军去蜀地。赵昌言自然不知太宗为什么改变主意,心里怨恨不已,却也无可奈何。而李昌龄暗自乐不可支,自己没能升为正宰相,赵昌言也休想。独有潘阆为何说这个话,却是谁也没去思考。

21

太宗把赵昌言撤回来,但派谁带兵去蜀地?这却让他头痛不已。

这时,太宗忽然想到了曹彬。曹彬是雍熙北伐的指挥者,也是太宗"亲授阵图"的执行者。太宗对曹彬可以说又爱又恨。爱的是他能够忠实按照自己事先安排的阵图打仗;恨的是曹彬缺乏坚强的意志,战斗力也不行,打了败仗。所以雍熙北伐回来后,太宗虽然还是让他担任枢密使,但是朝廷中的事务都不找他商量,而只和枢密副使赵昌言等人讨论。曹彬也很知趣,既然皇帝不和他商量事情,就称病辞职,准备致仕。只是太宗却不答应,因此他也就偶尔上一次朝,大部分时间都称病待在家里。

太宗带着王继恩悄悄来到曹府。门前守卫看见皇帝来了,吓得赶紧跪地磕头,又忙爬起来,想进去通报。但太宗给他摆摆手,自己迈步进去了。

到了曹彬的小院,发现曹彬正斜躺在椅子上,摇头晃脑喝茶听琴。院里有个歌女十分动情地弹唱着。太宗大喝道:"好你个曹彬,国家正处在多事之秋,你不为朕分忧解难,竟然还在这里逍遥快活!"

曹彬吓得赶紧从躺椅上爬起来给太宗跪礼谢罪,但同时他又显示出手脚不灵便的样子,差点摔在地上。太宗赶紧扶着他,把他扶回椅子重新坐好,一边笑道:"曹卿,你不来替朕分忧,朕亲自上门来请教了。"

这话吓得曹彬又从椅子上爬起来要下跪,太宗摆摆手:"坐好吧,咱们君臣已经很久没聊过了,今日朕有些空闲,正可好好聊聊。"

曹彬看了太宗一眼,小心地说道:"陛下面色不似前些时精神,是不是心里忧心啊?"

太宗叹道:"曹卿啊,朕早过了知天命之年,卿也是年过花甲,咱们都不年轻了。想当年,咱们挥师北伐,剑指幽云,本以为可以建不世之功,让北方再无边患。谁知十多年过去了,幽云依然在契丹手里。幽云百姓,泪尽胡尘。想起来,实在是让人悲叹啊……"

曹彬流泪道:"陛下,老臣惭愧啊,都是老臣无能,才会有此惨败!老臣恨不得时光倒流。如果重新回到那个战场上,或许老臣会有不同的决策。老臣就是死,也绝不会让契丹伤及陛下龙体!"

"如果时光倒流，曹卿会有什么决策？"

曹彬一下明白说漏了嘴，忙补漏道："老臣会一开始就认真研读陛下授予老臣的阵图，严格执行，并把每个细节都做到位。细节决定成败啊，细节荒疏，破漏太多，就会造成整体的失败。"

太宗满意地点点头，又叹口气："现在谈这些，已经没什么用了。唉，只可惜朕一套很好的阵法，终究没有得到完美实施的机会，确实是遗憾。唉，曹卿啊，咱们都老了，恐怕再也没有实施这一套阵法的机会了……这套阵法，也只能留给后人。或许在后人中，能找到一个天才的执行者吧……"

曹彬安慰太宗道："陛下放心，咱们大宋国运昌盛，人才济济。具有天才执行力的大将，肯定会有的。"

"有？在哪里？"太宗愁眉苦脸说道，"现在朕就遇到了大难题，蜀地爆发了动乱，谁是恰当的领兵人选？曹卿，朕今天前来，就是问计于你呢！"

曹彬笑道："陛下不是把领兵之人带来了吗？怎么还来问老臣？"

"谁呀？"

曹彬指了指恭恭敬敬站在门口的王继恩。

太宗大笑道："哈哈，继恩可是从来没有打过仗啊，你就对他这么有把握？"

曹彬道："老臣虽说打仗有点拉垮，但是识将还是可以的。陛下放心吧，王都知带兵入蜀，一定能很快平定这场动乱的！"

太宗看到王继恩毕恭毕敬的样子，站起来，拍拍曹彬的肩膀，高兴地说道："曹卿，识将这一点上，朕相信你，你给朕选的人，一定是不错的！"

王继恩依然毕恭毕敬站在门外，仿佛屋里的这一场讨论和他没有关系。

22

这天，有个戴帽子的虬须大汉走过来，径直闯进田锡书房。

那时候，雅儿正在洗衣服。看见这一幕，吓得赶紧从墙角提起宝剑冲了过去。一进门，正好看见那虬须大汉往田锡身上凑。雅儿二话没说，一剑就往虬须大汉后背刺去。却是那大汉身手异常敏捷，也不转头，只是两根手指一伸，就夹住了雅儿的剑刃。雅儿拼命扯，却怎么也扯不脱。

田锡见状，赶紧笑着说道："雅儿，你别动手，这是继英呢！"

虬须大汉这才松开手指，揭下帽子，又扯掉脸上的大胡子，果然正是康继英。

雅儿见是康继英，更加生气，反手又是一剑，怒气冲冲骂道："浑小子，你又一次当了逃兵，害得先生被贬谪到了这样的蛮荒之地！你为何不死在外面，怎么还好意思回来？你是又回来祸害先生的吗？"

"没有，在下没有当逃兵，没有！"

田锡也帮康继英说："是的，雅儿，别闹，继英不是当逃兵，他是有意躲到幕后呢。"

雅儿冷笑道："他不躲到幕后也没办法呀，全国各地都在抓他！"随即雅儿就不满了，"先生啊，你是太护着这浑小子了！你被贬到陈州，又从陈州被贬到单州，都是这浑小子害的。你要是再护他，还会栽在他身上的……"

康继英尽管有一肚子的话，却似乎都说不出来，就这么憋着，把一张脸憋得通红。

田锡笑道："雅儿，你可别小看继英，他可不是在害老夫，他是在帮老夫呢。他这一次遭到了诬陷，照理，老夫应该及时帮他申辩，还他的清白。但是老夫并没有这样做，而是让他顶着委屈藏在京城里，目的是好了解朝廷的动向，及时告诉老夫。老夫虽然远在单州，而且不准签书州事。但是老夫可不能吃闲饭。大宋正处在多事之秋，老夫作为一名谏官，必须在关键时刻发声！而继英便躲在暗处，给老夫找这个关键时刻呢。"

雅儿摇摇头："先生啊，你都被贬谪到这个偏僻的地方，受到了这么严厉的处罚了，还发什么声啊！到这里来，你就安心读书写诗吧，朝廷的那些事，你就别管了，你想管也没用啊！"

田锡正色道："雅儿，老夫少时读书，家父就曾告诫说：'汝读圣人之书而学其道，慎无速，为期二十年，可以从政矣。'而老夫确实直到三十八岁才走上仕途。老夫读了几十年的书，为的是什么？不就是要为官家分忧，为百姓谋福吗？如果连这点都做不到，看书写诗有什么用？饱食终日有什么用？"

雅儿虽然也被田锡的凛然之气所感动，但她实在不愿意田锡再因为上奏遭到打击，同时也不愿改变只有她和田锡两人在一起的安定生活。因此虽然不敢再说话，但眼泪却止不住地往下流。

田锡写好两道奏章，交给康继英，并吩咐康继英道："这第一道奏章，你交给赵昌言，让赵昌言呈给官家……"

雅儿插嘴道："先生，赵昌言就是一个大奸贼，你连续被贬，都是因为他在官家面前说你坏话的缘故。他就是以前的卢多逊，你把奏章给他，他会呈上去吗？"

田锡笑道："他肯定会呈上去。"

雅儿道："这么有把握？"

田锡道："官家派王继恩统军入蜀，是曹彬出的主意。对这一点，赵昌言非常不满。赵昌言一直想取代曹彬担任枢密使，为此，他常常整夜整夜和董俨、胡旦等人聚在一起，揣摩官家的心思，以便说话做事迎合圣意。可惜官家虽然凡事都找他商量，但就是不升他的官，而是一直让曹彬担任枢密使。这让他非常郁闷，也感到对官家捉摸不透。他们夜夜消耗的那些蜡烛油，都白消耗了。这一次，他更加郁闷。官家先是吩咐他做准备，带兵去蜀地平乱。但是没多久就把他给撤换了，改为让王继恩领兵。所以，老夫这一道反对王继恩领兵的奏章，他自然是十分乐意交给皇帝的。或许在他看来，他正想射鸟的时候，手中却没有弓箭，而老夫恰好给他当了弓箭，他如何不高兴？如果官家同意了，他自然可以因此打击曹彬，打击王继恩；如果官家不同意，他也可以把责任推在老夫身上啊……"

雅儿急了："先生，你既然知道赵昌言把你当弓箭使，为何还甘愿给他当弓箭？"

田锡道："王继恩这个人，虽然对官家很忠心，但是他阴狠心狭。如果他率军入蜀地，必然成为第二个王全斌，大肆屠杀蜀人，给蜀人造成巨大的灾难！所以老夫无论如何要阻止他带兵。如果真能阻止他，就算给赵昌言当一回弓箭，又有什么关系？"

雅儿明白田锡说得很有道理，只是心里难受。

田锡又对康继英说道："继英啊，你把这道奏章交给赵昌言后，就在京城里守着等消息。如果三五天后，官家并没有什么改变，说明赵昌言交上去的奏章没起作用。你就再把这道奏章交给吕大相公，让吕相把奏章呈给官家。"

雅儿道："先生，这又是一道什么奏章啊？"

田锡道："老夫这道奏章是请官家给王继恩'约法三章'呢。"

"哪三章啊？"

"第一章，允许民间自由买卖瓦屋春雪；第二章，所有放下武器者一律免罪；第三章，所有负隅顽抗者按律论处。"

雅儿拍手叫好，康继英也赞道："若王继恩果真按照'约法三章'来执行，乱民中起码有一半人会放下武器。毕竟蜀地百姓作乱，是受朝廷茶叶以及不准买卖瓦屋春雪之苦。但凡有一口饭吃，谁会作乱！"

雅儿却又担心道："先生，你说王继恩能执行'约法三章'吗？"

田锡没说话，默默地叹了一口气。

23

康继英由于不能现世，他到京城后，按照田锡的吩咐，暗中找人交了一道奏章到赵昌言手里。等了几天，没起什么作用。于是他又找人交了一道奏章给吕蒙正，还是没起作用。而这时候，王继恩已经带着朝廷军队出发，前往蜀地平乱了。

王继恩虽然没打过什么仗，但义军毕竟是乌合之众。虽说义军已经攻下成都，李顺也在成都宣告登基，自称"大蜀王"，号令天下。但王继恩率领的朝廷军一到，仅用了四个月，就攻破成都。"大蜀王"李顺下落不明，有人说他战死了，有人说他逃走了。

李顺不知所终，但王继恩向朝廷报告说，李顺已经被打死了。同时，王继恩又对外宣称，李顺并非孟昶的儿子，而是假冒骗人的。

王继恩攻破成都后，大肆屠杀蜀人，一口气杀掉三万人，直杀得尸横遍地，血流成河。不过，这一切都不影响王继恩，他在成都过上了花天酒地的生活。

回头说说大皇子赵元佐。

当初李顺的义军攻破成都时，成都府知府郭载带着大皇子赵元佐逃到剑门关。李顺跟踪追击，本来要把剑门关拿下来了，好在这时，王继恩的朝廷军赶到。朝廷派出的是禁军，也是大宋最有战斗力的军队。李顺不是对手，只得退回成都，据城守护。

后来，当王继恩攻进成都城后，经过一系列的屠杀，扑灭了义军。随后，郭载带着赵元佐赶回成都城。

却是在赶回的路上，出了一件重大的事情。几个武功极高的蒙面人把赵元佐劫走了！那几个蒙面人临走前丢下一句话，他们是义军，蜀地的事还没完，等着吧！

赵元佐被劫走后，不久就传出了很多谣言。有人说，义军抓赵元佐去，是要杀掉赵元佐用来祭旗，以此提振蜀人士气，再次起事。也有人说，义军抓到赵元佐后，是要借赵元佐的名义起事。以前借孟昶"儿子"李顺的名义起事，就收到了明显的效果，赵元佐是当今皇帝的长子，借他的名义起事，所取得的效果肯定比李顺大得多。

那时候，康继英还在东京的一家脚店里喝酒。他的心中愁肠百结。当他站在明处时，他没有办成任何一件事，没有找到奸细，没有为父亲申冤，反而给先生田锡惹了很多祸，使得先生一路被贬到了单州。他躲在暗处，却也没能帮到先生，两封奏章都没起到作用。王继恩依然在蜀地滥杀无辜，三万人的血水涨起来，几乎淹到康继英的脸上，让他连呼吸都很难受了。

当康继英听说赵元佐被义军乱匪抓去的消息时，他第一时间便想着赶回单州告诉田锡。但刚走了没几步，他就转了一个方向，来到乾元门前，擂响了登闻鼓。

很快，康继英就被带到董俨面前。由于康继英易容了，因此董俨并没有认出他来，只是不耐烦地问他有什么冤屈。康继英道："小人听说敲响这个登闻鼓，就可以见到官家，向官家诉说。小人想见到官家，告诉官家关于大殿下的事情。"

董俨一愣，随即大怒："大胆刁民，你以为官家是想见就能见到的么？你知道关于大殿下的什么消息？有话赶紧说，没有就赶紧滚出去！登闻鼓可不是随便敲的，你明不明白？"

康继英道："关于大殿下的事情，小人只有见到官家后才能说，在这里不能随便说。"

董俨气得大声吆喝衙役："打出去！把这个妄人打出去！"

衙役们举着棍子一哄而上。但是康继英只是手臂一揽，就把衙役们的棍子全部夺了过来，扔在一边。同时慢慢地揭下头上的帽子，再扯掉脸上的胡子，笑着说道："董判院，在下正是全国通缉抓了很久都没抓到的康继英，这下判院总得带在下去见官家了吧？"

董俨一听是康继英，吓得站起来就往后溜，嘴里大声嚷道："抓住！赶紧把这个罪犯抓住！"

康继英哈哈一笑，伸出双手说道："董判院跑什么？在下可是伸着手等你们抓呢。"

衙役们见康继英果然不动，这才小心靠上前来，把康继英扭住，五花大绑。董俨也才满脸喜悦转回来，神气活现叫道："哈哈，康继英，你不是武功天下第一吗？没想到却给本官抓住了！"

康继英淡淡一笑，不再多说。

董俨抓到康继英，得意不已，第一时间向太宗做了禀报。董俨把抓到康继英的事情，添油加醋地讲了一番，他没有说是康继英主动上门来的，而说是自己暗中调查，发现了乔装打扮的康继英。在他的指挥下，衙役们经过艰苦卓绝的战斗，终于把康继英抓住，送入大牢中。董俨讲完这个精彩故事后，不无得意地补充道："这个康继英，虽说武功了得，却是个妄人。他为了活命，竟说他知道大殿下的事情，还说要见到陛下再说。他的目的，无非就是希望陛下能放了他，因此才说这样的话骗陛下。微臣可没上当，已把他关进狱中了！"

董俨在呈报中，对赵元佐的事情说得轻描淡写。根本原因，是之前朝廷中刚有过一场争论。

赵元佐被抓的消息传到朝廷后，朝中大臣都着了慌，纷纷向太宗进献抓劫匪救赵元佐的主意。甚至还有人建议调集大量武功高强的精锐捕役去蜀地查探，把赵元佐救回来。没想到大臣的焦急和热情却在太宗那里碰了一鼻子灰，他冷淡地说道："众卿，蜀地经过乱民的这一阵洗劫，不知有多少人生离死别家破人亡。咱们虽然平定了这场动乱，但是却有很多战士牺牲在战场上。老百姓的儿子都能牺牲，为何朕的儿子不能牺牲？再说了，元佐只是没了消息，并不是被害，咱们有必要为这事大动干戈吗？以后，大家休得再提起此事！"

正是因为太宗对赵元佐显示出漠不关心的样子，一直努力揣摩太宗心思的董俨，才会说出上面一番话。只是董俨没有想到，太宗在听了他这一番陈述后，竟然明显表现出高兴的样子说道："你说这小子想骗朕？好啊，给朕带上来，朕倒要看看他如何行骗！"

董俨吓了一跳，若是把康继英送到太宗面前，自己编造的故事不就被戳穿了吗？于是赶紧说道："陛下，这个妄人武功高强。他说那样的妄话，说不定就是为了故意接近陛下，借此伤害陛下呢，陛下可千万不要让他靠近啊！"

太宗不屑地说道："你只管带来！哼，这小子，借他十个胆，他也不敢害朕！"

董俨没办法了，只得硬着头皮把康继英带到太宗面前。

太宗见到康继英，给董俨挥挥手道："给他松绑吧。"

董俨大惊："陛下，纵虎容易擒虎难，不能给他松绑啊！"

太宗淡淡说道："松绑吧。"

康继英受到太宗这么大的信任，心里也是激动不已，赶紧跪在地上谢恩。太宗让康继英起来，和蔼地问道："继英啊，听说你想见朕，你想给朕说什么？"

康继英道："陛下，小人一定要亲见天颜，是想告诉陛下小人对大殿下被劫之事的一些看法。小人以为，劫持大殿下的并不是所谓的乱匪残余，而是另有其人。"

董俨大叫道："康继英，你这是想为蜀地的乱匪辩护吗？"

康继英道："小人不是为乱匪辩护，小人讲的是心中的怀疑。但是小人认为，这种怀疑的真实性很高！"

太宗给董俨摆摆手："你别插话，听继英说。"

董俨不敢再说了，只能胆战心惊地听康继英讲起来。"陛下，虽然小人并不在现场，但是从大殿下被劫持的情况来看，小人觉得，很可能是奸细组织干的。"

"奸细组织？什么奸细组织？"

"什么奸细组织，小人也不知道。不过小人曾多次遇到过这个奸细组织里的奸细。他们的模样毫不起眼，和普通人没什么区别，但是他们的武功极高。最厉害的是他们的轻功，来无影去无踪。当他们逃跑时，一般人很难抓住他们。不过，只要他们逃跑，就会显露出一个共同特征，就是他们的肩背像鹰而步子像狼。这说明，他们都是由同样的师父严格训练出来的。劫走大殿下的，很可能就是这样的奸细，否则的话，他们很难从守备森严的成都府把大殿下劫走。"

太宗道："那你说，这些奸细劫持元佐的目的是什么？"

"陛下，虽然小人不知他们的目的是什么，但他们肯定不安好心。所以咱们必须想办法把大殿下救出来，只有这样，才能揭穿他们的阴谋！"康继英随即说道，"陛下，小人请求陛下派小人入蜀，救出大殿下，避免这帮奸细的阴谋得逞！"

"你一个人？"

"对，就小人一个人。"

"你算什么东西，敢大言把大殿下救回来？"董俨冷哼道。

康继英豪迈地说道："小人既然被称作'大宋第一好汉'，如果连这点也做不到，小人也不用在江湖上混了！"

董俨害怕太宗答应，焦急地说道："陛下，千万别相信这个妄人。他的目的就是让陛下放了他，让他逃脱惩罚。若真让他去蜀地，不但救不出大殿下，还可能打草惊蛇害了大殿下！"

康继英道："陛下，如果小人救不了大殿下，宁愿提头来见！"

董俨还要再说，太宗却点点头道："继英啊，元佐被劫持，本来是小事一桩，朕也不会为了自己的儿子大动干戈。你既然愿意去蜀地把他救回来，而且也不兴师动众，朕自然很高兴。这样，朕封你为成都府团练副使，如此你去成都也有个身份，说话也有人听，你意下如何？"

康继英跪地谢恩，同时又奏道："陛下，臣还有一个请求，不知陛下可否把我的先生田锡一并派到成都。蜀地经历了一场民乱后，人心不稳，急需有人去蜀地开导他们，教育他们安分守己，读书求仕。田副使是从蜀地走出来的，在太平兴国三年被陛下钦点为榜眼，这就是一个很好的例子。若是陛下让田副使去蜀地，田副使就可以对蜀人进行现身说法，教他们守礼仪求上进，形成好学求仕之风。如此下去，蜀地肯定会祥和稳定的。"

康继英一番话说完，太宗高兴不已，当即任命田锡为成都府通判，着令立刻启程前往成都。

董俨抓到康继英后，万般高兴，本想在太宗面前邀功请赏，没想到太宗不但赐康继英无罪，还直接封他为成都府团练副使，同时还把田锡也升为成都府通判。如此结果，实在是他没有想到的。从皇宫出来好半天了，他还在发愣，不知究竟哪里做错了，为何结局竟然是这样的……

24

　　太宗调田锡去蜀地任成都府通判，自然遭到朝中许多大臣的强烈反对。反对的理由，一是认为田锡"治郡无称"。从陈州再被贬谪到单州，就是"治郡无称"的证据。蜀地原本混乱，田锡若去蜀地，一定会把蜀地搞得更乱。二是田锡是蜀人，蜀人治蜀，很不恰当。

　　但这次太宗没有听，他力排众议，一定要田锡去蜀地。成都府知府郭载把赵元佐搞丢了，太宗也没有发落他，反而下旨安慰他，让他要和田锡携起手来，配合王继恩治理好蜀地。

　　众大臣虽然心有不甘，但既然太宗已表态，大家也不好再说什么。

　　没想到这天，赵元杰又前来朝见太宗："父皇，儿臣对田锡去蜀地的事情，有话要说！"

　　太宗不悦地说道："元杰，朕已说过，不要再议，你还想说什么？"

　　赵元杰道："父皇，儿臣不是反对田通判去蜀地，而是想和田通判一起去蜀地。"

　　太宗惊道："你去做什么？"

　　赵元杰道："父皇，大皇兄在蜀地被劫，儿臣心里一直忧心不已。尽管康继英打了包票，会把大皇兄救回来，但是儿臣心里还是不放心。所以儿臣想跟着一起去，这样既可以及时了解大皇兄的动向，也可以帮着拿一些主意！"

　　太宗见赵元杰这么顾念兄弟感情，也很高兴，暖声说道："元杰，你时刻惦记着皇兄的安危，也体现了你对皇兄的友爱之情，朕深感欣慰。但是你不会武功，去了也无益啊，你还是别去吧。"

　　赵元杰道："父皇，儿臣虽然不会武功，但是如果大皇兄知道儿臣奉父皇之命前去蜀地救他，他就明白父皇一直记挂着他，心里就不会感到孤单和恐惧！父皇，儿臣去的不只是一个人，还有父皇的浩荡皇恩和殷殷慈父之爱啊！"

　　太宗原本就很喜欢这个机灵古怪的儿子，见他反复申说，又说得这么动情，最终同意他随同田锡前往蜀地。

25

田锡接到调令后，快马加鞭赶回京城。东京在单州和成都中间，田锡之所以要先回东京，一是顺路，二是有个重要的诏令，他要向太宗讨要。这个诏令，就是希望皇帝能允许他在蜀地实施"约法三章"。

太宗见田锡气喘吁吁跑回来，就只是要这个东西，忙笑道："朕记得这个'约法三章'，田卿曾给朕上奏过，当时朕留中不发，是因为蜀地乱匪实在可恶。大宋建国都已经三十多年了，那里还一直不太平。'刑乱国用重典'，这可是《周礼》中的话；诸葛武侯当年治蜀的时候，就曾和法正争论过，诸葛武侯当时坚持的就是'用重典'的办法。而且，经过诸葛武侯对蜀地的治理，证明这个办法是正确的。田卿现在前往治蜀，正该用诸葛武侯之法，何必再另行一套？"

田锡朗声问道："陛下，蜀地既然已经回归咱们大宋三十多年了，怎么还是乱世？"

太宗一时语塞。

田锡继续说道："陛下，蜀地百姓之所以躁动不安，正是因为他们觉得自己被区别对待了。正是因为治蜀官员们也是这样的想法。所以，蜀地百姓心中有怨气，而蜀地官员也没有公平对待蜀地百姓，造成陛下的德音没办法在蜀地广为传播啊！"

太宗想了想道："田卿虽然说得有理，但是蜀地乱匪这一次确实闹得很不像话。如果他们闹事了却不予追究，还宽恕他们，倒像是朝廷怕他们似的。如此一来，今后他们将更加有恃无恐。所以，这诏令朕绝不能下。这样吧，朕默认你这样搞，但是不形成明文，田卿去成都见机行事吧。"

田锡争辩道："陛下，如果没有明确的诏令，臣去了蜀地后怎么推行？如果王继恩都知反对……"

太宗摆摆手，打断他："田卿不要再多说了，你去蜀地见机行事，条件合适了，你可以把这'约法三章'推出来。但这个诏令，朕现在肯定不能出！"

第三章 角部

民：蜀安何时

1

剑门关是入蜀地的咽喉要道。田锡带着赵元杰来到这里时，这里刚发生了一场朝廷军和义军的惨烈厮杀，到处是烧焦的草木、折断的武器和染血的土地。没有人声，唯有啾啾的鸟鸣和嘶嘶的蝉声，烘托出死一般的沉寂。

众人叹息一阵，正待继续赶路，忽然有个农人打扮的汉子，埋着头，不避不让，直往他们走过来。田锡见那人来得蹊跷，忙小声吩咐康继英，让他保护好益王。

那汉子走到跟前，问道："你们中间可有人叫田锡？"

田锡有些诧异，忙上前答道："本官就是，你是何人？"

那汉子把一封信交给田锡道："小人是本地农人，前天有个蒙面人交给小人一封信，让小人在此等候，交给一个叫田锡的官人。小人在这里已经等了两天了，适才看见你们穿着官服，猜想你们一定是。"

田锡拆开信看。信上只有一句话，要求田锡赶紧把朝廷军队撤回去，如果不撤回去，他们就会杀掉赵元佐！

信写得无头无尾，不知是谁写的，是乱匪残余还是奸细组织？可以断定的是，写信之人对朝廷的规矩根本不懂，自己作为一个通判，显然是没有权力调动军队。另外，这封信写给自己的目的是什么？他们的手中，是真的有赵元佐，还是仅仅是一种威胁？为什么这封信要送到自己手里？

田锡心中一团乱麻，不过赵元杰已经坐不住了。他大喝一声，随行的侍卫们一拥而上，把汉子抓了起来。赵元杰走上前，按住汉子的头，斥问他道："说，你们究竟把我皇兄藏在哪里了？老实交代！"

汉子大声喊冤："冤枉啊，小人就是一个送信的，实在不知您说的皇兄是什么人……"

"你还想狡辩！你和他们不是一伙的，为何替他们送信？"

"他们给了小人一些钱，让小人送这封信。拿人钱财，替人消灾嘛，小人收了他们的钱，自然要帮他们办事啊……"

"还不老实，给本王打！"

赵元杰一声令下，侍卫围着汉子一阵猛打，打得汉子惨叫连连。

田锡忙劝道："殿下，这个汉子不像劫匪，咱们把他放了吧。咱们别急，免得打草惊蛇啊。"

赵元杰不高兴，其实首先是因为这封信是写给田锡的。本来他是益王，是剑南两川节度使，官职不知比田锡高出多少，他才是这支队伍的领袖。没想到这封信竟然无视他，直接说给田锡，这让他如何不生气！

同时，他也是急于找到赵元佐。他之所以来蜀地，是李昌龄和他商量的结果。他也明白，"三李"已经从支持赵元佐，转为支持他了。既然如此，赵元佐就没有存在的必要了。当然了，这只是他的心思，这个心思是不能给任何人说的。

所以，他要的就是打草惊蛇。若是劫匪让赵元佐消失了，那不是皆大欢喜吗？于是他装着很生气的样子，让侍卫们打得更狠。

渐渐地，那汉子躺在地上，呻吟声变小了。

雅儿再也忍不住，冲上前拦在众侍卫面前，大叫道："益王，你要打死人呀！"

赵元杰恶狠狠地说："这个劫持皇兄的罪犯，罪大恶极，还拒不交代，打死他是他罪有应得！"

"很明显，他就是一个带信的，哪里是什么劫匪！再说了，劫匪有那么蠢，自己来带信，那不是自投罗网吗？"

赵元杰怒道："你敢说本王蠢？"

康继英赶紧拉住雅儿。田锡也赔笑道："殿下，咱们赶紧走吧。就算此人是劫匪，但百姓并不知情。若是真把他打死了，百姓拿这件事乱传，传到官家那里，官家一时不察，说不定会责怪殿下的。"

这是赵元杰害怕的，他果然才愤愤地停了手。

赵元杰上轿后，田锡给康继英使了一个眼色。康继英悄悄留下来，拿了些银子递给躺在地上的汉子:"小哥,实在对不住你,我们可能冤枉你了,你拿这些钱去,抓些药吃吧。"

那汉子起身走后,康继英悄悄跟在他后面。尽管赵元杰打这个汉子不对,但也不能完全排除这个汉子的嫌疑,说不定可以从他身上找到什么线索呢。

2

赵元杰因为不满田锡,带着一众侍卫,抢先进城去了。

田锡和雅儿落在了后面。他们走到锦江边上,那里的惨状让他们触目惊心——地面已经被血沫泡成了沼泽地,在士兵们来来回回的踩踏下,地面仿佛泼满了豆瓣酱。锦江岸边的芙蓉树断枝残叶,低垂在水中。锦江里全是污浊的血水,仿佛凝固了似的。江面灰白的雾气如同一些低低的哀哭,浮荡着,扭结着,久久不散。

雅儿大哭起来,边哭边诉:"先生,三万人啊,杀了三万人啊,这些人中,有没有咱们的亲人啊?"

田锡面色凝重:"这三万人,他们本来都是咱们的亲人啊……"

"为什么要杀这么多?他们不是已经放下武器了吗?不是说'约法三章',放下武器就既往不咎吗?为什么还要杀他们?"

两人正叹息,旁边传来一阵嘈杂的吆喝声和凄厉的呼号声。只见一队士兵推着一个被打得衣衫褴褛全身血污的书生模样的人来到河边。后面有个女子,手里抱着个婴儿,跌跌撞撞跟着士兵们跑。河边放着一根宽厚的长凳,上面满是血污,就像一条杀猪凳。地上则是一层一层堆积起来的血污,就像红油豆腐花,慢慢地往外淌着,淌进锦江里。显然,这队士兵是押解这个书生到杀猪凳上来砍头的。

女子好不容易追上来,伸手拉书生。旁边士兵一脚踹在女子身上,把女子踹倒在地。女子没哭,但她手中的孩子哇哇大哭。女子站起来,又去拉书生。士兵火了,拔刀就朝女子砍去。

雅儿猛地弹地而起,箭一般飞过去,打掉士兵手里的刀。一个转身,就把剑架在士兵的脖子上。其他士兵见有人劫法场,纷纷拔出刀来,蜂拥而上。雅儿厉声喝道:"谁要敢动一动,他的脑袋就没了!"

田锡赶忙上前，冲士兵们喝道："都把刀放下！"

士兵们见田锡是官人打扮，知道他来头不小，不觉就退了一步，放下刀。但是兵头不服，拿刀指着田锡嚷道："你是哪儿冒出来的？乱匪的事，你也敢管？"

雅儿一扬手就把兵头的刀卸掉，挺剑指着他的胸脯："放肆，咱们先生是新任成都府通判田锡，你敢如此和田通判说话？"

兵头有点虚，但嘴上还硬撑："田通判，咱们是奉剑南两川招安使王都知的命令，正法乱匪呢！"

女子抱着孩子跪到田锡面前，哭诉道："上官，冤枉啊！民女叫眉儿，民女夫君叫张尧卿。我们本来是眉州人，为了读书求学，民女随夫君到成都来，租了一间小茶肆，既是寄住求学，也卖些粗茶糕点，挣点小钱养家糊口。本来我们过得很平静，也从来没参与过暴乱之事。没想到今天早上，这队军爷冲进我们家，先说夫君不是读书人，而是私茶贩子，又说夫君还参与过暴乱，要搜查。他们在我家查了半天又没找到证据，但还是抄了咱们的茶肆，店里一应物品，都被军爷们抢走。我们上前阻止，他们上手就砸，又把夫君抓起来，诬蔑他是乱匪，要抓起来杀头。我们一生安分守己，治学求仕，何曾参与过暴乱……"

田锡眉头紧皱，怒视兵头："眉儿说的可是事实？"

兵头不敢看田锡，但他嘴里依然狡辩道："他们就是乱匪！"

田锡道："这样吧，你们回去告诉王都知，这个书生的事情交给本官来处理。如果他果然贩卖私茶，参与暴乱，本官绝不姑息。但如果他真是安分守己的良民，咱们就不能草菅人命。"

士兵们不想交人。雅儿挥着宝剑朝他们逼去："还不快滚！"

兵头知道就算不答应，也打不过雅儿，只得带着一众士兵悻悻离去。不过嘴里却还是不肯认输："你们等着，我们回去报告王都知，看你们如何收场！"

3

田锡一行人来到张尧卿家里，果然看见茶肆窗破门坏。房间里稍微值点钱的物品，都被抢掠一空，就像水洗过一样。书房里倒有满壁的书，却大都被扯坏，乱扔在地。屋角有一张琴，也被砸成两半，碎乱的琴弦，忧伤地垂落到地上。

张尧卿尽管一身血污，但他回家后，顾不得洗脸，第一件事就是冲进书房，整理满地的乱书。他不说话，只是默默垂泪。

街坊邻居听说张尧卿没被砍头，又给放回来了，都纷纷围过来，挤在张尧卿家门前叽叽喳喳议论。又听说是新任成都府通判田锡把他救下来，亲自送回来的。一时间，大家都在田锡面前跪下，很快就跪了黑压压一大片。大家不断磕头，高声喊冤："上官，冤枉啊！小人们都是安分守己的良民，从未参与暴乱。官人给小人们做主，饶了小人们吧！饶了小人们吧！"

田锡眼中有一股热辣辣的感觉。他俯下身，把身前一老者扶起来，对大家说道："你们都快起来吧。你们放心，朝廷只剿乱匪贼兵。官家爱民如子，对良善百姓，是绝不会伤害的。本官既然来这里，就一定会为你们主持公道！"

对百姓一阵安慰后，田锡马不停蹄赶到府衙。他有一肚皮话要给王继恩说！他心里充满担忧，虽说朝廷军队已经拿下成都，几乎把义军二十万人消灭殆尽，但这并不表明蜀地已经安定了，就如同一场大火之后，四处还会有很多火星。这些火星一遇到风，还会死灰复燃。因此，最重要的就是保持安定，不能人为制造旋风。而王继恩在杀掉三万义军后，还继续搞清算，就是在人为制造旋风啊。

再一点，田锡和康继英到蜀地，有个重要的任务是寻找赵元佐，并把他救出来。如果不断清算，势必激起蜀地百姓反感。现在究竟谁劫持了赵元佐，劫持赵元佐目的何在，都不明朗。若是官府的清算让劫匪狗急跳墙，杀掉赵元佐，那可怎么办！

然而，田锡赶回成都府多时，却并没有见到王继恩。田锡几次上门找他，侍卫都说他不在。问他做什么去了，回答说带兵平乱去了。当时并没有听说哪里有匪徒作乱，并且军队也没有开拔的痕迹。显然，侍卫们并没有说真话。

经过反复打听，田锡才得知，原来王继恩是有意躲着田锡，整天和成都的达官贵人们混在一起，过着宴饮歌吹的生活。

实际上，就算田锡见到他，也不一定能靠近他。当他在歌馆酒楼时，四处都有侍卫把守。当他在大街上出行时，身边更是被里三层外三层的侍卫环绕着，而且还要提前清场。寻常百姓，自然是很难靠近他，更别想和他说话。

在王继恩眼里，田锡就是寻常老百姓。上次在京城，约他赴宴，他竟敢摆谱，这一次自然要还回去了！

所以，有好几次，田锡试图在王继恩出行的时候前去拦轿。但还没等到王继恩的队伍前来，他就已经被预先清场的人赶走。哪怕田锡说自己是成都府通判，也没人搭理他。

赵元杰和田锡的遭遇完全不同。赵元杰不但见到王继恩，还被王继恩引为上宾。但凡王继恩要出去赴宴，总会拉上赵元杰。成都的那些达官贵人们，也起劲地巴结奉承赵元杰，让赵元杰相当享受。

不过，赵元杰毕竟是少年心性。尽管他很喜欢被成都的达官贵人们奉承，但当王继恩把一个叫蕊儿的歌妓献给他的时候，他对跟着王继恩去吃吃喝喝就不太感兴趣了，而是整天和蕊儿腻在一起。王继恩后来又找过他好几次，想和他一起出去结交蜀地的达官显贵们，但赵元杰"乐不离蜀"，王继恩也没办法，只得由了他。

王继恩拉拢赵元杰，是有用意的。王继恩一生做过两次"媒"，第一次是帮太宗登上皇帝宝座，第二次是促成太平兴国三年的秋试。两次"媒"他都做成功了，并且得到了极大的红利。第三次"媒"，他准备联合"三李"拥戴赵元杰争储。王继恩认为，这一次，他也肯定能成功。

所以王继恩要拉拢赵元杰，还找来蕊儿讨好他。赵元杰对蕊儿着迷，王继恩又高兴又失落。高兴的是，赵元杰越对蕊儿着迷，越能记住他的好；失落的是，赵元杰落入蕊儿的温柔乡里，和自己朝夕相处的机会就变少了。

不过王继恩也不在意，蜀地归自己管辖呢，想做什么，还不是随心所欲？

4

田锡找不到王继恩，只得去敲成都府知府郭载的门。

大皇子赵元佐被劫持且至今下落不明，成都府知府郭载是有责任的。不过，太宗并没有罢免他，还让他继续担任成都府知府——这也体现了太宗的仁慈和大度，并不因为自己儿子受到伤害，就否定某一个大臣。但是郭载却不能原谅自己，吓得卧病在床，从此就再也没有从床上爬起来过。

当他听说田锡到来时，才勉强从病床上直起上半身，靠在床头，颤颤巍巍接待田锡。一个四十岁的人，模样就像一个垂暮的老人；反而田锡五十多岁的人，却像小伙子一样生龙活虎。

田锡只是简单问了问郭载病情，便直截了当扎郭载的痛点："郭明府，大殿下至今没有找到，你难道不焦心吗？"

郭载吓得嘴唇都在颤抖："田通判，大殿下被劫走，郭某一直寝食难安，怎么会不焦心呢？无奈郭某派出大队人马，寻遍了蜀地每一个角落，都没能寻到大殿下的踪迹，他就像凭空消失了一样，怎么也找不到啊……"

田锡提赵元佐，本来就是为了吓唬郭载，让他不要整天躺在床上尸位素餐，应该警醒起来。见郭载果然害怕，田锡才说到正题："郭明府，现在最让人担忧的，是王都知对乱匪残余的追查。田某以为，当下应该立刻'约法三章'，以此来处理善后事宜，不能再继续追查下去。而且有些小吏借追查乱匪之机，肆意盘剥百姓。倘若咱们再继续如此追查，给无辜百姓造成太多伤害，引发百姓强烈不满，那么不但大殿下的安危得不到保障，说不定蜀地还会再出现一个王小波，再出现一个李顺。到那时候，蜀地危矣！"

郭载哭起来，拿衣袖直擦眼泪："田通判啊，你所讲的句句在理，郭某如何不知其中利害！但是官家任命王都知为两川招安使，蜀地的事都由他来做主。王都知的做法，郭某也觉得不妥，曾给他提过建议。但是王都知固执己见，把郭某训斥了一通。郭某实在是无能为力啊……"

田锡道："郭明府，蜀地的事，虽然应该由王都知做主。但是咱们好歹是成都府的正副长官，也不能无所事事。田某认为，现在应该以成都府衙的名义，向百姓公布'约法三章'，安抚百姓，避免人心混乱，也避免继续刺激匪徒，伤害大殿下。"

郭载犹豫道："田通判，我二人虽然是成都府长官，但蜀地一切事务都由王都知全权负责。若是不经王都知同意就对外发布政令，王都知告到官家那里，咱们是会受到责罚的……"

田锡道："就算王都知上告，那又如何？官家可是亲口告诉田某，可以在蜀地实施'约法三章'的！"

郭载道："有圣旨吗？只要有圣旨，咱们就可以拿出来给王都知看，到时候不怕他不听。"

"没有圣旨，"田锡道，"但官家是说过这个话的！"

"唉……"郭载叹口气，"田通判啊，就算没有圣旨，官家说过的话，也是金科玉律，这没有问题。但蜀地山高皇帝远，我们也没办法找官家求证。王都知以没有看到圣旨为由，拒绝执行，我们也没有办法啊……"

"我们可以先做再说呀，他要是不信，他可以去找官家求证！"

"郭某可不敢……"郭载垂头说道，"田通判，如果你一定要这样做，那就以你个人的名义做，别带上郭某，郭某没这个胆……"

随即他又呻吟起来："哎呀喂，郭某不能坐太长时间，受不住了，郭某要躺下去了，田通判，郭某不能下床送你了，你自便吧……"

说着，郭载就溜进被窝，躲了起来。

5

田锡说干就干，他以成都府通判的名义，把"约法三章"抄誊了数百份榜文，贴到成都的大街小巷上，布告四方。

榜文像一枚炸雷，迅速传遍了成都的每一个角落，引起了极大的震动。那些原本东躲西藏的人，看到榜文后，都兴冲冲跑回来；那些心里敲鼓，躲在家里不敢说话的人，也从家里出来，大摇大摆走到街上；那些关上店铺不敢营业的店主，也把门打开，把幌子挑起，把店招推出，热热地亮开了吆喝。大街小巷又恢复了往日的繁华热闹，就仿佛这里从来没有过动乱，没有过战争，也没有过杀戮一样。

这天，雅儿兴冲冲跑回来，拉着田锡的手就往外走。田锡被拉得跌跌撞撞，笑问道："雅儿，你这是要把老夫往哪儿拉呀？"

雅儿道："先生，走吧，咱们去眉儿家。眉儿夫妇感激先生，特设了家宴，请先生去赴宴呢！"

雅儿害怕田锡拒绝，赶紧又说道："你可别拒绝，人家可不是因为你是大官，要巴结你，人家纯粹就是感激。你来成都府当通判，可得体恤民情。体恤民情和那王都知是不一样的，王都知是和达官贵人出入于豪华酒楼，眉儿家只是粗茶家宴。先生啊，这正是一个体恤民情的好机会，可不能错过啊！"

田锡拗不过，又见雅儿说得有理，也不再推辞，回身带了一壶桐花酿，上轿跟着雅儿去了。

眉儿家里早已挤满了人，都是左邻右舍。看见田锡到来，都很兴奋，围着田锡说着感激的话。说到激动处，又哭又笑，又跪下给田锡磕头。

田锡赶紧把跪下的人扶起来，他心里也很激动！多么淳朴的父老乡亲，他们原本不想动乱，只愿过安分守己的日子。但是他们却被裹挟到这场动乱之中，遭遇了惨烈的伤痛。这伤痛是义军给他们带来的，同时也是朝廷军给他们带来的。就算是朝廷军给他们带来了伤痛，他们依然对朝廷充满信任和感激！

拥进屋里的人越来越多，门外还挤满了人，窗外也挤满了人。田锡不得不从屋里走出来。大家看见穿着官服的田锡，又一次给田锡跪下来。前面跪了，后面也跟着跪，黑压压一大片，一直延伸到远方。

田锡颤抖着，把身边的老者扶起，又吆喝着让大家都站起来。随后，他站到一个高台上，对大家喊道："乡亲们，老夫也是蜀人，蜀地洪雅人，你们都是老夫的父老乡亲。咱们蜀地沃野千里，自古以来就是鱼米之乡。茶叶更是天下闻名，四方宾客都以能喝上咱们的蜀茶为荣。只是五代乱世以来，孟氏割据，咱们因此偏居一隅，与中土阻隔。幸喜太祖不弃，咱们归于本朝。本来希望从此过上和平安宁的日子，谁知由于山高路远，信息不通，一些贪官污吏因此违逆圣意，盘剥百姓；而另一些心险之徒又聚众闹事，荼毒生灵。以致咱大宋建国三十多年了，蜀地还未至太平，百姓依然惊恐不定。圣上心忧黎民，寝食不安，因此才派老夫来蜀地宣示皇恩。乡亲们，你们放心吧，有此'约法三章'，蜀地再也不会有动乱，咱们从此都可以过好日子了！"

好说歹说，终于把百姓劝走后，田锡才走回眉儿家。那时候，眉儿已经做出几样精致的小菜摆上桌，另有街坊邻居中的饱学老者陪席左右。眉儿夫妇把田锡请到上席坐下，打开田锡带来的桐花酿，一一满上，一时席间欢声笑语，宾主尽欢。

张尧卿对田锡充满仰慕之情："先生，学生可是从小读您的诗文长大的。您从蜀地起步，后来求学白鹿，苦读渭北，蜗居东京，直到高中榜眼，扬名天下，您一直是学生人生的榜样啊！想学生为了求学，从眉州迁居到成都，致学这么多年，却一直没有什么进步，实在是惭愧啊……"

雅儿不等张尧卿说完，先就嚷嚷开来："张家哥哥，你确实应该惭愧。好歹你住在成都，成都比不上东京，却也是个繁华之城。而我家先生可是出生在偏僻的洪雅，小时候到一个寺庙读书，青灯古佛，像个敲木鱼的小和尚。他都能从那里走出来，你为啥不能走出去？"

张尧卿红脸："小生实在是太愚笨了……"

"雅儿，不得无礼！"田锡瞪了雅儿一眼，但雅儿却满不在乎，反而得意地摇晃脑袋。

田锡语重心长说道："尧卿啊，你心里着急，老夫能理解。当年老夫也曾像你这样焦虑过，失落过。本来长安的读书条件很好，但是由于家中贫寒，只能迁居到偏僻的渭北乡下。那时候，老夫心里也是充满了犹豫和彷徨，能不能坚持下去？要不要坚持下去？坚持有没有意义？这些问题每天都在折磨着老夫。不过，尽管迷茫彷徨，但老夫一直记得先父曾说过的一句话：'汝读圣人之书而学其道，慎无速，为期二十年，可以从政矣。'那时候，老夫就常常问自己，我坚持二十年了吗？我坚持三十年了吗？我坚持一辈子了吗？没有坚持一辈子，凭什么说我不能获得成功？也就这样，一直到三十八岁的时候，老夫终于走上了仕途。尧卿啊，你才二十来岁，年纪尚小，怎能说自己愚笨呢。再说了，你居于闹市之中却能守一方清凉，这就很了不起了。老夫今天也把先父的话送给你，相信你肯定用不了二十年，就能够入仕为官家分忧的。"

张尧卿高兴起来："先生一番话，真如醍醐灌顶，学生又找到干劲和方向了！"

田锡道："前些年蜀地不平，动乱不断。如今官家派军荡平贼寇，惩治贪官，从此蜀地便可平定了。但是，要想从根本上解决蜀地的问题，还需要教化百姓，劝学求善。老夫听说文翁石室荒废已久，想把它重建起来，以此带动蜀中学子求学上进。尧卿啊，老夫想请你在这方面多做一些工作，不知你意下如何？"

张尧卿激动地站起来，给田锡长揖敬拜道："先生啊，重振文翁石室一直是学生的梦想，没想到学生的想法竟然能与先生不谋而合。先生请放心，学生接下来就着手做这件事。文翁石室曾有过的汉风唐韵，一定能在咱们大宋重现！"

6

康继英跟在那个带信人身后守了几天，似乎并没有劫匪再和他联系的迹象。这也再一次证明，这就是个纯粹的带信人，与劫匪并没有太多联系。康继英知道自己不能再守株待兔了，于是回到成都，希望能在大街小巷上找到一些线索。只是苦寻了几日，却一无所获，这不免让他苦恼不已。

这天，满怀失落的康继英漫无目的地在大街上走着，忽然感觉前面那个背影有些异样。他猛抬头，盯着那背影仔细看，却似乎又没有什么不同。却是他的心中又一阵阵抖动，就像有人拿着鼓槌，在他胸膛里猛擂一样。康继英往前紧跑几步，想冲上前看个究竟。没想到那背影像脑后长了眼，康继英跑，他也跟着跑，康继英跑得快，他也跑得快。跑着跑着，那背影终于露出了康继英熟悉的样子——对，就是那个样子：肩背像鹰一样耸立，步子像狼一样迅捷！

康继英加快步子，那人也加快步子，动作几乎和康继英同频。康继英使出全身力气往前冲。然而，那背影竟然也跑出同样的速度，他和康继英之间，始终保持着同样的距离。康继英有些羞愧，好歹自己号称"大宋第一好汉"，竟然跑不过一个奸细！他发了狠，脚下一使力，那腿就成了一道风。

很快，康继英就把奸细追进一个小巷里。但是进了小巷，却已不见了奸细的背影，前面只有一个相士，摇着一串铃，举着一面幌，朝康继英迎面走来。康继英跑上去，想询问那相士，近前才发现，那人竟是潘阆。

潘阆不是在东京吗？怎么又跑到成都来了？

潘阆笑道："康副使什么记性，大殿下来成都的时候，不是市人把他送来的吗？"

"胡说，之后还有人在东京看见过你呢！"康继英一把抓住潘阆，"说，你把大殿下劫持到哪里去了？"

潘阆满腹委屈："康副使啊，市人送大殿下到成都来后，就真不在东京了。你看到的那个，肯定是假冒市人的，市人冤枉啊！还有，市人把大殿下送到成都后，也真没有把大殿下怎样啊。大殿下雇市人送他，市人拿到钱后，就在这街上给人算卦看病。市人得谋生啊，大殿下小气，给市人的钱很少，市人不看卦算命，吃什么呀？此后市人就没见过大殿下了，怎么可能劫持他呢？劫持他做什么呢？大殿下如今是庶人了，跟市人一样，穷光蛋一个，劫他有何用！康副使不能随便冤枉人啊！"

康继英一时无话可说，又问道："你把大殿下送到成都后，为何不回东京去经营你的潘家医馆？"

潘阆笑道："康副使你这可问的就是外行话了，我既然叫'市人'，自然是哪里热闹往哪里去。蜀地现在这么热闹，我当然要留在这里啊，为什么要回东京呢？"

康继英又抓住潘阆，怒道："你是乱匪？"

潘阆皱着眉喊疼："哎哟喂，康副使啊，市人要是乱匪，早就被砍头了，还能在这大街上大摇大摆走来走去？"

康继英默了一会儿，又问道："你刚才看见有人进巷子来了吗？"

"前不见古人，后不见来者，念天地之悠悠，独怆然而泣下。"潘阆摇头晃脑说道，"这巷子就市人一个，连个影子也没有。"

康继英疑惑道："怪了，在下分明看见一个人跑进这小巷子了，怎么可能凭空消失！"

"你追的是一个人，还是一个背影？"

"是一个背影……一个背影不就是一个人吗？"

"那可不一样。如果你追的只是一个背影，实际上这个背影就是你的背影。当你的背影在你前面的时候，你什么时候追上过它？"

"胡说！"康继英不是三岁小孩，才不会相信这些鬼话呢，"明明是一个人，怎么可能是我的影子！"

"别急嘛康副使，听市人给你分析，"潘阆眯着眼睛，摇头晃脑，"你好好回忆一下，刚才追那影子时，是不是你跑得快，它就跑得快，你跑得慢，它就跑得慢？是不是你用了全身力气，它依然和你保持相同的距离？康副使，你号称'大宋第一好汉'，轻功盖世无双，为何你这样的绝顶高手都追不上它？道理很简单，它不是人，它只是你的影子，你永远不可能追上你的影子，除非太阳当空。但现在是大宋的日落时分，你往西方跑，影子会落到你后面，这样一来，你跑，影子就会永远追随你；但若是你往东方跑，影子则会落到你的前面，你就永远也追不上它了——明白吗康副使？要不，你转一个方向，往西方跑试一试？"

康继英不想再听潘阆胡言乱语，转身要走，但潘阆又拦住他："康副使，你别急着走嘛。市人虽然没有看见什么人进巷子来，但是你想找的人，市人未必不知。你要知道，市人不光医术了得，算命也一流。要不要市人为你算一卦？说不定很快就能找到你想找的人呢！"

康继英停了下来。他虽然不相信什么算卦，但他也想看看这潘阆究竟要弄什么玄虚。

潘阆摆开架势，拿出算筹，一番摇头晃脑推演后，对康继英说道："康副使，看来你既不能往东走，也不能往西走，得往南走，你要找的人在南边。"

康继英转身向南，面前却是一堵墙壁。康继英气得冷笑道："你还真能糊弄人，竟然让康某碰壁！"

潘阆哈哈一笑，飘然往远方走去："呵呵，会不会碰壁，得走起来看看。你没有走，怎么知道就是碰壁……"

很快，潘阆就消失在远方不见了。

7

这天，雅儿焦急地跑进来，上气不接下气地对田锡说道："先生，先生，大街上有很多士兵正在撕'约法三章'的榜文呢！"

田锡猛站起来："谁给他们的胆子，敢撕府衙的榜文！"

"我也这么问他们，他们说，是剑南两川招安使王继恩的命令！"

王继恩？！

田锡大步往街上走去，来到一张榜文前，果然看见几个士兵冲过来，正要撕扯。田锡大怒道："你们在干什么，府衙的榜文，你们也敢扯？"

兵头傲慢地说道："我们是奉剑南两川招安使王继恩的命令扯的！王都知特别吩咐过，谁要是敢阻止，就把谁抓起来！"

田锡急了，冲到墙边，拿身体挡住榜文。但是那些士兵根本就不把田锡当回事，伸手一扯，一下就把田锡扯倒在地。田锡的官袍被撕破，帽子也掉到地上，花白头发散落下来，在空中飘荡。田锡顾不得捡帽子，爬起来，又去护那榜文。士兵们怒了，把田锡的手扯到后面提起来，再把田锡的脑袋压下来。

雅儿疯了一般，拔剑就往那群士兵猛刺。但是她一人如何敌得过这群如狼似虎的士兵,很快她就被打退,根本靠不上前。最终,她只能眼睁睁地看着士兵们把榜文扯下来,撕得粉碎。

恰好此时康继英走到这里,看见田锡被抓,雅儿被打,不由分说冲上前,一阵噼里啪啦的声响过后,那些士兵的武器已经通通被康继英夺过去扔在地上了。同时,康继英把田锡解救出来,捡起帽子给他戴上,雅儿则跑过来给田锡整理散乱的头发和衣服。

那群士兵打不过康继英,只得嘴里骂骂咧咧走了。田锡捡起地上被撕碎的榜文,慢慢展开,拼贴在一起。官府的印章,也碎成了几瓣,就算拼贴,也已经不完整了。田锡蹲在地上,满脸通红,满眼垂泪,嘴唇哆嗦,一句话也说不出来。

雅儿气得大骂王继恩。尽管康继英试图阻止她,但雅儿依然大骂不已,毫不顾忌。

田锡拭干泪水,把榜文卷起来,拿在手里往前走。他感到全身虚弱,如同陷入一个巨大的漩涡之中,被洪水转来转去,虽说堤岸近在眼前,但他怎么也够不着,更别想爬上去。

正当田锡无力感越来越强时,一个更大的噩耗传来!

满大街都是士兵在跑,他们挥舞着武器,嚣张地吆喝着,到处抓人。那些看见府衙榜文后从躲藏的地方跑出来的百姓,被士兵们一群群抓起来,五花大绑推着走。大街上到处都在奔跑、尖叫、哭号,空气中充满诡异而慌张的气息。

雅儿担忧地说道:"先生,咱们去看看眉儿夫妇吧,要是去迟了,说不定他们也被抓起来了……"

田锡跟着雅儿和康继英朝眉儿的茶肆跑去。不出所料,他们刚到茶肆外面,士兵们就已冲了进去,砸出一片乒乒乓乓的声响。茶肆先前已被士兵们抢过一次,砸过一次。眉儿夫妇正在恢复,桌子刚摆好,茶具刚理顺,却又被掀翻,砸得稀巴烂。

康继英和雅儿冲进去。很快,那些打砸的士兵一个个被扔出来摔在屋外,跌得鼻青脸肿。屋里终于恢复了平静。

田锡进屋,屋里满地狼藉,根本没办法落脚。眉儿埋着头,默默地打扫地面。张尧卿从屋里走过,踩得地面的碎物噼里啪啦响。他穿过大半间屋子,从田锡面前走过，自始至终，一句话都没说，也没有转头看田锡一眼。田锡本来想安慰他，但是他径直走过去了，田锡也只得把张开的嘴闭上。

雅儿见张尧卿对田锡不理不睬，很生气，要上前批评他。但田锡拦住她，示意她别说话。雅儿气得一顿足，转身跑到屋外去了。

忽然，屋外传来一阵嘈杂的人声，声浪像潮水一样，一波接一波往屋里涌来。田锡感到那猎猎的风，吹得他有种无法呼吸的感觉。田锡迎着风走出去，看见屋外挤满了人，他们指着雅儿，大声叫骂。雅儿极力争辩着，但是她就一张嘴，如何比得过铺天盖地的声浪。她急得眼泪花都要滚出来了，依然没有一个人闭嘴。

看到田锡出来，屋外的人立刻找到了新的方向。他们把矛头对准田锡，冲他破口大骂，朝他扔臭鸡蛋。

田锡站得直直的，闭着眼，承受着那些人的辱骂。就算臭鸡蛋扔过来了，他也不躲一躲。鸡蛋在他脸上爆碎，在他的身上爆碎，腥臭黄白的蛋壳蛋液从他脸上胡须上衣服上滴滴答答流下来，缓缓往远处流去……

雅儿想把田锡拉开，但怎么也拉不动。没有办法，她只得冲到田锡前面，拿剑击打那些飞过来的鸡蛋。剑虽然能挡住鸡蛋，但是蛋液却飞扑而来。雅儿抬袖挡，却把一副袖子弄得污浊不堪——雅儿一生极爱洁净，没想到为了田锡，她竟然甘愿承受这样的侮辱！

康继英见势不妙，冲上前，一手托着一个，硬生生把田锡和雅儿从人群中扯起来，三两步跳出去，带着两人往远处跑。尽管人群还在后面追着远远地扔臭鸡蛋，好在康继英轻功了得，很快就把两人拉回了府衙。

雅儿已经清洗干净出来，发现田锡还一直坐着，一动不动。

雅儿委屈地嚷道："先生，他们怎么能冤枉你？为什么说你'欲擒故纵'，还说你'引蛇出洞'？"

田锡却并不觉得委屈，他表情凝重地说："老百姓的怀疑并不是没有道理。确实是咱们先贴出'约法三章'的榜文，让那些因为害怕而躲藏的人走出来。然后咱们再撕掉榜文，抓捕他们。这不是'欲擒故纵''引蛇出洞'是什么？"

"下令撕榜文和抓人的又不是你，都是王继恩那个大坏蛋干的，你为什么一语不发，帮王继恩那个大坏蛋背黑锅？"

田锡摇摇头："大宋只有一个大宋，官家只有一个官家，官府只有一个官府。虽然老夫不同意王都知的那些做法，但是老夫也不能让百姓看到咱们官府的分歧。这样的话，他们会心里焦虑，无所适从。毕竟刚经历了一场动乱，最重要的就是人心安定。所以，尽管撕榜文和抓人都是老夫反对的，老夫却不能当场向百姓解释啊。"

"你不当场讲，难道你就等着那些人拿臭鸡蛋砸你，把你当成大坏蛋么！"

"老夫宁愿被百姓冤枉，也不能伤了大宋的信誉和威仪啊……"

康继英赞道："先生，你真是圣人胸怀啊！"

田锡摇摇头："继英，你错了，老夫这是与奸恶'同流合污'……这也让老夫看到了治郡的艰难。如果老夫在朝堂之上，老夫只需面对官家一人。老夫知道官家圣明，只须知无不言言无不尽，就算有奸恶之人谗陷，官家不高兴了，最多贬谪老夫一人。但现在老夫得面对一众百姓，自然不敢由着性子来，想怎么说就怎么说。可是这样一来，在这个艰难的时刻，竟然做出如此'同流合污'的事，这是多么荒唐啊，唉……"

8

王继恩在成都掀起的腥风血雨，终于带来一个灾难性的后果：李顺部将张余在嘉州再次聚众起义，很快又发展到数万人。

同时，渝州也跟着呼应。不仅如此，渝州义军的首领还号称他就是"大蜀王"李顺。说李顺并没有死，而是潜逃至渝州，又在渝州拉起了队伍。因为首领是李顺，跟随的人自然非常多，所以很快就发展到十多万人，不但占领了蜀中重镇渝州，还一口气拿下涪、忠、万、开、戎五州，声势浩大，全蜀皆惊。

王继恩大惊，不敢再在成都花天酒地，赶紧率军南下前往渝州平乱。王继恩之所以这么焦急，是因为他已经上报朝廷，杀死李顺了。现在又冒出一个李顺，而且还如此声势浩大，如果这个李顺是真的，也就意味着王继恩犯了欺君之罪。所以王继恩一面派人回朝廷禀报说这个李顺是冒名顶替的，一面带着全部大军去渝州弹压。只要尽快把乱匪打压下去，杀掉那个所谓的"李顺"，朝廷肯定也就没什么可说的了。

但王继恩把全部人马带走后，成都就成了空城，只剩下三千卫戍军。嘉州离成都不远，一旦嘉州的乱匪往成都挺进，三千卫戍军根本不抵事，乱匪轻而易举就能占领成都。

田锡很着急，去找郭载商量。

郭载依然有气无力躺在床上，一副半死不活的样子。田锡给他讲到了成都所面临的危险，同时提出应对方案："郭明府，咱们现在不能在成都坐以待毙！田某认为，最好的办法就是主动出去，把防御体系推进到眉州。眉州是嘉州到成都的必经之路，只要守住眉州，就能守住成都。就算守不住眉州，也可以借此缓冲一下。原先眉州是有守军的，而且李顺乱匪进攻眉州时，这些守军还建了奇功，愣是没让乱匪入城。但王都知去渝州平乱，把眉州守军带走，眉州成了空城。郭明府，咱们把成都的这三千卫戍军都调到眉州守护，你意下……"

田锡还没说完，郭载就尖叫起来："不行不行，坚决不行！王都知把军队调走了，成都本来就只剩三千人，力量根本不够。若是连这三千人也调走，成都就完全成空城了，还怎么守城啊！"

田锡道："凡事预则立，不预则废！田某觉得还是主动防御为好。要不这样，咱们两路出击，田某把这三千卫戍军带去眉州救急，郭明府在成都招兵买马。一方面可以借此加强成都的防御，另一方面也可以为眉州前线补充兵源，您以为如何？"

郭载焦急摆手："招兵买马？说得轻巧！成都老百姓本来就对朝廷不满，能招得起来吗？再说了，就算招起来了，也都是些乌合之众，哪能保护成都的安全？"

田锡说不动郭载，于是吓唬他道："郭明府，万一大殿下被乱匪俘获，田某去了眉州，手上无一兵一卒，救不回来。到时候官家追究责任，你承担得起吗？"

郭载并不害怕，反而振振有词："田通判，郭某确实曾丢了大殿下。但是大殿下是不是被嘉州乱匪俘获，并不确定，反而是益王殿下却确确实实在郭某手里。如果郭某把这三千卫戍军拉到眉州去，造成乱匪进成都，伤害到益王殿下，那么郭某不就是罪上加罪了吗？不行不行，坚决不行！"

田锡好说歹说，郭载就是不同意，没办法，田锡只得站起来，气呼呼地转身出去了。身后传来四十岁的郭载因为"重病"卧床的痛苦呻吟声。

9

田锡一回到家，康继英和雅儿便围上来问情况。当得知郭载死活不同意派兵去眉州后，雅儿大骂道："这个狗官，明显就是贪生怕死，本姑娘这就去把这个狗官杀掉！"

康继英拦住雅儿，不让她鲁莽行事。又担心地问道："先生，现在咱们该咋办？"

田锡一拳砸在桌上，坚定地说："没有兵，咱们就去眉州发动老百姓守城。眉州人一定会站起来，和咱们一起保卫家园的！"说着，站起来就往外走去。

雅儿却落在后面没动。康继英发现了，回身喊道："雅儿，你怎么不动？你要是害怕，就留在成都好了，我和先生去眉州。"

雅儿大怒："胡说，本姑娘怕什么？你这浑小子才会怕！"

两人斗着嘴，跟在田锡后面，快马加鞭，半日就到了眉州。

守门士兵看了名帖和印信，知道是成都府通判田锡，不敢怠慢，立刻放他们进去，同时赶紧通报眉州知州王文操。

王文操是刚上任的眉州知州，是接替李简的。之前李顺的义军曾进攻眉州，李简带领眉州军民奋力抵抗，最终守住了眉州。由于立了大功，李顺义军被平定以后，李简便升迁调走了，眉州知州改由王文操接任。

王文操获得升迁，本来很高兴，但很快他就不安了。张余在嘉州发动叛乱，而嘉州离眉州很近，直接威胁着眉州的安全。却是守城军又被王继恩抽走，王文操更加恐慌，整天哀叹自己运气不好。没想到在如此凶险的时候，成都府通判田锡竟然深入险境，到眉州来了。所以王文操既大感意外，又欣喜不已。毕竟只要田锡来了，就可以把防御事务交给他，自己的压力就变小了。

田锡三人刚下马，雅儿忽然拔剑朝王文操刺去。王文操大吃一惊，急忙躲避。旁边的侍卫赶紧拿出武器，保护王文操。雅儿发了狠，三两下把侍卫挑翻在地，一剑指向王文操的喉咙。

王文操吓得脸色发白。田锡喝道："雅儿，你怎么了？这是眉州王知州，你为何杀他？"

雅儿迸着泪喊道："他是什么眉州知州，他是杀人凶手！"

王文操颤声说道："这位姑娘，本官怎么成杀人凶手了？本官……本官杀谁呀？"

雅儿咬牙切齿说道："你杀了我的父亲！"

康继英把雅儿的剑夺过来，不让她指着王文操："雅儿，你不是说你父亲是奸细杀死的吗？"

雅儿道："如果这狗官不把我父亲抓起来，奸细能杀掉他？"

田锡和康继英这才想起，王文操当初是洪雅知县，最近才升任为眉州知州的。雅儿说的，显然是王文操担任洪雅知县时的事。田锡把雅儿的事情给王文操讲了一遍，听得王文操冷汗直冒，急忙辩解："田通判，下官也是奉命行事。有人告发雅儿父亲参与茶叶走私……"

"什么参与走私，我父亲根本就没有，纯粹是你们故意栽赃陷害！"雅儿愤怒地打断王文操。

王文操不敢争辩，只得赔笑道："肯定是中间有什么误会……但是雅儿姑娘，你父亲确实是在半道上被人射死的，这事不假吧？这个罪不能安在本官头上啊……"

雅儿大骂道："狗官，你杀了我父亲，还想狡辩！"

田锡一面劝说雅儿，一面严肃地对王文操说："王知州，你说你是奉命行事。老夫只问你，你觉得不准民间走私茶叶，而官府却参与走私，对还是不对？"

王文操只得老实回答："当然不对……"

田锡道："你既然知道不对，为何不向朝廷上奏反映，以致蜀地民乱？"

王文操嘟囔道："那时天下安定，也没有乱匪。下官若是上奏，官家肯定会以为下官哗众取宠……"

田锡正色道："'君子安而不忘危，存而不忘亡，治而不忘乱'，提前预判，防患于未然，这不正是咱们臣子应该做的吗？"

王文操无话可说，低垂着头。

田锡沉痛地说道："王知州，你心里什么都清楚，可是你就是不说，不上奏，不反对，还坚决执行，你这就是圣人说的'顺非而泽'，明白吗？"

王文操矮声答道:"田通判教训得是,下官谨记……"

田锡见王文操态度诚恳,也不再多说,随即问道:"王知州,贼兵已经攻陷嘉州,眉州直接暴露在贼兵的兵锋之下,眉州的防御有什么问题吗?"

王文操连忙诉苦:"问题大着呢,本来眉州城里有几千守城兵,可是王都知把守城兵全部调走了,现在眉州是一座空城,根本没法防守!一旦贼兵攻来,想要保护全城百姓安全,唯一的办法,就是弃城了……"

雅儿大骂:"你这狗官,就是一个逃兵!眉州在李简李知州的手里坚如磐石,乱匪根本攻不进来。到了你的手里,你竟然要弃城逃走!本姑娘告诉你,你要敢逃,本姑娘非杀了你不可!"

王文操苦着脸道:"李知州手里有兵,我手里没兵啊……"

雅儿还要骂,田锡止住她,说道:"没有兵,也没办法从别的地方调来军队,咱们现在唯一的办法,就是发动眉州百姓,征集眉州健壮的热血男儿入伍,保家卫城,护我眉州周全!"

王文操道:"田通判,朝廷有令,不许擅自征兵。下官若这样做,官家一定会怪罪的……"

"朝廷若是怪罪下来,责任全部由老夫承担!"田锡高声说道,"王知州,朝廷确有这样的命令。但在非常时期,当用非常之策,有非常之作为。乱匪都已经打到眼皮子底下来了,咱们还固守那些条款,难道真的等着当乱匪的俘虏吗?"

田锡大义凛然,王文操却依然愁容满面:"可是,就算征兵,也征不起来啊……崇仪使宿翰将军就持田通判这样的观点,一定要征兵。下官说不服他,让他去试试,结果他果然没有征起来。"

"你把宿翰叫来,老夫问问。"

很快,宿翰就气喘吁吁赶到。田锡道:"宿将军,你在眉州征兵,为什么征不起来?"

宿翰皱眉道:"回通判,末将也不知何因,就是征集不起来。末将没有办法,用武力逼迫,终于征集了一些起来,但这些人半夜三更都偷偷爬起来溜走了,反而还搞得军中鼓噪不宁。只能说,眉州人都是一些怕死鬼……"

雅儿叫道:"胡说,眉州人个个都是英雄好汉,怎么可能怕死!"

康继英也说道:"上次李顺乱匪攻陷了成都,却没能拿下眉州,由此可见，眉州男儿战斗力是很强劲的，自然不可能怕死。这次张余匪徒作乱，眉州人却不愿意再保家守城，其中必有原因。王知州，你想过是什么原因吗？"

王文操摇摇头："想过，但是找不到原因……"

众人都陷入沉思，田锡鼓励大家道："大家放心，眉州人是经过血与火洗礼的，他们的血是热的，意志是坚定的，只不过可能红心和意志被灰尘掩盖了而已。我们只要走近他们，拂去那些尘埃，一定能够点燃他们的热情和忠贞！"

10

田锡回到住所后，雅儿还气鼓鼓的。

正所谓"仇人相见，分外眼红"，千辛万苦去东京找田锡，无非是希望田锡能为她报仇。田锡直到现在也没能为她报仇，而见到仇人了，田锡却反而阻止她，不让她报仇！雅儿一想到这些，心里就委屈不已，一个人坐到窗前默默流泪。

田锡其实是知道雅儿心中委屈的，他心里也是惭愧不已，所以他一直在留意观察。见雅儿坐在窗下不说话，忙走进雅儿房间，在她身后找了个凳子坐下来，暖声说道："雅儿，你离开洪雅也有好几年了，想不想回去看看？"

雅儿擦掉眼泪，低头揉衣襟。

田锡叹道："唉，老夫三十三岁离蜀去长安求学，三十八岁登第入仕，算起来到如今已经二十多年没有回过洪雅了。家乡的亲戚朋友、一草一木，老夫都甚为想念。老夫小时候曾在村后九龙山灵池发蒙，后来又到洪雅城西的修文山苦读。夏天到来的时候，蝉声鸟语装满简陋的破茅屋，心里像流水洗过一样，安静而清澈。到了冬天，屋外寒风呼呼吹着，大团大团的雪，被寒风挟裹着，摔在简陋的柴门上，仿佛要把那单薄的柴门卷走一样。但只要燃着一炉火，点上一豆灯，捧着圣贤书，我心里就敞亮温暖。那时候的日子是寂寞的，但也是饱满和平静的。后来入仕，住在嘈杂的东京城，整天市声嚷嚷，车马辘辘，为朝廷事务焦虑，因人事倾轧烦恼。随后又数次被贬出朝，车马劳顿，四处辗转，既要抗击恶劣环境的折磨，又要抵御奸人背后的冷箭，少时的那种敞亮和清澈，却是再也没有了……"

田锡一番发自肺腑的感慨，让雅儿动容不已。她一下就忘记了不快，激动地说："先生，我们到了眉州，离洪雅已经近在咫尺，不如哪天回去看看吧，奴家也好想家乡啊！"

田锡道："雅儿啊，尽管洪雅近在咫尺，尽管我们都想回去，但是我们却不能回去，因为我们得留下来保护眉州。眉州不宁，洪雅亦危。所以我们要想回洪雅，就得保证洪雅的安宁；要保证洪雅的安宁，就得守住眉州；要守住眉州，我们就要捐弃前嫌，大家通力合作。王文操的确曾下令抓你父亲，也冤枉了你父亲，还造成你父亲被害，把他抓起来杀掉也不为过。但毕竟他是眉州知州，如果这时候把他抓起来处罚他，就是自乱阵脚，对眉州城的守护是很不利的。雅儿，老夫知道你很难受，老夫请求你要隐忍。等保住眉州，破了乱匪，到那时候，我们一起回洪雅。约左邻右舍，儿时友朋，围炉闲坐，品瓦屋雪，喝桐花酿，那将是怎样一段快乐的时光啊！"

雅儿的快乐荡漾起来，尤其田锡说要和她一起回去，她的心中如同开了一扇春天的窗。窗外阳光乱扑，鸟鸣飞溅，青云满天。

正在这时，康继英闯进来，大声说道："先生，我在街上看见张尧卿和眉儿夫妇了，原来他们回眉州城了。"

雅儿道："眉州危在旦夕，他们回来干什么？"

康继英道："我也想问问他们，但又怕他们不理睬我，不敢问，便急忙回来报告先生了。"

雅儿哼了一声："你这浑小子，就这么没出息！"

田锡道："不用问，尧卿夫妇回来，显然是帮助守城。尧卿这孩子，从小读圣贤书，他是懂得士人应该有何种担当的！走走走，我们赶紧去找尧卿夫妇，看看从他们那里能否找到募兵守城的办法。"

雅儿担忧道："先生，上次在成都时，尧卿夫妇埋怨你做事'出尔反尔'，你去找他们，他们不会理你的。尽管你是被冤枉的，但因为你没有解释，他们也不明白。所以，奴家怕你去会碰一鼻子灰啊。"

康继英嘟囔道："在下没问，不是正有此担心吗？你为何却说在下没出息……"

雅儿瞪了康继英一眼："你就是没出息！"

田锡给两人摆摆手，示意他们别闹，随即往外走去："尧卿夫妇确实对老夫有误解，老夫也不便向他们解释。但是老夫相信尧卿夫妇都是知书达理之人，大敌当前，他们一定能捐弃前嫌，和咱们一起共谋抗敌之策的！"

11

田锡见到张尧卿和眉儿时，夫妇俩正在发传单。眉儿背上背着孩子，手里抱着一大摞纸。张尧卿则拿过一张纸，一边大声宣讲，一边往那些青壮汉子的手里塞。不过那些汉子很少接，就算被张尧卿塞进怀里，也转手就扔在地上了。

田锡捡起一份被扔掉的传单，上面是一篇动员眉州青壮参军、动员眉州百姓守城的文章，落款"白衣秀才张尧卿"。文章写得激情澎湃，铿锵有力，文采飞扬。

田锡把传单塞进怀里，大步走上前，拍拍张尧卿的肩膀，示意张尧卿分一些传单给他，他帮着分发。张尧卿迟疑了一下，还是拿过一些传单，递到田锡手里。

田锡像张尧卿那样，挥舞着传单，大声吆喝。尽管他已经五十多岁了，花白的胡子在风中飘，但他却走得神采奕奕，喊出的声音中气十足，铿锵有力。就算有人像躲瘟神一样躲着他，他也毫不介意，依然自信满满，大声宣讲。遇到有人注意，他就停下来，微笑着，把传单递到那人手里。若是那人不接，他就跟在那人后面，反复劝说。若是那人接过去扔在地上，他便弯腰从地上捡起来，重新往那人怀里塞。

经过一段时间的吆喝，好歹把传单全部散了出去，也再没人扔在地上，田锡才满意地宣布收工。

张尧卿一直默默地观察着田锡。堂堂的成都府通判，竟然不在意自己的身份，谦卑地面对来来往往的百姓，哪怕遭受羞辱和责骂，他依然微笑着，耐心地解释，丝毫没有生气。张尧卿对田锡的看法，随着传单的散发，一点一点地改变着，敌意也不再像之前那么强了。

传单发完后，田锡笑着对张尧卿道："尧卿啊，老夫想去你家讨一杯水喝，可否？"

眉儿讽刺道："田通判，寒舍是些粗陋茶水，不堪入喉。通判官府里可都是玉液琼浆，美味又可口，还是回你们官府喝吧。"

雅儿忍不住，怒气勃勃说道："眉儿姐姐别在这里含沙射影的！成都撕榜文以及抓贼匪那事，都是王继恩那个奸贼干的，我家先生完全是帮他背锅。我家先生背这口黑锅，心里就已经无比委屈，可现在却还要受你们的冤枉！眉儿姐姐，尧卿哥哥，你们说自己该不该这样做？"

眉儿诧异道："雅儿，你说的都是真的？"

"不是蒸的（真的），还是煮的！"雅儿说了一句本地土话。

眉儿夫妇这才赶紧给田锡道歉，并热情邀请田锡去家里做客。

张尧卿夫妇家里非常简陋，不过还收拾得比较干净。眉儿招呼田锡坐下来，泡上素茶，在桌上点一支蜡烛，上一炷香，便到一边喂孩子去了。

四人坐在桌旁，守着一支蜡烛，一时都没说话。大家心里明白，虽然今天把所有传单塞出去了，并且也进行了全城动员，但是很明显，百姓的反应非常冷淡，很难说能招募到多少青壮入伍。

田锡问道："尧卿啊，上次李顺作乱时，眉州人舍生忘死，踊跃保城。这次张余作乱，眉州人对保城之事却并不热心，这是怎么回事，你了解过吗？"

张尧卿道："先生，据学生了解，这次眉州人反应冷淡主要有两个原因：一是张余乱匪举事于嘉州，嘉州与眉州隔得很近，也就是说，在乱匪中，有很大一部分人是眉州城里百姓的亲戚朋友。如果眉州人和乱匪厮杀，也就意味着与自己的亲戚朋友互相残杀。眉州人不忍这么做，所以便对保城之事不甚热心。"

康继英道："眉州人怎能是非不分？尽管是自己亲戚朋友，但他们走了邪道，加入到乱匪队伍中，就成了敌人，就应该和他们划清界限。若是善恶不分，正邪不清，还能在世上立足吗？"

张尧卿点点头道："康副使说得对。实际上，这虽然是其中一个原因，但并非最重要的原因。若上次王小波、李顺不是在青城举事，而是在嘉州举事，就算乱匪中有很多眉州人的亲戚朋友，眉州人依然会毫不犹豫地保家守城的。这次之所以不再那么热心积极，与王都知在成都的滥杀有很大关系。这也是学生讲的第二个原因，也是最重要的原因。"

"此话怎讲？"

"王都知平定李顺乱匪后，一次性杀了三万余人，其中有很多是无辜百姓，包括很多眉州百姓。不仅如此，王都知又继续追查乱匪，又杀了不少人。这些人绝大多数是无辜的。那一次先生你贴出'约法三章'后，本来成都人欣喜不已，以为恐怖过去了，随之而来的又是新一轮更残酷的杀戮……所有这一切，彻底寒了成都人包括眉州人的心，所以才是今天这样的反应。先生啊，亚圣曾说：'君视臣如土芥，臣视君为寇仇。'王都知率军来蜀地，他代表的就是当今圣上。他把百姓都看作是匪徒，怎么可能要求百姓一直忠于朝廷呢？很多原本善良忠诚的人，都加入了张余乱匪军，说起来，与王都知对蜀地百姓的无辜杀戮不无关系啊！"

田锡点点头道："尧卿说得对。蜀地之所以三十多年来都没有完全归附朝廷，确实与朝廷在治蜀上的傲慢、潦草及残酷有很大关系。当年太祖收复蜀地时，如果不派王全斌统兵，不对蜀地百姓肆意杀戮，此后不是实行茶叶专卖，又课税繁重，也不会有王小波、李顺的作乱。这次官家如果不是派王都知统兵，肯定也不会有渝州、嘉州两处乱匪死灰复燃——这教训实在是太沉痛了，也给现在的平蜀以及以后的治蜀，留下了极大的难题啊……"

张尧卿赞道："先生啊，您不愧是'天下正人'。对于朝廷之失，敢于承认，而且直截了当指出来，真是难能可贵啊！"

雅儿得意地说："这还用说！我家先生'天下正人'的雅号，可是官家亲封的。还说咱们洪雅的意思就是，就是什么来着……"

雅儿想赞扬田锡，自己却说不上来。康继英在一旁笑道："洪者，大也；雅者，正也。官家说洪雅是'大正'，我们先生也是'大正'呢。雅儿，尧卿是饱学之士，你说不上来，就不要在人家面前班门弄斧了嘛……"

雅儿大怒，一掌拍在康继英身上："你这傻小子才是班门弄斧！"

田锡道："尧卿啊，这是朝廷失信于百姓带来的恶果。要想短期内改变眉州百姓对朝廷的恶感，实在很难。老夫以为，现在最有效的办法，就是要有百姓信得过的乡贤站出来和我们一起动员。百姓可以不相信官府，但是他们一定会相信乡贤，毕竟乡贤在百姓那里是有信誉的！尧卿你想想，眉州城里可有这样的乡贤？"

张尧卿一拍大腿，高兴地说道："先生你提醒得好，咱们眉州城确实有这样一个人，如果他出面劝说百姓，百姓肯定会相信的！"

12

张尧卿带着田锡在眉州城里穿街走巷,来到一个叫纱縠行的地方。纱縠行的门口,有一个巨大的棚子,冒着热腾腾的蒸气,很多衣衫褴褛的人簇拥在棚子周围,看不见里面在做什么。

田锡和张尧卿挤进去,发现原来是一个粥棚。粥棚前面摆着好几大桶粥,有几个人在那儿盛粥,同时大声吆喝着秩序。那些衣衫褴褛的人,都拿着碗往粥桶前拥,一派热闹的景象。

粥棚的后面,有个高大魁梧的年轻男子,一身白袍,斜躺在椅子上,手里摇着扇子,时不时端起旁边的茶壶啜一口,一副悠闲自在的样子。旁边有一本书掉在地上,书页散开,乱卧在尘土中,那年轻男子也没把它捡起来。

田锡道:"这个后生,就是你说的乡贤?"

"对,他就是我说的乡贤。"

"他叫什么名字?"

"他叫苏序。这个苏序其实并不住在眉州城里,而是住在城外乡下,家里也并不富裕,田产不多。虽然田产不多,但他经营得很好。他平常爱种稻谷,同时也爱购买稻谷,他把吃不完的稻谷与购买的稻谷都囤积起来。有人说这是囤积居奇,好在灾荒的时节高价卖出去赚钱。但是到了灾荒年代,苏序却并没有高价卖,而是到纱縠行这里来设粥棚,煮粥救济城里的饥民。所以,别看他年纪轻轻,在眉州一代却很有贤名,大家都很敬重信任他。以前历届眉州知州,但凡遇到大事,都会找他商量。只是这一届王知州,却不知什么原因不愿意找苏序。学生本想和苏序聊聊,但因为忙,还没来得及去找他呢。"

田锡的眼里一下就有了光,点点头道:"尧卿,你说得对,这个后生虽然年轻,但他确实称得上乡贤!若得他的帮助,一定能唤起眉州百姓熄灭的热情!"

说着,田锡走过去,从地上捡起书,理好卷边,抹掉泥巴。苏序不理不睬,依然靠在椅子上眯眼摇扇。

张尧卿在苏序肩膀上拍一下:"仲先,你好悠闲自在!"

苏序见是张尧卿,状态完全不同,激动地站起,大喊大笑,搂住张尧卿:

"怎么是你？你不怕死啊，竟然回来了！"

"你躲在乡下不是很安全吗？为何也进城来送死？你不怕死，我又怕什么？"

两人哈哈大笑起来。

张尧卿忙给苏序介绍田锡："仲先，来来来，见过这位官人，他是当今成都通判！你知道他是谁吗？"

苏序斜睨了田锡一眼，淡淡说道："不认识。"

张尧卿急了："嗨，你怎么能不认识？他就是出生于咱们洪雅，如今在京城为官的田先生啊！"

苏序眼睛一亮："莫不是号称'天下正人'的田锡先生？"

田锡也不谦虚，点头含笑："正是老夫。"

苏序一下站直身子，给田锡深深一揖："小人久慕先生大名，知道先生仗义执言，今日能见到，真让人激动啊！"

田锡笑道："你是个读书人，不该自称'小人'啊！"

张尧卿笑道："咱这位兄弟，不怎么爱读书呢……"

田锡把那本整理好的书递给苏序，呵呵笑道："仲先啊，当今官家爱才，尽收天下饱学之士。你乐善好施，贤名著于乡里，这些做法，显示着你身上有极好的儒士修为。你正该读书入仕，如此便能兼济天下了，为何偏偏不爱读书啊？"

苏序挠挠头，接过书，放在桌上道："唉，这圣贤书啊，小人实在是读不进去。老爷放心，小人若是以后有了儿子，一定让儿子们以先生为榜样，好好读书，金榜题名，将来有幸能登天子之堂，一定要像先生那样，做一个正人，兼济天下！"

田锡也不再多劝，又说道："仲先，你乐善好施，这已经很了不起。只是如今乱匪猖獗，你的一碗一瓢虽然解决了饥民暂时的饥困，却不能保得他们长久的平安。老夫以为，你现在最应该做的，是利用你的号召力，感召更多的人拿起武器，守护咱们的城市。只有打退了乱匪，保住了眉州，才能确保眉州人永远太平安宁啊！"

苏序点点头道："不瞒先生说，小人早有此意。并且小人也就这事呈报过王知州。奈何王知州害怕城里出现新的民变，不准我们自发组织。我有心使不上力,才不得不到这里施粥济困啊……"

"原来如此!"田锡道,"仲先你放心,有老夫在眉州城,你大胆去做,官府肯定全力支持你!"

13

苏序出面组织,效果果然不同。很快便有不少青壮汉子踊跃参军,人数扩大了好几倍。在苏序的带领下,城里城外的富户纷纷献出家里的粮食,送给守城的队伍。有些百姓还拆了房屋,把礌礤和柱头搬到城楼上,用作炮石和滚木。又拿出家里的柴刀、锄头以及犁铧等,放在炉子里熔化了,制作成箭头。一时之间,整个眉州城呈现出一派积极守城的热闹景象。

康继英和宿翰,两人都有不错的军事指挥能力,他们分工合作,训练士卒,调度军马,布防守备,一切都搞得井井有条。同时,他们还派出探子四处查探,掌握张余义军消息,以备及时应对。

王文操却忧心忡忡,害怕城中百姓有了武装后会趁机作乱。田锡说,眉州人知书识礼,他们以苏序为代表,有着天然的淳朴与良善,绝不会出现暴乱行为的。

暴乱确实没有发生,但另一件事却发生了。

忽然之间,城中居民开始争相往城外逃。尽管门口设置了检查岗哨,但总有人以各种理由出溜。康继英没办法,下令封城,一个人也不准放出去。谁知封城以后,城里更加人心惶惶。百姓白天从大门口出不去,就在月黑风高的夜晚,试图拉着绳子从城墙上往下溜。有些逃走了,但更多被抓住,送回城来,五花大绑游街示众。可就算这样,也无法阻挡越来越多的人铤而走险。

康继英想尽各种办法,派士兵在城墙上日夜巡逻,可却依然无法完全阻止。有些逃跑者,发现巡逻士兵过来,竟连绳子也不拴了,直接往下跳,活活摔死在城墙下。

康继英束手无策,只得去找田锡诉苦。田锡道:"继英,前些时百姓都好好的,还踊跃报名参军,出钱出粮,支持守城,你可知为何这时候突然纷纷往外逃?"

康继英道:"学生也不是很清楚,可能是城里人听说乱匪即将来攻城吧。

乱匪有几万人，城中守军只有几千人，力量对比太悬殊了，百姓肯定以为咱们守不住城，所以才往外跑呢。"

雅儿哼了一声："说你是浑小子，你还真是！我告诉你，城里的百姓为什么心里恐慌？因为那狗知州王文操已经把他的家眷全部送出城了！除此以外，他还在官衙里的后院里准备了一匹快马，以便遇到紧急时刻，能及时骑马逃跑。这些事，老百姓都看得清清楚楚。既然一州知州都准备逃跑，老百姓如何不慌张！"

康继英怒道："如此胆小懦弱，如何领导百姓守城？走，让我去质问他！"

田锡给康继英摆摆手："算了，雅儿也想这么做，老夫已经阻止她了。王文操是知州，咱们毕竟是外来的。如果这时候去质问，必然惹得指挥层不团结。指挥层不团结，这城就更守不住了。"

"那现在该怎么办？城中如此人心惶惶，也不是个办法呀！"

田锡笑道："这事一会儿再议，老夫得去喝酒了。苏序想请老夫喝酒呢。他有一瓮珍藏了二十多年的桐花酿，还是他父亲传下来的，老夫可不能爽约！"

"先生，你真要去喝酒？"雅儿急了。

"当然要去！告诉你们吧，苏序本来邀请老夫去纱縠行喝，但是老夫告诉他，要喝就去城头喝。去城头吹晚风、赏夕阳，那才喝得痛快呢！苏序这小伙子也是个豪爽之人，竟欣然同意了。"

"哎呀，这时候喝什么酒？不能不能，坚决不能！"

"为什么不能？"田锡嘿嘿一笑，随后吩咐康继英道，"继英，你去把张尧卿也邀请到城头来喝酒。还有王文操，也让他来！他要不来，你架也要把他架来！"

雅儿大惊失色："架来？先生，你干什么呀？你难道没听说过'战士军前半死生，美人帐下犹歌舞'这句话吗？你怎么还要到城头去喝酒？你去城头喝酒，还把知州也喊去城头喝酒，这不是让全城的百姓都看见你们吗？他们会怎么议论你们啊！"

"哈哈，老夫正是要他们看见！"

说完，甩着长袖，就向城头走去。一袭红袍，如同一簇爆裂的火焰，在雅儿眼里，显得特别刺眼。

自此后，那簇火焰就在城头燃烧着，从早晨到下午，从白天到晚上，那火焰就一直红亮耀眼，光芒四射，全城每个地方都看得见。

回过头说那一天，当康继英请张尧卿时，张尧卿欣然前往。但是王文操不同，正如田锡预料的那样，他根本不愿意去。康继英不由分说，架着他就走，就像把一头驴架在肩膀上一样。王文操吓得脸色发黄，不敢多说，就那样被康继英架到城头去了。

从城头上下来，雅儿把康继英又推又掀："你是个木头吗？先生在阵前饮酒作乐，败坏了他一世清名，你不阻止，还帮他请人，你怎么那么浑？能不能清醒一点？"

康继英好脾气地笑道："先生那样做，自有他的道理……"

"有什么道理？"雅儿嚷道，"他就是贪图那瓮桐花酿！那桐花酿是我们家乡特有的酒，先生无非思念家乡，把持不住自己，所以才会急急忙忙跑去喝！先生一生饱读诗书，却原来是个屈服于口腹之欲的人，我们怎能让他那样！"

"那你说，为何先生不去纱縠行喝，而要去城头喝？"

"炫耀呗！向所有的人炫耀，他有好酒喝！"

康继英笑道："雅儿，你对先生挺了解挺关心啊，你也该了解了解在下嘛……"

"了解你什么？了解你像根木头！先生犯了糊涂，你不劝一下，还让别人了解？"雅儿恨恨地说，心中却又担忧起来，"哎呀，夜深人静了，还在城头喝酒，也不怕受凉！"

却是又怒冲冲说道："受凉就受凉，活该！活该！"

说完，也不理康继英，自己气鼓鼓回屋里去了。

康继英心里怅然若失，默默地向城里走去。他得去巡查各个防守点，一丝一毫也马虎不得。还得去查探有没有人往城外偷跑，越是到了晚上，偷跑的人越多。这天晚上，注定又是一个不眠之夜。

好在各个点位的防守都井井有条，这让康继英非常满意。让康继英更满意的是，这天晚上，居然没有一个人再往外逃。只有一个人爬上城头，但那是个瞎子。士兵们说，也许那瞎子不是想往外逃，而是看不见，走错了地方。

14

雅儿辗转了一夜，一直没睡着。时不时出屋去，往城头望。每当看见田锡还在城头时，就更加生气，转回屋，蒙住头，不想搭理田锡。不过到了差不多天亮时，雅儿实在忍不住，拿了一张毯子，爬上城头，来到田锡喝酒的地方，也不说话，远远地把毯子朝田锡扔去，转身就走。

众人都为田锡感到尴尬，倒是田锡哈哈大笑："诸君可能不了解，这就是咱洪雅女子呢，清纯如水，又性烈若火！"

众人都含笑点点头，偏是苏序意味深长说道："田通判，我们眉州离洪雅不远，对洪雅女子的性情，自然略知一二。只是不知为何雅儿独独关心通判的冷暖，又独独生气通判在城头上冻了一夜呢……"

天清气朗，万籁俱寂，在遥远的天际，隐隐现出一线平整的淡青。众人知道，那就是瓦屋山。瓦屋山是一座很奇特的山，别的山都有一个锋利的山峰，瓦屋山的上面却是非常平整的。在天气晴朗的早上，远远望去，山顶仿佛露出白云间的一抹天青。

"要天亮了。"田锡说。

雅儿从城头噔噔噔跑下来，眉儿拉着她，笑着责备道："雅儿妹妹，你那样做，不怕伤了你家先生的面子啊……"

雅儿哼道："他自己不要面子，我为何要给他留面子？"

"田通判如何不要面子了？"

"大敌当前，他竟然跑到城头喝酒。全城百姓都看见他花天酒地，他还有啥面子！"

"原来你是生气这个呀，"眉儿笑道，"你真以为他们在喝酒？你看看那酒，都没启封呢。"

雅儿远远一望，发现那瓮桐花酿果然没启封。雅儿不解："既然并未喝酒，那他们到城头做什么？"

"赏月啊。"

"赏月就找个僻静的地方，城头冷风呼呼吹，他一把年纪了，吹冻着了怎么办！"

眉儿打趣道："雅儿，你对你家先生，可真关心啊……"

雅儿脸一红："本姑娘关心他什么，本姑娘是关心全城百姓呢。他要是冻着了，躺到床上了，谁来指挥守城？那贪生怕死的狗官王文操，靠得住吗？他不爱惜自己，难道也不爱惜全城百姓的安危吗？唉，不知大敌当前，他去城头赏什么月！"

"对的对的，雅儿担心的有道理！"眉儿努力憋住笑，随即叹口气，说出真相，"雅儿呀，你知道田通判为什么要去城头吗？道理很简单，田通判此举，就是想告诉百姓们，乱匪没什么可怕的，该吃吃，该喝喝，有他在，大家尽管放心，眉州是一定能守住的！"

雅儿呆了一下，随即眼泪大颗大颗滚了下来。她眼睛睁得大大的，没见她眨眼，也没见她出声，圆润晶莹的泪珠却扑簌簌往下滚，在地上砸出叮叮当当的响声。

眉儿大惊："小丫头，你怎么了？怎么突然又哭起来了？"

"我哭了吗？"雅儿把脸一抹，"早晨露水太大，睫毛上都结满露珠了呢……"

"是啊是啊，"眉儿做出恍然大悟的样子，"哦，姐姐忘了，咱们雅儿的睫毛又长又密，像春草一样漂亮，难怪有那么多的露珠。"

雅儿猛推眉儿："走吧走吧，我们给那几个男人准备一壶热茶去，让他们暖暖身子。在城头坐一夜了，那身子怕是要冻成冰疙瘩了！哼，赏月也不挑个时辰，这么冷的天，赏什么月……"

"好好好，咱们的男人，咱们得心疼！"眉儿哈哈大笑。

15

瓦屋山从白云间露出的一线天青，在下午时分，便又隐入浓云之间不见了。接着，浓云翻滚起来，一团一团黑烟往上涌，就如同远处有座城市点着了一样。从那里冒出来的，先是白烟，接着黑灰就在白烟中翻涌起来，冲天飞腾，又铺天盖地落下，飞蚊一样，在清朗的山川田野铺上密密一片。却就在这让人透不过气来的窒息中，一阵震慑人心的喊杀声冲出惨黑的浓云，仿佛一场可怕的地震从地下奔涌起来一样，整个眉州城都在摇晃。

守城军队各就各位，屏住呼吸，弓在手，箭上弦，一动不动，眼睛也不眨地盯着城外。

张尧卿和苏序则积极组织城中百姓向城楼上的士兵们送粮食衣被，送弓箭、炮石、滚木，安排伤员救护。

城楼上安静得出奇，只有风在轻轻吹动着旗幡。旗幡懒洋洋地飘动，甚至让人有一种睡意昏沉的感觉。城中也安静得出奇，不过那是另一种安静，所有人都不说话，但他们却在快速地奔跑着，急急忙忙地做着各种事情。

　　所以，当义军挟裹着滚滚烟尘冲到城下时，他们都有些奇怪，也有些不安。这座城就像在打盹一样，根本就没人防守。似乎城外的义军只需要走到大门前，敲一敲城门，守门侍卫就会从梦中惊醒过来，伸着懒腰，打着哈欠，叽里咕噜地抱怨着来把城门打开。干燥的城门，也会在这时候发出懒洋洋的轧轧响声。

　　但正因为是这样一种状态，城外的义军才感到有些不安。他们停在城外，扎好阵脚，不敢贸然发动进攻。张余试探着让义军往城里射一通箭，但听得箭矢在城里的石头上撞出叮叮当当的响声，过后又是一片寂静，仿佛这座城只是一座空城，根本就没人在里面。

　　有人心里胆怯，认为城中有诈，提议暂时退去。但这显然不是义军的风格，张余大旗一挥，进攻开始。

　　义军大声呐喊着，扛着攻城梯，往城墙猛冲过来。他们在地上踢起铺天的尘土，他们在护城河里溅起冲天的浪花，他们把攻城梯架在城墙上，嘶吼着往上爬，就像海浪翻滚着卷过来，要把整个礁石都淹没了一样。

　　不过，就在海浪即将漫上城头的时候。城上一时响起一通震天动地的擂鼓声。紧接着，城墙上忽站起整整一列人墙，城墙突然高出了许多，就像礁石在海中猛蹿起来似的。同时，箭矢、炮石、滚木都呼啦啦从城头倾泻而下，如同一口闭着盖子的锅，里面的水烧开后，滚水冲开盖子，猛烈喷涌出来。在一阵劈头盖脸的浇灌之下，城下的海浪很快褪去，只留下沙滩上一些破碎的贝壳和濒死的鱼虾。

　　但是海浪就是海浪，大海雄浑的气势和力量，决定着退潮只是暂时的，海浪新一轮的冲击会随之而来。义军有数万人，眉州城的守军只有数千人，尽管全城的百姓都加入到抵抗义军的作战之中，但是力量相当有限。因此，在义军一轮又一轮的冲击之下，眉州城渐渐有些抵挡不住。有一部分义军已经冲了上来，把守城军的防御体系撕开了一道口子。尽管这个口子在康继英和宿翰的拼命抵挡下终于弥补上了，但是城外的冲击实在太大，刚刚弥合的防线，又一次被冲开，就如同伤口还没有长好，又被砸得血肉模糊一样。渐渐地，城头上的防线开始往后退缩,大批的义军已经爬到城头来了。

这是一个十分危急的时刻!一旦防线被撕碎,就如同大堤出现缺口,等到义军打开城门的时候,也就意味着眉州城被攻破了。

城头已经没人擂鼓了。擂鼓的士兵,已经被义军射死。尽管康继英指挥士兵再次冲上去擂鼓,但由于鼓放在城头,直接暴露在义军箭雨之下,这个士兵又一次被箭雨射中。如此一来,便再也没人敢冲上去了。

正当康继英着急不已的时候,他忽然又听到擂鼓声。抬头一看,他一下就惊呆了。原来,穿着官服的田锡不知什么时候冲到鼓边,擂响了战鼓。田锡那火红的官袍,此刻正如一道冲天喷吐的火焰,在城头的最高处熊熊燃烧着。

康继英急了,赶紧喊雅儿:"雅儿,我让你保护先生,先生怎么跑到那里擂鼓去了?太危险了!快,快去把先生拉下来!"

雅儿正杀得昏天黑地,一下忘了保护田锡。听康继英一喊,这才想起来,后悔不迭,赶紧往战鼓的方向冲去。不过,雅儿冲上去拉田锡,却怎么也拉不动,她只得站在田锡面前,挥动着手中的宝剑,把飞过来的箭雨一支支击掉。尽管有些箭射穿了她的衣服,有些箭擦伤了她的肩膀,但她丝毫不往后退,依旧凛然挡在田锡前面,确保田锡把战鼓擂出惊天动地的声响。

田锡冒着箭雨亲自擂鼓,极大地鼓舞了城中守军的士气。他们劲头十足,拼死抵抗,那道千疮百孔的防线,又缝合在一起了。同时,康继英和宿翰各自带着一支小分队,从城边往中间直杀过去,一下把冲上城头的士兵斩成两截,城外义军被打退下去,而城中的则被包了饺子。最终,在绝望的情况下,那被包了饺子的义军只得放下武器,举手投降。

义军连冲几阵,都无功而返,还损兵折将。不得已,他们只得拖着残损的大旗,撤退而去。

天已黑尽,每个人都灰头土脸,像融入了夜色中一样。不过,大家都很兴奋,毕竟经过生死搏斗,最终抵挡住了义军的强力进攻。笑闹一阵,便吆喝着押着俘虏回衙门去了。

这时,王文操从衙门里跑出来,他也满脸黑灰。雅儿讽刺道:"真是怪了,王太守,你都没有去城楼上和敌人打过仗,为什么也是一脸灰啊?你是抹了锅底灰在脸上吗?"

王文操不理雅儿,转移话题,指着那些俘虏大声说道:"砍下来,把这些贼兵的脑袋通通砍下来，挂在城头，警示那伙乱匪，看他们还敢不敢继续侵犯咱们眉州。"

田锡摇摇头："王知州，老夫的想法正好相反，此刻应该打开城门，把俘虏们全部放了。"

"放了？好不容易抓到的俘虏，为何要放？"雅儿和王文操几乎同时问道。

"唉，咱们虽然称呼这些人是'乱匪''贼兵'，但他们其实本是良善百姓，只因受到官府欺压，才举兵闹事的。好不容易平定了，却因为杀戮太多，又激起了他们的反抗。如果咱们再残杀，只怕他们反抗更大啊。反过来，如果咱们在这时把他们放了，让他们把'约法三章'带出去，给城外乱匪宣讲咱们的政策，知晓官家的德音，他们必定会有很多人放下武器。这样一来，咱们守城的压力就会变小，而这才是打退乱匪的根本办法。"

众人都觉得有理，但康继英提出异议："先生，话虽这么说，但咱们也不能就这样把他们放了呀。他们进城后，可是把咱们的城防都看得清清楚楚。现在放他们走，那不是把咱们的城防情况泄露给城外的乱匪吗？"

田锡笑道："继英啊，你担心的这个，老夫也想到了。其实，这可能是坏事，也可能是好事。我们正好摆给他们看，让他们记得牢牢的。当然了，究竟这城防应该怎么摆，才让他们记得牢，一切都要看你了，明白吗？"

康继英恍然大悟，大笑道："哈哈，先生说得非常好，学生立刻去摆给他们看！"

16

俘虏放出去后，义军对眉州城的进攻，果然没有之前那般猛烈了。而且从义军进攻的重点来看，显然是有人把城中的布防泄露了出去。不过也正因为泄露出去了，他们才上了康继英的当，遭遇了惨重的损失。连续失败几次后，他们就有些偃旗息鼓。近一段时间来，再也没有发动过进攻了。

虽说义军的进攻告了一段落，但康继英的神经依然紧绷着。他和宿翰利用这个机会，修补城防，调整兵力，等待着义军下一次进攻的到来。

这天，康继英在城中各处奔忙时，忽然有人拍了他一下。转头一看，发现又是潘阆！

这潘阆竟然也到眉州城来了？

康继英拔出宝剑，架在潘阆脖子上，低声喝道："说，你究竟到眉州城来做什么？"

潘阆面不改色，笑道："康副使，市人可是早就告诉过你，市人号称'市人'，自然是哪里热闹就往哪里去。现在眉州城打得这么热闹，市人能不来瞧热闹吗？"

"咱们眉州现在正经历着血与火，到处都在死人，满城都是呻吟声，你竟说看热闹，你有没有同情心？"康继英把剑往前一递，怒道，"老实交代，你究竟到眉州城来干什么？"

潘阆伸出两根手指头，把康继英的剑轻轻推开："康副使别急嘛，你还记得在成都街头，市人曾对你说过的话吗？市人知道你在找人，市人现在只是告诉你，你要找的人，很快就会出现了。"

"在哪里？"

"具体的位置，市人不知道。市人只是'半仙'，不是'全仙'，只知道一个大概。不过市人已经感知到这人的气息了。很显然，他就在附近不远的地方，康副使很快就会找到他的！"

康继英心里怦怦直跳，却也越发怀疑："你是奸细？"

潘阆一脸莫名其妙："什么奸细？"

康继英道："你不是奸细，为何知道我要找的人的下落？"

潘阆哈哈笑道："道理很简单，你要找的人，也是市人要找的人！"

康继英心中一阵嘀咕，这么说来，潘阆也在打听赵元佐的下落？难道官家一面派他寻访赵元佐，一面又派潘阆寻找？难道潘阆并不是奸细，而是官家的密探？

如果真是官家的密探，似乎一切都好解释，然而又更不好解释。因为假如潘阆有赵元佐的消息，他肯定会悄悄救出来带回去，那样他就建功了，为何还要告诉别人，不怕别人抢功吗？

康继英正要再问，一转身却发现潘阆又突然不见了，就像他从来没有出现在这里过一样。

正当康继英百思不得其解时，侍卫通报说，他们在城头捡到一封信，这封信是乱匪绑在箭上从城外射进来的。

康继英打开信一看，信上只有寥寥几行字：限令田锡在三天之内放弃守城，否则的话，他们将拥立大皇子赵元佐"称帝"！

康继英大吃一惊，赶紧把信送到田锡手里。田锡拿着信看了半天，呵呵笑道："继英，你发现没有，这封信上的字，竟然和上次我们刚到蜀地时，那个使者送来的字，笔迹惊人地相似。"

康继英仔细一看，笔迹果然一样。

"这么说来，奸细抓到大殿下后，已经送到乱匪手里。而乱匪正想利用大殿下的身份，大做文章对吧？"

雅儿急了："不能让乱匪拥立大殿下作乱，否则的话，大殿下这辈子就毁了，再也不能回头了！"

康继英点点头："是啊，大殿下是个好人，必须把他救出来！"

一时之间，众人都陷入了沉默，不知该怎么办。

王文操看看这个，看看那个，突然说道："田通判，大殿下在乱匪手里，就如同肉在砧板上。如果贸然去救，很可能打草惊蛇，致使乱匪杀掉他，或者仓促拥立他作乱。到了那时候，官家怪罪下来，我们可承受不起。所以，要想稳住乱匪，最好假意答应他们，开城投降。等到他们进城以后，我们再想办法救大殿下！"

"胡说八道！你这个狗官又想投降！"雅儿大怒。

"怎么是投降呢？不这样做，还有什么办法可以救大殿下？"王文操辩解。

"你明显就是打着救大殿下的幌子，公然投降！你以为我们不知道，你早就把你一家老小送出去了！你后院还备着快马呢，就等着一旦城破，赶紧逃出去！你这不是投降是什么？"

田锡给雅儿摆摆手："老夫倒觉得王知州的主意不错，我们试着假意投降乱匪……"

雅儿叫道："先生，你可别上了这狗官的当。我们是假投降，但狗官是真投降。真到了那时候，百姓蜂拥出城，我们就控制不了了！"

"雅儿别急！"田锡道，"我们假投降，也不是说打开门把乱匪放进来。我们的目的，是找到大殿下，并把他救下来。尽管有这封信，但是我们还得判断这封信的真假。你们说,大殿下真在乱匪手里吗?"

康继英道:"先生,学生感觉大殿下在乱匪军中的可能性很大。"

随即,康继英把他在城中见到潘阆的事情说了一遍,又提到他对潘阆的怀疑:"这个潘阆真是非常神秘,他究竟是官家暗中派出寻访大殿下的人,还是奸细组织里的人?或者如他所说只是一个喜欢凑热闹的人?还真说不清楚……"

田锡沉思了一会儿道:"不管他是什么人,但我们需要确定大殿下就在乱匪手里。我们给乱匪回一封信,让乱匪把大殿下送到阵前给我们瞧瞧。只要确定了乱匪手中是真的大殿下,我们的机会就来了。"

"他们会送到阵前来吗?"

"他们不送来,我们想办法让他们送来。"田锡笑道,"这对于我们来说,是一个救大殿下,同时打败乱匪的千载难逢的机会,一定要好好利用这个机会,和乱匪斗智斗勇,下一盘大棋,力争一举救出大殿下,大破贼兵!"

"好啊好啊,"雅儿高兴地欢呼,"先生,咱们如何下这盘大棋?"

田锡道:"雅儿,你现在就去把苏序、张尧卿和宿翰一并找来,老夫自有安排。"

很快,苏序、张尧卿、宿翰就来了。

苏序一见田锡,就兴奋地说:"田通判,你让我们组织巡查,防备有人溜出去。这几天我们盯得很紧,一只鸟都没有飞出去的呢!"

"仲先,做得很好!"田锡道,"不过,现在老夫想让你们放一些人出去……"

苏序大惊:"田通判,不是让我们防人吗?为何放人出去?"

田锡道:"我们可不是简单放人出去。我们放出去的人,要对外吹风,说城中已到了弹尽粮绝的地步,而且城中的人,都想往城外逃。我们这样做,目的是让乱匪放心大胆前来进攻。"

苏序恍然大悟:"明白了,我这就去办!"

田锡道:"还有一件事,仲先,你和尧卿也务必做好。你们调查一下,我们城里有多少人的亲戚朋友参加了叛乱。把情况搞清楚,届时自有用处。当然了,这事要悄悄调查,不要让百姓觉得我们是想伤害他们。"

苏序和张尧卿领命离开,各自行动。

田锡又吩咐宿翰："宿将军，你于今晚带一支小分队出城，扮成百姓的样子，想办法潜入嘉州城里，见机行事。"

田锡如此这般一番吩咐后，宿翰也立刻回营准备。

最后，田锡笑着对康继英说："继英啊，能不能救出大殿下，就看你了！你号称'大宋第一好汉'，这可是检验你这'第一好汉'成色的时刻，你可不能辱没了你的名声！"

雅儿嚷道："先生，你太高估这浑小子了！他要是算'第一好汉'，那本姑娘算什么？"

康继英笑道："你是'第一巾帼'！"

雅儿哼一声："哼哼，那可不是耍嘴皮子的，得到阵前拿本事出来说话！先生，你还是派奴家去吧，若是这浑小子搞砸了，没能救出大殿下，反而伤到大殿下的话，可就糟了！"

田锡道："雅儿……"

雅儿打断田锡："先生你难道信不过我？"

康继英忙说："先生，雅儿说的也不是没有道理。救大殿下，学生确实没有十足的把握。这样吧，让雅儿去救大殿下，学生给她打下手，如何？"说着给田锡递了一个眼色。

"这还差不多！"雅儿傲然说道，"浑小子，听好了，到了阵前，本姑娘让你怎么做你就怎么做，千万不可擅自行动！"

康继英直点头："在下谨记！"

田锡望着两个斗嘴的年轻人，笑着摇了摇头。

17

三天后的早上，天气异常晴朗。尽管才是深秋，地面却已结了薄薄的一层霜。风干冷干冷的，马蹄声似乎也被冷风冻住了，就只蹦跶一下，便跌落在地上，如同一块僵硬的石头。

眉州城外的原野，本来很空旷，但地平线突然像慢慢高起来了一样。又如同一个浪子，一点一点地往这边推进过来。几乎没有烟尘，张余已经带着义军，黑压压逼近了眉州的城门。

眉州城头空空如也，没有防守的士兵，没有堆积如山的炮石，甚至连一杆旗帜也没有。城门洞开，吊桥搭在护城河上。吊桥外面，田锡带着王文操及眉州城一众官员，骑在马上，一字排开，静静地等待着义军的到来。

在一里地外的地方，张余把手往上一举，义军兵马停了下来。接着，一顶轿子从阵中抬出来，张余粗声粗气冲田锡喊道："田锡，你们要的大殿下，我已经带来了！我们现在是不是可以进城了？"

田锡笑了笑，也大声喊道："张将军，你抬出一顶轿子，这能说明什么？大殿下真的在轿内吗？你让大殿下从轿中走出来给我们瞧瞧！只要证实大殿下确实在轿里，我们一定遵守诺言，放你们进！"

张余一挥手，命令士兵卷起轿帘，把一个人从轿内拖出来。

田锡一眼便认出，那人确实是赵元佐。只是赵元佐被五花大绑着，并且嘴上还蒙着布条。田锡不高兴地说道："张将军，那人真的是大殿下吗？隔得太远，本官看不清楚。你为什么绑着他，又把他的嘴堵住？你解开他的绳子，把布条取下来，让本官听听他的声音！"

张余喊道："田锡，本将军警告你，不要耍花招！赵元佐在本将军手里，你若是耍花招，本将军一刀就结果了他的性命，看你拿什么回去给你们那狗皇帝交代！"

田锡笑道："不会的，张将军你放心好了，我们只是想确认是不是真的大殿下，你只需要让大殿下说一句话就可以了。"

张余只得让士兵把赵元佐嘴上的布条解开。赵元佐嘴巴一被放出来，立刻大喊："我不进城，这里不是我的家，我的家在东京，我要回东京去！"

张余哄他道："大殿下，你看错了。这里就是东京，我们回家了。"

"你以为我是傻子吗？我才不是呢。这里是贼窝，你们让我进去，就是要把我杀掉，我不去，我坚决不去！"

说着，赵元佐拼命挣扎。张余不得不吩咐士兵把布条塞进赵元佐嘴里，把他推进轿中。

王文操嘟囔道："看来，大殿下的疯病还没好啊……"

田锡摇摇头："大殿下不是疯病没好，大殿下是在用他惯常的方式告诫咱们，不要为了他让贼兵进眉州城呢……"

说到这里，田锡强忍泪水，大声喊道："张将军，你是不是在骗本官？你从哪里找了这么一个疯疯癫癫的人来冒充大殿下？本官告诉你，你要是骗本官，本官立马进城，拉起吊桥，你也休想进得城去！"

张余急了，大喊道："田锡，你想耍赖吗？你们大殿下本来就是疯疯癫癫的，这一点路人皆知。你要是想耍赖，我可要发起进攻了！"

田锡大笑："想吓唬我们是没用的，你们已经发动过无数次进攻了，有哪一次攻进来了？"

两人正斗嘴，旁边忽然拥出一大群百姓，拿着食物及其他一些礼物，冲向义军队伍，喊着自己亲朋好友的名字，说着思念的话——显然，这群百姓正是田锡让苏序和张尧卿找来的，在义军中有亲戚朋友的眉州百姓。

听到这一声声呐喊。义军队伍里骚动起来。张余大怒，大声喝令老百姓不准靠近，否则就要放箭了！但是老百姓似乎并不怕，还在往前拥。张余一举手，便要下令射击。田锡远远地大喊道："张将军住手！这都是眉州老百姓，手无寸铁，你怕什么？你难道没有发现，这是眉州百姓箪食壶浆迎接你们的到来吗？亚圣曾说，君之视臣如手足，则臣视君如腹心；君之视臣如犬马，则臣视君如国人；君之视臣如土芥，则臣视君如寇雠！张将军，你的部队受到咱眉州百姓的热烈欢迎，你难道不高兴吗？你放箭射杀这些手无寸铁的百姓，不就失去民心了吗？"

其实，康继英和雅儿就混在那群百姓之中，端着食物往前走。田锡说那一大通话，实际上就是在给康继英和雅儿争取更多靠近赵元佐轿子的时间。

就这样，康继英和雅儿在百姓的掩护下，往前推进了半里多。不过，很显然百姓不能再往前推进了，一旦再往前推进，到了义军的射程范围内，百姓肯定会受到伤害。田锡安排这些百姓到阵前的目的，除了掩护康继英和雅儿往前走以外，更主要的是扰乱义军的军心。只要有这些亲戚朋友在阵前，义军就不敢乱射箭了。

就在田锡和张余斗嘴的时候，雅儿把食物往地上一扔，抽出裹在腰上的软剑，从人群中猛跃而出，箭一样朝赵元佐的轿前飞扑而去。这时候，义军阵中的箭，像飞蝗一样朝雅儿蜂拥而至。眼看雅儿处境危险，康继英冲到雅儿面前，扬起袖袍，一阵阵翻滚，就把飞过来的飞箭一把一把卷下来，给雅儿打开一条往前冲的通道。

雅儿却不领情，嘴里还怒喝道："你这浑小子，挡在本姑娘面前干什么？

你是打下手的,赶紧退到后面去,小心本姑娘的剑扎着你的后背了!"

康继英既要照顾雅儿的面子,又怕她受到伤害,因此把袖袍中包裹的箭朝义军反射过去。义军看到眉州城的亲戚朋友原本就有些慌乱,康继英这么反射过来,就更加慌张。与此同时,康继英极快地冲到轿前。不过,尽管他到了轿前,但是他并不出手救赵元佐,而是纵横跳跃,挡住义军的围攻,给雅儿留出抢夺赵元佐的通道——康继英始终保持着助手的姿态,尽管实际上他承受着巨大的压力,但他绝对不和雅儿抢功。

在康继英一番强攻之下,赵元佐的轿子终于处在一个安全的范围之内了。雅儿也终于冲到轿前,探手入轿,准备把赵元佐带走。

却在这时,同样是从老百姓队伍中,又冲出来好几个老百姓,也朝赵元佐的轿前拥来。康继英觉得非常奇怪,明明之前和这些百姓交代过,让他们不要进入义军的射箭范围内,他们冲过来干什么?

不过康继英很快就发现,这些人似乎并不是普通老百姓,因为他们的脚步飞快,显示出他们有极高的武功。而且他们很快也冲到轿前,和雅儿抢夺轿中的赵元佐。尽管这群人赤手空拳,雅儿手中有一柄软剑,但毕竟双拳难敌四手,这几个人又着实武功高强,很快他们就把雅儿逼退,抢到轿子前面了。

康继英急了。这帮人来路不明,若是赵元佐落在他们手里,是福是祸,很难预料。但是康继英以一人之力挡住一众义军的进攻已经非常吃力,还让他抵挡那几个人,显然是不可能的。

雅儿突然大叫道:"浑小子,你还愣在一旁干什么?本姑娘帮你挡住敌人,你赶紧去把大殿下救出来呀!"

康继英苦笑一下,只得把手上动作加快几分,以便杀出一个空隙,腾出手来救赵元佐。但是义军像浪潮一样,一波接一波向他涌来。刚打出一个小小空隙,一瞬间又被义军扑上来填满了。

不仅康继英遭遇了前所未有的危险,张余因为发现田锡假投降,一时大怒,已指挥军队往眉州城里冲来,试图活捉田锡和王文操,抢进眉州城里。田锡倒还镇静,指挥埋伏在城楼上的士兵往义军阵中射箭,射住义军冲锋的阵脚,不让他们上前。

但王文操却吓坏了,竟然不管不顾,带着几个侍卫,骑着他那匹快马逃走了。田锡在后面大声呐喊也喊不住他,只能目睹他腾起滚滚烟尘,消失在了远方。

康继英焦急不已，他知道不能再这样打了，再打下去，那几个人就会打败雅儿，把赵元佐抢走。他看得仔细，猛地夺过一个士兵的弓箭，搭上三支箭，"嗖嗖嗖"地就往张余飞去。三支箭首尾相接，在空中拉成一条线。张余躲开了第一支，拿刀拨掉了第二支，但是第三支不偏不倚，正中张余手臂，痛得张余大叫一声，从马背上摔了下来。

张余身边的侍卫一声惊呼，赶紧冲上前抢救，义军阵中一时大乱，朝康继英攻过来的义军顿时少了很多。利用这个间歇，康继英冲到雅儿身边，挥掌朝那几个人打去。显然，他们虽然人多，但并不是康继英的对手，康继英很快就把他们逼得连连后退。反而是雅儿插不上手了，她只得回过身来，营救赵元佐。

就在这时，义军的两边传来惊天动地的喊杀声。两股滚滚浓烟，从两边朝义军猛冲过来。

虽说有浓烟，但是人数显然不是很多，张余也没有看在眼里。他强忍手臂上的疼痛，正想组织义军阻挡两边的这两支小分队。但是这时，义军阵中忽然有人大喊："咱们中埋伏了！咱们中埋伏了！赶紧撤退！赶紧撤退！"

张余知道是自己军中出现了奸细，大声喝止，又砍翻身边逃跑的士兵。但是义军已经完全慌了神，四处逃命。张余要禁，也禁不了了。

田锡大手一挥，一队人马从城中杀声震天地冲出来，仿佛打开一道闸门，汹涌澎湃的潮水迅速冲垮朝城门奔拥而来的义军。再加上两支小分队的冲击和康继英的搅动，原本就没有多少纪律性的义军彻底乱了，慌不择路地往嘉州逃去。

却是他们没走多远，便有探子前来报信说，嘉州城四处火光冲天，已经被田锡派出的军队攻取了。眉州没拿下，老巢又丢了，张余惊慌之余，不得不带着残部铤而走险，朝成都杀奔而去……

其实，嘉州城并没有被攻取，只不过宿翰带着小分队潜入城里四处放火，又对外散布消息，说嘉州城已经被田锡派出的军队端了。探子因此把错误的消息传递给了张余，使得张余慌张逃遁。

张余去了成都后，田锡立刻兵分两路，一路接应宿翰，里应外合，控制了基本上已经是空城的嘉州。一路则乘胜直追，前往救援成都。

回过头来说康继英和雅儿营救赵元佐之事。当义军退走后，那几个抢夺赵元佐的人一声呼哨，也迅速丢下赵元佐，往远处跑去。

就在这时，康继英看清楚了他们"鹰背狼步"的背影。显然，这帮人又是奸细组织的人！

康继英害怕出现意外，也不敢追击，和雅儿一同割断赵元佐身上的绳索，扯出他口中的布团，把他往眉州城里送去。

却是赵元佐似乎并不领情，懒洋洋地说道："你们根本就不该救我，救了我，麻烦又开始了……"

"什么麻烦？"雅儿不解。

赵元佐没有回答，只是长长地伸了一个懒腰，打了一个哈欠。

18

张余带着残兵败将往成都而去，本来只是一支惊慌逃窜之师，但郭载听说义军越过眉州，往成都而来，惊吓过度，竟然一命呜呼。赵元杰也吓得不轻，带着蕊儿及一帮侍卫，丢下一城百姓，往城外跑去。

赵元杰跑出来不远，恰好遇到了眉州知州王文操。

原来王文操跑出来后，听人说田锡已经把张余打败，救出了赵元佐。而且张余的老巢嘉州也被宿翰拿下，张余无路可去，往成都而来了。

王文操有些进退两难了。若是继续往成都而去，显然将遭到义军的又一次围攻，重复眉州的遭遇；若是返回眉州去，不但会遭到雅儿等人的嘲笑，田锡说不定还会把他逃跑的事报告朝廷，那时候他必定会受到处罚。王文操思来想去，想到最好的办法，就是为自己的逃跑，找到一个恰当的理由。

所以当他看见赵元杰从城中逃出来时，一时惊喜万分，迅速想到了自救的办法。他走上前，向赵元杰行礼道："眉州知州王文操拜见益王殿下！"

赵元杰一听是眉州知州，心里安定了不少，同时向王文操抖起了威风："你就是眉州知州？哼，你是怎么守的城，竟然让乱匪过了眉州，打到成都来了！"

王文操委屈地说："益王殿下，尽管下官是眉州知州，但自从田锡去了眉州以后，他就把指挥权给下官夺了。在阻挡张余乱匪的时候，下官就提醒过他，一定要挡住乱匪前往成都的路线，绝不能让乱匪对成都构成威胁。但是田锡根本不听，还派宿翰去掏张余的老巢嘉州。张余回不去了，因此才往成都来！我看他就是故意想把张余往成都赶！下官在百般劝说无效的情况下，只能前来营救益王殿下，保证益王殿下的平安。没想到竟然在这里见到了殿下，这真是万千之喜，万千之喜啊！"

赵元杰瞟了王文操一眼："你带着这么几个侍卫就想来救本王？"

王文操又哭诉道："唉，殿下啊，下官也想多带几个人来，可是田锡太霸道，下官完全没有指挥权，哪能多带！幸亏下官沿途并没有碰上乱匪，若是碰上，早就成了乱匪刀下亡魂，就救不了殿下了！"

赵元杰傲然说道："走，本王带着你回眉州城讨说法，把属于你的东西夺回来！那田锡不过是成都府通判，本王可是益王、剑南两川节度使，本王倒要看看，蜀地是听他田锡的，还是听本王的！"

王文操大喜不已，立刻随赵元杰择小路躲开义军，返回眉州。

19

那时，田锡正带着眉州守军追击逃往成都的义军。当他追到离成都二十里地的时候，义军已经攻到成都城外，把成都城包围起来。

田锡也获得探报，由于义军攻来，成都府知府郭载惊吓过度，病重去世，而益王赵元杰也跑出城外，不知所终。田锡没有贸然继续进攻，而是一面就地驻扎，一面派人带信给康继英，让他火速赶回成都，组织守城。

其实，田锡本来是不敢让康继英离开眉州的。当赵元佐被救下来后，田锡立刻飞书上奏太宗，希望太宗能尽快把赵元佐召回东京。田锡在奏章中赞扬赵元佐在被劫持过程中，出淤泥而不染，能够守住底线，维护皇家的尊严，没有被乱匪利用。同时他修身养性，改造得非常好，应该被接回东京。由于还没有得到太宗的答复，田锡害怕再出现意外，尤其是奸细无处不在，于是安排了康继英守护赵元佐的安全。

但成都形势严峻，危在旦夕，若非康继英进城，城里在群龙无首的情况下，很难组织起有效的防守。因此田锡把康继英调来，让雅儿接替康继英的任务。

田锡在给太宗的上奏中,不但请求太宗把赵元佐接回去,同时还请求太宗把赵元杰也召回去。田锡并没有提赵元杰在成都花天酒地的事,只是说,蜀地现在兵荒马乱,赵元杰很可能遇到赵元佐同样的危险,所以不能留在蜀地。

与此同时,田锡还请求太宗把王继恩也调回去。

田锡写这封奏章的时候,张尧卿是看见的。张尧卿有些不解,蜀地四处都在打仗,这时候正需王继恩带兵平乱,田锡为何却建议皇帝把他调回去呢?再说了,王继恩和赵元杰在蜀地自在又痛快,他们怎么会愿意回去呢?他们要是知道田锡上奏让他们回去,一定会记恨田锡的。张尧卿担心地说:"先生,要不,就只奏请官家把大殿下召回去吧……"

田锡严肃地说道:"若不把益王和王都知召回去,蜀地的动乱就不会停,所以必须召他们回去!"

张尧卿还是有些担忧:"王都知此刻正带兵平乱,临阵换帅也不太好啊……"

田锡笑道:"王都知治蜀乌烟瘴气,不过平蜀倒还是一把好手。别看渝州一带闹腾得那么厉害,王都知很快就能平定的。等到官家圣旨下来,召他回去的时候,他正好也打完仗了。那时候,他也没时间屠蜀,也没时间把蜀地搞乱了。"

张尧卿点点头,又问道:"王都知走了,谁适合治蜀呢?"

"放心吧,老夫会给官家推选一个最恰当的人选。"田锡又拿出一封信,笑道,"老夫还给吕蒙正相公写了一封信,相信他接到这封信后,就知道推荐什么人来治蜀了!"

回过头来说康继英。尽管成都被义军包围起来,但康继英凭借高超的武艺,很快就冲进城里。进城才发现,城里的三千守军已经跑了一半,形势相当严峻。但好一点的是,随军转运使张咏刚好送粮到成都。本来完成送粮任务后,他就可以离开成都回去述职了。但看到成都群龙无首,守城军队四散奔逃,他毅然留了下来,组织防御,因此稳定了军心。康继英的到来,则让张咏如虎添翼,两人积极动员城中百姓参军,共抗义军。尽管受先前王继恩残杀的影响,百姓还心有疑虑,不过好歹发动了一些人,并在城里组织了有效的防守,基本能与乱匪抗衡了。只是想依靠有限的兵力把乱匪彻底击败,却也不太可能。就这样,义军和守城军僵持了下来。

175

田锡不进攻也不撤退，军中将领们坐不住了。他们认为田锡这是惧怕义军，不敢和义军接仗，于是纷纷前来请战。

田锡把大家让进帐中，笑着问道："你们觉得仅凭我们手中这两三千人，能够打败乱匪的几万人吗？"

"就算打不败，我们也要敢于进攻！就算死，也要死在冲锋的路上！"一将领脸色发红，大声叫道。

"我们在眉州不是打败了乱匪吗？既然在眉州能打败乱匪，在成都也能打败乱匪！"另一将领也自信满满。

田锡摇摇头："我们在眉州打败乱匪，并非我们的实力比乱匪强，而是让他们自乱了阵脚。乱匪之所以自乱阵脚，则是因为我们乱了他们的心理，让他们恐慌。所以，我们要想再次打败乱匪，就不能硬来，而是必须继续乱他们的心理。"

田锡一席话，终于让将领们明白过来，纷纷问道："田通判，我们要怎么才能扰乱他们的心理？"

田锡道："乱匪军虽然还有数万人，但里面绝大多数都是不愿意造反闹事的。不愿意，为何又在乱匪军中呢？要么是被挟裹，身不由己；要么是被逼迫，不得不如此……"

"被逼迫，被谁逼迫？"

"官逼民反啊！"

有将领小声提醒道："田通判，这个话可不敢说啊……"

"有什么不敢说的！这个话本官在官家面前都敢说！大宋建国三十多年来，为何蜀地一直不太平？就是因为茶叶专卖，同时税赋太高，老百姓活不下去。再加上受到妖人蛊惑，因此才会投靠乱匪。关于这个问题，本官曾向官家上奏'约法三章'，官家让本官便宜从事。所以，只要我们四处张贴'约法三章'，广而告之，并派细作混入乱匪军中向他们宣传，自然就会乱匪军的心。只要他们军心一乱，我们就可以进攻了！"

众人都觉得田锡说得有理，立刻行动。效果还真是不错，两三天后，义军果然散了大半。田锡抓住时机，和城中的张咏、康继英两面夹击，终于打败张余义军，迫使义军往南逃。

恰好这时，王继恩也剿灭了渝州一带的义军，那个自称"李顺"的义军头领,再次被打死。在凯旋的过程中,正好遇上南逃的张余义军。三路夹击,再加上张余原本有伤,在急火攻心之下,张余箭伤迸发,吐血而死。这样一来,这支义军就彻底散了。

田锡取胜后,把军队带回眉州,并准备把赵元佐接到成都。但他刚回到眉州,还没进城,雅儿就从城里疯了似的跑出来,哭着说道:"先生,大殿下丢了!"

20

这话得回头说王文操带着赵元杰回眉州城的事情。

赵元杰一到眉州城,第一件事就是前去看望赵元佐。那时候,赵元佐正蹲在地上,拿着一根草棍逗弄一只蚂蚁。雅儿原本站在门外守护,见赵元佐玩得高兴,也跑了进去,捡起一根草棍和赵元佐一起玩蚂蚁。两个人就像孩子一样说个不停,笑得前仰后合。以至于赵元杰和王文操走进来了,他们都没有发现。

赵元杰背着手,冷笑一声:"皇兄啊,还说你精神不正常,没想到和这美貌小娘子玩得这么开心……"

雅儿警觉地站起来,拔出宝剑对准赵元杰。王文操吓得赶紧说:"雅儿姑娘,快把剑收起来吧,这可是益王殿下啊!"

雅儿不收剑,冷笑道:"先生让我保护大殿下,我的眼里就只有大殿下,哪怕他是益王,只要进了这个房间,本姑娘都认为他对大殿下不是有益,而是有害的!"

赵元佐惊恐地叫道:"魏王来了,魏王要杀我!魏王要杀我!"说着,竟然往桌子底下钻。

魏王是太祖的次子赵德昭,众人都很奇怪,不知赵元佐为何把赵元杰认成了赵德昭。赵元杰怪笑道:"皇兄啊,小弟是益王,哪里是什么魏王啊!"

赵元佐往桌子底下钻,却又把一个屁股高高耸在外面,嘴里嘀咕道:"四叔,四叔别害我,我没抢过你的东西,别害我,我真的没有抢过你的东西啊!"

赵元杰拍拍赵元佐高耸的屁股,赵元佐像被马蜂刺了一样,尖叫起来:

"蜀王，蜀王啊，我没有杀过成都人，不是我杀的。张头领，不是我杀的，都不是我杀的啊……"

赵元杰叹口气道："唉，皇兄的精神原本就不正常，被乱匪抓去一惊吓，现在更不正常了……"

雅儿把赵元杰猛地往外推："益王，你赶紧出去，离开这个房间！你没来的时候，大殿下好好的，像孩子一样开心。你一进来，他就又不正常了，你还是赶紧出去吧！"

赵元杰不高兴："雅儿，你胡说什么？这可是本王的皇兄，本王当然要带他走，保护他的安全，你凭什么赶本王走？"

雅儿三两下把赵元杰推到门外，猛地关上门："本姑娘是奉我家先生之命保护大殿下的，谁也别想把他带走！你是益王也好害王也好，本姑娘都不会让你带大殿下走的！"

赵元杰大骂道："你这臭丫头，你明不明白本王是谁？你家那所谓的先生，本王只需要一句话，就可以让他滚蛋！"

赵元杰怒气冲冲来到眉州府衙，把眉州城大小官员召集起来，宣布说，眉州城的知州是王文操，以后眉州城的事情，都由王文操说了算。之前田锡在眉州城颁布的一切措施，都将作废。最后，赵元杰又再强调道："王知州是眉州知州，眉州的事，由王知州说了算；本王是益王、剑南两川节度使，蜀地的事情，则由本王说了算。本王的话就是命令，你们听明白了吗？"

眉州城的官员们面面相觑，都不敢接话。王文操把众人瞪了一眼，恶狠狠说道："以前益王殿下没到眉州城来，致使田锡在眉州胡作非为，众人敢怒而不敢言。现在益王殿下来了，这下好了，田锡再也不敢胡来，蜀地以及咱们眉州从此也可以走上正轨，平安无事了！"

赵元杰更加得意，昂头说道："那还用说，只要本王镇守蜀地，蜀地就不可能再出事！"

说着，他一声吆喝，带着王文操及一众衙役前去巡视眉州城。

在巡视中，只要是田锡制定的各种措施，他就立刻废除，包括城防也进行了重新调换布防。

王文操又说道："殿下，还有一件事，必须严肃处理。田锡原本是洪雅人，洪雅之前一直属眉州，大前年才改属嘉州。也就是说，这眉州城，实际上是田锡的家乡。因为是田锡的家乡，他就徇私舞弊。城中很多人和乱匪是亲戚，与乱匪暗中勾连，眉来眼去。上次抓到了不少乱匪，下官曾建议全部杀掉，把他们的脑袋挂在城头。但田锡却把他们全部放了。田锡这样做，就是假公济私，有意包庇！"

赵元杰一听大怒："这还了得！传令下去，速速查探城中哪些人与乱匪有勾连，查到以后，即刻关进大牢审问！"

王文操高兴不已，当即派出衙役挨家挨户搜查，把有嫌疑的人都抓起来审讯。一时之间，眉州城里人心惶惶。原本义军被打退后，逃到城外的人纷纷赶回来。但是王文操这么一查，惊恐的人们再次往城外跑。王文操发现后，立刻派卫士守住大门，胆敢往外跑的，格杀勿论。在杀掉几个人后，城中人再也不敢往外逃了，只能躲在家里，瑟瑟发抖，等着衙役上门搜查。许多衙役则趁机敲诈勒索，谁要是不愿意拿钱，就污蔑谁与乱匪有勾连，抓起来送进大牢。

21

这天，忧心忡忡的苏序来到张尧卿家里，和他商量如何应对赵元杰和王文操搅起的这场灾祸。两人正在长吁短叹的时候，雅儿忽然闯了进来。张尧卿诧异地问道："雅儿姑娘，你不是守护着大殿下吗？怎么丢下大殿下跑出来了？"

雅儿讽刺道："本姑娘倒是保护了大殿下的安全，可是你们两个大老爷们儿在干什么？难道就任由益王和那狗官在眉州城里胡作非为吗？你们为什么不能保护全城百姓的安全？"

眉儿从屋里走出来，把手放在雅儿肩膀上："雅儿妹妹，不是姐姐袒护自己的夫君。这些天，我家夫君和苏义士一直在奔走呼号，向官府请愿。无奈益王和王知州专横霸道，根本不听，我家夫君和苏义士束手无策，才在这里商量该怎么应对呢。"

"有什么可商量的？"雅儿道，"你们帮本姑娘看好大殿下，本姑娘去告诉先生，让先生把军队带回眉州，那益王和狗官还不吓得屁滚尿流？"

张尧卿摇摇头道："雅儿，这时候可千万别惊动先生。他带着军队追击乱匪，正在紧要关头，我们可不能让他分心啊。再说……"

张尧卿没说完，急性子的雅儿就抢道："苏义士，你在眉州城里可是有威望的。这时你就该振臂一呼，带着城中百姓和他们干，看他们还敢不敢欺负咱们老百姓！"

张尧卿道："雅儿，这件事，苏义士也和小生讨论过。苏义士有没有这个能力振臂一呼，拉起一支部队来呢？当然是有的。可是，如果我们这样做，和乱匪又有什么区别？在这个非常时期，若有人诬告苏义士，说他和张余一样在造反，朝廷可不会听咱们解释，必然派大军前来镇压。到那时候，我们可就陷苏义士于不义了，而且还解决不了问题呢。"

雅儿恨道："这也不行那也不行，尧卿哥哥，你这是读书读迂了！"

眉儿袒护自己夫君："雅儿妹妹，夫君读的是圣贤书，读圣贤书就得讲规矩，姐姐看他说的并没有错。这事嘛，还得从长计议。"

正说着，官府的衙役忽然冲进门来。一进门就大声咋呼："老实交代，你家与乱匪是不是有勾连？"

眉儿忙笑道："这几位军爷，我们可都是规矩人家，怎么可能与乱匪有勾连呢？"

"有没有勾连，不由你们说了算，我们得搜查！"说着，衙役就翻箱倒柜搜起来，很快就找到了一包瓦屋春雪。那衙役举起瓦屋春雪，高兴地说道："好呀，竟然还说与乱匪没有勾连！朝廷明令禁止瓦屋春雪的买卖，你们这瓦屋春雪是从哪里来的？分明就是你们和乱匪勾连，乱匪送给你们的赃物。现在人赃俱获，通通带走！"

眉儿赔笑解释："各位军爷，这瓦屋春雪是我们珍藏的，与乱匪没有关系呢。再说了，田通判不是已经对外公布了'约法三章'，允许瓦屋春雪买卖了吗……"

"胡说！"衙役打断眉儿，"哪有什么'田通判''苦通判'！益王殿下宣布了，眉州城的知州是王知州，你们那个什么'田通判''苦通判'说的所有话，都不作数！他颁布的一切政令，通通作废！你们没听到吗？别废话了，抓走抓走！"

雅儿早就看不下去了，拔剑就朝衙役刺去，大骂道："你们这些贪官污吏，分明就是借机敲诈勒索，抢人财物！赶紧给本姑娘滚，再啰唆，小心本姑娘砍下你们的脏手！"

衙役都知道雅儿的厉害，不敢再抓张尧卿，骂骂咧咧走了。

苏序一语不发，涨红着脸，站起来往外走去。

22

衙役回去，添油加醋汇报了他们在张尧卿家的遭遇。王文操大怒，本来他就很恨雅儿，现在雅儿公然抗拒执法，那就可以理直气壮地把她抓起来了。不过，王文操心里也不太放心，毕竟雅儿现在担任着守护赵元佐的任务，相当于是赵元佐的护卫。如果他把赵元佐的护卫抓起来，官家知道了，他的小命还保得住吗？

王文操比较滑头，尽管有赵元杰在后面给他撑腰，让他得以重抖知州的威风，但他从来不做绝对的事情，把一切都推给赵元杰，躲在赵元杰身后。这一次怎么处理雅儿，他也决定前去询问赵元杰，让赵元杰拿主意。

那时候，赵元杰正躺在靠背椅上喝酒，一边醉眼惺忪地看着蕊儿跳舞。听王文操一说，赵元杰把酒盏往桌上一摔，站起来大骂道："这臭丫头简直无法无天了，竟敢抗拒执法！王知州，本王命令你，立刻多派一些人手，把那臭丫头抓起来严刑拷打，看看是不是有乱匪在她身后给她撑腰！"

蕊儿插嘴道："殿下，雅儿现在是大殿下的护卫，如果把她抓起来，这事给官家听见了，他会觉得您这是不顾兄弟情分。所以这件事不能硬来，奴家有个法子，可以让雅儿自动出城去。只要她不在城中，我们想干什么，也就没她在这里碍手碍脚了。"

"你有什么办法让她出城去？"

蕊儿笑道："殿下，这个雅儿，奴家可不陌生。奴家虽然从来没见过她，但是早就听说过她的大名。当年奴家在成都街头演出时，与一个叫刘娥的人交往很密切。刘娥这个人，殿下应该不陌生吧？"

"刘娥？你说的是三皇兄看上的那个小歌女？"

"对呀对呀，就是她呢，当年她的播鼗是成都一绝，奴家的弹筝也是成都一绝。后来，刘娥去了京城。她去京城后，奴家听说她和她的男人龚美，还有雅儿在京城里组建了一个'大雅公刘'组合，奴家也在那时候听说了雅儿的名字。后来，刘娥跟了襄王殿下，雅儿也跟了田通判，两人都乌鸡变凤凰，出息了，就只剩下奴家还在成都街头卖唱呢……"

说着说着，蕊儿就梨花带雨了。赵元杰忙安慰她："刘娥有三皇兄，你还有本王呢，你哭什么？"

蕊儿立刻破涕为笑："是啊是啊，奴家也不知是哪世修来的福，竟然遇到殿下。遇到殿下，这是蕊儿之福，是蜀地之福，也是大宋之福啊……"

赵元杰打断蕊儿："说了半天，你还没说你有什么办法让这臭丫头出城呢，快说呀！"

蕊儿道："殿下，蕊儿现在就去找雅儿说一说，把她调开。只要把她调开了，王知州就可以把大殿下从那间屋里带走。等到雅儿发现大殿下不在屋里后，我们就告诉雅儿，大殿下已经出城了，雅儿一着急，必然出城寻找……"

"岂止是应该让大皇兄从那间屋里消失，更得让他在这个世上消失！王知州，这个事就交给你去办！"赵元杰冷冷说道。

王文操叫苦道："哎呀益王殿下，下官不敢啊，这事要是给官家知道了，下官的小命可就没了……"

赵元杰怒道："这点小事你也不敢，你有没有一点担当？亏得本王还来眉州给你撑腰，你真是辜负了本王的期望！"

王文操哭道："殿下息怒，殿下息怒，下官只是一个小小的知州，就是借一百个胆给下官，下官也不敢动大殿下啊……"

赵元杰恨铁不成钢，啐他一口："你担心什么，这事又不是你干的，没人追究你的责任！"

王文操不解："怎么会不是下官干的呢？"

赵元杰道："你忘了吗？眉州城里不是曾出现过奸细吗？那是奸细干的。是雅儿那臭丫头看护不严，致使奸细组织得逞，又把大皇兄给抓去了啊，和你有什么关系呢？"

王文操不开腔了，不过蕊儿却有些担心："殿下，只把雅儿骗出城就可以了，不用害了大殿下吧……"

"臭娘们你懂什么！"赵元杰给了蕊儿一耳光，又对王文操说："你赶紧去，依计行事，若是有差错，本王绝不饶你！"

23

蕊儿来到赵元佐住的地方。

那时候，雅儿正百无聊赖地在房间外的院子里走来走去。雅儿原本是个好动的姑娘，让她当护卫，简直就是对她的折磨。尽管她不想做，但因为是田锡安排的，虽然难受她也要坚持做下去。于是她就这么在院子里走来走去，扯个花，掐个草，或者拔出宝剑劈个树枝。就在她刚把一截树枝劈下来的时候，蕊儿从门外走了进来。被雅儿冷冷的剑锋一袭，蕊儿吓得一屁股坐在门槛上。

雅儿拔一根草咬在嘴里，走过去把蕊儿扶起来，笑道："哟，这是哪里来的娇滴滴的小娘子，到这里来做什么呀？"

蕊儿揉着脚踝，委屈地说："妹妹，姐姐是来看你的呢，你怎么舞刀弄剑的，可把姐姐给吓坏了！"

雅儿后退一步，警惕地问道："谁是你妹妹？你究竟是谁？"

蕊儿道："妹妹怎么这么见外呀？你不认识姐姐，姐姐对你可非常熟悉呢。妹妹呀，你和刘娥姐姐是好姐妹吧？你不知道，奴家和刘娥姐姐也是好姐妹呢。你和刘娥姐姐的交情，是从东京才开始的，奴家和刘娥姐姐的交情，可是在成都就开始了，比你还早呢。你和刘娥姐姐是好姐妹，奴家和刘娥姐姐是好姐妹，奴家自然和你也是好姐妹呀！"

蕊儿一通话，终于让雅儿对她有了一些好感："哦，原来是姐姐啊！姐姐既然在成都，怎么到眉州来了？"

蕊儿道："奴家被益王殿下带到眉州来了呢……"

雅儿突然就明白了，猛地拔出宝剑指向蕊儿："原来你就是那个迷惑益王不务正业的妖女蕊儿呀！妖女，你可算闯到本姑娘的剑下了，本姑娘今天绝不饶你！"

说着，雅儿举剑要刺。蕊儿忽然掩面哭泣道："妹妹啊，你可误会姐姐了……姐姐可没有迷惑益王，相反，自从益王把姐姐召到他身边后，姐姐就多次劝说益王，让他以政务为重，不要贪杯享乐。但是，益王身边有王都知这个坏人，多次引诱益王吃喝玩乐，姐姐想阻止也阻止不了啊！没办法，姐姐便趁乱匪向成都进攻的机会，劝益王到眉州来，想着只要远离了成都，就不会受到王都知引诱，就可以专心政务，做一番事业了！谁知到这里，又遇到王文操这个大贪官，他想搜刮老百姓的财物，竟然怂恿益王殿下改变田通判在眉州颁发的那些政令……姐姐实在没有办法，左思右想，才想到妹妹。妹妹嫉恶如仇，又有侠义心肠，那贪官王文操又特别怕你。如果你能出面教训他一顿，将来他就不敢再迷惑益王殿下了！"

雅儿听蕊儿这番话说得合情合理，加上她早就想教训王文操了，因此立马就跟着蕊儿来到府衙，忘了守护赵元佐。

24

雅儿来到衙门前时，看见苏序正高举着一幅写在布上的血书，跪在衙门前，嘴里大声喊着，请求官府取消对全城的搜查。

很多人围在他身边，议论纷纷，也愤愤不平，跟着他高声呼喊。一队士兵走过来，拿着武器想把苏序撵走。但这更加激起了围观人群的义愤。他们和士兵们推搡着，对骂着，不许士兵们碰苏序。

眼看着冲突越来越厉害，士兵们已经挥起了大刀。苏序赶紧站起来，站到一块高台上，大声喊道："乡邻们，大家都往后退吧，不要引起误会。我们不要和官府对抗，如果我们和官府对抗，引发了动乱，那我们和张余乱匪有什么区别？我们和官府说理，我们是良民，不是乱匪，希望官府能认清是非，不要再行搜查，扰乱民心。所以，乡邻们，你们都后退吧。"

百姓都很听苏序的话，默默退到一边。苏序重新对着衙门跪下来，继续把血书举过头顶，一声声喊："小人苏序恳请王知州取消搜查令！"

百姓们虽然退走了，但是士兵们并不满意。他们依然冲过来，试图把苏序轰走。苏序不走，一直跪在地上。士兵生气了，举起鞭子打他。但不管士兵们怎么打，苏序始终挺直腰身，声音嘶哑地大喊："小人苏序恳请王知州取消搜查令！"

雅儿一时热泪盈眶。她知道，凭借着苏序在眉州城里的影响力，只要他振臂一呼，全城的百姓都会起来，和他一道抗议官府的暴行。那样一来，官府必定会害怕。但是他为了避免再出现动乱，却让百姓后退，以至于自己被打得皮开肉绽。

雅儿猛冲上前,拔出宝剑就朝那些士兵刺去。那些士兵虽然人多,但哪里是雅儿的对手,雅儿很快就把他们打退。苏序试图劝说雅儿也退后,但雅儿根本不听他的,驱散士兵后,便仗剑冲进衙门。

很快,雅儿就从衙门里出来了,兴高采烈地对站在衙门外的百姓们大喊道:"王知州已经答应取消搜查令了!"

众人半信半疑,但见雅儿说得这么笃定,也都相信了,高兴得欢呼起来。苏序也从地上站起来,向雅儿行了一个大礼道:"雅儿姑娘,我们眉州的百姓都感谢你!"

雅儿也很高兴。但是她来不及和大家一起庆祝,她记得她的职责是看护赵元佐,于是赶紧往回走去。毕竟是一件高兴的事情,她一蹦三跳,快乐得像只小狗。

但是当她回到赵元佐住的屋子时,心里一下凉了半截。只见大门敞开,赵元佐不知到哪里去了。

很显然,不是赵元佐自己跑出去了,而是他被人劫走了。雅儿出去时,为了防备赵元佐自己偷偷溜出去,是从外面把大门锁住的。没想到大门的锁被拧开,劫匪从外面进来,把赵元佐劫走了!

谁劫走了赵元佐?

雅儿疯了似的跑出来,跑到衙门,抓住王文操的衣服就骂道:"狗官,是不是你把大殿下劫走了?"

王文操委屈地说:"雅儿姑娘,你冤枉本官了!本官一直在衙门处理公务,哪儿也没去呢。再说了,大殿下是谁呀,借本官一百个胆,本官也不敢劫他!哎呀,雅儿姑娘,大殿下可是你在看护,你怎么看掉了呢?你这一掉,官家要是怪罪下来,本官不是要跟着你遭殃吗?哎呀,你这,这……"

这时,一个衙役跑进来,要给王文操说事。话正要出口,看见雅儿在,赶紧含在嘴里,把嘴巴凑到王文操耳边。雅儿大怒,提剑指向衙役:"说!你想偷偷摸摸背着本姑娘说什么?"

王文操赶紧吩咐道:"有什么话你就说,雅儿姑娘不是外人!"

那衙役扭捏了半天,最后还是说道:"禀知州,几个奸细把大殿下劫持着,从城门闯出去了!"

王文操大骂:"混蛋,你们是干什么的?就看着奸细劫持?"

衙役哭丧着脸："奸细的功夫太高，我们拦不住啊……"

雅儿二话不说，提着宝剑就往外冲去。

望着雅儿的背影远去，王文操和衙役哈哈大笑起来。随后，王文操一本正经向那个衙役吩咐道："我们不再搜查乱匪，但现在城中又出现了奸细，而且还把大殿下劫走了，这可不能不查。你赶紧带着人，去全城搜查奸细吧！"

25

回头说雅儿看见田锡时，原本刚强无比的她，一时忍不住大哭起来。康继英说道："你哭啥呢？快走呀，咱们赶紧去追大殿下啊！奸细把大殿下劫去，肯定又会利用大殿下搞事情的，快走快走！"

不过田锡却给他们摆摆手："不用找，大殿下肯定还在城中！"

康继英和雅儿同时惊叫："先生，你怎么知道大殿下在城里？"

田锡脸色反而沉重起来："大殿下若是真被奸细劫去了，至少能够保证他的安全。但若是在城中，那才真是危险啊！"

康继英和雅儿都慌了。田锡吩咐道："你们赶紧返回城去寻找。为了避免打草惊蛇，最好遮住面容，以免那些人抢先下黑手！老夫这边先去稳住王文操，给你们留时间。"

康继英和雅儿得令后，赶紧乔装打扮一番，趁着田锡率大军回城之际，混进城里四处寻找。

王文操听说田锡得胜归来，一时有些心慌，急急地前去向赵元杰汇报。那时候，赵元杰正喝得醉醺醺的，见王文操满头大汗的样子，骂道："你慌什么，你不是已经让大皇兄消失了吗？只需依计说大皇兄被奸细抓出城去了便是！"

王文操只得苦着脸坦白："下官不敢害大殿下，他还在城里呢！"

"你竟然还留着他！"赵元杰气得把酒盏一摔，随后又冷冷说道，"你这个混蛋，若是田锡在城里找到大殿下，你怎么圆谎！到时候田锡在父皇面前参你一本，说你想谋害大皇兄，你怎么收场？"

王文操吓得脸发白："希望田通判不要给官家说……"

"就算田锡不说，大皇兄说不说？你能确定吗？"

"那怎么办呢？"王文操要哭了。

"只有死人才不会说话！"赵元杰伸了伸懒腰，"滚吧，本王话已说完，该怎么做，你自己考虑，反正这事跟本王无关……"说着向王文操挥了挥手。

王文操知道自己惹上大麻烦了，但这事他已经骑虎难下，不得不硬着头皮继续往下做。于是他找来两个兵丁，如此这般和他们说了一通，两个兵丁得令而去。

就在兵丁离去的时候，田锡已经走了过来。王文操赶紧挤出笑脸，祝贺田锡得胜归来。田锡摆摆手，严肃地说道："王知州，你弃城而走也就罢了。既然回来了，就该好好守城，为什么却让奸细混进城里，把大殿下劫走？大殿下是什么人，难道你不清楚吗？"

王文操听田锡这么一说，暗暗松了一口气。随即他做出哭丧脸的样子："田通判冤枉下官了。下官确实想加强警戒，无奈雅儿姑娘不让，以致让奸细得逞了。田通判放心，奸细虽然把大殿下劫出城了，但下官已经派人去寻找了。同时，本官又下令全城搜查奸细，务必要把城中的奸细清理干净！"

田锡冷冷说道："王知州，既然奸细已经把大殿下劫出城，就不宜再在城中大肆搜查了。乱匪刚平定，城中人心不稳。若是此时大动干戈，说不定会诱发新的动乱啊！"

王文操身后有赵元杰撑腰，他怎么会把田锡放在眼里，于是怪叫道："田通判，奸细把大殿下都劫走了，你却还说不用搜查！你这样做，可是在帮奸细推脱罪责啊！再说了，这搜查令可是益王殿下下达的，田通判难道要违抗益王殿下的命令？"

田锡皱了皱眉，说道："益王殿下在哪里？你带本官去见见他。"

王文操哼一声："田通判，你是不是太把自己当回事了？益王殿下可不是你想见就能见的！"

田锡其实一听丝竹声，就知道赵元杰在屋里。于是他走到房间门口，大声喊道："益王殿下，皇子不能干涉地方州府之事，这可是咱们大宋的规矩！难道殿下不明白这条规矩吗？为何还要在眉州下达搜查令？"

赵元杰当然知道这条规矩，也知道若是皇帝知道了他随便颁发命令，一定会严厉处罚他，所以也不敢反驳。他给蕊儿挥了挥手，让蕊儿退下去，又走出来辩白道："本王从来没有下达过什么命令，眉州知州是王文操，一切都由王文操说了算，与本王无关……"

王文操急了，他没想到赵元杰把所有责任一股脑儿推到他头上，气得结结巴巴叫道："益王殿下，益王殿下，这不是……"

赵元杰瞪了他一眼："不是什么？你难道不是眉州知州？眉州的事情，不是正该你说了算吗？"

王文操把心一横，强硬地说道："是，正是由本官说了算。田通判，既然眉州的事由本官说了算，本官发布的命令，就不可能撤回来，除非你把本官撤了！"

就在这时，康继英在远处大声喊道："王知州，难道下达的杀害大殿下的命令，也不撤回来吗？"

众人回过头，看见康继英一手抓着一个衙役从远处走来。同时，雅儿也带着赵元佐跟在后面。

康继英把那两个衙役丢在地上，那两个衙役爬过来，跪在田锡面前，全身直哆嗦："田通判，饶命啊，都是王知州叫我们去害大殿下的，我们不愿意去，他强迫我们去的啊……"

王文操全身颤抖，一脸死鱼白："混蛋！你们，混蛋……"

田锡正色道："王知州，这个命令是不是你下的？"

王文操看了赵元杰一眼，低声说道："是，但是这是……"

他的话没说完，赵元杰已经拔出宝剑，大骂道："混蛋，竟敢刺杀我大皇兄！"说着便朝王文操刺去，一剑就把王文操刺了个透明窟窿。王文操睁大眼睛，手指赵元杰。不过他已不能说话，一口血从嘴里喷出来，砰一声倒在地上，便再也不能动了。

雅儿冷笑道："呵，这是杀人灭口啊……"

赵元杰也不脸红："哼，敢伤害我大皇兄，我自然要杀他的人，灭他的口！"同时还抢白雅儿道，"雅儿姑娘，我大皇兄可是你在看守，你擅离职守，让我大皇兄遭遇如此危险。你自己说说，该当何罪！"

雅儿急得就要拔剑。康继英赶紧按住她的手，田锡也给雅儿使了一个眼色，转身笑着对赵元杰说："益王殿下，没有保护好大殿下，确实是我们的责任。殿下放心，此后我们一定勤加看护，绝不会让大殿下再受到半点伤害的。"

却是赵元佐不买账，在一边摇摇头，懒懒说道："唉，你不保证还好，你这一保证，我的命或许真的保不住了……"

26

田锡回来，眉州就不好玩了，于是赵元杰带着蕊儿和一众随从，返回成都去了。

田锡把赵元佐安顿好后，严肃地对康继英说道："继英，大殿下如果继续待在眉州的话，风险会随时存在，你赶紧把大殿下送回京城去吧。只有回到京城，大殿下的安全才能得到完全的保证啊！"

康继英道："可是，官家还没宣旨让大殿下回去呢。我们擅作主张，官家怪罪下来怎么办？"

田锡正色道："官家怪罪下来，最多老夫倒霉。若是不把大殿下送走，不但老夫会倒霉，大殿下也会倒霉啊！"

康继英有很多话想说，但是他终究什么也没说，收拾了些盘缠，便毅然带着赵元佐上路了。

所有人都走后，雅儿兴奋地对田锡说道："先生，你不是说，等到平定匪乱之后，就回一趟洪雅，还要去登一次瓦屋山吗？现在终于太平了，我们赶紧回去吧！"

田锡走到城楼上，朝洪雅的方向望去。此时远处的洪雅雾气缭绕，什么也看不清楚。田锡久久地望着远方，深深地叹了口气。

雅儿急了："先生，眉州离洪雅那么远，怎么看得清楚？你叹什么气，我们赶紧回洪雅去吧。只要一直走到瓦屋山脚下，一切不都看得清清楚楚了吗？"

田锡摇摇头："雅儿，我们此时可不能回去，得赶紧回成都去呢。老夫虽然上奏官家，让他把王都知和益王殿下调回去。但是直到现在，官家也没有下旨。只要王都知和益王殿下在成都，成都百姓就不会有和平安宁。所以，我们得赶紧回去，尽我们所能，尽力保护成都的百姓，避免他们受到伤害，同时也能减少动乱的发生啊……"

雅儿道："先生，你是不是有点多管闲事？你又不是成都府知府，管得了那么多吗？再说了，无论是益王还是王继恩，官都比你大，他们要做什么，你管得了吗？"

"确实管不了……但管不了老夫也得管啊，管总比不管好。"田锡道，"不过雅儿你放心，官家是圣明的，他会很快就把益王和王都知召回去的……"

27

田锡不知道，他给太宗上的这道奏章，引起了太宗极大的犹豫。

犹豫不是说把他们召回朝不对，召回朝肯定是对的。

赵元佐深陷匪窝，却没有助纣为虐，这是太宗深感欣慰的事情。而且赵元佐在平乱中也是立了大功的，此时把他叫回来，也好给天下人一个交代。

赵元杰有些让太宗失望，去了成都后，就一味地花天酒地。在成都被乱匪围困时，他竟然丢下全城百姓自己逃走了。去了眉州后，又违背皇子不得干涉地方政务的命令，在眉州指手画脚……

所有这些，田锡在奏章中并没有说，但是太宗其实都是了解的，太宗要了解蜀地的情况，办法太多了。正是因为很了解，所以才失望。太宗知道不能让赵元杰继续待在蜀地，若是继续待在那里，说不定还会惹出更大的麻烦。

王继恩在平蜀中是有大功劳的。把王继恩派去蜀地，太宗始终认为是一个正确的选择。王继恩在蜀地"用重典"，也是没有问题的。尽管有大臣不断给太宗上奏说，王小波、李顺乱蜀后，之所以又出现张余乱蜀，就是因为王继恩在蜀地杀戮太多。如果把王继恩继续留在蜀地，会形成恶性循环，造成新的动乱，因此最好把王继恩召回来。但是太宗依然坚持把王继恩留在蜀地，只要王继恩持续不断地弹压，就一定能彻底解决蜀地不平的问题。

不过，这一次田锡的奏章却让太宗改变了心思。

田锡这一次没有和太宗讲王继恩"用重典"给蜀地造成的危害，他只是描述了王继恩在成都威风八面，以及他整天和成都的上流达官贵人迎来送往的情况。正是田锡的这一番描绘，引起了太宗的猜忌。王继恩虽然是个内侍，但是他手握兵权，又获得蜀地达官贵人的拥戴，这确实是一件非常危险的事。

这正是田锡聪明的地方，他不但旁敲侧击地告诉太宗"用重典"在蜀地会造成什么危害，也猜中了太宗的"小心思"，用简单的话击中他心里最软弱的地方。

太宗犹豫的是，尽管他已经下定决心把赵元佐、赵元杰和王继恩都召回来，但是派谁接替他们治蜀呢？成都府知府郭载在战乱中得病去世后，太宗就一直没有任命新的知府，就是因为他没有找到合适的人选。

太宗召来吕蒙正和他商量此事。恰好这时，吕蒙正也因这事要见太宗。实际上，田锡给太宗上奏的时候，也给吕蒙正写了一封信。他在信里没说别的，就一件事，希望吕蒙正推荐他继续留在蜀地治蜀。

田锡说，他这样做，并不是向宰相跑官要官，而是蜀地正处在一个非常关键的节点。如果治理得当，蜀地将永保平安，成为大宋最稳定的大后方，源源不断地给大宋输送营养。但如果治理不好，蜀地会成为大宋的一个病根，不但自己会腐烂，还会把大宋吞噬。

田锡说，要治蜀，就要选好治蜀之人。治蜀之人有两个最合适，一是田锡，二是张咏。

田锡说，我这是"举贤不避亲"！我这是"当仁不让"！

吕蒙正做事风格与寇准不同，他要谨慎得多。不过，他读到田锡来信时，一下就被田锡鞭辟入里的分析折服，又被田锡激情洋溢的话语所感染，还被田锡舍我其谁的豪气所激励。他当即进宫面见太宗。

太宗一见吕蒙正就着急地说道："吕卿，你来得正好。蜀地百姓刁蛮难治，暴乱一次再次。这次暴乱虽然平息了，但难保没有下次。本来王继恩在蜀地是最合适的，但是朕这内宫也无人打理，得让他回来。他回来以后，又该派谁治蜀呢？"

吕蒙正道："陛下，微臣以为，有两个人搭配着治理蜀地最合适。"

"哪两个人？"

"田锡和张咏，"吕蒙正道，"田锡熟悉蜀地事务，此次守眉州城救大殿下，平贼兵解成都之围，可见他治理蜀地也是很有办法的。不过田锡这人也有弱点，就是他太正了。蜀地长年缺乏教化，有邪气。虽说自古'邪不压正'，但是太正了，便不一定能完全压住邪。正所谓'以毒攻毒'，治蜀还需要有一点邪气的人。而张咏正好就有那么一点邪气。所以，让田锡担任知府，让张咏担任通判，他们两人配搭，确实是最好的选择。"

吕蒙正对田锡和张咏的认识，还是比较准确的。张咏曾在多地为官，处理具体事务精明又果决，同时他也喜欢政事从简。关于他的故事非常多，为时人所津津乐道。

比如在一个案子中，有户民家的儿子和女婿争夺财产。女婿拿出岳父的遗嘱说，岳父去世时，那儿子才三岁，委托自己照顾，并且把十分之七的遗产给了女婿，把十分之三的遗产给儿子。儿子长大后，认为不公平，要把他父亲留下的遗产争回来。这件事似乎两方都有理，女婿有遗嘱为证，并且对这个儿子有养育之恩。这个儿子又觉得父亲的遗产应该留给自己，还怀疑那份遗嘱是假的。两人告到官府找张咏断案。张咏根本没有启动调查了解这一套程序，他说，父亲之所以把十分之七的遗产给女婿，是因为儿子小。若是不这样，女婿一定会虐待儿子，说不定还会害死儿子，所以这不是父亲的真实意图。同时女婿有养育之恩，这个功劳是必须肯定的，所以也应该有遗产。最后他断案，遗产的十分之七给儿子，十分之三给女婿。

还有一个案子。有一个读书人带着一个仆人去外地做官。在路上，那个仆人劫持了读书人，让读书人让出功名给自己，而且还要求读书人把女儿许配给自己。那读书人没有办法，只得答应。张咏听说后，也没有断案，而是前去对读书人说，要借他的马车一用。读书人借给他后，他给了仆人一些钱，让仆人把自己送到另一个地方。半道上，张咏一刀就砍下仆人的头，把这事彻底解决了。

这两个案子，张咏都没有经历严密的审案程序。但正是这样删繁就简的办法，让他在乱世治理中显得非常有效。

说起来，张咏这种手段，其实也是"用重典"，只不过他的方式与王继恩那种大屠杀式的"用重典"不一样。他没有过多的杀戮，而是个别解决，却也能起到震慑的作用。

张咏断案的那些故事，太宗也是有所耳闻的。虽说他的做法只是小道，入不了大道，但不得不说，确实很有作用。所以见吕蒙正说得合情合理，太宗便高兴地应承了下来。

不过一转头，李昌龄和赵昌言却又纷纷反对田锡治蜀。他们对张咏没有意见，就是不同意把田锡留在蜀地。李昌龄说："田锡虽然平定蜀乱有一定功劳，但是田锡'治郡无称'。蜀地百废待兴，非常需要有才干的人，田锡迁腐，又'治郡无称'，所以很不恰当！"

赵昌言就一句话："田锡是蜀人，自古官员都不适合在自己的家乡为官！"

太宗又觉得李昌龄和赵昌言讲得对，于是又吩咐吕蒙正，让他再斟酌考虑更恰当的人选。

第二天，太宗召见吕蒙正，问他是否已经选好人，吕蒙正道："陛下，微臣已告诉陛下，最好的人选就是田锡。陛下为何再问？"

太宗很不高兴："朕已说了，田锡不适合，你再想一个合适的人！"

第三天，太宗再问的时候，吕蒙正的答案依然是田锡。

太宗大怒："吕蒙正，你是故意和朕作对吗？朕已经说过，田锡治蜀不适合，你为什么还要提他？换一个人！"

吕蒙正也大声说道："陛下，田锡乃'天下正人'，要想在蜀地拨乱反正，没有比田锡更适合的人！陛下就算让微臣再换一千次，微臣给出的答案，依然是田锡！"

太宗很不高兴，冷冷说道："如果田锡没有把蜀地治理好，再出现暴乱的情况，你说怎么办？"

吕蒙正梗着脖子，指着自己的乌纱帽说："微臣把这顶乌纱帽摘下来还给陛下，回去抱孙子玩！"

"你是要立军令状吗？"

"正是！"吕蒙正说着，拿过纸笔，真的写下军令状，还按上了自己的手印，郑重地交给太宗。

太宗不再开腔，转身出去了。

不久后，他就下了三道圣旨：一道是把赵元佐、赵元杰和王继恩召回来；一道是把成都府降级为益州；还有一道是任命田锡为益州知州，任命张咏为益州通判。

28

只是这三道圣旨还没有传到成都，田锡还只是个通判，张咏也只是个转运使，蜀地的一切，还由王继恩说了算。王继恩一边在蜀地各处大肆搜查所谓的"乱民",搞得风声鹤唳,愁云惨淡;一边又在成都高调摆宴庆祝,弹冠相庆。

就在王继恩庆贺的时候,出了一件事。不知是谁在晚上把杜荀鹤的两句诗"今来县宰加朱绂,便是生灵血染成"用血书写在府衙大门上,守门的卫士竟然没有发现。第二天,王继恩知道以后勃然大怒,不但斩杀了守门卫士,又在成都城里开始了新一轮的搜查,查出了许多所谓的"肇事者",有一些抓起来关进监狱,有一些则当场便杀掉了。

田锡大为忧虑。他寻了半天,最终在一处宴会上找到王继恩。自然,赵元杰也在宴席上,而蕊儿正领着一帮歌女唱歌跳舞助兴。就在大家酒酣耳热之际,看见田锡走了进来,众人一时有些面面相觑。有人为了讨好王继恩,冲田锡不阴不阳说道:"王都知,如此雅会,怎么没请田通判啊?"

另有人嘿嘿笑道:"末座那里还有个位置,要不,委屈田通判,就坐到那里去吧。"

田锡不顾这些人的冷嘲热讽,走到王继恩身边,向他施礼说道:"王都知,下官今日前来,不是向都知讨酒喝的。下官请求王都知取消全城搜查,不要再大动干戈了。百姓在府衙大门上写字,那正是他们心有不满的表现。如果再在城里大肆搜查,制造冤假错案,势必让百姓更为不满。百姓心中堆积的不满变多,久而久之,就可能爆发出来,说不定又会引发新的动乱啊!"

那喝酒之人立刻起哄:"田通判,这就是你的不是了。王都知搜查,就是要打击歪风邪气。今天敢在府衙大门上写字,若不搜查惩治,明天就敢在你脸上写字呢。"

另一人也起哄:"是呢,田通判,王都知这是在帮助你呢,你怎么还让他取消搜查令呢?"

"难怪有人要在门上写字!"田锡气得发抖,正色说道,"王都知,你自己看看,围在你身边的都是一些什么人!"

"什么人,你说是什么人?"赵元杰不高兴了,"田锡,你可是越来越过分了,连本王都不看在眼里了!"

王继恩趁机站起来喝道:"田锡竟敢顶撞益王殿下,简直是大逆不道!来人啊,把田锡抓起来,与那些乱匪一并关进大牢。等咱家上报官家,再行定罪!"

几个侍卫一拥而上，抓住田锡的手往后一别，又按住他的头，就把他从酒楼里推了出来。那时候，雅儿正在门外，看见田锡被扯得白发飘舞，趔趄而行，一时大怒，拔剑就朝侍卫冲去。雅儿虽然把几个侍卫逼得手忙脚乱，但实际上，酒楼外还站着两排卫队。这两排卫队是随时跟在王继恩身边，陪他招摇过市的。这时候如何能容忍雅儿，因此迅速围过来，把雅儿抓了起来。

王继恩和赵元杰等人也拥到酒楼外的围栏上看热闹，看见雅儿被抓，一众酒客都拍手叫好。王继恩更是得意地挥手："一并打入大牢，关起来，关起来！"

雅儿拼命挣扎，但哪里是那些如狼似虎的士兵的对手，很快就被绑得严严实实的，往牢中推去。

此时，一匹快马从远处奔驰而来，快马上的钦差大叫着，让赵元杰、王继恩、田锡接旨！赵元杰和王继恩不敢怠慢，赶紧从酒楼上走下来，跪在地上。

钦差所宣的，其实就是太宗所下的那三道圣旨。这三道圣旨一下，在场的人一下冰火两重天。士兵们把雅儿的绳子一解，雅儿立刻振臂欢呼，围在田锡身边又叫又跳。而赵元杰和王继恩则满脸灰白，不得不在钦差的催促下，准备上路。

不过走的时候，赵元杰和王继恩都用仇恨的目光瞪了田锡一眼。赵元杰恨恨地说道："田锡，这事还没完呢！"而王继恩也连连冷笑："田锡，得罪了益王殿下，事情可不好办啊……"

29

田锡上任益州知州后，他的举动让很多人不解，连雅儿也不解。

衙门里的事，他一件不做，全交给张咏。他整天做的，就是宴请成都街上各地的老人家喝茶聊天。这个做法，几乎和当初王继恩做的一模一样。只不过王继恩宴请的是当地的达官贵人、巨贾富商，而田锡宴请的是一些贫困的老人家；王继恩的宴请是喝酒，田锡的宴请是喝茶，留饭也只是粗茶淡饭。

起初，雅儿以为田锡是想了解民情，对他还有一些理解。渐渐地，雅儿就发现，田锡根本就没有做那种嘘寒问暖的事，只是和老人家们聊天，聊成都的风土人情，聊五代时期的历史。由于那些老人家很多都是从五代走过来的，而且很大一部分原本生活在中原地区，只是因为战乱，不得不举家迁到蜀地避祸，所以他们对那段历史非常清楚。一聊起来，简直滔滔不绝。田锡的祖上同样是在唐末从京兆迁到蜀地洪雅的，因此他们和田锡有很多共同话题，话匣子打开了，就怎么也关不住。一天结束了，还巴不得第二天再来找田锡聊天。一波结束了，还有一波排着队，扳着指头数日子呢。

雅儿觉得，田锡这样做简直是不务正业！

这天傍晚，当田锡甩着长袖、哼着小曲回家时，雅儿把家具摔得叮叮当当响。田锡瞧了她一眼，笑道："雅儿，你这是怎么了，你冲这些东西发什么火？"

雅儿硬邦邦地说："它们整天不干正事，闲得发慌，本姑娘看着生气，正要教训它们呢！"

田锡大笑："你是在埋怨老夫吧？"

雅儿哼道："看来先生还算有自知之明！"

"别埋怨了，明天老夫就去干你说的那些正事！"田锡吩咐道，"雅儿，你先去问问张尧卿，看看他重振文翁石室的事情办得怎样，明天老夫要去看呢。"

雅儿不满："先生啊，这些还不都是闲事么……"

"那你说什么是正事？"

雅儿却又答不上来，不得不按照田锡的吩咐，前去通知张尧卿。

张尧卿随田锡回成都后，田锡第一时间就告诉他，让他重振文翁石室。事实上，这个任务是田锡第二次给张尧卿布置了。只是因为又遇到民乱，张尧卿才丢下这事，赶回家乡眉州帮助守城。等田锡再次给张尧卿布置时，他很是愧疚，所以启动得非常快，一边整理破败的房舍，一边就开始找先生招学子了。

当初张尧卿从眉州来成都，就是希望精进学业，考取功名。可惜遇到了李顺民乱。好不容易李顺民乱被平定了，张余又在蜀南复起，甚至还打到他的家乡眉州。这一番折腾，又把他耽搁了。几番耽搁，竟使得他隐隐觉得，此生或许在功名上不会出什么成绩了，因此转了兴致。田锡让他办学，他便特别积极。再加上成都人听说他要重振文翁石室，都踊跃地把孩子送来，这使得他非常兴奋，感觉自己或许找到了一条新的路。而这条路，才是他人生价值之所在。

事实上，此后张尧卿果然一生无功名，但由于他致力于办学，他的儿子张方平不但考中，还官至参知政事。张方平又影响到苏序的儿子苏洵，以及苏洵的两个儿子苏轼、苏辙。苏轼横空出世，名贯古今。天下好学之士皆出眉州，眉州两宋先后八百进士，此是后话。说起来，这样的盛况，源头当推到田锡让张尧卿重振文翁石室，在成都办学这件事情上。

张尧卿修缮文翁石室时，有一件事，他和先生们发生了争论。原来他们在一间屋子里找到了一屋子的石刻雕版，分别是《孝经》《论语》等九部经书。其中《左传》只完成了一部分。由于堆放的时间太久，石雕版上都长青苔起白霉了。

有些先生认为应该毁了，也有些先生认为不该捣毁，张尧卿拿不定主意。所以田锡一来，张尧卿就拿这事向田锡禀报。

田锡走到先生们中间，问道："谁说要毁？为什么要毁？"

认为要毁的是个老学究，很懂得一些典故。见田锡问，赶紧上前，卖弄似的回道："回禀田知州，这些石刻雕版的来历，没几个人能搞清楚。老朽经历的事多，刚好能说个明白。据老朽所知，这些石刻雕版，是后蜀的时候，由后蜀宰相毋昭裔主持雕刻的。后蜀做这件事，目的是弘扬后蜀主的所谓'丰功伟绩'，从而让后蜀获得百姓的拥戴。如果咱们留下这些石刻雕版，就相当于为那个已经覆灭的偏安王朝还魂。这是一件大事，可不能糊涂，因此千万不能把它们留下来。"

田锡点点头，又问道："谁说不能毁？不能毁的理由是什么？"

一个年轻小先生站出来答道："田知州，就算这些石刻雕版是后蜀雕的，就算后蜀的目的是让百姓拥戴自己，但毕竟雕刻这一套经书很不容易，后蜀花了整整十年的时间呢。如果现在毁了，不是非常可惜吗？"

听完众人的理由，田锡笑着对老学究说道："老先生你说得对，后蜀雕刻这一套经书，确实是出于政治考量，希望通过做这件事，获得百姓拥戴。"

老学究被表扬，得意扬扬地摸了下胡子，不屑地盯了小先生一眼。

田锡又对小先生说道："你也说得对，浪费了确实挺可惜的。咱们大宋建国也就三十多年，百废待兴，勤俭节约是非常必要的。"

小先生也得意起来，摇晃脑袋，不屑地看了老学究一眼。

田锡两边都表扬后，最后总结道："你们虽然讲得有道理，但是格局太小了。经书是什么？是先贤传下来的文化瑰宝和精神真核，是我们华夏道统所在。从古至今，不管是哪个王朝，都尊奉这个道统。因为道统是存乎于天地之间，永恒不变的。我们大宋受命于天，实现了国家大统一，怎能不尊奉这个道统呢？所以，我们绝不能做毁经之事。不但不能做，反而要把后蜀没有完成的工作延续下来，他们只雕刻了'九经'，除了《诗》《书》《易》外，就是'三礼''三传'，'三传'中的《左传》还没有刻完，我们要接着刻。实际上，唐开成年间，在'九经'的基础上，就已经增加了《论语》《孝经》《尔雅》，也就是说，已经是'十二经'了。因此，我们要把没补齐的都补齐，把整个'十二经'完整地呈现在世人面前。并且，我们还要专门修一间屋子，把这些石刻雕版供奉起来，用它来激励蜀地学子勤修苦学，为国家输送更多的有识之士！"

田锡说完，众人哄然叫好，掌声雷动。

张尧卿又把田锡带去学舍。学舍的房屋都异常简陋，风从外面灌进来，吹得窗纸呼啦啦响。室内也只是一些砖石垒砌的几案，不过学子们倒是专心致志，书声琅琅。田锡非常高兴，伸出大拇指赞道："'一箪食，一瓢饮，在陋巷，人不堪其忧，回也不改其乐！'孩子们，好样的，你们爱学习的样子真好看，希望将来的你们个个都能成为复圣！"

张尧卿也大声鼓励道："孩子们，你们现在虽然条件艰苦，但这只是暂时的，咱们会很快好起来的。你们应该想想田知州，他当年求学，那才是真的辛苦。阿吒发蒙，修文立志，长安读经，渭北习文，田知州苦学二十余载，终于成为大儒，闪耀金榜，名动天下。孩子们，田知州就是咱们学习的榜样。只要咱们像田知州一样刻苦努力，将来也一定会像田知州那样取得成功！"

孩子们都激动不已，激烈鼓掌，小脸涨得通红。有个大胆的学子站起来，大声问道："田知州，您能孜孜以求苦学二十余载，这是常人难以做到的。很多人参加科考，一次两次不中还能接受，如果三次四次还不中，可能就灰心丧气了。是什么支撑您一直坚持下来不放弃呢？"

田锡回答道："你问得好，读书求学确实很难，要坚持下来确实不易！不过，先父曾给本官讲过一句话，这句话，本官曾对很多人都讲过，今天本官再把这句话赠予你们。先父说：'汝读圣人之书而学其道，慎无速，为期二十年，可以从政矣。'先父这句话不仅是让本官苦读二十年，更重要的是要求本官要'学其道'。尽管我们三次五次都没考上功名，但并非官家看不见我们，而是我们未能'悟道'。'悟道'不是一件容易的事，有人悟得快，有人悟得慢，但只要勤学苦修，我们总有一天会开窍的。到那时候，金榜题名也就是水到渠成的事……"

看了学舍，鼓舞了孩子，田锡继续绕着文翁石室看。他走得又快又急，似乎在搜寻什么。众人都不解，也不好问。转了半天，最后他们转进了一间偏房。偏房又破又烂，满地灰土。田锡在里面，终于看见了孔子的雕塑。

田锡上前，对着孔子塑像拜了拜，这才转身，皱眉问道："圣人的塑像，怎么在这里？"

张尧卿红脸说道："学舍不够用，学子们就把塑像搬到这里来了。等学舍修缮完成后，学子们会马上搬回去的……"

田锡严肃地说道："我们的学子到学堂，进门第一件事，就是拜圣人。我们读的是圣贤书，不拜圣人，那就是忘本，明白吗？不拜圣人，我们学习的内容，就成了无根之木，无源之水。现在你把圣人的塑像搬到这里来了，学子进来拜什么？他们的方向在哪里？"

张尧卿冷汗直冒，连声道歉："先生批评得对，学生马上找人搬回去！马上搬回去！"

田锡摇摇头："这事可不能简单搬回去了事。蜀地动乱了多年，孔孟之学已经式微很久了。当今圣上践祚以来，广开科举。正因如此，天下读书人才看到了希望，才争相求学入仕。这是好事，但同时也出现了新的问题。许多读书人不知为何求学，只奔着目标去，贪功急进，不重'悟道'，因此对圣贤之学一知半解。所以，老夫打算在这文翁石室旁边专门修一座文庙供奉孔子，祭祀圣贤，同时把那些石刻也搬进去。以后孩子们来文翁石室求学，第一件事，就是由先生带着去文庙拜孔子，给他们讲儒学先贤。有了这个源头，他们才知道格物致知，才知道诚意正心，才知道修身齐家治国平天下。有了这个传统，有了这个风潮，咱们蜀地才会走出真正的人才，才会出现治世的大才啊！"

30

雅儿又不满了。

雅儿让田锡干正事，田锡去了一趟文翁石室，回来后，又开始找老头子们聊天，而且越聊范围越广，越搞越热闹。聊天不仅喝茶，还开始喝酒了。雅儿质问田锡不务正业。田锡说，他在筹办"乡饮酒礼"。雅儿不懂什么是"乡饮酒礼"，雅儿认为，田锡就是变一个名字来吃吃喝喝。

雅儿对田锡的做法不理解，不过她有个底线，田锡吃吃喝喝可以，但不能找乐伎歌舞。田锡和那些花天酒地、纸醉金迷的官员们唯一的不同，就是他喝酒的时候，旁边还没有乐伎。

但很快田锡就突破了雅儿的底线。田锡不但在组织乐队，还把蕊儿也拉进乐队中去了。

蕊儿不是跟了赵元杰吗？怎么被田锡拉进队伍中了呢？

原来赵元杰离开的时候，本来要把蕊儿带上一起走的。不过王继恩提醒他，在成都玩玩可以，若是带回去的话，官家看见了，肯定会很不高兴的。王继恩说，襄王找了个来自蜀地的歌女刘娥，官家就很生气了。益王殿下若也把蕊儿这个同样来自蜀地的歌女带回去，官家能高兴吗？因此，尽管赵元杰有些恋恋不舍，但是他还是听了王继恩的话，把蕊儿留在了蜀地，并让田锡代为照顾。他说，过一段时间后，他就会派人来把蕊儿接去京城的。

田锡本来非常反感，但是赵元杰是益王，他托付给田锡，田锡也没办法推脱，只得把蕊儿收留下来。田锡原本在城中找了一间民房给蕊儿住，还给她配了丫鬟，保证了三餐食物和四时衣服。但是蕊儿却不去那里，她坚决要求住在衙门里。她还振振有词地对田锡说："田知州，奴家现在是益王殿下的人。他把奴家交给你，还说了过些时就会来把奴家带回京城去，你怎么能让奴家去住民房呢？奴家若有个三长两短，你如何向益王殿下交代？不行，你住在哪儿，奴家就要住在哪儿！"

雅儿拔出宝剑要杀蕊儿。可蕊儿根本不怕，还把脖子亮在雅儿面前，让雅儿动手。雅儿其实只是想把蕊儿吓走，但是蕊儿不怕，雅儿反倒没办法了，只得提着宝剑愤怒地离开。

田锡送不走蕊儿，只得在官署里给她安排一个住处，让丫鬟伺候着，又派出侍卫保护她的安全。

这天晚上，当田锡拖着疲惫的脚步回到官署，在灯下看书解乏时，蕊儿竟然捧着琵琶走了进来。一进门，她就来到田锡身边，莞尔一笑道："田知州，古言'红袖添香夜读书'，知州枯坐青灯，不寂寞吗？让蕊儿给您弹个小曲解闷如何?"

其实,当时田锡正好在翻书找乐谱,因为田锡想举行乡饮酒礼。

田锡一直把"耕"和"读"作为他"致太平"的重要手段,所以他在朝廷的时候,一直致力于促成皇帝举行籍田礼;在地方上为官,则努力推行乡饮酒礼。籍田礼倡扬的是"耕",乡饮酒礼倡扬的是"读",只有把这两件事都做好,大宋的百姓才能安居乐业。

这两件事,历代典籍都有记载,周朝以降的和平年代都举行过,只不过从唐末乱世以来,就再也没人做这件事了。现在要重新做,那些礼仪都好办,书上有记载,照着做就是了。难办的是礼乐。礼乐是没办法留下来的,只要没有乐谱,有礼仪也没法做。实际上,田锡在京城推进籍田礼的时候,礼乐也是不完备的。田锡也明白这一点,但是为了及时推进,就算礼乐不完备,田锡也告诉太宗一切准备就绪,可以进行——可惜的是,就算这样,最终还是劳而无功。

乡饮酒礼的礼乐更不完善。田锡在京城秘阁供职的时候,曾仔细查过,可惜只找到一些残谱,并不完整。到成都后,他查了好几家私人藏书阁,包括文翁石室的藏书阁,但都没有找到乡饮酒礼的完整乐谱。田锡和老人家们攀谈,劝课农桑以外,也是希望从他们那里得到一些关于乡饮酒礼乐谱的信息。

功夫不负有心人,田锡寻了多日,终于在孟昶曾经的秘阁里找到了。秘阁里不但有乡饮酒礼的完整乐谱,还有籍田礼的完整乐谱。籍田礼的乐谱不仅完整,而且还和京城秘阁里的乐谱有些不同。显然,孟昶秘阁里的这份乐谱才是正宗的。道理很简单,唐末动乱开始的时候,很多王公贵族都躲到蜀地避难来了,他们带来了大量的宫廷文献。同时后蜀又有着近四十年的安定岁月。可以说正是这个原因,后蜀宫廷把这些乐谱极好地保存了下来。

田锡非常兴奋,他拿着乐谱仔细看,思考着应该组建一支乐队来演奏这样的音乐。田锡听过成都各个勾栏的音乐,大都是一些"靡靡之音"。给他们乐谱,他们肯定也能演奏,但绝对不是那个味儿。乡饮酒礼不只是走过场,还要用音乐来感染人,教化人。若是演奏不到位,是达不到教化人的目的的。因此,田锡一直为这事苦恼着。

就在这时,蕊儿抱着琵琶进来了。

田锡诧异之余,忽发奇想,不如让蕊儿演奏一次,看看她能不能找到感觉。蕊儿号称蜀地第一歌女，就算不会，应该也不会太差吧。

田锡笑道："我不喜欢听琵琶，我喜欢吹笙，你会吹笙吗？"

"会呀，乐器就没有奴家不会的！"

蕊儿之前一直帮助赵元杰整治田锡。当赵元杰不带她走，而是把她交给田锡的时候，她死的心都有了。落到了田锡手里，而赵元杰又不在身边，田锡不知要把她折磨成什么样子，说不定还会杀掉她。所以，当田锡准备把她安放在民房时，她就认为田锡是准备找人杀她。毕竟在外面被人杀了，田锡完全可以找个理由应付过去。因此她坚决不走，要留在官署里。只要在官署里，田锡就不敢轻易害她。但是让她没想到的是，田锡并没有虐待伤害她，反而把她照顾得很好，因此她的心就变得安定下来了。

不过，安定下来的蕊儿住在官署里又深感寂寞。毕竟她是在欢场上过活的人，她可不喜欢这样的枯燥和寂静。再说了，赵元杰走的时候，确实说过会把她接到京城去。但什么时候来接她呢？这谁也说不清楚。说不定过了几天，他遇到了新的美人，就把自己给忘了呢。所以，命运还得把握在自己手中。正是有着这样的想法，蕊儿才梳妆打扮，拎着琵琶来找田锡。

田锡号称"天下正人"，蕊儿本来以为会碰一鼻子灰。没想到，他竟然让自己吹笙。蕊儿自然兴奋不已，接过田锡递过来的乐谱。

不过，蕊儿把乐谱一看，立刻便丢掉乐谱说道："这个谱子奴家会吹，不用看。"说完，蕊儿垂眉敛容，调理气息。待呼吸平静后，便拿起笙，缓缓吹奏起来。

蕊儿笙声一出，田锡立刻被惊动了。他没想到打扮得如此俗艳的蕊儿，竟能吹奏出如此雅致的乐声。尽管时节已经是初冬，但是田锡却感觉就像站在春天的田野，阳光暖照，蜂飞蝶舞，百鸟争鸣。田中绿油油的秧苗，被微风腾起细浪，一时间波光粼粼，绿涛滚滚，让人有种坐在湖心小船荡漾的感觉。

蕊儿的笙声终了，田锡还泡在旋律的温泉里走不出来。直到蕊儿把嘴凑过来，在他耳边轻轻喊了两声"田知州"，田锡才惊醒过来。发现蕊儿靠得这么近，他赶紧严肃地说道："蕊儿，坐到凳子上去，老夫有话问你！"

蕊儿只得没情没趣走过去坐下来。田锡问道："你告诉老夫，你怎么会吹这套谱子？"

蕊儿道："这是我娘教我吹的。"

"你娘是谁?"

"我娘姓徐,曾是孟后主的妃子。孟后主去了京城后,我娘就流落民间,嫁给了我爹。我爹是个老实巴交的农人,整天种田栽茶,我们家里几个孩娃吃了上顿没下顿,日子过得异常艰难。我娘虽然也采茶织布,整日里忙得晕头转向,但是只要一有空闲,她就教奴家鼓瑟吹笙弹琵琶。刚才知州让奴家吹的这个曲子,就是娘让奴家反复练习过的。这个曲子奴家从小就不喜欢吹,因为娘让奴家吹的时候,总是有很多规矩,什么沐浴焚香,什么屏息静气,等等,太麻烦了。但是娘反复逼迫,而且,若是奴家不吹,或者不按程序来,娘就会狠狠地打奴家。久而久之,奴家就学会了。但是学会后却没什么用,此后也从来没吹奏过……"

田锡兴奋地问道:"你娘在哪里?快,快带老夫去见见她!"

"我娘已经去世了……"蕊儿一时间梨花带雨,眼泪扑簌簌往下流,"我爹是茶农,茶税太重交不起,被官府抓去关在狱中。我娘本来就累出了病,一着急,就生病去世了。我爹在狱中又被打得吐血,最后答应把家里几间破房抵押给官府,这才被放了出来。我爹虽然出来了,但是我们没地方住,我爹就带着我们几兄妹去逃荒。然而不久他也去世了,我们几兄妹只得四处逃散。奴家在讨饭过程中,一家青楼的老鸨发现奴家会吹拉弹唱,因此把奴家带到了青楼,教奴家歌舞艳曲。渐渐地,奴家在成都就有了艳名。再后来,奴家被带到益王殿下身边。奴家原本以为从此就能过上好日子的,没想到益王殿下竟然丢下奴家,独自回去了,也不知何时才会派人来接奴家……田知州,要不奴家以后就跟着你吧。你是好人,是正人,肯定不会像益王殿下那样薄情寡性的。"

说着,蕊儿就向田锡靠了过来。田锡赶紧阻止道:"蕊儿,好好地坐着,别胡说。老夫现在给你布置一个任务,你把这套乐谱拿去,老夫会给你找一支乐队,你当他们的老师,照着乐谱,把她们全部教会。记住,你教她们的时候,一定要像你娘当年教你一样,沐浴焚香,屏息静气。只有这样,才能吹出你娘让你吹的那个味儿。老夫即将组织乡饮酒礼,奖掖学子。只要你把这事做好了,就立了一个大功劳。到时候,老夫就会到官家那儿给你表功。只要官家认可你,益王殿下肯定会把你接回京城去的。明白吗?"

蕊儿听得激动不已,也不再往田锡身上凑,而是拿起乐谱,欢天喜地出门去了。

31

蕊儿刚一出门，还没走几步，一把闪着寒光的剑就递到她面前。随即，那剑如同一条冰冷的蛇，紧紧贴到蕊儿的脖子上。蕊儿吓得大叫一声，乐谱也随即掉到地上了。

接着，蕊儿的嘴巴被迅速捂住。"别叫，再叫你就没命了！"

黑暗中，雅儿那张冷艳的脸慢慢露了出来，但见她冷声喝道："说，半夜三更的，你鬼鬼祟祟去我家先生屋里做什么？"

蕊儿知道是雅儿后，一下就放心了。雅儿虽然做出凶狠的样子，但肯定不会伤害她。蕊儿在市井里摸爬滚打许多年，阅人无数，自然明白雅儿的心思——雅儿这是因为爱上了田锡，心里吃醋，才会对她发狠呢。也因此，雅儿的样子越凶狠，她越开心，忍不住就逗雅儿道："妹子，你想知道姐姐到你先生那里做了什么，你就该早点进来。现在姐姐已经做完走了，你想看，也看不见了呢！"

雅儿气得咬牙切齿："你信不信本姑娘立马杀了你？"

"女侠饶命，女侠饶命啊！奴家好怕哦……"

蕊儿这副嬉皮笑脸的样子，把雅儿气昏了。她扯住蕊儿的衣服，一使劲就把蕊儿提了起来。蕊儿两脚悬空不能着地时，才真正感到了害怕。这一次喊"饶命"，才有了一点求饶的味道。

这时，忽然有人从地上捡起乐谱，拍拍上面的尘土，摇摇头道："多好的乐谱，丢在地上污脏了，实在可惜……"

雅儿这才把蕊儿放到地上。定睛一看，原来那人竟是潘阆。雅儿又把剑指向潘阆，叫道："怎么又是你？你真是无孔不入！"

潘阆满不在乎："我潘阆号称'市人'，凡是有市井的地方，都会有市人，市人当然无处不在了。"

雅儿道："你这次又想干什么？"

潘阆嘻嘻笑道："市人是神仙，本职工作是算命。要不，市人也帮你算一算？"

雅儿心中一凛，因为潘阆每次算的都实现了！康继英说这人是个奸细，是故意透露消息的。但雅儿不信,如果他真是奸细,那他就是一个"鬼"一样的奸细,因为他无孔不入、无处不在。如果是人的话,不可能做到这一点。雅儿一听他要算命就害怕,但是又止不住想听。就仿佛前面是个巨大的旋涡,明明只要靠近就会陷进去,但是又总让人忍不住想靠近。

"你又想算什么命?"

潘阆把雅儿上下打量了一番,笑道:"市人算出你竭尽全力追求的东西不会有好结果,你最好尽快收手!"

雅儿一阵慌张,整个脸通红:"我追求什么?"

潘阆笑道:"你追求什么你自己知道。"

蕊儿从潘阆手中拿过乐谱想走人,但是雅儿一把夺过来:"我们先生把乐谱给你做什么?"

蕊儿得意地说:"田知州让我给他的乐队当先生呢!"

"胡说八道!我家先生怎么会让你当先生?你当什么先生?你教别人的都是淫词艳曲,你能当什么先生!哼,一定是你偷了我家先生的乐谱!"

雅儿说完,拿着乐谱就走。不过她心里其实十分慌张,所以拿着就开跑,仿佛她从别人手里抢了什么东西,怕别人抢回去一样!

蕊儿在后面大声喊。潘阆拍拍蕊儿的肩膀,安慰她道:"放心,是你的东西,别人也抢不去。"

蕊儿盯了潘阆一眼:"你是谁?"

潘阆道:"我是算命的,想不想让我给你算一算?"

"好啊,奴家正不知何去何从,你算算!"

潘阆把指头掐了半天,说道:"最终你会进入王府的……"

"真的吗?"蕊儿高兴地说道,"这么说,益王殿下确定会来接奴家的了!太好了!"

潘阆却摇摇头:"未必是好事……"

"怎会不是好事?"蕊儿急了,"进了王府,不但从此锦衣玉食,而且奴家也从此成为人上人了!这还不是好事?"

"纵使晴明无雨色,入云深处亦沾衣。哈哈,哈哈……"潘阆也不回答蕊儿,大笑着,绝尘而去。

32

雅儿拿着乐谱跑回官署，砰一声推开门。田锡还在灯下看书，看见雅儿怒气冲冲闯进来，甚是诧异。雅儿冲田锡大叫道："先生，你看，你也不把东西放好，这乐谱都给蕊儿偷去了，你也不知！"

田锡接过来看了看，笑道："这乐谱是老夫专门交给蕊儿的，怎么会在你手里？是不是你从她手里抢过来了？"

"你为什么把乐谱给一个歌伎？你想做什么？"

田锡发现雅儿神情怪怪的，不知她是怎么了，但还是解释道："老夫给她，是让她照着乐谱，教一支乐队出来……"

"先生，你太过分了！"雅儿打断田锡，"你不务正业，不理正事，整天吃喝玩乐也就罢了，竟然还要组建一支乐队供你享受！你一到成都就完全变了，完全变了！你这样做，和那王继恩有什么区别？"

"雅儿你胡说什么！"田锡有点生气了，"老夫组建乐队，是为了自己享受吗？"

"你不是为了享受，是为了得到那个歌伎！"雅儿针锋相对，"先生我提醒你，你只是个保管的，那个歌伎是益王的，益王只是让你保管一下。你保管别人的东西，可别收归自己所有了！"

"雅儿你太过分了！"田锡猛地站起来，把桌子一拍，"你胡搅蛮缠干什么？你根本就不懂！"

雅儿从未见过田锡这副凶狠的样子，眼泪大颗大颗从眼中滚了出来。嘴唇哆嗦了半天，终于哽咽着说了一句："你瞧不上我……"

说着，转身猛跑出去了。

却在门口时，与从外面进来的张咏撞了个满怀。张咏看了看飞跑出去的雅儿，又把田锡瞧了一眼，意味深长地说道："表圣，你这是怎么了？小两口闹矛盾了？"

"乖崖，你凑什么热闹？"田锡叫道，"这雅儿今天不知怎么了，说话冲死人！你不安慰田某倒也罢了，还来火上浇油！"

张咏和田锡读书时就是很好的朋友，那时候就曾有诗文唱和。田锡虽然比张咏大六岁，但他们心里彼此之间从来没有年龄差。田锡进士及第时已三十八岁，张咏进士及第时也已三十四岁，都属于大龄进士，因此两人有非常多的共同语言。现在机缘巧合，又同在一起共事，也特别愉快融洽。两人的政见也一致，都认为蜀地动乱的原因，是朝廷茶叶专卖、税赋太重，官员又肆意盘剥，因此最好的治理办法，就是休养生息。张咏对田锡大兴文教、举办乡饮酒礼非常支持。尽管田锡把政务都交给了张咏，但张咏也只是轻刑简政。大多数时间，他也过来陪田锡找老人家聊天，和学子们谈心。

田锡的个人情况，张咏是非常清楚的。田锡的夫人杨氏已经去世多年，两个儿子在京兆读书谋生，还未入仕。田锡实际上是孤身一人，年近六旬却没人照顾，他续娶一个，也是应该的。他也看得出来，雅儿一直非常喜欢田锡，一直跟随田锡并细心照顾着他。他早就想挑破这事，让田锡娶了雅儿，却一直没找到好机会。今天一进门，就看见雅儿气冲冲夺门而出，张咏知道，机会来了。

张咏坐下来，端茶喝了一口，嘿嘿笑道："表圣啊，你年纪不小了，需要有个知冷知热的人照顾你。我看呀，这雅儿姑娘很不错。要不，你把她收了吧。"

田锡气冲冲地说："雅儿不是一直在我身边吗？我也没有亏待她呀，还要怎么收她！"

张咏笑道："表圣啊，你没听明白。你独身多年，儿子也不在身边，你该续弦，照顾你的晚年！雅儿姑娘对你一片深情，你娶了她，让她来照顾你，你晚年会很幸福的……"

田锡呆了一会儿，随即连连摇头："不行不行！雅儿这丫头比我儿子年纪还小，我一直把她当自己女儿看待，怎能对她动非分之心？娶她，那就是害她！不行，绝对不行！"

张咏道："你把她当女儿看，可人家把你当心上人看！你娶了她，遂了她的心意，她高兴还来不及呢，如何是害她？"

田锡笑道："乖崖，你什么时候成媒婆了？有人说田某不干正事，我看你呀，这才是不干正事！好了好了，这事到此为止，说正事吧。"

张咏大笑："没有正事，在有些人眼里，咱们干的都不是正事！"

田锡严肃地说："乖崖啊，幸亏遇到咱俩搭档，咱们治蜀的看法如此一致。若是遇上王继恩这样的人，蜀地的动乱还不知要延续多少年呢……"

张咏点点头："蜀地今后还会不会乱，我不敢确定。但不管怎么说，咱们有一个好的开始，给了蜀地一个好的方向，这就是对的。"

田锡道："你说的不错，这是一个好的开始，但也只是一个好的开始。蜀地的治理是一个漫长的过程，咱们现在采用休养生息的施政措施，但是不可能永远休养生息，此后还将根据蜀地的情况进行调整。田某担心的是，毕竟咱俩不可能在蜀地干一辈子，也不可能一直搭档。后任者会不会按照咱们既定的步骤向前推进，真的很难说。假如后面又出现动乱，那么咱们在蜀地表现出来的耐心，立刻就会被否定。王继恩那种简单粗暴的方式，很可能又占上风，获得后任者的支持，也获得官家的支持。到那时候，蜀地就更难治了……"

张咏长叹一声："表圣啊，以后的事，咱们也管不着，先把眼前的事情做好吧。"

田锡道："对对对，咱们先把乡饮酒礼做起来！"

33

送走张咏后，田锡熄灯就寝。不过，躺在床上后，他却辗转反侧，一夜未眠。张咏向他提起的关于雅儿的事，其实他并非一点感觉都没有，只是他一直不愿意面对，因此也从来没有认真思考过这个问题。不可否认，他其实也很喜欢雅儿，雅儿长得好看，又活泼好动，全身上下都是一股青春的气息。她就像一缕初夏的山野之风，只要走近她，田锡也会很快被点燃，仿佛身上也一下充满青春活力。能够有雅儿这样的姑娘常伴身边，他也有一种永远不老的感觉。

不过，就算他喜欢雅儿，他也绝不能把雅儿占为己有。这孩子千里迢迢到东京找他，让他帮助报仇雪恨。但实际上，他并没有帮雅儿办到这一点。没有办到也就罢了，竟然还要把她占为己有，这是不道德的。再说了，正如他给张咏讲的那样，雅儿比自己的两个儿子都小，自己也一直把她当小女儿看待，怎能娶为妻？

儿子们对这件事会怎么看？两个儿子也不小了，可是一直未考上功名。儿子们没能考上功名，田锡觉得自己当父亲的是有责任的。因为孩子们不在他身边，缺乏陪伴教育。但他实在是没有办法，自己入仕以来一直颠沛流离，居无定所，又经济拮据，根本没办法把孩子们带在身边，给他们良好的教育，只能让他们去自己曾读书的京兆一代，边谋生边求学。前些时，两个孩子还来信说，多次科考都没有起色，不想再读了。田锡当时还严肃地回信告诉他们，他们之所以没能考上，是因为杂念太多，不够刻苦。田锡希望他们能够生活清简，苦学二十年，甚至苦学三十年。田锡又把他父亲，也就是孩子们爷爷告诫他的那番话拿出来，给孩子们讲了一次，再次叮嘱他们"学其道，慎无速"的道理。

如果在这时候，自己却续弦，给孩子们树立一个"享受生活"的坏榜样，孩子们将怎么看他，还能安心读书么？

张咏说雅儿乐意。就算雅儿乐意，也不能这样做。自己年近花甲，已是衰朽之年，怎能把自己的多病苦痛，压在青春年少的雅儿肩膀上？

那天晚上，田锡找了无数个不能娶雅儿的理由，每个理由都气势磅礴，雄辩滔滔，把自己说得心服口服。但是，田锡依然睡不着，雅儿的如花笑靥依然时时在他面前闪现，挥之不去。

辗转反侧了大半夜，临近天亮的时候，田锡终于想到了一个解决办法，那就是赶紧把雅儿嫁人。一想到嫁人，第一个浮现在田锡脑海里的人就是康继英。确实，再也没有比康继英更恰当的人了。康继英相貌堂堂，为人正派，武功高强，雅儿和康继英在一起，那就是郎才女貌，是让世人羡煞的神仙眷侣！

而且更让田锡欣慰的是，康继英也很喜欢雅儿。康继英本来是个英雄了得的人，但是只要在雅儿面前，就成了一副傻傻的样子，以至于雅儿经常喊他"傻小子""浑小子"。田锡明白，只有爱着的人，才会是这种傻呆呆的模样。不过，这也同时说明，雅儿并没有爱上康继英。当然了，她的心思都在自己身上，怎么会爱上康继英呢？现在最好的办法，就是把她嫁给康继英。就算暂时不爱，在一起待的时间长了，雅儿自然就把心思转移到康继英身上了。

康继英护送着赵元佐回京城去了，还没有回来。等他回来，立刻就让他提亲，把雅儿嫁给他！

田锡忽然又想到，康继英为何迟迟没有回来呢？不会在路上出了什么差错吧？

34

田锡的担心不无道理,康继英在路上确实遇到了很大的麻烦。

从眉州出发,没走多远就发现了异样。路边树丛中,总有人影穿来穿去。不过康继英一副浑然不觉的样子,不打探,甚至不往两边看,只是一心一意地护送着赵元佐的轿子往前走。

跟随康继英的侍卫心中不安,提醒康继英路旁有可疑的人。但康继英让他们别搭理,只管走就是了。这使得跟随的侍卫都觉得康继英胆小怕事,觉得他那"大宋第一好汉"的称号,完全是徒有虚名。有两个侍卫不服气,偷偷溜了出去,想抓住挑衅的人建功。但是他们出去不久,大家只听得两声惨叫,便再也找不到他们的踪影。

剩下的侍卫知道这两人遇害了,让康继英为两人报仇。可康继英依然不为所动,只是紧紧贴在赵元佐身旁。那些侍卫们愤愤不平,又有两个人公开表示要去报仇。康继英阻止他们,他们却指责康继英是懦夫,不听康继英劝阻就跑进林中。但是他们进去没多久,又传来两声惨叫,同样的,那两个侍卫也再没有出来过了。

连续死了四个侍卫,剩下的侍卫才不敢再轻举妄动了。

实际上,康继英的头脑非常清醒。他从林中树影的摇动便已经判断出,这是一些武功极高的人,他身边的那些侍卫根本就不是他们的对手。这些人之所以只在林中晃动,不出来,显然就是忌惮他,想把他引入林中。只要康继英离开了赵元佐,他们就会趁机对赵元佐动手。康继英正是识破了他们的阴谋,因此才不为所动,始终紧紧贴在赵元佐身边,让刺客们根本找不到机会。

晚上的时候,康继英也会尽量少睡觉,保持警醒。就算他要眯一会儿,也会让一个侍卫在他身边紧紧盯着。一有风吹草动,立刻让侍卫叫醒他。

不过,就算如此防范森严,依然出现了麻烦。这个麻烦不是来自刺客,而是来自赵元佐自己。有一天,赵元佐借口去解手,竟然翻窗逃了出去。好在侍卫还算警醒,迅速叫醒康继英。康继英赶紧带着侍卫们四处寻找,最终发现赵元佐坐在路边的石头上。更危险的是,当康继英等人到达的时候,刺客也跟着赶到。康继英毫不客气,用他高超的武功,很快就杀掉了其中一名刺客。其余刺客见势不妙，才赶紧逃走。就在刺客逃走的过程中，康继英又发现了非常熟悉的"鹰背狼步"。显然，这又是那个奸细组织的人。

赵元佐坐在石头上，轻轻叹息了一声。

实际上，在康继英和刺客打斗的过程中，赵元佐就表现出一副事不关己的样子，神情淡然地拿着一根草棍，和地上的蚂蚁玩。他这样的表现，让侍卫们非常不满。等到康继英打跑刺客，他发出叹息声时，侍卫们再也忍不住，抱怨道："大殿下，您知不知道我们都在拼死保护您，您为何自己跑出来了呀？"

赵元佐摇摇头："你们根本就不该护我。只要我活着，麻烦就不会有停歇的时候。你们还是让他们把我杀了算了……"

侍卫们更不高兴了："您这意思，我们是自作多情了？"

赵元佐站起来，也不说话，甩着长袖自顾往前走去。

望着赵元佐的背影，康继英一阵发愣，他心里非常沉重，同时他也知道，自己肩上的担子更重了。

就这样，在刀光剑影、危机四伏中，康继英终于把赵元佐送到了京城。直到那时候，康继英才长舒一口气，转身往蜀地赶回来。

35

回头说田锡。

田锡几乎一夜未眠，各种思绪在心中纠缠不休。直到天亮时，他才稍稍合眼。但眼睛才合上，却又猛地惊醒过来。他感到似乎有些异样，忙从寝房走出来，发现雅儿已经做好饭菜，等在桌边了。其实雅儿并没有喊田锡，但是田锡像是有心灵感应一样，一下就感应到了。

一开始，两人都不说话，只是默默地吃。后来，田锡打破沉默，笑着对雅儿说道："雅儿，家务活这种事情，还是让仆人来做吧。等你继英哥回来，你就和他一起去监修文庙。这是咱们在蜀地以文教化百姓的重要内容，你们不可轻视。"

"好啊。"雅儿面无表情地回答。

田锡又道："你跟着你继英哥干事，对他要恭敬。不要'傻小子'长'傻小子'短的。你继英哥是团练副使，又是工程负责人，你当着他手下的面称他

'傻小子'，让他多没面子啊。"

"好啊。"雅儿依然是木木的表情。

田锡顿了一会儿，又说："我看你呀，平常是有点小瞧你继英哥了。你继英哥是个非常优秀的男人。他相貌堂堂，武功高强，更重要的是，他正直善良，很有担当。这样的男子，是值得任何一个女儿托付终身的。雅儿呀，我看你也不小了，你得留意一下你继英哥。和他在一起，你一生会很幸福的。"

雅儿呆了一下，拿碗的手有点抖。不过随即她就把碗往桌上重重一放，起身就走。田锡不放心，追着她的背影问道："雅儿，你要去哪儿？"

"你不是让奴家跟着继英哥做事吗？继英哥现在还没回来，奴家心里着急呢！得现在就去找他，万一他在路上有个三长两短，可怎么办呀！"

田锡一怔，半天才又说道："用完早餐再去呀。"

"奴家等不及了呢，奴家现在好担心继英哥啊！"

说着就往外跑。不过，正当她跨步出去的时候，康继英刚好也迈步闯进来，两人就在门口撞了个满怀。雅儿有一瞬间的躲闪，但随即她就迎上去，把康继英搂住，手在他肩膀上不停拍打，一时间眼泪哗哗地说："继英哥，你到哪里去了，怎么这会儿才回来呀？哎呀，奴家可担心死了！担心死了！"

康继英满脸通红，一动不敢动。他一直在心中默默地喜欢着雅儿，但是他本分又腼腆，从来不敢向雅儿表白。现在被雅儿这么热辣辣地搂着，他的心中怎么会不激动呢？

却是田锡的内心也漾起一阵波浪。不过他迅速镇定下来，招呼康继英坐下来吃饭，又嗔怪雅儿："雅儿呀，你继英哥这是跑了一夜的路啊，赶紧让他坐下来洗把脸喝口水，吃两口热饭吧。"

雅儿这才松开手，又夸张地把康继英拉到桌边坐下，给他递上热毛巾，又给他倒上热水，端上热饭，然后坐下来抓住他的衣袖，让他讲路上的经历。雅儿非常投入地听着，随着康继英的讲解，雅儿做出各种夸张的表情。康继英讲到惊险处，雅儿紧张得全身发抖，还死死揪住康继英的手；但康继英讲到高兴处时，雅儿便开怀大笑，甚至笑得猛拍桌子，趴在桌上直揉肚子。其间，但凡田锡要说一句什么，或者问一句什么，雅儿立马就会插嘴，根本不给田锡说话的机会。似乎此刻在这个世界上，就只有她和康继英两人。

康继英一讲完，雅儿立刻半搂着他往外走。田锡要给他吩咐事情，雅儿立刻打断他:"先生你不用讲了,奴家这就随继英哥去监修文庙。走走走,继英哥,咱们赶紧走吧!"

康继英被雅儿扯着趔趔趄趄往前走,心里如同充满腾腾蒸气,脚下又似踩上了软软棉花。

在工地上,雅儿也不避人,左一句"继英哥"右一句"继英哥"地喊着,时不时凑到康继英面前撒撒娇,搞得康继英手下的那些兄弟们嘀嘀咕咕,对康继英挤眉弄眼。有的甚至把脑袋凑到康继英面前:"大哥,什么时候请兄弟们吃喜宴啊?"

康继英把他们一把推开:"滚去干活!田知州说了,让咱们必须在半年内完工!你们这样偷懒,能按时完成吗?"

雅儿围着康继英转,像蜂儿围着花朵转,嗡嗡闹着。康继英的脑海里,一整天都是嗡嗡的蜜甜的声音。晚上的时候,雅儿还挽着康继英的手往家里走,一到门外,雅儿就大声喊:"先生,先生啊,我和继英哥回来了,饭做好了吗?我们饿了!"

一进屋,雅儿就把康继英拉到座位上坐下,亲自给他端上一盏茶,声音软得像熬化的麻糖:"继英哥,你渴了吧?真是辛苦了,来来来,休息一会儿,雅儿给你捏捏肩。"说着就到康继英的身后,当着田锡的面,轻轻给康继英捏弄起来。

康继英极不自在,耸着肩膀对雅儿说:"雅儿,快过来坐着,咱们给先生说说文庙修建的进展情况。"

雅儿却说:"刚开始建呢,有什么可讲的。咱们还是研究研究图纸吧!"接着就把康继英拉到窗下的几案上研究起来。雅儿小声说着,把脑袋往康继英面前深深地凑着。康继英也只得小声说,也把脑袋往雅儿面前凑去。两人的姿态变得和谐又融洽,时不时会心一笑。雅儿又在康继英身上打一下,做出嗔怪的亲昵动作。而往往这时候,康继英就会仰头大笑,一副很自得的样子。

田锡坐在椅子上看书,端起茶,轻轻啜着。望着远处的康继英和雅儿,他的目光就像看自己的一双儿女,欣慰地笑着。接着,他便垂下头继续看书。只是那字在书页上如同跳舞一样,跳来跳去。田锡的目光软弱无力,根本没办法把那些字按在它们原本的位置上。

看不成书,田锡只得把书放在几案上,和蔼地说道:"继英、雅儿,你俩好好讨论，一定要加快进度，并且确保工程尽善尽美，万无一失。老夫也得去找张通判研究研究政务了。"

说着，田锡背着手，哼唱着，大步出去了。

却是田锡一走，雅儿霍地站起来，往内室走去。

康继英道："雅儿你到哪儿去呀？咱们还没有谈完呢！"

"困了，不想谈了，明天再说，本姑娘要睡觉去了。"

康继英莫名其妙，这雅儿还真是个姑娘家，情绪变化实在太快了。

36

田锡催着康继英加快施工进度是有道理的。他有一个预感，自己可能在蜀地不会待太长时间。如果文庙还没有建成，同时乡饮酒礼没有举行就离开蜀地，继任者是张咏倒也罢了，若不是张咏，会不会继续做这些事情真的很难说。如果此时夭折，那么田锡想要达到的目的就很难实现了……

还真是担心什么就来什么。很快，朝廷就来了一纸调令，把田锡贬谪到海州担任通判。而田锡遭到贬谪的原因，正好与他修建文庙和筹办乡饮酒礼有关。

田锡修建文庙，弹劾者认为，蜀地本来民力枯竭，可是田锡却大兴土木、劳民伤财。田锡筹办乡饮酒礼，弹劾者又说，田锡不务正业，吃喝享乐。弹劾者还提到田锡放羊式的管理方式，认为田锡"治郡无称"的毛病依然存在，他这样的做法，会造成蜀地新的动乱。

这一次，弹劾的人很多，不仅有赵昌言集团、"三李"集团，还有朝中其他集团的人。大家都气势汹汹，一副要把田锡打下十八层地狱的样子。

之所以这么多人弹劾田锡，根本原因是赵普去世。

赵普去世与田锡有什么关系呢？没什么关系，但是与吕蒙正有关系。赵普去世后，宰相的位置就空出来了。虽说赵普当宰相的时候，太宗以他有病为由，一直不用他，让他赋闲在家。但是这个位置毕竟是宰相，谁都想当这个宰相。偏偏太宗把吕蒙正从参知政事升为宰相，于是吕蒙正就成了众矢之的。不但李昌龄、赵昌言不高兴，二府的其他副宰相也不高兴，甚至六部的一些尚书，也觉得宰相应该是自己的。他们不高兴，自然就要把吕蒙正搞下台。但是吕蒙正非常谨慎，做事滴水不漏，没有什么可指责的，于是就纷纷把矛头对准田锡。毕竟田锡是吕蒙正推荐的，田锡的问题越多，吕蒙正就越失职，所以田锡才会遭遇那么多雪片一样的弹劾。

好在太宗比较冷静，一贯的做法是，弹劾越多，他心里越怀疑，绝不会跟着那些大臣的节奏走。所以尽管那么多人弹劾田锡，但太宗仅仅把田锡从益州知州降为海州通判。当然了，太宗这样做，其实是照顾了众人情绪的。尽管只降了一级，但是成都几乎在大宋的最西边，而海州几乎在大宋的最东边，太宗让田锡横穿整个大宋，算得上是对田锡的一种"流刑"吧。

至于吕蒙正，太宗并没有贬谪他，依然让他当宰相。不过太宗却借机敲打了他，告诉他此后做事必须谨慎，不能随便决策。这种敲打，实际上也是把吕蒙正纳入之前赵普的那种角色。尽管没有让他赋闲，但其实剥夺了他很大一部分权力，这也是太宗对待宰相的惯常方式。

37

田锡被降为海州通判的消息，犹如一个晴天霹雳，把雅儿惊呆了。

这段时间，雅儿故意和康继英亲热，想以此气田锡。可是田锡却一副满不在乎的样子，因此雅儿对田锡的怨恨到了极点。但当田锡被降职并发配到海州的消息传来后，雅儿对田锡的怨恨一下就烟消云散了。不但烟消云散，反而在心里为田锡愤愤不平，大骂弹劾田锡的人，又咬牙切齿地说，哪天再回京城，一定劈了那些狗官！

田锡倒是很平静，他似乎并不关心自己的事情，他着急的是张咏。他被贬谪了，新任益州知州是谁，朝廷迟迟没拿出结果。他最担心的是，朝廷把张咏也调离了。而且这是很可能发生的事。毕竟张咏和他政见相同，做法一致。朝廷既然否定他，自然不会肯定张咏。

对于田锡来说，张咏是他最后的希望。不让他治蜀没有关系，只要张咏还在蜀地，蜀地就会在一个好的方向上继续向前发展。但如果把张咏也调走，换成王全斌、王继恩那样的人，动乱就不远了。

所以田锡很忧愁，他在给太宗的谢表里，除了言辞恳切地说那些应该说的话以外，还特别恳求太宗把张咏留在蜀地，让张咏接替他担任知州。

太宗拿到谢表后，立刻拿去给王继恩看，问道："王卿，田锡的谢表，言辞还算诚恳。不过他又推荐张咏接任他，你也和张咏一起在蜀地待过，张咏在蜀地表现如何啊？"

王继恩在成都吃喝玩乐，又大肆杀戮。但是他回去后，太宗却给予了他充分的肯定，认为他平定了蜀地两场动乱，功劳非常大。他的功绩，甚至比太祖时期收复蜀地的王全斌功劳还要大，因此决定奖赏他。参知政事李昌龄建议太宗封王继恩为宣徽使，太宗也觉得这个官职恰当。毕竟王继恩之前就是相当于大内总管的入内小底都知，这个职务，也就是比都知的职权稍微要大一些而已。

不过，吕端等许多朝臣却坚决反对。因为宣徽使和入内小底都知尽管职权差不多，但宣徽使是外官，而入内小底都知是内官。吕端等人认为，宦官不能担任外官职务，否则就乱了朝纲。

太宗懂得宦官不能任外官的道理，历朝历代也都在抑制宦官。但在太宗看来，这个不成文的规定好，也不好。好在于能够避免宦官坐大，不好在于如果严格执行这项制度，皇帝就不能安排宦官做其他事情了。比如，至少不能让王继恩带兵去蜀地平乱了。而事实证明，派王继恩去蜀地平乱是非常正确的选择。所以在太宗看来，吕端等人的说法是迂腐之见。

不过，尽管吕端等人是迂腐之见，但太宗却依然要极力维护，这是一种正气。一个朝廷，正气是不能少的。少了这种正气，朝廷就会走样，国家就会走样。所以，太宗也有些举棋不定。

这时候，王继恩来到太宗面前，痛哭流涕地说，他希望皇帝不要封赏他！太宗问为什么？王继恩说，一想到那些死在战场上的战士，一想到是他们的鲜血，染红了自己的官袍，他心里就不安，就难受，所以希望皇帝千万别封赏他！王继恩又说，谁都怕死，谁都害怕上战场。他之所以愿意去危险的战场打仗，目的就是报答皇帝对他的知遇之恩。如果获得封赏，他觉得他的心思就被曲解了，他不愿意。

正是王继恩的"高风亮节"让太宗下定决心。他想了个折中的办法，新设了一个叫宣政使的官职，品级和宣徽使同等，只不过有职无差遣，而且是内朝官。

当太宗这么解释的时候，谁也不好再多说了。同时，太宗为了弘扬正气，也肯定了吕端等人的直言力谏，给予他们奖赏。尤其是吕端，太宗让他担任开封府通判的同时，又升他为枢密直学士。枢密直学士不是宰相，但已有一只脚跨入二府了。

正是因为太宗极为相信王继恩，所以才想从他那里了解张咏。

王继恩是个老滑头，他可不会直截了当地评判。他笑着说道："陛下，张咏去了蜀地不久，老奴就离开了。老奴对张咏并不是很了解，不敢妄加评论啊……"

说完后，他顿了顿，却又接着说道："不过，老奴对田通判的这份谢表，倒是有些看法……"

"卿有何看法？"

"老奴看到一个有趣的现象。当年诸葛亮离蜀北伐的时候，给皇帝刘禅上了一道《出师表》，在里面进行了人事安排。田通判离蜀去海州，在给陛下上的谢表中，也进行了人事安排。陛下，您不觉得这很有趣吗？"

太宗脸色有些难看："哪里有趣？"

王继恩道："诸葛亮给刘禅推荐的，固然是贤能之人，但也是他自己的人。田通判给陛下推荐的张咏一向和田通判关系极好，两人很早就有诗文唱和，之前也是田通判给陛下推荐让他担任益州通判的，他也算是田通判的自己人吧。"

太宗面无表情："举贤不避亲嘛。"

王继恩偷看了太宗一眼，他在判断太宗的真实意图。凭他几十年来对太宗表情的研究和对他心理活动的洞察，他很快就有了答案，说道："陛下，举贤当然不避亲。但是田通判和诸葛亮不一样啊。诸葛亮不得不举，因为刘禅昏庸，没有识人之明。陛下可不一样，陛下文韬武略，自古少有，田通判有必要班门弄斧吗？他该不会把陛下想成刘禅了吧？"

宋太宗二话不说，立刻通知胡旦前来，拟调张咏离蜀地的诏书。

胡旦不是在开封府吗？为什么到了舍人院呢？这里有个关节。

在上奏弹劾田锡的人中，胡旦是最起劲的。正是因为最起劲，太宗出于制衡朝臣考虑，把胡旦上调，让他担任知制诰，以此来表示对他弹劾田锡的肯定。

当然了，这样的安排，也是太宗想换人了。

在开封府担任职务，无论是通判还是推官，时间不能太长，这是太宗的经验。所以他不但把推官胡旦提拔起来，而且还提拔了通判吕端。只不过，他并没有让吕端离开开封府，他需要吕端继续辅佐赵元僖。赵元僖是太宗极力培养的人，太宗希望在吕端的辅佐下，赵元僖能有一个他想要的结果。

胡旦长久得不到升迁，就算天天和赵昌言套近乎，和赵元僖套近乎，也没得到升迁。没想到上了一封弹劾田锡的奏折，他竟然升迁了，这让他有些意想不到的惊诧，不知是哪个地方触动了太宗。不过他似乎有了经验，讨好赵昌言是没什么用的，讨好赵元僖也是没什么用的，最重要的是要摸到太宗的心思，讨好太宗。尽管太宗的心思非常难摸，但方向肯定是对的。

所以太宗让胡旦写诏书，胡旦得意不已，用他勃勃的才华，一挥而就。太宗接过去，也没说什么。当然胡旦觉得自己也不需要太宗说什么，就心满意足地出来了。胡旦就这么个德性，没得到重用的时候，四处低三下四巴结人。一旦被重用，他又是一副狂傲不羁舍我其谁的样子。

胡旦刚走出皇宫，就碰上了吕蒙正。他装着没看见的样子，昂着头，甩着长袖，大踏步往一边走去。胡旦一直觉得自己得不到升迁，是吕蒙正在背后捣鬼。现在太宗提拔了他，他当然得在吕蒙正面前炫耀一番。

没想到吕蒙正却叫住了他，他不得不停下来。

"胡制诰，陛下刚才叫你去做什么？"

胡旦哈哈一笑："没做什么？谈天谈地谈文学呢。"

吕蒙正道："是不是陛下让你拟调张咏离蜀地的圣旨？"

胡旦一惊，他不知道为何吕蒙正已经知道这件事了，惊慌之中忙支吾道："没有，没这回事……"

吕蒙正正色道："你为何隐瞒？这是国家大事，本官作为宰相，难道不应该知道吗？"

胡旦来气了！当年他和吕蒙正结下梁子后，夸口"应举不作状元，仕宦不作宰相，乃虚生也"，如今年过不惑了，虽然目标实现了一半，考了个状元，但仕途上却很不如意。而那吕蒙正，不但考了状元，而且已经两次为相了。所以，听到吕蒙正自称"宰相"，他心里如何不气？于是冷笑道："吕大相公是宰相，当然是很大的官。但你这个官再大，也是陛下赐予的，你还能大得过陛下？陛下要升迁张咏也好，罢免张咏也好，那是他老人家的事，你还敢干涉陛下不成！"

吕蒙正一听，撇下胡旦，就往宫中跑去。

这其实正是吕蒙正想要的效果。吕蒙正是个宽厚和软的人，按往常的做法，他是断然不会提到"宰相"二字的。他曾听过胡旦夸下的那个海口，知道"宰相"这个词是胡旦的一个软肋，不能随便碰。但是，不碰胡旦的软肋，就得不到真话。胡旦一激动，果然就把信息全透露出来了，所以吕蒙正才会往宫中飞跑而去。

实际上，田锡写完给太宗的谢表后，他心里还是不踏实，又给吕蒙正写了一封信，特地向吕蒙正推荐张咏，请吕蒙正无论如何要想办法把张咏留在蜀地。田锡在信中说道："吕相，你就对官家说，在蜀地吃喝玩乐的是田锡，不是张咏。张咏曾阻止田锡这么做，但是田锡不听。吕相啊，你保住了张咏，就保住了咱们蜀地的未来啊！"

吕蒙正还没有想明白该如何保张咏，没想到皇帝已经下圣旨了。所以他得赶紧前去抢救，圣旨上要是盖了玺印，可就没救了！

吕蒙正不去找皇帝，直接冲进宫中找玉玺官，发现玉玺官正拿出玉玺准备盖章，于是猛冲上前，一把抱住玉玺官的手。

玉玺官大惊："吕相，这可是官家让盖的圣旨，吕相为何阻止？"

吕蒙正笑道："圣旨上有问题，交给本官，本官去找官家说！"

吕蒙正是宰相，他说有问题，玉玺官自然深信不疑。吕蒙正拿着圣旨跑到太宗面前，扑通一声给太宗跪下。太宗很奇怪，笑道："吕卿，你怎么了，跪下来干什么？"

吕蒙正掏出没盖章的圣旨，递给太宗："微臣请求陛下收回成命！"

太宗板着脸问："为什么？给朕一个理由！"

吕蒙正道："在蜀地不务正业饮酒作乐的是田锡，要处罚就处罚田锡，不该处罚张咏。田锡把益州的政务都交给了张咏，实际上，张咏治蜀是卓有成效的。为了体现褒贬分明，微臣认为应该让张咏留在蜀地，再干一段时间，以观后效。"

其实，太宗并不是因为王继恩的几句话就处罚张咏。他虽然信任王继恩，但以太宗的心智，可不是某个大臣随便几句话就做出决定的人。他让胡旦写诏书，就是要把这事张扬出去。他知道胡旦是个大嘴巴，是绝对藏不住事的。就算胡旦写了，他也迟迟没有让玉玺官盖章。他这样做，其实就是在等吕蒙正。胡旦是太宗践祚以来选的第二个状元，而吕蒙正则是他选的第一个状元。胡旦在关键时刻能够不徇私情，弹劾他的朋友田锡，难道吕蒙正就做不到吗？

所以当吕蒙正终于来到他面前，并说出这话的时候，太宗心里是非常高兴的。他几乎是兴致勃勃地问道："吕卿，你要知道，田锡是你推荐去成都的，他现在被贬，你可是有失察之罪啊！"

吕蒙正道："陛下，微臣的这个失察之罪，其实在田锡被贬的时候，就应该被提起了。但一直没人提，微臣因此存了侥幸心理。"

"不是没人提，是提了朕没有追究你而已。"

说着，太宗从桌上拿起几封奏章，丢给吕蒙正："看看吧，这么多弹劾奏章，只是朕没告诉你，压下来罢了。"

吕蒙正脸上冷汗直冒，抬起袖子不停地擦。

太宗又道："为何现在又来向朕提这件事？"

吕蒙正把田锡写给他的信呈给太宗看，又说道："陛下，微臣之所以幡然醒悟，是因为读到田锡给微臣写的这封信。田锡在信中没有为自己辩解半个字，大段大段的篇幅，是在讲张咏对蜀地的重要性。而且，田锡在信中还解释了他为什么在给陛下的谢表中，特地推荐张咏，他说他这是'有犯无隐'。尽管他也知道在谢表中讲这话不合适，但是他觉得应该对陛下知无不言，言无不尽。微臣正是被田锡讲的'有犯无隐'触动，所以才特地向陛下坦陈自己的失察之罪，同时也希望陛下能把张咏留在蜀地，让他治理一段时间，以观后效，再行决定。"

太宗笑道："你究竟是在揭发田锡，还是在为田锡申辩？"

吕蒙正顿首再拜："陛下，微臣这样说，也是'有犯无隐'啊！田锡治蜀存在争议，微臣想为田锡申辩也没办法。田锡治蜀的成果，可能要到几年后才能体现出来。微臣没有根据，无可辩驳。不过，田锡在给陛下的谢表和给微臣的信中表现出来的风度和品格，则是值得肯定的。"

太宗一句话没说，拍拍吕蒙正的肩膀，转身出去了——这就是太宗的性格，他心里想什么，别人很难猜出来。哪怕王继恩跟了他几十年，也没想到，他最终竟然还是把张咏留在了蜀地。

第四章 宫部

君：伟业何在

1

　　自从听说田锡被发配去海州后，成都百姓一片悲戚。

　　大宋建国以来，成都百姓还没有遇到过这样亲民的太守，因此他们对田锡格外亲切。没想到田锡只在成都待了几个月时间，就遭到了贬谪。成都百姓一边痛骂朝廷奸臣，一边暗自叹息垂泪，同时打算在田锡离开的那天去道旁送他。

　　这样伤心地送一个人离开，成都百姓在三十多年前曾做过一次。那一次，他们送的是孟昶。那是一个寒冷的正月，他们站在道旁的芙蓉树下，芙蓉树云霞一样的花团不但早已凋谢，树上的叶子也已变黄落尽，只剩下一些光秃秃的树枝在寒风中瑟缩着，成都百姓在那一刻，感到了格外的悲伤和无助。他们咬住嘴唇，不敢发出任何一点饮泣声，只能看着孟昶小小的马车，在一队阵容庞大的宋军押送下渐渐远去。直到那辆马车远得只剩下一片模糊的影子，接着这模糊的影子也消失在了沉沉的暮霭之中。

　　当田锡也要离去的时候，他们忽然觉得，那场压抑了三十多年的痛哭，似乎在这一刻可以放声吐出来了。依然是在正月，依然是寒风瑟瑟，不过毕竟已经到了春天，芙蓉树的枝条上，已经有了淡绿的芽头。尽管那些芽头还包在暗黄的芽鞘里，但已经能够闻到它们咻咻的鼻息。

　　是的，这是一个适合释放的季节，曾经那些被压抑太久的情绪，适合在这一刻被畅快地释放出来。三十多年过去了，在经历了一场比后蜀灭国更惨痛的浩劫之后，没有什么可以阻挡成都百姓对一个大宋好官的留恋……

　　田锡很快就听到了成都百姓要去道旁送别他的消息，他也相当配合，像是和成都百姓约定一样，对外公布了他离开的时间。

康继英和雅儿都想随田锡去海州。

由于康继英在乱军中救出赵元佐，又把赵元佐安全送到京城，因此太宗对他很感兴趣。在贬谪田锡的圣旨到达成都不久，太宗又下了一道圣旨，调康继英回京城，担任侍卫亲军步军龙卫指挥使。但这道圣旨却没有让康继英高兴，他嚷着辞官不做，要随田锡去海州。

田锡摆摆手道："继英，你现在是朝廷命官了，可不比以前，怎能擅自行动？"

康继英激动地说："什么狗屁命官，学生都不要了，学生这辈子就跟定先生了，先生去哪里，学生就去哪里！"

"傻话！"田锡道，"咱们一旦入了仕途，人生道路就不是自己的，而是国家的，是官家的。官家让咱们去哪里，咱们就得去哪里，没有选择！再说了，男儿志在四方，保家卫国是你的责任。你跟老夫去海州，你丢的不是官，是责任！"

康继英无话可说。雅儿却雀跃着说："好啊好啊，就让这傻小子回京城，奴家陪先生去海州。没有这傻小子搅和，路上也清静。"

田锡道："不行，你也随你继英哥回京城去！"

"不，我才不随这傻小子回京城呢，我要跟先生去海州！"

前段时间一口一个"继英哥"，现在又一口一个"傻小子"，康继英有种哭笑不得的感觉。

田锡缓缓说道："雅儿啊，老夫让你回京城，是有任务的。你得把蕊儿给吴王带回去，吴王近日专门来信嘱托了这件事呢。"

吴王是谁呢？其实就是益王赵元杰。益王为什么成了吴王呢？原来，赵元杰因为在成都花天酒地，又在乱匪围困成都的时候丢下全城百姓弃城而走，因此太宗非常生气。赵元杰回京城后，太宗不仅把他召去严厉责骂，还削夺了他一些封邑，把他从益王改封为吴王。

雅儿不屑地说："把一个歌伎给一个王爷带回去，先生，你觉得这事合适吗？"

田锡道："这是吴王的嘱托，咱们也不能不答应啊。再说了，老夫实际上也想把这女子送到京城。别看这女子只是个歌伎，但是她懂得乡饮酒礼的音乐，也懂得籍田礼的音乐。这对咱们大宋来说可是一笔宝贵的财富，将来她能帮到咱们的。"

雅儿道："先生啊，你都被贬到海州了，还在想这个什么籍田礼和乡饮酒礼的事啊？这事已经让你多次倒霉了，而且你也没有把任何一个搞成功。你就不要再折腾了吧。"

田锡严肃地说："在京城举行籍田礼，在地方上举行乡饮酒礼，是老夫一生的梦想。只要老夫还没有倒下，就要追求下去，怎能半途而废呢！"

雅儿嘟囔道："先生一定要这样做，奴家也没办法。但送蕊儿去京城，那傻小子就足够了，哪里还用得着奴家呢，奴家要跟你去海州！"

田锡摇摇头道："继英不能单独带蕊儿回去。吴王本来就有嫉妒之心，继英又是未成婚的青年男子。继英带她回去，平添吴王的猜疑，吴王说不定还会向继英寻仇。若是由你带回去，那吴王也就无话可说了！"

雅儿百般求情，田锡只是不许。

一切安排妥当后，田锡简单收拾了行李，带上两个仆人，雇一顶破烂小轿，便准备上路了。

雅儿惊慌说道："先生啊，你不是和成都百姓约定了时间吗？离那个时间还有好几天呢，怎么现在就走呢？这不是爽约吗？"

田锡笑道："老夫放出时间，就是为了提前出发，不让百姓来送老夫……"

雅儿这才恍然大悟。她对田锡真是万般不舍，又给田锡准备衣物，又给他筹集盘缠，又盼咐路上的注意事项。田锡上轿了，她竟大哭起来，拉着田锡不让走，就像生离死别一样。

田锡拍拍雅儿的肩膀，笑着安慰她："你好好跟着你继英哥回去，要对你继英哥好一点，千万别再'傻小子'来'傻小子'去，这话老夫给你说过很多遍了，你一定要记住！"

田锡又呵呵笑道："雅儿你放心吧，过不了多久，老夫就会再回到朝中的。"

雅儿哭成了泪人儿："你骗人，当年寇相离开的时候也是这么说的，可是直到现在他还在青州呢……"

田锡大笑道："说不定老夫比寇相早点回朝呢……"

224

2

雅儿和康继英经过长途跋涉，终于回到东京。一回京城，雅儿立刻带着蕊儿去了吴王府。

雅儿来到吴王府，吩咐门卫进去通报。可是不久后，吴王府管家就出来对雅儿说，吴王没有说过让人把蕊儿送回来，这个歌伎和他没有关系，他不收。

雅儿一听就火了，蕊儿娇气，蜀道难行，费尽艰辛才把她带回来，这赵元杰不但不领情，竟然还装聋作哑！难道田锡会假借吴王的名义，把蕊儿带到京城吗？雅儿一生气，就冲吴王大骂起来。

那管家见雅儿闹起来了，也害怕事情闹大了不好收场，赶紧凑过来对雅儿小声说道："雅儿姑娘，你别嚷嚷，也许这中间有什么误会。要不，你暂且把蕊儿姑娘带回去，在田通判家里住着。反正田通判也不在京城，他那里宽敞。待老奴详细问一问吴王再作打算。"说着，又让仆人送上一些银两给雅儿，"这些银两你拿去，作为蕊儿姑娘的寄住费用。相信过不了多久，这个问题就能解决的。"

雅儿抓起银两往地上一扔，大怒道："谁要你们的臭钱！人给你们带回来了，本姑娘就把她丢在这里，你们爱要不要，反正本姑娘是不会带回去的！"

说着，雅儿转身就走。管家摇摇头，也进府去了。

蕊儿在吴王府门口嘤嘤地哭。那些守卫不耐烦，把蕊儿往外轰。可是蕊儿刚被轰远，又折回来，坐在大门口继续哭。

雅儿虽然转身走了，但蕊儿的哭声却一直追着她，像一根线牵在她身上，她怎么拔都拔不掉。走出二里地了，她却又返回去，把坐在地上痛哭的蕊儿往上一扯，不耐烦地喝道："人家都不要你了，你坐在人家门口号什么丧？走，跟我回去！"

蕊儿这才收住眼泪，跟着雅儿回田锡的住处。雅儿收拾了一间屋子给她住，算是暂时把她安定下来了。

赵元杰明明让田锡把蕊儿给他带回来，为何带回来后，他却又不要呢？事情就出在太宗对赵元杰的责骂上。赵元杰去蜀地，本来是想镀金，从而获得太宗的信任和重用。毕竟太宗一直没有确立继承人，这也就意味着他是有机会的。他之前所谓"小孟尝"的做法，其实就是为了争取各方支持。后来感到这样做来得太慢了，因此决定冒险深入前线。然而他从前线回来后，不但没能获得太宗肯定，反而被削了食邑，从益王徙封为吴王。这使得赵元杰异常郁闷，因此就想让田锡把蕊儿给他送回来解闷。

不过，当听说田锡已经托人把蕊儿给他送回来的时候，他又有些担心，害怕太宗知道后再责骂他。尽管他渴望那个歌女到他身边，但是他更渴望能够获得储位。毕竟将来只要当了皇帝，什么样的女子得不到呢？所以思来想去，他就要赖不承认了。

3

康继英和雅儿一同回来后，也想住在田锡家里。但雅儿把他往外轰，对他叫道："你现在好歹是朝廷命官，也该回自己的府邸了。还待在咱们家里，这算什么事呀！"

康继英想，这也不是你家啊。但他也知道，和雅儿讲道理没用，雅儿说的就是道理，因此只得回到他原来的屋子里。只是但凡有空，他都会转过来看看雅儿。自从雅儿在蜀地曾对他表现出特别的亲爱之后，他就对雅儿有了一种魂牵梦萦的感觉。但是奇怪的是，雅儿自从那一次表现出亲爱之后，忽又对他极为冷淡。康继英不知雅儿为何有这样的态度变化，他只能想，这大约就是女儿家的心思吧，像他这样的糙汉子，是永远也猜不透的。

猜不透就不猜，该怎么做，还就怎么做。

却是这一天来看雅儿时，雅儿又让他搬回来。

康继英心里一阵窃喜，这是雅儿也离不开他了吗？雅儿瞪了他一眼，冷冷说道："你别想歪了！让你搬回来，是本姑娘不耐烦和这个歌伎整天待在一起。你回来，家里多一个人，可以冲淡我心里的那种厌烦感。"

康继英笑道："你的意思是说，蕊儿是咸，我是甜？"

雅儿啐了康继英一口："你这个'傻小子'也学会嬉皮笑脸了！本姑娘先给你打招呼，你虽然搬回来了，但不是什么味道都可以尝一下的，那个歌伎你最好别碰！"

康继英不但不恼，反而更喜。如此说来，雅儿还是在乎他的。若不在乎，为何让他不准碰别的女人？

蕊儿虽然在田锡家住下了，但雅儿对她横挑鼻子竖挑眼，她心中憋屈得很。她知道在这里住着不是长久之法，因此也在思谋着自己的出路。见康继英来一同住，她心中一动。康继英长得高大英俊，为人正直，武功高强，还是朝廷命官，若是能嫁给他，也算是差强人意了。

只是蕊儿看得出，康继英一门心思都在雅儿身上，平常连正眼也不瞧她一下。就算问候，也只是一种礼节性的关心。

不管康继英对她是不是有意，她都必须抓住机会。只有抓住了康继英，她才能结束这种寄人篱下的生活。

一个风清月白的夜晚，蕊儿来到康继英门前。望着月色，蕊儿轻叹了一声。这样的夜晚，适合弹琴、吹箫。蕊儿弹琴，那个郎君吹箫。微风撩起他的发丝，白衣飘飘，半幅月光打在他的脸上，箫声淌下来，满满一院粼粼波光。

但是，那个郎君在哪里呢？

蕊儿悲从中来。她的人生，本来该是这样风清月白，这样风流云散。可是，命运却要她去当一只藏在暗处不能见人的狐，这只狐只能睁着绿油油的眼睛，望着阳光下那香甜的食物，一溜烟跑去把那食物据为己有，然后又继续躲回暗处。

蕊儿举起手指，犹豫了半天，终于在门上敲了敲。她不能敲得太大声，敲得太大声，会惊醒雅儿；她又不能敲得太小声，太小声，惊不醒康继英。命运只给蕊儿留下一条窄窄的从黑暗走向光明的小缝，她只有把骨头都缩成一根针，才能从这个小缝里钻进去。

然而，前面的门纹丝不动，后面的门却响了。紧接着，空旷的夜色中传来雅儿狐疑的声音："蕊儿，半夜三更，你在这里做什么？"

蕊儿忽地伸手把裙带一解，胸衣一扯，头发一抓，接着便一手掩住松散的衣裙，一手带在门把上，回身笑道："妹妹为啥也是半夜不睡，你这是专门出来监视别人的不成？"

雅儿瞪大眼睛："你从里面出来的？"

蕊儿噘嘴一笑："妹妹，姐姐累了，先去睡了……"

蕊儿无声无息进了她的屋子，留下怒气冲冲的雅儿，挥拳猛砸康继英的房间门。睡眼惺忪的康继英散着头发披着衣服走出来，看见雅儿，疑惑地问道："雅儿你怎么了？谁惹你生气了？"

雅儿抓住康继英的衣服，又拖又扯，把他直往门外搡："滚出去，赶紧滚出去，别在这里脏了我们的房间！"

康继英跟跄着往前走，一脸无辜："究竟怎么了？在下究竟做错了什么？你为何又要把在下撵出去？"

"你还装疯卖傻，真是无耻至极！"

康继英定住身子不动，任凭雅儿怎么推他，都没法动他一分："雅儿，你就是让在下死，你也得给个理由！"

"好，我给你理由！刚才，蕊儿从你房间里出来，披头散发，袒胸露怀，你说，这是怎么回事？"

"哪有这样的事？刚才在下不是在好好地睡觉吗……"

"你还不认账？好，咱们去当着蕊儿的面问！"说着，雅儿把康继英拉到蕊儿门前，敲蕊儿的门，让她对质。

蕊儿不开门，只是懒懒地说："继英哥，奴家累了，刚才在你那里好累啊，明天再说吧……"

康继英急了："蕊儿，你累什么！出来，把话说清楚！你什么时候到我那里去过！"

蕊儿一句话不说，任凭康继英怎么敲门她都不应。雅儿暴怒，再次把康继英往门外推："你现在还有何话可说？出去！离开我们的房子，别把我们的房子弄脏了，以后都不许再来了！"

说着，连推带搡，把康继英撵出院外，转身把院门锁死。

康继英百口莫辩，只得摇摇头，回自己家里去了。

从搬回来又回去，前后不到十天的时间。

4

这一天，雅儿和蕊儿在家。雅儿打扫院子时，一抬眼，看见蕊儿正在窗前描眉。雅儿本来对蕊儿和康继英勾勾搭搭就有气，又看见她在那里涂脂抹粉，更加生气，对蕊儿嚷道："你涂脂抹粉的，又想给谁看？那浑小子已经不在这里了，你还抹什么？"

蕊儿嘻嘻笑道："妹妹啊，涂脂抹粉是女人的必修课呢。妹妹你虽然天生丽质，但如果在细节上再雕琢一下，你就是倾国倾城了！你要不要也试一试啊？"

蕊儿跑出来，拉着雅儿的手端详，一副给她描眉画目的样子。雅儿把蕊儿手一甩："我要倾国倾城干什么？"

"要倾国倾城干什么？你这话太奇怪，女人不都靠脸吃饭吗？"

"你这样的女人才靠脸，"雅儿哼了一声，"咱靠的是手！"

正说着，院门外忽然传来敲门声。雅儿以为是康继英又回来了，怒气冲冲跑过去打开门，发现竟然是赵元僖。雅儿赶紧关门，但矮胖管家早有准备，抵住门，一众壮汉已经簇拥着赵元僖到了院中。

赵元僖偏着脑袋，摇着扇，围着雅儿转了半圈，笑道："雅儿姑娘，什么时候回来的？嗨，回来也不打声招呼。"

雅儿板着脸："凭什么给你打招呼！"

赵元僖道："咱们是老朋友嘛，老朋友回来，本王自然得给你接风洗尘嘛。"

雅儿依然板着脸："受不起！"

赵元僖拿眼把屋子扫了一遍，叹息道："雅儿姑娘，田通判在海州，你一个人在家也很不容易。吃的用的还有吧？本王给你带了一些粮油布绢来，可解你一时燃眉之急。"说着，就吩咐壮汉们把门外的礼物抬进来。

雅儿急得满脸通红，大声嚷着，拎着那些礼物就往外摔。却是蕊儿从屋里冲出来，一边抱住雅儿的手不让她扔，一边笑着说："妹妹，别扔啊，咱们正缺着呢。多好的东西啊，扔了可就辜负这位大爷的一片好心了……"

"什么大爷？这是咱们许王，开封府尹许王殿下！"矮胖管家不满地喝道。

"啊哟，许王殿下，开封府的府尹，这得是多大的官啊！"蕊儿夸张地叫道，"对不起啊许王殿下，奴家山野之人，有眼不识泰山呢。"

赵元僖把蕊儿上下扫了一遍："你是谁呀？"

矮胖管家道："殿下你不知吗？她就是吴王殿下从蜀地带回来的那个歌伎。吴王殿下不敢领回去，才放在这里的。"

赵元僖又把蕊儿上下扫了一遍，怪笑道："唔，元杰还算有些眼光嘛。"

蕊儿一下大哭起来："许王殿下，你可得给奴家做主啊！吴王殿下让田

229

通判把奴家带回来。可是带回来了，他却不认奴家，这让奴家到哪里去落脚啊……"

蕊儿哭得梨花带雨，赵元僖似乎心都化了，他拍拍蕊儿的肩膀说："蕊儿姑娘，你放心，本王这就回去教训元杰，让他必须把你带进吴王府去！"

说是拍肩膀，却暗中在蕊儿肩上偷偷捏了一把。蕊儿一惊，立刻心领神会，趁机往赵元僖身上蹭："多谢许王殿下，蕊儿后半生的幸福，就全靠殿下了……"

赵元僖嘻嘻笑道："让本王帮你也不难，只是有一条，本王帮了你，你就得帮本王照顾好雅儿姑娘。若是雅儿姑娘有一点瘦了黄了，本王可得拿你是问！"

"一定一定，殿下放心好了，一定把美人儿给殿下照顾好！"

雅儿气得转身进屋去了。赵元僖哈哈一笑，又在蕊儿的肩膀上拍了拍，当然了，也趁机捏了捏。蕊儿也相当配合，给赵元僖连连抛了几个媚眼。

5

赵元僖回到许王府，坐下喝茶，若有所思。矮胖管家怒气勃勃说道："殿下，小人实在不理解，您一索子把雅儿绑到府上来，那时还不是您想做什么就做什么，何必这样反反复复折腾？"

"你不懂。"赵元僖端起茶盏，笑着对矮胖管家说道，"本王喝的这是什么茶，你知道吗？"

"瓦屋春雪啊，小人如何不知！"矮胖管家笑道，"田锡这人不咋地，但是在放开瓦屋春雪买卖问题上，他还是有点用处的。"

赵元僖道："你觉得这茶的味道怎样？"

矮胖管家道："说老实话，小人喝不出什么特别的味道。"

赵元僖摇摇头："所以说你就是个粗人，你不懂！这春雪的好味道，需要细品，需要耐心。只要你有耐心，舍得花时间去品，一定能品出它的好。到那时候，你就会发现它的味道绝妙无比。"

矮胖管家叹道："唉，还得是殿下您这样的妙人能品出这个味！"

赵元僖得意道："不同的女人有不同的味道，就像不同的茶叶有不同的味道一样。比如那雅儿就是瓦屋春雪的味道，那蕊儿就是普洱的味道。"

矮胖管家淫笑道："吴王殿下也真是，蕊儿那么个美人儿，他竟然不敢要，丢在田锡那间破房子里荒着，实在可惜。"

赵元僖道："你去给元杰打个招呼，让他把蕊儿领回去吧。本王可是答应了蕊儿的，不能失信于美人儿啊。"

矮胖管家摇摇头，笑道："说也没用，吴王殿下怕官家责骂他呢，根本不敢领回去。"

赵元僖道："你尽管去找他，看他怎么说。"

矮胖管家来到吴王府，和赵元杰说起把蕊儿领回去一事。赵元杰在屋里转了两圈，突然迫切地说道："要不这样，本王把蕊儿送给二皇兄，二皇兄把蕊儿领回许王府去吧。"

矮胖管家不满地说道："吴王殿下，您不敢领回去，为何却让她去许王府害咱们许王殿下？"

"本王哪里是害二皇兄呢？"赵元杰忙解释，"本王不敢领回来，那是因为她是本王从蜀地带回来的，父皇听了肯定不高兴。现在蕊儿无依无靠，二皇兄把她召进府，其实是在保护她，二皇兄做了一桩善事。父皇不但不会生气，还会表扬他呢。"

赵元杰又把脑袋靠近矮胖管家，小声说："我知道二皇兄一直对雅儿很有兴趣，他也很有耐心，一定要等雅儿答应了才行动。但如果一直这样下去，雅儿很难答应。如果二皇兄能把蕊儿领进府，给她锦衣玉食的生活，雅儿知道了，一定会羡慕。到时候，不用二皇兄再去求雅儿，雅儿就会主动到二皇兄府上来了。"

矮胖管家觉得赵元杰讲得很有道理，但他也不敢擅自决定，害怕赵元僖生气。谁知回去给赵元僖一说，赵元僖不仅完全没有生气，而且一句"恭敬不如从命"，一口就应承了下来。

就这样，蕊儿进了许王府。

6

胡旦调到舍人院任知制诰有一些时日了。

一开始他还很兴奋,但是过一段时间他就不满了。因为尽管舍人院和二府挨得很近,只有一道门的距离。但是想从舍人院走进二府,却需要经历一段漫长的时间和路程。甚至很多在舍人院待着,那脚已经有一只跨过那门了,皇帝一道圣旨,这人不得不退出来,被贬到地方上去了。对于胡旦来说,这太残酷了,他可不愿意走这样的老路。

要怎样才能从舍人院一步跨入二府呢?

显然靠拟旨是不行的。哪怕文笔再好,拟出的圣旨皇帝也没当回事。往往圣旨文辞不恰当时,还会遭到皇帝的严厉批评。胡旦不愿意过这种战战兢兢的生活,他必须上一道惊天动地的奏章,这样才能吸引皇帝的注意。

胡旦朝思暮想,终于想到了一个主意。

太宗一直没有立储。而近些年来,太宗的身体越来越弱,如果没有立储就驾崩了,显然是一件大麻烦。太宗知不知道这一点呢?肯定是知道的。他想不想立储呢?肯定是想的。但他为什么却迟迟不立储呢?是不是没有合适的人选呢?当然不是。实际上,太宗让赵元僖当开封府尹,就有把赵元僖立为储君的想法。

但为何太宗一直没有正式宣布赵元僖是储君呢?

胡旦认为,根本的原因是没有大臣提起这件事,太宗不好意思自己提出来。道理很简单,从太祖到太宗,大宋一直是"兄终弟及"的继位方式。而且太平兴国六年(981)的时候,赵普也讲过"金匮之盟"的秘密。也就是说,太祖传位太宗,实际上是他们的母亲杜太后早就安排好了的。但问题在于,太宗往下传位,是继续实施"金匮之盟",传给兄弟呢,还是传给自己的儿子?尽管太宗唯一的兄弟赵廷美已经死在房州了,太宗只能传位给儿子了,但是没人给太宗提起这件事,太宗也不好意思这么做呀!

一想到这点,胡旦兴奋得全身发抖!满朝文武,竟然没人发现太宗迟迟不立太子,是因为没人提出来太宗不好意思做,只有他想到了!如果他给皇帝上这个奏章,皇帝会怎么感激他?皇帝感激他了,是不是就会让他跨出那既近又远的一步,从而走进二府?

胡旦立刻展纸研墨,把奏章写好,当天就给太宗递上去了。他不能落后于别人,万一恰好在这个当口,有人抢在他前面递上了奏章,他没抢到这个先机,就算不得他的功劳了!

只是让胡旦没有想到的是，他当天把奏章递上去，第二天，太宗把他赶出朝、发配去海州担任知州的圣旨，就递到他手里了。

太宗明明知道田锡是海州通判，而田锡和胡旦也已经翻脸，偏偏把胡旦发配去海州，让他和田锡搭档，太宗这安排实在太促狭了。

胡旦一下就蒙了。尽管圣旨上说得明明白白，贬谪他的原因是妄议立储之事，但他依然搞不明白为什么受到贬谪。他一时有些慌张，赶紧找董俨、赵昌言等人去向太宗说情。可是无论董俨还是赵昌言，似乎都不愿意帮他。董俨说，你说咱们是一个团队的，为何向皇帝上奏时，你不事先打招呼，等到出事了，你又来找我们帮你收拾烂摊子？赵昌言说，现在陛下正在气头上，找他说情有什么用？你先去海州吧，等有机会了，本相一定会把你召回来的。

胡旦愤怒不已，有好吃好喝的时候，大家都是好朋友好兄弟，但遇到自己落水的时候，这些好兄弟好朋友都在一旁袖手旁观，根本就不愿意上前搭救。胡旦从两人府上出来，走在大街上时，一时间气塞胸膛，感觉眼前看到的一切，突然间就变黑了，就像天地一下被暗黑的浓雾笼罩了一样。过了很久，胡旦才猛然意识到，好像是他的眼睛出了问题。他惊恐地大声嚷道："眼睛！眼睛！我的眼睛！"

这时候，有人抓住他的手，在他耳边轻声说道："别喊，平静下来，跟市人走，市人会让你的眼睛复明的。"

胡旦天一脚地一脚地走了一阵，似乎到了一间屋子。接着那人让胡旦坐下来，又点上什么东西在胡旦身上熏着。胡旦不安地问道："你熏的是什么呀？"

"利欲！"

"利欲是什么？"

那人不说，但过了一会儿，便听得那人说："你可以睁开眼睛了。"

胡旦睁开眼睛，他感觉眼前似乎有一层纱蒙着，看不清晰，但是好歹他能看出物体的轮廓了。

胡旦大喜，转头一看，这才发现给他治病的人竟然是潘阆，而他竟然在潘家医馆里。胡旦激动地说："潘大夫，原来是你呀！快，本官眼睛上还有一层纱，你再熏熏，把本官这层纱也一并熏掉吧。"

潘阆冷冷地说道："市人不是大夫，是神仙。市人是救不了人的病的，市人能做的，只是给人算命。市人已经给你算好了，你的眼睛现在命不该瞎，但是得戴一层纱。戴一层纱就是提醒你，你应该从此不喜不悲，退到幕后。若是还要再争名夺利，眼睛恐怕就不保了。那时候，命也阻挡不了你自己的折腾了。"

胡旦虽然耳朵里听着，嘴上嗯嗯地应着，但他心中却还在想着上奏的事情。他忽然想到，这个上奏也并非完全是坏事。自己为许王受了贬谪，许王将来当了皇帝后，肯定会感激他的。就算太宗不再把他调回来，调进二府，许王当了皇帝后，肯定也会这么干的。

胡旦一时高兴起来，大笑着往外走去。赵昌言、董俨这样的人太短视了！等着吧，等本老爷将来当了宰相后，看本老爷怎么收拾你们这些忘恩负义绝情寡义的家伙！

7

胡旦一到海州，立刻否定了田锡正在做的一件事。

海州濒临海边，是一个很偏僻的地方，当地百姓最大的特点就是好勇斗狠。年轻人三句话说不到一块儿，挥拳便上，打残打死人的事时有发生。有时候不仅年轻人爱动粗，中年人也爱动粗，甚至妇女也爱动粗，两农妇抱着在地上滚来滚去是常事，有时候都滚到水田沟渠里一身污水了，却还互相扯着对方的头发不放。

也因此，争讼的事情特别多。每任官员到这里，其他事做不了，先就被堆积如山的案件搞得焦头烂额。还不敢不理，若是不理，那些诉讼者就会长途跋涉去京城敲登闻鼓。海州之前的知州、通判等，因为有人长途跋涉进京敲登闻鼓而被撤职罢免的就有好几任。

田锡到达海州后，上一任知州刚好因没能处理好海州的案件被调走，因此他虽然只是通判，却不得不承担起知州的工作。

虽然海州的案件堆积如山，可是田锡却并没有上手处理，反而着手做另外一件事——组织力量调查海州的夫子庙。他调查后发现，偌大一个海州，竟然只有几座破破烂烂的夫子庙。当地人几乎不读书，参加科举考试的也少之又少，通过科考入仕当官的则更少。

田锡决定修缮夫子庙。他把当地的富户、乡贤及一些士人找来，和他们商量这件事。一开始，他们很不理解，也不想掏钱。经过田锡耐心讲解，他们终于明白田锡这样做的深意，也就积极行动起来，出钱出力。那几座破破烂烂的夫子庙，很快就修得像模像样了。

　　修好庙后，田锡因地制宜，又搭建了几所简易的学堂。

　　其实，修庙也好，建学堂也好，都不算难事，难的是当地几乎没有经书。别说没有经书，连纸张几乎都没有；别说没有纸张，连造纸的作坊几乎都没有。

　　当然了，没有纸张，没有造纸作坊，这些都好办，可以建造，也可以向外地买。最重要的是，要有经卷，而且是没有错漏的经卷样本。只有备齐了这样的经卷，才能翻刻印刷。

　　海州是找不到这种经卷的，唯一的办法，是请求朝廷赐予相关的经卷及释文样本。

　　这是田锡到海州后向朝廷递交的第一道奏章，同时也体现了田锡治理海州的政治策略。

　　只是田锡的奏章刚写好，还没来得及递出去，胡旦就来了。

　　胡旦一来，立刻否定了田锡的上奏。

　　胡旦把奏章往桌上一拍，瞪了田锡一眼："表圣，你难道忘了你在成都是怎么被撤职贬谪的吗？你这是不务正业你明白吗？在成都不务正业被撤了，穿过大半个大宋到海州，你还这样不务正业，你难道就没有一点记性吗？"

　　田锡争辩道："什么叫不务正业？正业是什么？"

　　"正业就是把海州积压的这些案件全部审了，解决海州百姓的诉求，让海州百姓满意！"

　　"你能让海州百姓都满意吗？只要是断案，就会有是非判断。让一方满意了，就无法让另一方满意。不满意的一方，又会继续闹腾，如此循环往复，没有消停的时候——这就是海州案子越积越多，像山头一样越堆越高，永远也翻不完的缘故。"

　　"翻不完也要做出翻的样子。咱们来海州，朝廷的人都盯着呢，官家也盯着呢，他们都在看着咱们怎么解决海州的积案。咱们上的第一份奏章，肯定应该是关于如何解决积案的。如果上的只是这种可有可无劳民伤财的奏章，朝廷会怎么看咱们？官家会怎么看咱们？"

"并非可有可无，反而是一种治本的办法！"田锡认真地解释道，"海州人不好读书，不知礼义廉耻，这才是造成他们好勇斗狠的根本原因。只有用经书教化他们，让他们晓礼仪，知仁爱，懂谦让，此后这种争斗的案件才会越来越少。"

胡旦不屑地说道："表圣，你就是个迂夫子！你以为胡某不懂这个道理么？但这需要一个漫长的过程。十年树木，百年树人。移风易俗，没有几十年上百年的持续推进能完成吗？你我在海州任职，能有多少年？按照咱们大宋的规矩，三年一考核，就算不升迁，最多也不会让你在一个地方任职超过三年。在这三年的时间里，你整几所破破烂烂的学校，能够移风易俗吗？"

田锡道："教化确实不能达到立竿见影的效果，但它总在往一个好的方向发展。若是所有的官员都限于三年考核期，只做那些急功近利的事情，海州的风俗永远不会向好！"

"海州的风俗能不能向好，不是你这个小通判考虑的。对于海州来说，你就是一个过客。就像微风拂过水面，最多产生一点波纹。你过去了，波纹便了无踪迹了。"

"只要有波纹，必然惊动鱼虾；只要惊动了鱼虾，必然能给它们留下记忆；有了记忆，它们必然会做出反应；做出反应，久而久之就能够改变。这叫什么？这叫久久为功。作为大宋的官员，如果我们主政一方，连一点向好的记忆都不给当地百姓留下，我们这样的官员还有什么存在的价值？"

胡旦说不过田锡，就使出一贯的霸道作风："表圣，你得搞清楚你的身份。你只是个通判，知州是本官，这里得本官说了算！本官不允许你上这道奏章，你就不准上！"

田锡非常生气，他知道，他可以以个人名义向朝廷上奏。但是这样一来，就暴露了海州官员的不团结。如果两人刚上任就搞不团结，这不是田锡的处事风格，也不符合田锡推崇的儒家中庸之道。所以这事就只能暂时搁浅，他得反过来积极配合胡旦审理那些积压的案件。

不过，正如田锡预料到的那样，尽管他们积极应对那些案件，尽量做到公正公允，但并没有因此减少案件数量。旧的案件不见平复，新的案件还越来越多。仿佛他们是井壁上攀爬的蜗牛，好不容易爬到井口，一滑，又掉到井底，得重新爬一次。

没过几天，胡旦就烦躁没耐心了。他把所有案子都交给田锡，自个儿喝酒去了。不过他也不是一直胡吃海喝，而是密切关注着朝中的动向。他在京城里是安插有眼线的，他让这些眼线一有情况立刻给他带信。

果然，他很快获得了一个重要的信息。之所以说这个信息重要，是因为这个信息不但能帮助他解决海州案件堆积如山的问题，还能让他立下大功。胡旦大喜过望，当即写了一封奏章，背着田锡向皇帝呈交了上去。

8

东京城的一天清晨，太宗刚一起床，就收到北边的探子传来消息：耶律休哥和耶律斜轸相继病重。

当时，太宗虽然醒了，但过了半天，他都没能从床上起来。箭伤在腿上留下的后遗症，让他疼痛难忍。这处箭伤已经困扰了太宗近二十年。在这近二十年的时间里，每到天气稍微转阴的时候，箭伤就隐隐作疼。这种疼痛，就像在时刻提醒太宗，让太宗绝不能忘记那一段耻辱。

李皇后试图把太宗扶起来，但太宗不让她扶，他要自己站起来。最后太宗烦躁地吼道："你能不能到一边去，别在这里烦朕！"

李皇后低头离去了，她的眼中满含泪水，但她不敢吭声，更不敢让眼泪流出来。李皇后虽然是皇后，但她已是太宗的第三任皇后，嫁给太宗比较晚。虽然曾生过一个孩子，可惜不幸夭折了，此后就再也没有生育。这使得她侍奉太宗极为小心谨慎，生怕得罪了太宗。别的妃子就算得罪了皇帝，人家还有儿女依靠。自己要是得罪了皇帝，可就什么也没有了。

太宗看见李皇后落寞离去，心里也有些不忍。但是没有办法，要强的太宗绝不能让别人扶起来，他得自己站起来。所以尽管李皇后伤心，他也要把她撵走，自己来。

挣扎了半天，太宗终于从床上起来，坐到凳子上了。不过他虽然坐到了凳子上，却没办法站起来走。就在这时，内侍向他报告了耶律休哥和耶律斜轸同时病重的消息。这消息一到，太宗一下就站起来了，甚至觉得步履轻松，就像踩在棉花团上那样，感觉极为美妙。

237

对于太宗来说，这是他最好的机会，也几乎是他最后的机会。太宗在和契丹作战的过程中，最害怕的就是两大耶律。现在两大耶律都病重，不能领兵打仗，那他还有什么可担心的？他要再次发动对契丹的进攻！他要亲自领兵作战，一雪前耻！只要打胜了契丹，这个世界上就没有人再敢小看他了！就算现在就去另一个世界，在列祖列宗面前，他也能挺直腰杆说话了！

前些时，知制诰胡旦向他上奏了立赵元僖为太子的事，这事当时在他心中猛敲了一锤。尽管确实到了应该立太子的时候，而且在太子人选问题上，他也不会再犹豫。但是胡旦的这个建议，却向他传达了一个明确的信号：大臣们已经对他失望，准备把希望寄托在下一任皇帝身上了！

尽管只是胡旦一个大臣上奏，没有附和的。但太宗明白，并不是那些大臣们不想上奏，而是他们都很谨慎，不像胡旦那么愣而已。

实际上，朝中大臣们一直以来就对他半信半疑，这一点太宗非常清楚。想当年，也就是在他被两大耶律射伤的时候，大臣们竟然试图拥立太祖的儿子赵德昭为皇帝；后来又爆发了当朝宰相卢多逊等人试图拥立赵廷美当皇帝的谋逆事件；现在，又有胡旦希望他尽快立太子的奏章——所有这一切都说明，哪怕自己已经登基近二十年了，可是大臣们一直从未心悦诚服相信过自己，从未死心塌地拥戴过自己！

大臣们不相信、不拥戴，显然与他刚登基时与契丹的那两场败仗有关。那两场败仗，不但击伤了他强健的腿，也击伤了他强健的形象。太宗觉得，要想把他强健的形象重新立起来，唯一的办法，就是重新发动和契丹的战争，打败契丹！

在哪里跌倒，就在哪里爬起来！

那几天，太宗和不少大臣提过两大耶律病重的事，并且也发表了自己的看法，认为两大耶律病重，是契丹军队巨大的危机，契丹军队的战斗力会明显降低好几个等次。太宗话里话外，很明显就是希望有人提出利用这个机会和契丹重新开战。可是连续好多天，都没人和他讲开战的事。太宗感觉那些大臣应该听懂了他的话，可是他们就是不提开战的事，搞得太宗心中相当郁闷。

却在这时候，他收到了胡旦的奏章。这封奏章简直让他喜出望外，就如同一个人困得不得了的时候，有人递过来一个枕头。胡旦在奏章中明确说到，两大耶律病重，正该利用这个机会，聚全国之力发动一次对契丹的战争。胡旦还说，不用担心兵源问题，就拿海州来说，海州之所以堆积了那么多案子，就是因为海州的青壮好勇斗狠。海州的青壮好勇斗狠，是因为他们的精力没地方发泄。所以最好的办法，就是把他们组织起来送到战场上，让他们和契丹作战。这样一来，不但可以组建一支有血性的军队，还能解决海州案件堆积如山的问题。海州是个典型例子，全国像海州这样好勇斗狠的青壮非常多，如果都把他们聚集起来和契丹打仗，还怕打不赢契丹吗？

太宗尽管心里狂喜，但他却装着不动声色的样子。他只是下旨表扬了胡旦不管身在哪里，都心忧天下，这正是士人的良好品质，希望他以后有什么建议再及时上奏。太宗没有对胡旦的奏章表态，这正是太宗老辣的地方，他得留一手退路。

不过对于胡旦来说，太宗的表扬已经让他喜出望外了。这种兴奋是藏不住的，藏着他会浑身难受，因此他把圣旨拿到田锡面前，向田锡炫耀了一番。

直到那时候，田锡才知道胡旦背着他给了太宗上了这封奏章。这事让田锡大吃一惊，当即就和胡旦争辩起来。田锡不同意大宋贸然和契丹发动战争，更不同意把海州的青壮送上战场，他觉得胡旦给太宗出的完全是馊主意，因此对胡旦提出了严厉的批评。

胡旦本来想在田锡那里得到羡慕和称赞，没想到田锡给他的，却是严厉批评。胡旦一时之间恼羞成怒，冲田锡喝道："田通判，你是不是有些听不懂话？连官家都对胡某表扬有加，你竟然说这不对那不对，你究竟是羡慕还是嫉妒啊？"

说完，他也不和田锡争辩，而是哼着小曲，甩着长袖，顾自喝酒去了。

田锡知道事态严重。若真贸然发动对契丹的战争，那将是一件非常可怕的事情。从圣旨来看，尽管太宗并没有对胡旦的奏章表态，但既然他表扬胡旦，其实就是肯定了胡旦的提议。

田锡心里慌张极了，当即也写了一道奏章，派人快马加鞭向太宗递了上去。他几乎是逐一批驳了胡旦的说法，希望太宗千万不要发动战争，反而应该息却刀兵，举行籍田礼，向天下百姓展示大宋即将休养生息的愿望。

9

太宗拿到胡旦的奏章后,除了下旨表扬胡旦外,还做了一件事——把胡旦奏章拿到朝堂上讨论。他不表态,对胡旦奏章上的观点,他不做对错评价。他只是把它带到朝堂上,让大家讨论。

一开始,大家搞不清楚太宗究竟想说什么,以为太宗不满胡旦,毕竟刚贬谪了胡旦嘛。所以许多投机的大臣一致指责胡旦,说他不顾国家安危,擅动刀兵。

然而这时候,有两个人站出来表达了相反的意思。这两个人是李昌龄和赵昌言。李昌龄和赵昌言向来不睦,这时候却同时发表与众不同的言论,这让众人再次大吃一惊。

众人不知,李昌龄之所以支持胡旦,正是他洞悉了太宗的心思。

这段时间,李昌龄心里是有一些绝望的。他的绝望来自赵元杰的灾难表现。李昌龄等"三李"原本是把希望寄托在赵元佐身上的,但是赵元佐"自废武功",太宗对他失望,把他流放。因此,"三李"便把希望转移到赵元杰身上。赵元杰也积极上进,同意去兵荒马乱的蜀地"挣表现"。在"三李"看来,只要赵元杰镀金回来,必然受到太宗的信任和重用。尽管太宗让赵元僖当开封府尹,但一直没有立他为太子,这说明太宗对赵元僖并不是完全满意。只要不满意,赵元杰就有希望。赵元杰有希望,李昌龄等人就可以依靠赵元杰走上高位,掌控朝廷。

但是赵元杰去蜀地后,不是镀金,反而是摆烂。他回京后,太宗非但没有重用他,反而严厉批评他,还徙了他的封地。这也就意味着,赵元杰不可能再获得太宗信任了,想依靠他是没有任何希望的了,所以"三李"才会非常失望。也正是这样,李昌龄才格外小心,时时处处用心揣摩太宗的心思。正是因为用心揣摩,所以他才知道太宗其实是想打这一仗的。

赵昌言不一样。赵昌言对没能带兵去蜀地平乱一直耿耿于怀。既然还有打仗的机会,他当然不会放过。

赵昌言已经看出来,在太宗手下,他是很难把曹彬挤走了。除非太宗驾崩后,赵元僖当皇帝。但那只能是将来的事。将来他赵昌言是一定能出人头地的。可是人这几十年，重要的是只争朝夕。而只争朝夕，唯一的办法就是带兵打一场胜仗。只要这场仗打胜了，曹彬就不好在那个位置上蹲着了，太宗也不好让曹彬在那个位置上蹲着了。

胡旦去海州，赵昌言知道，胡旦心里对他是有怨恨的。他受到贬谪，赵昌言确实连半句为他求情的话也没有。但这也不能怨赵昌言啊，谁让他做事那么莽撞呢？立储这样的大事，他事先也不说一声。最后捅出娄子，让他赵昌言补，他怎么去补？他如果真去补，太宗肯定会以为他是幕后主使，连他也一并贬谪。赵昌言是聪明人，他可不会给胡旦擦这脏屁股，不会帮胡旦背这口黑锅！

却是胡旦这小子去了海州后，依然不吸取教训，我行我素，竟然给皇帝上了一道出兵攻打契丹的奏章。尽管这道奏章赵昌言是极为喜爱的，但是赵昌言摸不清太宗是怎么想的。因此尽管太宗把胡旦的奏章拿到朝堂上讨论，赵昌言却并没有马上表态。直到后来，他看到李昌龄表态后，他才亮明了自己的观点。

由于李昌龄和赵昌言都表态支持胡旦，朝堂上的话风渐渐地就发生了改变，支持胡旦的人也变得多了起来。最后变成了两派，一派以李昌龄、赵昌言为代表，支持胡旦；一派以吕蒙正、吕端为代表，反对胡旦。

奇怪的是，太宗却迟迟不表态。他就是静静地听朝臣们争执，微笑着，气定神闲的样子。

太宗为何迟迟不表态，是不是他在等什么呢？

还别说，太宗真在等，他在等着田锡奏章的到来。

太宗虽然把田锡贬谪到海州去了，但并不表明太宗厌倦了田锡。相反，他对田锡的那些做法其实很感兴趣。他只是想把田锡换一个地方，看看再换一个地方后，田锡会是怎样的作为。不仅如此，后来他又把胡旦派去海州，和田锡搭档。他就是想看一看，在这种状态下，田锡又会是怎样的作为。

胡旦上了这道奏章后，太宗明白，田锡是一定会跟着上一道奏章的，他就在等着田锡这道奏章的到来。

最终，田锡没有让太宗失望，果然迅速上了一道奏章。而当田锡的奏章送到后，太宗立刻对外宣布，传胡旦和田锡同时进京，准备进行廷辩。谁廷辩获胜，朝廷就按照谁的意见来决策。

太宗这话一出，所有人都大吃一惊。说起来，田锡不过是偏远州府的一个小小通判，而且还是受到贬谪的官员。就算他上了奏章，原本也无足轻重。吕蒙正、吕端这样的大人物表示反对太宗都没有当回事，田锡算什么？

可偏偏田锡的奏章一来，太宗就做出了这样的决定。大家隐隐感觉到，田锡虽然是个小角色，但是他在太宗心里却有着很重的分量。或许，这是"天下正人"里面"正"的重量吧。

10

很快，胡旦和田锡就快马加鞭回到朝廷。

太宗在大庆殿组织了这场廷辩。

太宗其实经常组织廷辩，不过都不在大庆殿，一般是在垂拱殿或者紫宸殿，参加人员也只限于宰辅。大庆殿是进行重大庆典活动的地方，而太宗竟然把廷辩放在这里进行，而且参加的人员不仅限于宰辅，而是扩大到满朝文武，可见太宗对胡旦和田锡这次廷辩的重视程度。

太宗的这种重视，也让胡旦极为兴奋。尽管他没能进入二府，但他获得了宰辅都没能得到的在大庆殿廷辩的荣誉，而且还是当着满朝文武的面进行，这是多么荣耀的时刻！

因此，廷辩当天，胡旦走进大庆殿的时候，他的神情是不同寻常的。他走来走去，左顾右盼，眼中跳荡着灼灼的火焰。而田锡明显木讷得多，只是抱着笏板，低头垂目，一副大气也不敢出的样子。

还没开始廷辩，田锡在气势上已输一头，这使得胡旦更加得意。

太宗坐在御座上，表情严肃："胡卿，田卿，你们的奏章，大家都看过了。今天把你们召回来，是希望你们能更详尽地谈谈你们的想法。究竟谁讲的有道理，大家一起来做个评判。不过，朕丑话说在前面，输赢是有惩罚的。谁赢了，留在京城；谁要是输了，回海州去，并且要按照对方的主张来治理海州。现在，胡卿，你先谈谈你的观点。"

胡旦眉毛一挑，问田锡："田通判，胡某问你，契丹迟早会和咱们大宋有一场大决战，你认不认可这个观点？"

"认可。"田锡老老实实地回答。

胡旦又说:"契丹和大宋大决战的地点,很可能在咱们大宋境内,你认不认可?"

"认可。"

田锡不但认可,还帮胡旦解释道:"自从石敬瑭把幽云十六州送给契丹后,大宋北边就没有了山川之险。契丹人贪婪,他们举兵挑事,再正常不过。再加上边境上一马平川,因此契丹的兵锋深入我大宋境内,那是一定的。"

吕蒙正蒙了,很多反对打仗的人也蒙了。这田锡是怎么了?让他廷辩,他却帮着胡旦说。还没开始廷辩呢,自己就先输了。吕蒙正拿眼睛看吕端,希望吕端能站出来说几句。可是吕端却站在那里,满脸红晕,眼睛似闭还睁,仿佛他昨晚的宿酒还没醒。吕蒙正本是稳重之人,但此事关系重大,他不得不插嘴:"这些年来,契丹一直在我大宋境内挑事,试问哪一次,咱们没把他们打回去?"

太宗忙说:"吕卿,今天是胡卿和田卿的辩论会,旁人不得插嘴。"

吕蒙正只得退回去。胡旦乘胜追击:"既然契丹人迟早会和咱们打一仗,而且会深入我大宋境内。咱们就应该趁耶律休哥和耶律斜轸病重的时候主动出击。这样才能避免将来他们缓过这口气后,再次深入咱们大宋境内挑起战端!"

胡旦一剑击中田锡命门,扬扬得意,忍不住拿目光在朝堂上扫了一遍。吕蒙正用力吞了一下口水,喉头艰难地蠕动了一下。而李昌龄、赵昌言等人则抬头望天,一副这场辩论会已经结束了的样子。

田锡却依然垂目躬身,表情淡然。他语气平和,却又铿锵有力地反击道:"胡知州说的虽然有道理,但是主动出击,有时候并不一定能占据主动。咱们并非没有主动出击过,高梁河之战不是咱们主动出击吗?岐沟关之战不是咱们主动出击吗?但是这两场战役之后,咱们占据主动了吗?"

此话一出,众人立刻拿眼睛看太宗。因为所有人都知道,这是太宗身上的两道伤疤。尽管这两块伤疤时时发炎,但是太宗把这两块伤疤小心地遮挡着,不让人看。大家都知道,太宗身上有这两块让他疼痛不已的伤疤,不能轻易去触碰,因此不会有任何人敢提起。提起这事,就是在揭太宗身上的伤疤。揭了太宗身上的伤疤,下场是怎样的可想而知了。

可是田锡竟然主动去揭,而且是在这场廷辩上揭。这场廷辩,胡旦和田锡是拳手，太宗是裁判，同时他又是游戏规则的解释者和阅卷老师，也就是说，不管廷辩结果怎样，基本上太宗判定谁赢谁就赢。所以且不说太宗是皇帝，不能轻易触怒他；就算为了本场胜利，也会极力讨好作为裁判又作为阅卷老师的太宗。

田锡一上来就附和对方的观点，接着又开罪作为裁判的太宗，他的出剑不是往对方刺，而是招招都往自己身上砍。这样出拳的路数，着实让人看不懂，吕蒙正甚至绝望地垂下头去。

却是胡旦还煽风点火："田通判，你这是在指责陛下吗？"

太宗的脸上没有表情，但是他脖子上的那根筋却一跳一跳的，众人似乎都听到了那拉弓一样的嘣嘣声，等着他那支利箭向田锡嗖嗖地射过来，把田锡洞穿。

却是田锡公然不惧，但见他抬起头来，大声说道："胡知州，你的意思是说，高梁河之败和岐沟关之败，应该由陛下来负责对吧？"

田锡此话一出，众人都不由得一震，同时忍不住在暗中为田锡叫一声"好"，吕蒙正更是激动地抬起头来。是啊，谁说这两场战争就是太宗身上的两块伤疤？有人说过吗？太宗承认了吗？没有！都没有！既然都没有，太宗为什么应该难受？显然，田锡看似不声不响，笨拙迟慢，实际上他才是最清醒的人。

胡旦也是措手不及。但既然自己操之过急，把自己给套起来了，他也只能伸手解套："胡某不是这个意思……"

"那你是什么意思？"

"我的意思，我的意思是说，这两场仗，陛下的决策是没有问题的，是执行陛下决策的武将们出了问题。陛下明明给了他们阵图，但他们不忠实执行，所以才会打败。"

胡旦本来能言善辩，但在田锡的追问下，一时慌乱不已。他没把套解开，反而又多绕了一个死结。为了不得罪太宗，竟然拿武将来垫背，一下把朝中一大批武将都得罪了。打过那两场败仗的武将们都不敢开腔，没参与的武将们就理直气壮了，他们怒气冲冲指责胡旦："谁告诉你我们的将士没按阵图来打？我们的将士在战场上出生入死的时候，当时你在干什么？"

胡旦不敢再说了，再说他可能会绕出更多的死结。

田锡则从容地说道："胡知州，谈问题不能非此即彼。高粱河之战和岐沟关之战，陛下的决策没有问题，我们的将士们也非常努力。但是最后失败了，说明什么，说明就实力来说，我们对契丹并没有绝对的把握。"

"你的意思是，我们就不该打这两场仗？"胡旦发现田锡话中有个缝隙，赶紧又挑起话题。

"肯定该打，"田锡轻轻一抹，话中的那个缝隙就消失了，"就当时的形势来说，大宋灭了北汉，契丹必然不甘，势必会对大宋发动反击。大宋在那时主动进攻，化被动为主动，是绝对正确的选择。尽管两场大战我们没有取得最后的胜利，但是我们却向契丹人展示了大宋的力量。契丹看到了大宋的力量，他们也就不敢大举进攻了。为什么这些年来，契丹尽管对大宋还有骚扰，但都是小敲小打，不敢搞大动作？就是因为他们对大宋有畏惧。所以，我们得保持住这种让他们畏惧的形象。只要不轻易挑起战争，打破这种形象，契丹就不敢对咱们贸然进攻了。"

"说得轻巧！保持住让他们畏惧的形象，这得保持到什么时候？要永远这么提心吊胆吗？太祖当年说过，卧榻之侧，岂容他人鼾睡？难道你忘了这句话吗？"胡旦果然脑瓜子转得快，他慌急之中竟然抓到了太祖这根救命稻草，立刻拿太祖压到田锡头上。

"胡知州记性好，还记得太祖当年的话。不知胡知州是否记得当年陛下也曾说过一句话？当年太祖认为东京没有山川之险，不好防守，试图搬到西京去。陛下说了一句什么话，立刻就让太祖取消了搬迁的计划？"

"在德不在险……"胡旦不敢不答。

田锡轻松地就搬掉了太祖这座大山，接着说道："胡知州，既然你也记得陛下曾说过的这句话，那么你可曾想过，当年陛下讲这个话的时候，实际上就已经讲明了我们应对契丹的方案。契丹乃北方胡人，对待胡人，不能一味地打。打痛一次，让他们知道我们的厉害就可以了。后续最重要的，就是按照陛下当年讲的，对契丹人进行'德化'，以德服人。只有这样，才能德化契丹人，让他们不再骚扰大宋边关！"

"德化？那种野蛮人，你能德化他？"

"野牛野猪，现在还不都成了我们的圈养之物？能不能德化，得看我们有没有绝大的智慧。当年陛下说'在德不在险'的时候，他就已经具备这样的智慧了！"

显然田锡这才叫聪明，他用太宗的话作为理论根据反击胡旦，让胡旦无法反驳。同时，田锡也用这种方式警示太宗，告诉太宗当年他曾说过那样的话，是他自己把那话忘记了，因而才会念念不忘继续和契丹作战。

吕蒙正看胡旦满脸通红，不知该怎么说话，赶紧提醒太宗道："陛下，这场辩论，微臣认为可以结束了。毫无疑问，田通判对陛下的思想有一以贯之的理解。现在契丹和大宋的边境安宁来之不易，我们要想巩固这个成果，就不能和契丹开战，而是要想办法进行'德化'。一旦开战，之前我们的一些努力都白费了！而且，不但我们对陛下的思想要有深入的理解，后世子孙也要有深入的理解。我们要给后世子孙做榜样，让他们永远记住陛下'在德不在险'这句话。只有这样，大宋江山才能传之万世！"

胡旦急了，如果这场廷辩他失败了的话，按照事前约定，他又得去那个鬼地方，还得把田锡搞的修夫子庙、印经卷这样的"破事"接着搞完，这是多大的羞辱！胡旦惶恐地拿眼睛搜寻朝中大臣，他的目光扫过李昌龄、赵昌言，但是此刻他们都低头垂目，像睡着了一样。胡旦的目光又扫过先前那些支持他的人的脸，但是这些人的脸，也都与李昌龄、赵昌言一样，涂满蜗牛的黏液，目光在上面根本站不住。

胡旦绝望了，他知道，他永远是孤独的，永远只能一个人战斗，没人愿意为他站出来，没人愿意帮助他！

胡旦抬头望，大庆殿金碧辉煌的屋顶一下就耀花了他的眼，他猛然感到那屋顶变成了一片漆黑，就像漆黑的夜空一样。胡旦眨眨眼，屋顶依然是漆黑的。胡旦低眼看四周，四周也是一片漆黑。胡旦心里一阵慌乱，忍不住就想大叫一声。

可就在这时，太宗忽然站起来，长袖一拂说道："今天就先到这里吧，朕累了，明天继续廷辩。"

11

吕蒙正从朝堂出来，撵上吕端，责备他道："易直啊，你对那胡旦再了解不过了，他就是一个哗众取宠的人，莫名其妙地想挑起宋辽争端。你为什么不站出来说几句。"

吕端不温不火笑道:"官家不是不准咱们说吗?"

吕蒙正道:"官家是不准咱们说,但是咱们得表明自己的态度,让官家知难而退啊!"

吕端在脸上抹了一把:"大相公啊,吕某昨天喝多了一点,现在还迷糊着。吕某怕说错话,好心办坏事呢……"

吕蒙正没好气地说道:"你真是糊涂,在此节骨眼上,你还能喝得下去!"

吕端搓着自己的脸,不好意思地说:"大相公,你是知道吕某的,吕某就好这一口。"

吕蒙正又去撵田锡,扯住他道:"表圣啊,你今天发挥得很好。原本以为你中了胡旦的圈套,没想到反而是你给他挖了陷阱,让他跳进去爬不起来。唉,本来今天的廷辩已经结束了,不知为何,官家却说明天继续。官家为什么这样啊?"

田锡道:"看来官家很想打这一仗啊……"

"如果官家想打,这就难办了,咱们得想办法说服他,"吕蒙正陷入沉思,"要说服官家,光靠讲道理显然是不行的,必须用一些特殊的办法啊!"

"什么特殊办法?"

吕蒙正附在田锡的耳边,如此这般说了一遍。田锡听了,摇摇头道:"吕相,这可不行啊,想我田锡一生以'复古道儒术'为己任,怎能对陛下使出这样的妖谋手段呢?这可实在不是读书人该干的事情啊……"

吕蒙正道:"表圣,圣人云,大德不逾闲,小德出入可也。正所谓'成大事者不拘小节',我们这样做,也是为大宋的江山社稷着想,实在算不上妖谋!"

田锡眉头皱了很长一段时间,最终还是点了点头。

12

蜀地战事结束后,潘阆也跟着回到京城,又重新打开潘家医馆,干起了老本行,给人看病,同时也给人算命。

太宗听说潘阆回来后，立刻让王继恩宣他进宫，给自己治病。

原本太宗是绝不会让潘阆给他治病的。先前潘阆和赵廷美走得很近，赵廷美造反被贬谪后，跟随在赵廷美身边的人都受到处罚，包括卢多逊等人。潘阆也是赵廷美身边的人，只不过太宗对潘阆很好，并没有处罚他，还在东京城给他开了一家医馆。

虽然潘阆的医术高超，但毕竟他曾是赵廷美的旧人，如果让他给自己治病，他趁机谋害自己，可就太危险了。太宗可以表现得高风亮节，但绝不敢让潘阆走得太近。然而近些年来，太宗的身体衰弱得很快，同时腿伤发作越来越频繁，宫中的太医对太宗的身体束手无策，太宗没法，只得召来潘阆试一试。

潘阆到了宫中后，给太宗服食了丹药，又发功给太宗推拿。太宗一下便感觉身轻体健，腿痛也好了许多，走起来也顺溜多了。从此，太宗就有些离不开潘阆了，定期就会把潘阆召进宫给他治病。

只不过近一段时间，太宗把潘阆召进宫的次数越来越频繁了。因为太宗感觉，服食了潘阆的丹药、让潘阆推拿后，确实有很大的改善。但也就是一段时间，过了这段时间后，太宗的身体似乎反而更弱，而且腿伤的疼痛又起来了，所以他不得不频繁把潘阆召进宫。

这天下午，潘阆往皇宫走去。他昂着头，摇晃着身子，哼着小曲，一副志得意满的样子，却不料忽然就被人阻住了去路。

潘阆睁眼一看，原来是康继英，心里不免有些发怵，赶紧赔笑道："康将军，恭喜你成为大内侍卫啊！"

"也恭喜潘大夫成为宫廷御医啊，"康继英面无表情，"不过潘大夫啊，康某可得提醒你，你给官家治病得小心一点。否则，你那奸细的身份，康某会随时告诉官家。到那时候，你能不能走得这么逍遥自在，就很难说了。"

潘阆身子猛一摇晃，不过他却讪笑道："什么奸细？谁是奸细？"

"谁是奸细，是什么奸细，天知地知你知我知，咱们也不用在这里多说。但既然今天康某敢站出来提醒你，自然手上有足够的证据。"康继英冷笑两声，随即傲然说道，"康某还得提醒你，别试图对康某杀人灭口。尽管你们那个组织的人个个武功高强，但康某却并没有放在眼里，就算来上十个二十个，康某照样让你们有来无回，明白吗？"

潘阆用大笑压住内心的慌乱："康将军真会开玩笑！市人哪有什么组织？

康将军号称'大宋第一好汉',当然没人能伤害你了!"

康继英道:"潘大夫,你的事康某保证不说出去。但是潘大夫也要保证做一件事。"

"何事?"

"近日海州知州胡旦上奏官家,让他挑起对契丹的战争。这显然是一件劳民伤财的事,无论是对大宋百姓还是对契丹百姓,都是不利的。所以你得去给官家讲一讲,让官家放弃这个打算。"

潘阆嘿嘿笑道:"市人不过是个大夫,给官家讲他能听吗?"

康继英笑道:"你除了是大夫外,不还是半仙吗?你如果以大夫的身份给官家讲,他未必肯听。但如果你以半仙的身份给官家算一命,官家肯定能听你的,明白吗?"

潘阆怪笑道:"明白明白,市人这就给官家算一命!"

其实,康继英虽然让潘阆去阻止太宗发动战争,但实际上,他心里是有自己的想法的,因为他很想带兵和契丹打一仗。赵昌言想和契丹打一仗,康继英也想和契丹打一仗,不过两人的目的是不一样的。赵昌言是希望通过打仗坐上枢密使的宝座;康继英则是希望雪耻,在战场上证明自己。当年他的父亲并没有在与契丹作战的战场上逃跑,却被人诬陷当了逃兵,这个耻辱,只有在战场上用胜利才能洗刷掉。这个话,最初在见到田锡的时候,他就对田锡说过。所以,从内心深处,他是迫切希望能够上战场的。

但是,当田锡让他找潘阆的时候,他还是毫不犹豫就答应了。康继英明白,田锡讲的是对的,两国不能轻易起刀兵,更不能主动挑起战争。所以他强行忍住个人的诉求,按照田锡的要求找到潘阆,向潘阆发出威吓。

13

潘阆往前没走几步,却又碰上赵昌言拦住去路。潘阆哂笑道:"啊哟,今天日子这么好,出门遇到的都是达官显贵!"

赵昌言低声问道:"那康继英刚才对你说了什么?"

潘阆瞟了赵昌言一眼,张口就是一通瞎话:"康继英花了五十万钱,托市人办一件大事。赵枢相如果想知道,也得花五十万钱买。"

赵昌言从身上取下一块牌子递给潘阆，面无表情说道："你拿这块牌子去找董俨，他会给你钱的。"随后又指着潘阆说，"但是本相警告你，如果你说瞎话，你不但得不到这个钱，你的脑袋还会搬家。那时候，就算你是个大夫，也不可能把掉下来的脑袋缝上去！"

"不敢！不敢！市人说的句句属实！"潘阆额头上并没有汗，但他还是拿手在额头上擦了一把，"刚才康将军让市人去给官家算一命，劝阻官家发动对契丹的战争呢。"

"算一命？"赵昌言陷入沉思，随即说道，"潘大夫，你给官家算的这个命，接着去算。"

潘阆道："赵枢相，您的意思是，让市人往相反的方向算，鼓动官家发起对契丹的战争对不对？呵呵，市人可以这么算，不过这是逆天改命，如果要让市人逆天改命……"

赵昌言阻止他道："不不不，本相没让你逆天改命，本相让你继续按照康继英的吩咐算。康继英让你怎么算，你就怎么算，明白吗？"

潘阆不明白赵昌言葫芦里卖的是什么药，他眨眨眼，嘿嘿笑道："赵枢相，如果您要市人按照康继英的说法给官家算命，那您得再增加五十万钱。"

"本相没有让你逆天改命，只不过让你按照康继英的说法继续给官家算命，为何要给你增加五十万钱？"

"道理很简单，因为市人原本不打算按照康继英的说法给官家算命，既然赵枢相让市人这么算，那您必须给五十万钱！"

赵昌言哭笑不得。他又从怀里摸出一块牌子，递给潘阆道："你拿着这块牌子去找陈象舆，他照样会付你五十万钱。"

"哈哈，很好很好！"潘阆把两块牌子在掌心里掂了掂，大笑道，"拿人钱财替人消灾，赵枢相放心，市人一定完成任务！"

14

当天晚上，太宗在经过潘阆的一番治疗后，叹息道："潘阆，朕这个腿痛，为何总是反复发作？你难道不能一次就把它治好吗？"

潘阆道："陛下，市人是一个大夫，也是一个算命先生。市人的医术，只能让陛下轻松一段时间，确实没办法达到完全根治。要完全根治，还得看命。要不，让市人用算命先生的眼光，给陛下看一看如何？"

太宗从小受儒学思想教育，自然懂得"子不语怪力乱神"的道理。但实际上，他又很信命。一听潘阆说要给他看命，就忍不住想听。他瞟了潘阆一眼，冷笑道："呵，世人都说你算命的本领比看病强，朕倒要看看究竟强在哪里，你倒是算算看！"

潘阆闭上眼，摇头晃脑一番，又在指头上捏了半天，方才睁眼对太宗说道："陛下的腿疾是箭伤所致。之所以反复发作，在大夫看来，是中了箭毒。这个箭毒不消，陛下的腿伤就不会好。所以大夫一般就是开药方驱毒。但如果让算命先生来看，就会发现那不是什么箭毒，而是一个箭鬼钻入陛下体内。因为这个箭鬼一直在陛下体内闹腾，所以陛下的腿才会一直疼痛不已。"

太宗道："你既然号称半仙，你就不能把这个什么箭鬼赶走？"

潘阆摇摇头道："陛下，市人虽号称半仙，但这箭鬼太强大，市人力量不够，想赶是赶不走的。这世上，能赶走箭鬼的，只有一个人。"

"谁呀？"

"陛下自己！"潘阆道，"只有陛下的力量才足够强大！而且只有陛下才知道这个箭鬼是从什么地方射来的。只要陛下拉满弓，把这个箭鬼射出去，陛下的疼痛自然就消失了。"

潘阆的话，让太宗心里一阵涌动。确实，只要他一想到契丹人曾射他一箭，他心中就有巨大的耻辱感，腿上的伤疤就会疼痛。只有和契丹打一仗，把契丹打赢了，报了一箭之仇，心中的耻辱感才会消失，才不会再疼痛。

但是打这场仗却并不容易。打没有问题，他一声令下就能打。但要打赢，必须上下齐心合力。所以，尽管胡旦的上奏获得了很多人的支持，他依然还在等着田锡提出不同意见的奏章。他得让田锡和胡旦进行一场廷辩，廷辩的目的就是为了统一打仗的思想，只有统一了思想，这场仗才能打胜。

然而结果让他非常失望。

胡旦文采了得，原本他是希望胡旦能够利用出色的口才，在朝堂上打败田锡，帮他统一思想的。但没想到，胡旦是个绣花枕头，好看不中用，几个回合就败下阵来。其他人则见风使舵，看见胡旦败了，又迅速倒向田锡那边。

太宗其实是可以扭转方向的，他只要出面说几句，大家都会往他那个方向上靠。但是太宗不愿意轻易表态,他喜欢的状态是大家推着他走,大家都有积极攻打契丹的热情,他"不得不"被大家的热情挟裹着往前走,这才是最终能取胜的保障。

可惜胡旦这支冲锋号没有吹响,以至于太宗最后都有些着急了。本来他是不该贸然表态的,却不得不用再廷辩一天的方式来表明他的态度——他确实不该这样做,但他也确实有些沉不住气了……

潘阆见太宗沉思,又说道:"陛下,您难道不想把那个箭鬼射出去,报一箭之仇吗?"

太宗看潘阆脸上出现着急的表情,猛然醒悟过来。显然,潘阆是在用算命的方式,希望他发动一场战争。太宗把脸一沉,喝道:"潘阆,你一个大夫,你的任务就是给朕把病治好,政治上的事情,不是你该说的,明白吗?你以后要敢再胡言乱语,小心朕砍下你的脑袋!"

潘阆吓得赶紧跪下答道:"陛下恕罪,市人以后再也不敢乱说了!"

15

田锡忙着找"外援",但胡旦却不一样,他心中是一副稳坐钓鱼台的感觉。道理很简单,皇帝站在他那边呢!既然皇帝都站在他那边,他还担心什么,就算想输也不容易啊。

昨晚胡旦回去后,赵昌言派人来请他去赵府商讨应对之策。

若是以往,胡旦赶紧就过去了。以前赵府是他们的根据地,只要一退朝,他们就会拥过去聚在一起。但是这天晚上,他却对那带信的人傲然地说:"请赵枢相到胡府来吧!"

赵昌言没有办法,只好到胡旦家里来。这也是这么多年来,他第一次到胡旦家来。那时候,胡旦正在桌前自斟自饮着。赵昌言走到胡旦面前,胡旦依然没有站起来,只是抬起醉眼,给赵昌言指了指桌旁的一个座位,示意赵昌言坐下来陪他喝酒。

赵昌言对胡旦恨得牙痒。但是他也没有办法,只能忍住。毕竟明天的廷辩十分重要,如果胡旦再输,胡旦去不去海州,跟他没什么关系,可是他就打不成仗了。打不成仗,枢密使的宝座还是只能让那无能的曹彬继续占据着。

赵昌言没有坐，脸上也没有流露出生气的样子，而是冷冷地提醒胡旦道："周父，官家虽然让辩论延续一天，但是咱们也不能太乐观。如果周父明天在廷辩中还是无法战胜田锡，那咱们就辜负了官家的期望，官家多给的这一天时间，就变得没意义了，到时候你还是只能继续去海州待着了。"

赵昌言不知道，他的这番话，在两个地方触怒了胡旦：一是胡旦认为，赵昌言在责备他；二是去海州，正是赵昌言没有出面救他的结果。所以胡旦大为生气，把一盏酒一口喝光，又把酒盏往桌上一蹾，粗声粗气说道："区区一个田锡算得了什么！今天胡某是大意了，中了他的圈套。明天胡某会一鼓作气，让他连一点招架之力都没有的！哼哼，赵枢相，到时候胡某不但不会去海州，说不定还会进二府。届时如果胡某与赵枢相平起平坐，希望赵枢相心里不要生气啊。"

赵昌言气得满脸通红，胡旦却是一副不解的样子问道："奇怪了，赵枢相并没有喝酒，为什么却满脸通红呢？"

赵昌言咬了咬牙，把那口恶气吞了进去，语气平静地说道："胡知州，有自信是好的。本相此来，只是想向胡知州透露一个消息，那田锡竟然找潘阆给官家算命。如果明天你在朝堂上把这件事揭发出来，田锡所谓'天下正人'的形象会瞬间崩塌，那时候想战胜田锡，就非常容易了。"

胡旦依然满不在乎地嘿嘿笑："多谢赵枢相提供的这条线索。不过请赵枢相放心，明天胡某根本用不上这个，那田锡就会败下阵来。不信你就等着吧！"

赵昌言摇摇头，也不再多说，转身往外走去。

胡旦在后面得意扬扬喊道："赵枢相慢走啊，胡某喝醉了，站不起来，恕不远送了……"

16

第二天，胡旦宿醉未醒来到朝堂上，眼睛似睁非睁，不过他昂首挺胸，扬扬得意，一副志在必得的样子。反而是田锡，躬身敛容，愁眉苦脸，心事重重，让人看得揪心。

太宗把众大臣扫视一遍，忽然问道："吕端呢？吕端怎么没来？"

吕端果然没来！堂下嗡嗡议论成一片。李昌龄和赵昌言等人抑制不住微笑。吕端无故缺席，太宗不高兴，这对主和派来说，显然是个沉重的打击。吕蒙正焦急万分，他对吕端太了解了，多半是昨晚又喝了酒，睡过头了。以前他在中书召集议事的时候，吕端可不是一次两次犯这样的错误。于是吕蒙正赶紧帮吕端掩饰道："回禀陛下，吕端昨晚处理政事，忙了大半夜，恐怕是睡过头了。微臣马上派人通知他上朝！"

说着，吕蒙正便把通传内侍叫过来，让他去找吕端。又悄悄吩咐通传内侍，见到吕端时，务必告诉他自己已经帮他圆好了谎。他到朝堂后，务必按这个话向官家禀报。

吕蒙正回身进来的时候，廷辩已经开始了。只听得胡旦激情洋溢地说道："各位，如果大家对历史有一点点了解，就会知道，每个走向强盛的朝代，都是通过抗击北方的蛮族实现的。当年汉武帝追击匈奴几十年，实现了汉朝的最强盛；唐玄宗打击突厥，实现了唐朝的最强盛。现在的北方蛮族是契丹，如果我们能打败甚至灭掉契丹，那么，我们陛下将功比汉武玄宗，进入历史上最伟大的帝王的行列。而当契丹两大耶律病重、契丹主年幼之际，正是我们打败契丹的最好时机，为何不趁机一攻，建立盖世功业呢？"

田锡随即微笑着，温和地说道："胡知州，你说得不错，汉武帝时期的汉朝，唐玄宗时期的唐朝，都是那个朝代最强盛的时候，但汉武玄宗之后呢？汉朝和唐朝不是急速走向衰落了吗？你可知道他们衰落的原因是什么吗？没错，正是和匈奴打仗，和突厥打仗。而且有个观点你完全错误，汉武帝和唐玄宗时期的最强盛，并不是依靠打仗得来的，恰好是依靠不打仗得来的。"

胡旦冷笑道："依靠不打仗得来？田通判，你此言缺乏基本的常识，不打仗怎么可能强盛？不打仗谁知道你强盛？"

"老百姓知道！"田锡道，"汉朝的老百姓知道，打仗之前，他们仓库的稻谷多得都要霉烂了，他们的钱多得串钱的绳子都沤烂了；唐朝的老百姓知道，打仗之前，他们'稻米流脂粟米白'，他们'公私仓廪俱丰实'，他们'小邑犹藏万家室'！胡知州，你认为这样的富庶强盛，是依靠打仗得来的吗？"

"那是依靠什么得来的？"胡旦又被田锡轻易带走了。

"那是依靠休养生息，依靠宽简持政。如果没有文帝景帝的休养生息，能有汉武时期的强盛吗？如果没有太宗武皇的宽简持政，能有玄宗时期的富庶吗？咱们现在正处在汉之文帝景帝、唐之太宗武皇时期，因此咱们需要做的不是打仗，而是休养生息、宽简持政，是在地方上举行乡饮酒礼，在中央举行籍田礼，只有这样才能实现富庶。"

"别说你那什么乡饮酒礼了，你就是想趁机吃喝玩乐！"

田锡冷笑道："胡知州，你也是饱学之士，太平兴国三年的状元郎，你竟然认为乡饮酒礼是吃喝玩乐，你可真是辜负了陛下当年对你的提携栽培！"

胡旦道："当年胡某成了状元郎，你居于胡某之后，是因为不甘心而耿耿于怀吗？"

说到这里，胡旦已经不是在进行廷辩，而是人身攻击了。这场廷辩，眼看胡旦又要输了。赵昌言一次次给胡旦使眼色，提醒他把田锡找潘阆给皇帝算命的事情说出来。胡旦也看见了赵昌言的暗示，但他就是不愿意按赵昌言说的办，他要独立战胜田锡，这样才能显示出他的才干，将来才能和赵昌言在二府平起平坐。于是胡旦蛮横地说道："田通判，你讲的那些历史，对我大宋没有任何借鉴意义。咱们陛下的英明神武，不是汉武玄宗，或者什么太宗武皇什么文帝景帝可比的！陛下所要建立的功业，也不是这几个皇帝可以比的。哪怕统一六国的秦始皇，哪怕三代时期的帝王，哪怕三皇五帝，都不能和陛下相比……"

胡旦正把太宗一通吹捧，这时候，吕端气喘吁吁跑了进来，跪在地上向太宗请罪。

太宗马着脸问道："吕端，你为何迟到？"

吕端道："回禀陛下，微臣昨晚多喝了几盏酒，睡过头了，请陛下治罪！"

吕蒙正又惊又急，这吕端怎么了，还没有醒过来吗？给他说好了让他怎么说，为何傻乎乎地把实情说出来呀？但既然吕端说了实情，吕蒙正也只好请罪道："陛下，微臣刚才是猜测，并不完全确定，也请陛下治罪！"

太宗把吕蒙正看了看，又把吕端看了看，皱眉问道："吕蒙正，不确定的事情，你为何要说。"

吕蒙正道："陛下，昨晚微臣确实给了吕学士一些政事，让他连夜处理好。处理这些事情是要花时间的，所以微臣才会这么猜测。谁知他后来又喝上酒了！"

太宗问吕端："吕端，是这样的吗？"

吕端道："是。"

太宗又问道："处理政事耽误了瞌睡，确实容易睡过头。你给朕直说就是了，为什么却给朕说喝酒这个理由呢？"

吕端道："处理政事确实耽搁了瞌睡，但如果不是后来又喝醉了，微臣肯定是起得来的。所以没能及时起床而迟到的原因，不是因为处理政事，而是喝酒。《礼记》上说：'事君有犯而无隐。'微臣宁愿受陛下处罚，也不敢对陛下撒谎！"

吕端此话一出，太宗非常满意，众人也很是动容。不过，要说到心里受到巨大震撼的，却是田锡。田锡自从让康继英逼迫潘阆给太宗算一命后，他心里一直惴惴不安。尽管吕蒙正安慰他"成大事不拘小节"，但是他仍然心神不安。直到来到朝堂上后，他的心神不安还一直存在着。尽管和胡旦廷辩，但他一直不敢看太宗。正不知怎么办的时候，突然出现了吕端自揭短处的事件。当吕端说出"有犯无隐"这个话的时候，就像一个巨大的铁锤，在田锡的心中猛敲了一锤，砸得田锡的胸腔嗡嗡作响。几乎吕端的话音刚落，田锡就走上前，也跪在地上，对太宗说道："陛下，微臣也有罪，请陛下治罪！"

太宗惊奇地看着田锡，问道："你有什么罪？"

田锡道："微臣为了让陛下不采纳和契丹开战的建议，昨晚让潘阆给陛下算一命，劝阻陛下发动对契丹的战争。"

太宗盯着田锡，半天说不出话来。原来潘阆给他算命这事，是田锡让他干的呀！只是这田锡没有想到，潘阆竟然是有自己主张的人，没有按照田锡的吩咐来做。这使得太宗在这一瞬间，对潘阆又增加了一层好感。

田锡说出这番话，最高兴的显然是胡旦，本来他已经绝望了，正因为绝望，所以才逮着皇帝一通猛吹，希望皇帝能对他施以援手——尽管赵昌言给了他一招撒手锏，但他就是不用。他宁愿肉麻地吹捧太宗，也不愿意借助赵昌言！然而没想到的是，田锡却主动凑过来，把脑袋亮在赵昌言给的这招撒手锏下。嘿嘿，这可不是自己借助赵昌言，而是田锡自己寻死。这下，自己可以堂而皇之打落水狗了："田锡，没想到你竟然对陛下用这种下贱卑劣的手段！你自己天天讲儒道，然而你竟然迷信算命巫术，还敢用在陛下身上！你这是杀头死罪你明白吗？"随即又向太宗奏道："陛下，还等什么，这样的妄人，就该立刻抓起来砍头！"

吕蒙正心里又气又急。吕端已经够迂腐了，没想到田锡更加迂腐，竟然把那个计谋说了出来。这个计谋是自己让田锡去实施的，既然已经泄露了，自己就不能让田锡代他受过。于是也赶紧上前，跪地说道："陛下，请潘阆给陛下算命这事，是微臣吩咐田通判去做的，要惩罚就惩罚微臣吧。不过，就算微臣受到惩罚，微臣也要说一句，也许微臣的方式不对，但微臣和田通判的目的是明确的，就是不希望和契丹作战，确保我大宋江山长久的和平安宁！"

"哈哈，哈哈，"胡旦高兴极了，一时间手舞足蹈，得意非凡，"还有自投罗网的！杀！陛下，一并抓起来，杀！杀！"

太宗的脸色依然纹丝不动。不过这时候，一个内侍突然闯进来，着急地说道："陛下，大事不好了，许王殿下生了重病，不能说话了！"

太宗大惊，脸色猛然变黄了："元僖怎么了？"

内侍道："今天早上，许王殿下起来，喝了一些茶，很快就说肚子疼，躺到床上不久，便不能说话了……"

太宗站起来就往外走。却是胡旦追在太宗后面，大声问道："陛下，微臣是不是可以回朝了？"

太宗一边快步走，一边冷冷说道："不，你马上回海州去！"

胡旦大惊："为什么？微臣不是廷辩取胜了吗？"

太宗不解释，依然继续安排："田锡回朝，去集贤院。胡旦回海州当知州。回去的时候，记得把经书领回去翻刻。务必要让海州百姓知廉耻，懂谦让，致力求学，争取有更多的人走上仕途。"

大庆殿所有人都走了，胡旦却还站在那里。他的身体剧烈地抖着，脸白得像一张纸，眼睛睁得又大又圆。但是，不管他的眼睛睁得有多大，他的眼前都是白茫茫一片，什么也看不见。王继恩吩咐小内侍把胡旦扶出大庆殿，但是胡旦把小内侍的手一推，自己往前走去。王继恩在后面喊道："胡知州，你的方向错了，应该往这里走，这里才是出宫的路呢。那个方向是二府，你到二府去做什么呀？"

胡旦不理王继恩，冷冷说道："王宣政，你别管，本官知道路在哪里，本官知道！"

王继恩只能看着胡旦大步往二府的方向走去。不过，毕竟他的眼睛看不见了，因此他刚走到二府外的第一级台阶，就被绊倒在地上，爬不起来了。

　　尽管他倒在地上爬不起来，但是他的脑袋却一直朝着二府的方向望。王继恩似笑非笑地吟起了屈原《哀郢》中的一句诗："鸟飞反故乡兮，狐死必首丘……"

　　胡旦这一次眼睛失明后，再也没能恢复过来了。既然看不见，自然不可能再回海州当知州，只能提前致仕。好在太宗对他还不错，给了他一些钱，让他安心养老。

　　胡旦知道后，凄厉地哈哈大笑道："哈哈，本官终于回京城了，终于可以不去海州，帮田锡擦屁股了……"

第五章 商部

臣：谏官何处

1

话说蕊儿欢天喜地进了许王府，但是她还没高兴几天就郁闷了。因为她发现，自己处在一个尴尬的境地里。赵元僖虽然把她接进许王府，但是并不喜欢她。赵元僖喜欢的依然是雅儿，她只不过是赵元僖给雅儿的一个钓饵而已。赵元僖给她吃好的穿好的，表现出喜欢她的样子，只是为了让雅儿羡慕。只要雅儿羡慕了，就会进许王府来。所以，但凡赵元僖给她吃一顿好的，或者穿一件漂亮衣服，就会吩咐她赶紧去见雅儿，让她在雅儿面前炫耀，让雅儿羡慕。

起初蕊儿很得意，炫耀谁不会呢，炫耀谁不乐意呢。不过，很快蕊儿便发现，赵元僖让她炫耀的目的是勾引雅儿。蕊儿心里说不出地难受，自此后，她就再也不愿意去找雅儿，向雅儿炫耀了。但是她不去，赵元僖却逼着她去，她根本不敢反抗，这使得她心里更加难受。

许王不爱她，只是拿她当钓饵，让她伤心又绝望。但是，许王给她好吃好穿，却让许王妃李氏产生了极大的嫉妒和憎恨。赵元僖在家时，李氏对蕊儿表现出极为友爱的样子，妹妹长妹妹短的，呵护有加。但是一旦赵元僖出去，李氏立刻就变了一副面孔，变着花样拼命折磨蕊儿。每次折磨完后，还威胁蕊儿，让她不准告诉赵元僖，否则，下一次会被折磨得更惨。

其实蕊儿也不会告诉赵元僖，因为赵元僖并不喜欢她，不会在乎她的感受。有一次她试图把她的遭遇向赵元僖透露，刚开一个头，赵元僖就表现出极大的不耐烦，而且还警告蕊儿，让她循规蹈矩，不准惹事，否则就把她撵出许王府。

蕊儿在许王府受尽折磨和冷遇，但若是让她离开许王府，她是绝对不愿意的。许王府有好吃好穿的，离开了许王府，哪里还有这么舒适的生活？虽然在许王府受尽折磨，但只要自己不说，别人也不知道。赵元僖让她去雅儿面前炫耀，雅儿每次都很不屑。如果雅儿知道这一切都是假的，是她有意装出来的，还不知会怎么嘲笑她。所以，她绝对不能在雅儿面前现形。

这一日，蕊儿去见雅儿后，在回许王府的路上，一想到自己遭遇的那些难受，心里就委屈万分，怨气冲天，忍不住嘀嘀咕咕小声骂起来。忽然，她的肩膀被人猛拍一下，一个声音在身后响起："你竟敢在背地里咒骂许王殿下，你难道不怕死吗？"

蕊儿吓得一哆嗦，赶紧转头看。然而她的身后却什么也没有，近处也不见人影。正奇怪时，那个声音再次在她身后响起："你不用找，你是找不到我的。"

蕊儿往远处看。远处有一些行色匆匆的人，但显然他们都在忙各自的事情，走各自的路，没有任何人和她说话。就算有，她听到的声音也不像从远处传来的。蕊儿惊恐不已，有一种白日撞鬼的感觉，颤声问道："你是谁呀？"

"我是一个大夫，给人看病的！"

蕊儿心慌意乱："你看你的病，管什么闲事啊！"

"我没有管闲事，我是给你看病呢，因为你病了。"

"我哪里病了？我这不是好好的吗，你别胡说八道！"

"你的心病了。"

"大夫都是治身病的，哪有治心病的大夫？"

"我这个大夫与别的大夫不一样，别的大夫只能治身病，我是身病心病都能治。"

"我没病，身心都没病！"蕊儿赶紧往前走。

那声音道："你走吧，无论你走多远，本大夫的声音都会永远在你耳边回响，不信你试试。"

蕊儿拔腿就跑，跑了好一阵，跑不动了，才停下朝四周看。前后左右什么人也没有，但那个声音却在此时笑起来："你不用看，我一直在你身边呢，只不过你看不见我而已。"

蕊儿双腿发软，再也迈不开步，哭道："你为什么跟着我，我没病啊，我不需要治啊……"

"不，你病了，你感到不快乐，我要治的，恰好就是你的不快乐。"

蕊儿确实不快乐，她确实希望别人能给她带来快乐，但是她却不敢说，也不想说："不，我没有，我很快乐，你别跟着我了，我很快乐，很快乐……"蕊儿哭了起来。

那声音哈哈大笑："看来你是不相信我，没关系，这只是因为咱们不熟，熟了你就相信我了，就会找我治病了，哈哈……"

那声音一路远去，就像有个人一边说话一边跑远一样。

2

蕊儿回许王府后，再也不想出府了。可赵元僖却不允许她躲在府上，一定要撵她出去，让她继续向雅儿炫耀。蕊儿难受至极，恐惧至极，然而她又不得不执行。

连续好几天，蕊儿都没再听到那个声音，这使得她放松了不少，以为那个声音不会再出现了。但是没想到，就在蕊儿不在意的时候，那个声音忽然又在她耳边响起："蕊儿姑娘，你想好了吗？你的心病要不要治？"

依然什么人也没有。蕊儿大叫道："我没病！"

那声音警告道："你这叫'讳疾忌医'！本大夫告诉你，你这病如果不及时治，过不了多久，就无药可救了！"

"要过多久？"蕊儿忍不住问了一句。

"过多久不由你控制，由许王控制。现在你在许王那里还有用，一旦没用了，你的病就无药可救了！"

蕊儿感到莫名的慌张，仿佛她的心在往一个无底洞里急速下落，越落越快，带着风声，却一直落不到底。蕊儿大叫道："不会的，绝对不会的，绝对不会的……"

蕊儿拔腿就跑。但那声音依然不疾不徐在她耳边轻声说道："不要跑嘛，无论你跑多远，我都在你身边。跑有用吗？并不会因为你跑，你的病就能好。把伤疤盖住，伤疤会溃烂得更快，明白吗？"

"我不听，不听，我没病！没病！"蕊儿蒙住耳朵，边跑边大叫。

显然，她蒙住耳朵也没用，那个声音依然非常清晰地传入她耳朵里，就像这声音是从她自己的嗓子里发出来的一样。

蕊儿蹲在地上，揪扯着自己的头发，压抑不住地哭。那个声音温柔地叹息道："唉，我真是很同情你，真不想再和你说。但如果我不和你说，这个世上便再也没人和你说了。因为你在这个世上没有亲人，没有朋友，没有人像我一样真正关心你，所以我还得给你说。如果我不说，到了你被许王扫地出门的时候，你就是来求我，我也治不好你的病了，因为你已经病入膏肓了……"

蕊儿哭得更厉害，因为这话说得千真万确，她无力反驳。

"好了，今天我就说到这里，你好自为之吧……"

"你别走，回来。"蕊儿终于控制不住，"你说吧，你要怎么治我的病？"

那声音道："我告诉你，你之所以得病，是因为你在许王府里受欺负，尤其是受许王妃的欺负。只要许王妃欺负你，你就永远不快乐，你的病就永远好不了。所以你想治好病，就得改变许王妃，让她以后不再欺负你。"

"怎么才能让许王妃不再欺负我？"

"你等着，我给你一样东西。"

话音一落，蕊儿忽然感觉一阵风吹过，一时间烟尘四起，蕊儿被烟尘逼得睁不开眼。等风停下来，蕊儿睁眼一看，发现她的手里多了两只建盏。蕊儿拿建盏转着看，发现其中一只底部微微有一层褐黄的东西，另一只则没有，不细看完全看不出来。

蕊儿不解，问道："这褐黄的东西是什么？"

"没什么，就是普通的茶垢。"那声音随即说道，"你把这两只建盏带回去，用瓦屋春雪点茶给许王和许王妃喝。你在点茶时要注意，要把有茶垢的那只给许王妃喝，没有茶垢的那只给许王喝。许王妃喝了有茶垢的茶，性情就会改变，以后就会对你好，不会再欺负你了。"

蕊儿狐疑地问："你这不是茶垢而是毒药吧？你是想让我毒死许王妃吧？我可不当杀人犯！"

"不是不是，茶垢就是普通的茶垢，是没有毒的。"

"没有毒，怎么就能改变许王妃的性情，让她从此对我好？"

"嘿嘿，这就是茶的功效。"那声音道，"咱们平常为什么喜欢喝茶？就是因为茶除了解乏消腻以外，还能够磨砺人的性情。喝了茶，性情就能变得平和。而茶垢是茶中的精华，瓦屋春雪又是茶中的极品，如果在这把有茶垢的茶盏里点上瓦屋春雪,就能把茶的功效发挥到极致。许王妃喝了这样的茶,她的性情就能得到很大的改变,以后她就不会再欺负你了。"

蕊儿把两只建盏往地上一扔:"我才不信呢,你这一定是毒药,你想骗我,让我当一个杀人犯!"

那声音也不急,依然很温和:"你不信我没关系,你走吧,我不会追你的。我只是想告诉你,总有一天,你会主动来找我的。"

3

蕊儿满头大汗跑进许王府。她慌里慌张的样子,恰好被许王妃李氏看见。李氏大喝道:"你在跑什么,站住!"

蕊儿只得站住,埋头擦汗,不开腔。

李氏把蕊儿上上下下打量一遍,冷冷说道:"你一个婊子,许王殿下把你带进府,从此你就该安分守己,为何却不守妇道,三天两头跑到外面去浪?"

蕊儿很想把赵元僖让她出去勾引雅儿的事说出来。但赵元僖警告过她,如果她胆敢说出这事,立马就让她滚蛋,所以她怎么也不敢说。可是不说,李氏却以为她在挑衅自己,更加生气,叫来下人用各种酷刑折磨她。这李氏也促狭,害怕赵元僖看见,都寻蕊儿身上衣服盖着的地方划,还拿盐水浸那些伤口。蕊儿被划得遍体鳞伤,身上疼痛不已。不过一穿上衣服,别人什么也看不见。

第二天,赵元僖又给蕊儿换上一身新衣,让她继续去向雅儿炫耀。蕊儿犹豫着不想出去,赵元僖瞪她一眼:"你要是不立马出去,本王就让人把你推出去,以后你也不用再进来了!"

蕊儿逼不得已,只能前去。去了雅儿那里,照例又受到雅儿一通嘲笑和轻蔑。回来的路上,蕊儿越想越气,忍不住大声喊道:"那个声音,那个大夫,你在哪儿呢?为什么还不出现?"

那声音果然出现了,得意地笑道:"呵呵,你终于醒悟过来,要找本大夫治病了吗?"

蕊儿发狠:"别废话,把茶盏给我!"

又是一阵风起。蕊儿试图睁开眼看看那人究竟是谁,可惜最终她还是没能睁开，茶盏已到了她手中。接着，那声音越来越远："记住，别把茶盏的顺序搞错了……"

4

随后便发生了赵元僖中毒的事件。

那天，当太宗来到赵元僖床前时，赵元僖已经不能说话，他只是眼睛睁得大大的，望着太宗头上的幞头。没过多久，就头一歪，睁着眼薨逝了。

太宗抱着赵元僖的遗体，也是一口气不上来，就晕了过去。吓得随行的几个御医手忙脚乱好半天，才把太宗救过来。直到这时，太宗才哭出第一声。哭得还没成调，却已是满脸涕泗横流。在场的人无不动容，整个屋里每一个角落都塞满哭泣声。

太宗的伤心是沉痛的。尽管他还没立太子，但他其实已经把赵元僖当成接班人。之所以迟迟没有宣布，是因为他想放在战胜契丹之后。那时候不但他的威望会达到顶峰，赵宋政权也会更加稳固，没人再能动摇大宋的根基。

然而谁能料到，攻打契丹的事情却没有获得朝中大臣的普遍拥护。尽管李昌龄、赵昌言等人支持，但太宗也看出来了，这都是一些投机客，他们不过是投他所好，本身并没有坚定的意志和坚强的毅力，要靠这些人带兵打赢契丹，显然是不太可能的。胡旦思维灵活，能说会道，原本太宗寄希望于他能说服朝中大臣。为此，太宗不惜让有"天下正人"之称的田锡作他的对手。别看田锡的官位不高，但只要能说服田锡，就能说服朝中所有的主和派。

然而胡旦实在不中用。第一天没能取胜，太宗又给他延期了一天，然而胡旦还是没能取胜。到了后来，他竟然吹捧起太宗来了。他吹捧自己的目的，显然是因为黔驴技穷了，希望自己能够出面给他当"外援"。自己本来只是裁判，甚至也不是裁判，而是见证者，可胡旦竟然强行把自己拉过去当"外援"，这场辩论还有什么意义，还能达到他想要的齐心合力举兵北伐的效果吗？

太宗正在绝望的时刻，却突然接到赵元僖中毒的消息，接着就看见他无助地死去。赵元僖，他的太子，他的接班人，他的大后方。他年迈之际敢于上战场，就是因为有着稳定的大后方。哪怕他无法从战场上回来，因为有了明确的

265

接班人，有了稳定的大后方，他也死得其所了！但是，现在这个接班人突然就没了，这个大后方突然就陷落了，他还怎么打仗？不但不能打仗，一切还得重新来，重新选一个接班人。但是剩下的皇子中，还有谁适合当接班人呢？

太宗越想越伤心，又一次哭得晕了过去。尽管很快他就被御医救了回来，但是他几乎不能站起来，最后被一众侍卫抬了回去。

5

压力给到了吕端。他虽然已经升为枢密直学士，但依然是开封府通判，依然掌管着开封府，依然对赵元僖有着护卫责任。然而，这个责任他却没有尽到。

这是他第二次失责。第一次当开封府通判的时候，发生了赵廷美叛乱的事件；第二次当开封府通判的时候，又发生了赵元僖中毒的事件。尽管这两次事件实际上都和他没有关系，但是他却无论如何不能原谅自己。

所以赵元僖一死，他就开始了调查。很快就查到，原来是许王府新召入的歌伎蕊儿用两只建盏点茶给许王和许王妃喝，才造成许王身亡。

虽然事情查清楚了，吕端却感到更加疑惑，因为有非常多的疑点解不开。按照蕊儿的交代，这两只建盏是一个"声音"给她的——这话实在太过离谱，怎么可能是一个"声音"呢？另外，蕊儿又交代，那"声音"告诉蕊儿，把有茶垢的茶盏给许王妃喝，没有茶垢的茶盏给许王喝，蕊儿在点茶的时候，是严格按照那"声音"说的顺序操作的。不知道为什么最终许王中毒身亡，而许王妃一点事都没有。

更让人疑惑不解的是，经过太医的详细检查，发现茶叶是没有毒的，茶盏也是没有毒的，茶盏里的茶垢也只是普通的茶垢，没有毒。而且赵元僖喝的还是没有茶垢的茶，不知他为什么会身亡？难道赵元僖的薨逝，与蕊儿的茶没有任何关系，只是得了急症暴薨？

既然没有任何关系，为何那个"声音"却要千方百计送两只茶盏给蕊儿？为什么这两只茶盏里又是如此奇怪的一只里有茶垢，一只没有茶垢？

吕端百思不得其解。这天，吕端在前去开封府的路上，突然听见街边店里有人喊他。走过去一看，原来是潘阆正在那里喝酒。潘阆懒洋洋招呼道："吕学士，市人看你如此烦恼，来来来，坐过来，咱们一醉解千愁？"

吕端嗜酒如命，既然有人请喝酒，他自然不会推辞。于是他走过去坐下来，接过潘阆递过来的台盏，咕嘟咕嘟灌了一大口。

潘阆笑道："吕学士，听说别人是喝了酒就犯糊涂，你刚好相反，喝了酒反而更清醒。因此，你把案子审不清楚，是因为没喝酒的缘故。来来来，再喝一盏。"

吕端又端起酒盏，咕嘟咕嘟喝了一盏。

潘阆道："吕学士，现在清醒了点吧？心中的疑惑，全部都解开了吧？"

吕端笑着摇摇头。

潘阆道："吕学士，市人听说，吕学士在许王殿下喝的茶及所用的茶盏上，都没有发现毒，因而认为许王殿下的薨逝与喝茶没有关系，对不对？"

吕端道："潘大夫认为有关系？"

潘阆也端起酒盏喝了一口，随即抹抹嘴道："茶这个东西，原本是极好的。达官贵人吃的肉多，需要它来化痰解腻；贩夫走卒流的汗多，需要它来消暑止渴。但是茶这个东西，又会惹出很大的麻烦。北方蛮族没有，就骑着马到南方来抢，然后就有战争，有流血。朝廷官府缺乏，便提着鞭去民间征，同样就有战争，有流血。吕学士，您看看，这个茶是不是有毒啊？实际上，古代就没有'茶'这个字，只有'荼'，荼毒生灵，说明'荼'本身是有毒的，当咱们把'荼'减去一横后，它就变成了'茶'。但是，当下的人不懂得这个道理，硬是要把这一横加上，让它荼毒生灵。蜀地本来是太平的，官府搞茶叶专卖，又强征茶税，还干涉瓦屋春雪销售，最后是不是惹出了大麻烦呢？是不是荼毒生灵了呢？所以，许王殿下的中毒，多半也是他加了一横的缘故。若不加那一横，那就是'茶'；加了那一横，就变成了'荼'，最终许王殿下就薨了。"

潘阆说完，把一锭银子往桌上一拍，拿起他的算命幡，也不再搭理吕端，就这样摇摇晃晃走了。吕端在桌旁坐了一会儿，把剩下的半盏酒喝掉，也站起来往皇宫走去。一时之间，他也就有了一个决定。

6

吕端调查得出的结论，在朝中掀起了轩然大波。

吕端调查的结论是，赵元僖并没有中毒，而是身体不适暴毙的。

支持吕端的人，都对吕端摇头，觉得吕端这样上报结论，实在是很不聪明的做法。实际上，既然蕊儿确实用两只从外面带进府的茶盏给许王点茶，不管这两只茶盏有没有毒，蕊儿都是有嫌疑的。在找不到那个所谓"声音"的时候，就应该把责任推到蕊儿身上。现在吕端的结论却是蕊儿没有责任，这也就意味着，吕端自己是有责任的。

为什么说吕端自己有责任呢？因为他是赵元僖的副手，太宗让他担任开封府通判，目的就是辅佐并保护赵元僖。现在赵元僖没有原因地薨了，显然，吕端没有尽到保护的责任。再说了，吕端这是第二次当开封府通判，两次都没能辅佐好，他的处境就会非常不妙。所以吕端实在是太笨了，完全没有保护自己的意识。

反对吕端的人则暗中窃喜。吕端既然要逞英雄，把把柄亮出来，就别怪别人逮住！第一个捏住这个把柄的人，自然是李昌龄。作为一个长期研究体察太宗心思的人，太宗内心的悲愤和绝望，他自然是感受得最真切的。正所谓"天子之怒，伏尸百万，流血千里"，太宗尽管不可能做出这样残暴的事，但是自己的儿子死了，太宗不可能就这么轻易就算了。作为皇帝的太宗，体内有一座大火山，这座大火山不可能不爆发。而李昌龄要做的，就是把火山上的那条裂缝凿大，让太宗内心的火气畅快淋漓地喷出来。因此，当吕端把结论递交给太宗后，李昌龄便第一时间前去向太宗禀报道："陛下，吕学士的这个结论，恐怕太草率了吧？既然吕学士说，那个歌伎的茶盏是外面带进府的，而这两只茶盏又是一个'声音'交给她的，这说明其中还有很深的隐情。吕学士没有把隐情调查出来就仓促下结论，这明显是不负责任的表现啊！"

太宗木着一张脸问道："那你认为，其中的隐情是什么？"

李昌龄道："微臣认为，所谓的'声音'，很有可能是那个歌伎编造出来的。因为根本没有这样的人，怕人追根究底，因此才编造了一个所谓的'声音'。"

太宗瞟了李昌龄一眼："一个歌伎，她何必要编造这样的谎话？"

李昌龄道："微臣也不知这个歌伎为什么要编造。不过可以查一查，看看这个歌伎是怎么进许王府的就明白了。"

太宗道："好啊，那你赶紧去查，务必查个清楚明白。"

过了一天，李昌龄就来向太宗禀报道："陛下，微臣查清楚了，这个歌伎原本是蜀地的一个青楼女子。吴王殿下去了蜀地后，她跟了吴王殿下一段时间……"

太宗惊问道："你是说元杰在蜀地召妓？"太宗又白了李昌龄一眼，"你不是和元杰关系很好吗？怎么要揭他的短？"

太宗不知道的是，虽然李昌龄曾把赵元杰当成"三李"依靠和辅佐的对象，但是自从赵元杰从蜀地回来被徙封为吴王后，"三李"就放弃了他。在放弃他的同时，还不忘朝他身上踩一脚。而李昌龄踩的这一脚是有用的，一下就让太宗对他增加了好感，让太宗觉得李昌龄是一个公而忘私的人，因此更加信任他——李昌龄也不能白拥戴一阵赵元杰，多多少少应该让赵元杰发挥一些作用嘛！

踩赵元杰，获太宗好感，这还不是主要的，主要的是引出田锡，从而打击吕蒙正——谁让吕蒙正是宰相呢？

除了打击吕蒙正，还要打击吕端。吕蒙正还没搞下台呢，吕端又半只脚踩进二府了。真是前有"虎豹"，后有"豺狼"，李昌龄一直活在胆战心惊之中，他容易吗？

所以，当太宗问李昌龄为什么要揭赵元杰的短时，李昌龄声泪俱下地说道："陛下，不是微臣要揭吴王殿下的短，实在是微臣为吴王殿下走到这一步深表惋惜。原本，吴王殿下是一个积极向上的年轻人，他到成都后，为什么会做出召妓、弃城逃跑这样一些事情呢？微臣一直想不明白。直到后来，微臣发现许王府里的这个歌伎，和吴王殿下在成都召的那个歌伎是同一人时，微臣才看出了一些端倪……"

"你看出了什么端倪？"

"陛下，这一切原来都与田锡田直院有关啊！"李昌龄继续抹泪道，"这个歌伎，最初就是田直院推荐给吴王殿下的。微臣问过吴王殿下，他也承认这一点。后来吴王殿下回京时，本来已经把这个歌伎丢在成都了，但是没有想到，田直院又找人给他带了回来。那时候，吴王殿下由于受到陛下的责骂，已经幡然醒悟。因此，就算田直院给他送了回来，他也不要。没想到，吴王殿下不要，田直院又把这个歌伎送进了许王府。然后就发生了许王殿下薨逝的惨剧……"

　　李昌龄的这一番摇唇鼓舌，迅速就把太宗的怒火点燃了。不过，尽管太宗也对田锡产生了极大的怀疑，但他毕竟是"老江湖"，并没有立即发作，只是问道："可是吕端说元僖的死跟那歌伎没有关系，是他自己身体的问题啊。"

　　李昌龄道："微臣不知吕学士为何得出这样的结论，毕竟这事是吕学士在调查。不过，也不排除吕学士是为了保护田直院啊，毕竟吕学士和田直院的关系是极好的。微臣曾听说，田直院经常去吕学士府上喝酒，还把他家乡的名酒桐花酿送给吕学士喝呢。当然了，这也只是同僚间的交往，只能说两人关系密切，并不能确定吕学士包庇田直院。只是微臣一直搞不明白，田直院在这个歌伎身上下了这么大的功夫，他的目的究竟是什么……"

　　"他的目的究竟是什么？"

　　"不清楚，这件事还得观察，看看田直院下一步又会怎么使用这个歌伎。陛下，咱们不着急，静观其变吧……"

7

　　李昌龄扯开一个大口袋，等着田锡往里钻，没想到田锡真的就钻进去了。

　　廷辩之后，田锡虽然被太宗调回朝廷，但是太宗并没有重用他，只是让他去了集贤院担任直集贤院。集贤院与昭文馆、史馆并称"三馆"，主要是编撰书籍的地方。说它重要也很重要，说它不重要，确实也没什么重要的，毕竟不参与朝廷中的决策。

　　不过，田锡去哪里都能发挥作用。他去了集贤院后，突然想到，皇帝日理万机，根本没时间博览群书。虽然有经筵，但是皇帝所获得的知识毕竟是碎片化的，不成体系。所以田锡决定利用在集贤院的时机，在四部中抄出最精要的内容，编出一部三百六十卷的《御览》。皇帝只需要每天看一卷，一年就看完了。如果皇帝还是没有时间看，田锡准备再在经史中挑出最最精要的，编成《御屏风》十卷，写在屏风上，放在皇帝的御座旁，皇帝抬头低头都可以看见，随时随处都可以阅读。

不过，除了编书，田锡也在思考着朝中大事。最近出现的这一次伐辽风波，让田锡深刻地意识到，太宗一直存着发动战争开疆拓土的野心。尽管太宗身体已经大不如前，但是他的这种野心反而在膨胀。这一次廷辩，由于自己战胜了胡旦，再加上许王突然离世，让太宗暂时放弃了伐辽的打算。但是过一段时间后，太宗会不会又旧事重提呢？所以，自己必须做一些事，继续强化国家应该休养生息的意识。

田锡想到了籍田礼。上一次田锡在舍人院时，就极力向太宗建议举办籍田礼。然而后来由于大殿下赵元佐精神失常烧宫殿，本来已经万事俱备的籍田礼仪式不得不暂停下来。后来田锡到州府辗转了一大圈，重新回到京城时，他又想到了籍田礼。如果能够推动太宗继续举行籍田礼，在全国倡导耕读之风，让百姓把兴趣转移到耕读上，他们就不愿意打仗，同时也可以彻底改变太宗的思想了。

当然了，在许王刚刚薨逝的情况下，让太宗答应马上举行籍田礼是困难的，不过可以提前做准备。田锡在成都时，之所以把蕊儿送到京城，就是因为蕊儿熟知籍田礼的音乐。蕊儿熟知的这套音乐，比京城教坊的还完善。因此，田锡在海州时，便打算给太宗讲蕊儿的事。但是没想到，蕊儿陷入了许王薨逝的案子中。好在吕端公正明断，判定蕊儿无罪。这样一来，自己便可以继续向太宗讲这件事了。

田锡当即上了一道奏章，建议把蕊儿纳入教坊之中，让她参与籍田礼音乐的修订。同时，还把他从成都找到的孟昶秘阁里的乐谱附在奏章上面，一并送了上去。

田锡上奏后便放心地回家了，一面又派人通知康继英来府上议事，他还有更重要的事情要找康继英商量。

从海州回来后，田锡忙着各种事情，还没有回过家呢。因此见田锡回来，雅儿非常激动，跑进跑出，又是点茶又是让座，随即又忙着去做饭。在厨房乒乒乓乓一通折腾，又跑出来找田锡说话，满脸的笑容，满把的眼泪。随即又冲进厨房，因为她的锅里已经煳了。

等她又从厨房跑出来时，却发现康继英已经过来，正陪着田锡说话。一见康继英，雅儿就很不愉快，冲上前抓起他就往外推。田锡不解："雅儿，你在干啥呀，老夫正在和你继英哥说事呢，你把他推到哪里去？"

雅儿骂道："他是谁的哪门子哥，他就是一个淫棍！蕊儿一到京城，他就和蕊儿做出苟且之事，现在还好意思回来！"

"我没有！没有！"康继英急得满脸通红，赌咒发誓道，"天理良心，我康继英要是做了什么对不起你雅儿的事，让我万箭穿心，不得好死！"

雅儿道："你跟蕊儿苟且，那是你们的事，提我干什么？死不死跟我有什么关系？"

康继英更急了，拔剑抵在自己脖子上，红着脸大叫道："雅儿，你要是再怀疑在下，在下就立马死在你面前！"

田锡知道康继英是死心眼，雅儿要是再说下去，他真干得出来这样的事。于是赶紧过去夺下康继英手中的宝剑，又呵斥雅儿，让她不准再说了，赶紧进去做饭。

雅儿进去后，田锡招呼依然喘着粗气的康继英坐下来，笑着说道："继英啊，女孩子的心思是复杂的，她们嘴里说的话，不一定是她们心里想的事，你可不能较真。你若是较真，你就错了。"

康继英依然愤愤地说："雅儿说什么都可以，但她不能冤枉我。那天晚上，我也不知蕊儿为何在我门口。我和雅儿去找蕊儿对质，结果蕊儿明明看见雅儿生气，却还故意说是刚从我的房间里出来的。蕊儿如此冤枉我，雅儿不察，反而还责怪我！"

"哈哈，原来如此啊！"田锡哈哈一笑，随即严肃地问道，"继英，你告诉老夫，你是不是很喜欢雅儿？"

康继英一时红了脸："我是喜欢她，但是她性情多变，忽冷忽热的，还老是冤枉我……"

田锡道："你要是真喜欢她，老夫便做主把她嫁与你。不过，你得答应一辈子对她好，关心她，照顾她，不准欺负她！"

"谢谢先生！学生答应！学生会一辈子对雅儿好的！"康继英激动得满脸通红，随即又哂笑道，"以后恐怕只有她欺负学生的呢，学生怎么可能欺负她呀……"

田锡笑道："你想不受欺负，就得包容她，理解她，久而久之，她就不会欺负你了。"

"一定一定，学生一定会对雅儿好的！"康继英激动不已，翻来覆去也就是这么一句话。

"好了，这事先说到这里，等这一阵忙完后，老夫就择日把雅儿嫁到你府上，咱们现在来谈正事。"田锡道，"许王薨逝，虽然不是蕊儿下毒，但是蕊儿说是一个'声音'给了她两只建盏。这几天，老夫一直在琢磨这件事。继英啊，你是行内人，你说，有没有一种武功，隔得很远，就能把声音传到某个人的耳朵里，而其他人却听不见呢？"

康继英道："先生啊，学生也一直在琢磨这件事。你说的这种功夫，学生虽然没看见过，但学生听师父讲过。他说有一种内功叫'传音入密'，练功的人只要聚了气，就能把声音单独传入某人耳朵里，旁人听不见。不过学生师父说，他也只是听说，从来没有见过。"

田锡道："如果真有这种功夫，那么，会不会是奸细组织的人懂得这种功夫，准备利用蕊儿来祸害许王。只不过还没来得及下毒，许王就身体不适薨逝了？"

康继英点点头："先生分析得很有道理。"

田锡道："我们虽然很早就发现这个奸细组织了，但到目前为止，对这个组织依然一无所知。唯一觉得可能与奸细组织有关的人，就是潘阆。但是潘阆实在太奸猾，我们也没有抓到他的任何把柄。这倒也罢了，最可怕的是，他现在深受官家的喜爱，每天都要去给官家服药运气。如果他想伤害官家，简直易如反掌啊。我们有什么办法，可以让官家把潘阆撵走？"

康继英道："要撵走潘阆确实很不容易。因为官家相信他，也依赖他。他给官家服食的丹药，虽说很可能是一种慢性毒药，但能在短期内提起官家的精神，让官家确信这药是有用的。所以无论我们给官家说什么，官家都是不会听的。但是如果不把潘阆赶走，官家就会非常危险……"

康继英话没说完，门外忽然响起一阵乒乒乓乓的声音。接着，一队捕役冲了进来，上前抓住田锡往门外推去。

康继英大惊，上前拦住："你们想干什么？谁让你们抓先生？"

那捕役这才取出圣旨宣读。原来田锡给皇帝上的奏章交到中书后，李昌龄特地找出来看。一看，简直如获至宝，立刻带去找太宗道："陛下，田锡终于露馅了！看，他还想让这个歌伎进教坊，参与修订国家礼乐呢。欲乱其国，先乱其乐。圣人有言：'恶紫之夺朱也，恶郑声之乱雅乐也，恶利口之覆邦家者。'田锡让一个歌伎进入国家教坊，目的就是要用'郑声'乱'韶乐'啊。田锡这样做，究竟是他不懂还是故意啊？说他不懂，田锡可是以'复古道儒术'为己任的大儒，能犯这样的低级错误吗？"

太宗的脸黑得出水："你是说他这是故意？"

"微臣没有说他故意，但很难解释他这样的举动！"李昌龄道，"田锡不但要把一个歌伎送进教坊，更离谱的是，他还把孟昶的乐谱也送来了。那孟昶是一个亡国之君，孟昶的伪蜀只是一个偏安的朝廷，他那里能有什么正宗的乐谱？田锡这样做，不是在讽刺咱们大宋的国乐，还不如孟昶的靡靡之音吗？"

正说着，赵昌言又进来，愤愤地说道："陛下，微臣认为，许王殿下薨逝，吕端调查的结论太过草率了。微臣了解到，在那个歌伎进许王府之前，许王殿下曾多次去田锡府上。许王殿下为什么去那里？会不会受到田锡的要挟？陛下，微臣认为田锡有重大嫌疑，应该把他抓起来，交给大理寺审问，给许王殿下申冤啊！"

两大宰相不约而同提到田锡，而且都与赵元僖的死有关，田锡还能保得住吗？所以太宗当即下旨抓捕田锡，带到大理寺审查。

赵昌言不放心，亲自派人抓捕。正因如此，那捕役才有恃无恐，先把田锡抓起来了，才拿出圣旨宣读。

见到圣旨，康继英自然无话可说。不过雅儿才不管这些呢，她提着锅铲就从厨房冲出来，和捕役们打了起来。一把锅铲被她挥舞得虎虎生风，就像她手里拿的是尚方宝剑一样。

好在康继英及时拉住她。尽管康继英拉住了她，她却依然挣扎不已，还大骂康继英窝囊，连先生都保护不了。康继英不说话，只是咬着牙，紧紧抓住她，听着她劈头盖脸的怒骂。最后还是田锡喝了她几声，她才安静下来。

只是雅儿虽然安静下来，眼泪却大颗大颗直往外涌。

田锡看着雅儿难受的样子，笑笑说道："别担心，没事的，清者自清……"

捕役不让他说，直往外推。田锡一边走一边喊："继英，咱们说的那事，你赶紧去找吕蒙正相公，让他想办法。此事关系重大，一刻也不能耽搁，切记切记！另外，你一定要照顾好雅儿，明白吗？"

捕役头子以为田锡是让康继英去找吕蒙正救他,不禁冷笑道:"找谁也没用,你就等着把牢底坐穿吧!"

田锡不辩解,哈哈一笑,随那些捕役离去了。

8

田锡被抓进监狱,想的竟然还是皇帝的安危,而不是为自己申辩,这让康继英感动不已。他当即前往相府,找到吕蒙正,哭着向吕蒙正诉说了田锡的担忧。

吕蒙正其实也没有什么好办法。之前他曾提醒过太宗,但太宗不听。再加上上次廷辩后,太宗便对他不理不睬,因此就算找太宗也是没用的。而且,李昌龄和赵昌言等人打击田锡的目的,他也非常清楚,无非是想把自己拉下台。原本政见就和这些人不合,再加上他又高居宰相之位,这些人视他为眼中钉肉中刺,搞田锡就是为了给他下套。如果他这时候真的出面救田锡,或者上奏太宗让太宗不高兴,他就掉进这些人的圈套之中了。

但是,田锡身陷囹圄,依然想着皇帝的安危,而不是为自己辩解。如果吕蒙正为了自保却畏缩不前,那他还算一个士人吗?所以他笑着对康继英说道:"康将军,这事你就交给本相吧,本相这就进宫,让官家撵走潘阆。"

康继英担忧地问道:"吕相有把握吗?"

吕蒙正道:"事在人为,见机行事吧。"

吕蒙正来到太宗寝宫万岁殿。刚一进去,便发现太宗正躺在一把靠椅上,手里拿着一颗红色药丸往嘴里放,而潘阆则在一旁替他推拿。

吕蒙正忍不住大叫道:"陛下且慢,药丸有毒!"

太宗吓了一跳,红色药丸也因此掉到地上。

潘阆捡起药丸,不高兴地说道:"吕相,您胡说什么?这药丸是市人特地给陛下炼制的'益寿丹',陛下服用后,只会身强体健,延年益寿,怎么可能有毒?"

说着,潘阆把药丸扔进自己嘴里,咕噜一声就吞了下去,随后拍拍肚子道:"吕相,这颗药丸现在已经在市人肚子里了,您还会说它有毒吗?"

接着,潘阆又扑通一声跪在太宗面前,大哭道:"陛下恕罪,这颗药丸市人不知费了多少艰辛才为陛下炼制而成。本想献给陛下，助陛下健康长寿。只是被人说成下毒，市人不得不以身试药，白白糟蹋了这颗药丸，请陛下饶过市人！"

宋太宗很不高兴，霍地站起来，质问吕蒙正："吕蒙正，你说这药丸有毒，你有什么证据？"

吕蒙正老老实实说道："微臣没有证据。"

太宗厉声问道："没有证据，你怎能信口开河？"

吕蒙正道："陛下，微臣虽然没有证据，但是这个潘阆行踪诡秘，装神弄鬼，绝不是好人，陛下绝不可相信他！"

潘阆冷笑道："您说市人不是好人，为何当初却威逼市人给陛下算命？难道你那时不怕市人会害陛下吗？现在你又说市人装神弄鬼！幸亏市人还有一些本事，算出你的话太离谱，因此并未照你的话说。今日又说市人仙丹有毒，这又是何目的？您总不能为了个人目的，利用宰相威权，想让市人说什么就让市人说什么吧？您这样做，眼里还有陛下吗？"

潘阆的一番巧言利舌，果然惹得太宗勃然大怒，指着吕蒙正骂道："吕蒙正，你身为宰相，说话做事调变倒置，你这还有宰相的样子吗？唉，朕本该严肃处理你，但念你年纪也不小了，不忍你去蛮荒之地受苦。你现在离开中书，去洛阳留守西京吧。这是一项重要任务，你去那里，既要把西京管理好，同时也得好好反省。去吧，不要让朕失望。"

不错，西京是陪都，去西京留守，确实是一项非常重要的工作。只不过，去了西京，也就意味着远离朝廷，闲置下来了。

尽管吕蒙正是太宗举行的第一次科考钦点的状元，尽管他在太宗朝曾两度登上宰相高位，但正所谓高处不胜寒，在宰相这个位置上，终究是坐不长的，除非像赵普一样，完全闲置在家，什么也不做。但吕蒙正不是赵普，他怎么闲得下来呢？其实别说吕蒙正，就算是赵普，至死都在想着重新掌权。但是太宗却不让宰相掌权。吕蒙正既然做不到放权，他就不配在宰相的位置上待着。所以把他拿下来，让他到洛阳反省——还真就是反省。也就是说，只要吕蒙正摆正"宰相"的角色，太宗还是会再起用他的。尽管太宗没挺多长时间就驾崩了，没来得及起用吕蒙正，但是后来真宗完成了他父亲的遗愿，让吕蒙正复相。而吕蒙正也因此创造了一生三次当宰相的奇迹。这是后话了。

9

蕊儿被关进大牢,田锡被关进大牢,吕蒙正被撵出朝廷——这几乎在同一天发生的事情,把雅儿闹蒙了。

连续好几天雅儿都睡不着觉。她在房间里走来走去,像热锅上的蚂蚁,停不下来,仿佛只要一停下来,就可能被烤焦。

雅儿之所以睡不着觉,还不完全是因为田锡被抓起来关进了监狱,而是她了解到,田锡是因为上奏请求把蕊儿送进教坊被抓——这也使得雅儿对田锡产生了深深的怀疑!

田锡为什么一定要把蕊儿带到京城来?说是赵元杰的托付,可带到京城来,赵元杰不是不要吗?那么这是赵元杰的托付,还是田锡自作主张呢?还有,教坊是国家音乐机关,如此高大上的机构,田锡为什么要不惜冒着进监狱的风险,极力推荐蕊儿这么一个歌伎?田锡对蕊儿究竟是一种怎样的情感?

雅儿忽然想到在成都时,蕊儿半夜三更去田锡的房中。当时的解释是田锡给蕊儿拿了一套乐谱。那时候雅儿信了,可是现在回想起来,蕊儿真是去拿乐谱吗?会不会有其他原因?

雅儿又想起田锡被捕役抓起来推出去时,表现得那样大义凛然,无所畏惧。难道这就是爱情的力量?难道是因为心中有爱,所以天崩地裂也不怕?

现在,蕊儿和田锡都被抓起来关进了监狱,承受着各种酷刑。尽管他们承受着酷刑,但是他们并不觉得难受,因为他们的受难,是为了爱。受难越多,表明他们为对方付出的爱越多。为对方付出的爱越多,他们心里的满足感就越大。

雅儿又想到田锡对自己的冷淡。自己对田锡付出了满腔热情,可是在田锡那里却没有得到任何回报。以前自己一直认为,田锡之所以对自己冷淡,是因为他把自己当女儿看待,毕竟两人的年龄差距太大。那时候,雅儿还在心中嘲笑田锡迂腐。没想到田锡并非囿于年龄差,而是心里另有所属;更没想到的是,这个人竟然是蕊儿!

好几天晚上过去了,雅儿依然没有睡意。一开始她在屋里走来走去,停不下来。到了后来,她实在走不动了,便坐到一把椅子上。而当她坐下去后,她便仿佛再也站不起来。她就一直坐在椅子上,眼睛睁得大大的,眼泪大颗大颗往下滚。她的前襟已经完全打湿,眼泪在她的脚下流淌成河,但眼泪还一直往下滚着。就仿佛她是眼泪做的,又仿佛她本身就是一个泉眼,怎么流也流不干一样。

也不知坐了多久,雅儿猛地站起来,把眼泪一擦,便大踏步往外走去。从那时候开始,她便再也没有流过眼泪了。

雅儿决定把田锡救出来。不管田锡心里有没有她,不管田锡是不是为了蕊儿才进的监狱,雅儿都要想办法把田锡救出来!

对于雅儿来说,她唯一能想到的办法,就是求助于襄王赵元侃。尽管之前田锡出事时,雅儿就求过襄王,并且那次毫无效果,但是她依然再一次来到东郊,来到张耆的别墅前——她甚至不知道刘娥是否还住在这里——除了到这里来求刘娥,求襄王,她还有什么办法呢?

雅儿已经知道,当年刘娥根本没有把救田锡的事情告诉襄王。刘娥是她的姐妹,也是这个世上唯一的姐妹。可是她们之间的友谊却像面团做的绳子,稍微用一点外力拉拽就断了——可是,有什么办法呢?除了找刘娥,她还能找谁呢?

雅儿躲在刘娥的别墅外面观察,直到看见襄王前来与刘娥相会时,她心下一喜,连忙上前敲门——人好了!刘娥还在这里,而且襄王也在,刘娥便不好推脱了!

看见几年未见的雅儿,刘娥非常欣喜,表现出极大的热情,又是让座,又是端茶,还拉着雅儿的手嘘寒问暖。可等到雅儿说明来意时,刘娥的态度马上就变了,她搪塞道:"雅儿,这件事没这么简单,你先回去吧,容襄王殿下从长计议,想出一个妥善的法子。"

雅儿急了,叫道:"我家先生已经被关进大牢中,受尽折磨,凶多吉少,还要怎么从长计议?"

刘娥心里很不舒服,但她脸上却是一副笑模样:"雅儿呀,你不明白,吕相公是宰相,他说话的分量显然是最重的。但如果连他说话都不起作用,别人说的话能起什么作用呢?再说了,皇子不能交通大臣,这是本朝的一项规矩。如果襄王出面给田直院求情,必然有人拿这话说事。这样一来,襄王殿下非但救不了田直院,反而还会起相反的作用,所以姐姐才说从长计议嘛。不过你放心,办法肯定是有的,咱们需要的就是耐心,你还是先回去等着吧。"

雅儿哪里肯回去!她回去了,又找谁帮忙?所以她直接走到赵元侃面前,跪下来,连连磕头,大声哭泣:"襄王殿下,求你救救我家先生,救救我家先生吧,求你了!求你了!"

刘娥更加生气。但刘娥是有城府的人,就算心里生气,表面上也做得滴水不漏。她走过去把雅儿拉起来,继续笑道:"雅儿呀,咱们是好姐妹,你这是在干什么?起来起来,快起来说话嘛。"

在这个过程中,赵元侃一直没开腔。不过这时,他突然说道:"雅儿,本王答应你。不管本王说话管不管用,本王都要去试一试。"

刘娥急得不行,但她依然满面春光,打趣道:"哎呀喂,也就是咱们雅儿妹妹。这么个楚楚可怜的美人儿,我见犹怜,咱们襄王殿下怎能不答应呢!"

好说歹说,刘娥终于把雅儿送走。雅儿刚一出门,刘娥就跳起来,抓住赵元侃叫道:"殿下,这事你千万不能出面啊!"

"为什么?"

"殿下难道不知,现在正处在立储的关键时刻。许王是开封府尹的时候,毫无疑问,他是最恰当的人选。但现在许王不幸被害,您的身份就变得非常敏感了。如果您现在去找官家给田锡求情,官家一定会怀疑您拉帮结派,觉得你对储位有所图谋。再说了,皇子不准交通大臣,这是本朝的规矩。所以,殿下,您这时候必须保持低调,绝不能轻举妄动啊!"

赵元侃向来很听刘娥的话,没想到这一次他却摇摇头说:"娥儿,储位的事,自有父皇考虑,本王不会去操那个心。总之,这不能成为咱们做事的选项。田锡是'天下正人',天下人皆知,他断然不可能做出谋害二皇兄以及谋害父皇之类的事情。本王必须出面为他申辩!否则,这会寒了天下正义之士的心!"

刘娥紧紧抓住赵元侃,焦急地说道:"殿下,妾身并非让你去争储位。妾身所讲的,是您的身份非常敏感,实在不宜出面啊。您想,许王究竟被谁所害尚难定论,尽管吕端得出他暴薨的结论,实际上疑点很多。您不知道,已经有人怀疑到您的头上了啊……"

赵元侃很不高兴地打断刘娥:"娥儿,你胡说什么,本王怎么可能害二皇兄!"

刘娥赶紧解释："妾身还不知殿下吗？殿下是至仁至善之人。兄弟之间，殿下对许王也是最亲近最尊重的。但是，别人不这么想啊！别人会想，许王被害，谁是最大的受益者，谁就是最大的嫌疑人。恰好许王薨逝后，从理论上来讲，殿下您就是最大的受益者，所以那些人才会怀疑殿下啊！如果您现在去给田锡辩解，别人会不会觉得，您就是田锡的幕后主使呢？"

赵元侃猛地站起来："娥儿你不用再说了，大丈夫行得正坐得端！别人怎么想，怎么说，本王管不着。本王堂堂正正，光明磊落，岂能为了避嫌就畏惧退缩！"

说完，赵元侃不顾刘娥的劝说阻拦，毅然走出门，往皇宫而去。

10

赵元侃走后，刘娥在屋里走来走去，着急得不得了。她知道，赵元侃此去必定凶多吉少，她得想办法救赵元侃。但她一个弱女子，而且太宗到现在为止，都还不承认她，她几乎是一个可以完全忽略的存在，说话能起什么作用呢！

焦急一阵，刘娥便忍不住絮絮叨叨骂起雅儿来。这雅儿真是丧门星，她交的这个朋友，没给她带来好处，却处处给她惹麻烦！

刘娥骂一阵，又坐着发一阵呆，她忽然想到了一个人。她知道，这会儿只有一个人能救赵元侃，那就是寇准！

刘娥尽管身居荒郊野外的别墅中，但是她其实密切关注着朝廷的动向。她已经知道太宗把吕蒙正赶到了西京。吕蒙正走后，宰相的位置就空缺了下来，尽管李昌龄和赵昌言都蠢蠢欲动，但是太宗却并没有把他们提拔起来。不但没把他们提拔起来，反而提拔了吕端，升吕端为参知政事。这使得李昌龄和赵昌言疑惑不已，又大为不满，不知道太宗葫芦里卖的是什么药。明明吕端作为开封府的通判，没有尽到保护赵元僖的责任；明明吕端在调查赵元僖薨逝问题上，有包庇蕊儿和田锡的嫌疑。但是太宗不但不惩罚他，反而还提拔了他。

刘娥在心里嘲笑李昌龄和赵昌言，觉得这两人完全是蠢货！如果自己是皇帝，也会提拔吕端。尽管吕端整天喝得醉醺醺的，但他是个真正清醒的人。小事糊涂，大事不糊涂。赵元僖薨逝是大事，他绝对不会糊涂办案。同时吕端又是一个诚实的人，绝不会为了个人目的弄虚作假，搞阴谋诡计。这样的人，才是值得信任的，提拔他也是理所当然的。当然了，太宗一直把李昌龄和赵昌言留在身边，刘娥也理解。作为一个君王，他需要吕端这样诚实而清醒的人，同时也需要李昌龄、赵昌言这样能理解君王心意能办事的人。这两种人都是不可或缺的，就如同一张太极图，有阴有阳才完美；就如同脚，有两只才能往前走。

吕蒙正被撤职后，刘娥就在思考着，太宗会用谁当宰相？她立刻就想到了寇准。而实际情况也正是这样。刘娥了解到，就在吕蒙正被撤职不久，太宗便派使者去青州打探寇准的情况。当使者回来如实报告后，太宗笑骂道："这个平仲，还真是过得逍遥快活啊！"随即太宗又问道，"平仲说过想朕的话吗？"使者又老老实实回答："未曾听到。"于是太宗很不高兴地嘟囔道："哼，朕一天到晚都在想他，他竟然对朕不理不睬！"

这件事之后，太宗就不再搭理寇准了。

不过刘娥深切地感受到，尽管太宗对寇准不理不睬，但是他已经下定了要把寇准召回京城当宰相的决心。因为太宗不仅缺一个宰相，更重要的是，他有一件事，是必须寇准帮他拿主意的，那就是立储！

尽管吕端是最清醒的人，知道谁适合当储君，但是吕端不是果断的人，他不会给太宗拿主意。给太宗拿主意的人，只可能是既清醒又敢作敢为的寇准。因此在此刻，寇准是一个极为重要的人物，是一个可以左右储君人选的重要力量，刘娥知道，自己必须及时提醒寇准襄王赵元侃的存在！

于是，刘娥给寇准去了一封信。她在信中写道："寇知州，根据奴家的分析，官家很快就会把您召回来，让您去掌管中书。不仅如此，官家还会问您储君的人选。奴家不揣鄙陋，想给您一点建议。如果官家问您该立谁为储，您千万不要给官家提什么人选，一切都让官家自己做主，千万千万！另外，奴家这次来信，还有一件事是关于襄王殿下的。襄王殿下为了救田锡田直院，不顾自己身份极为敏感，毅然找官家求情去了。寇知州，您是知道的，襄王殿下这个人，至仁至善，大爱无边，他做事从来不考虑自己，一心想的就是做正义之事，为官家分忧，保大宋平安。他说田直院是天下正人，绝对不会做出伤害许王殿下和官家的事情，所以哪怕会遭到官家严厉处置，他也必须去向官家求情！寇知州，官家是英明的，他慧眼如炬，明辨是非。但是朝中奸佞太多，他们必然在官家面前说襄王殿下的坏话，蛊惑官家。襄王殿下此去，必然凶多吉少。奴家请求寇知州从大宋的江山社稷着想，无论如何，要把襄王殿下救下来啊！"

寇准收到刘娥来信的时候，正和友人喝酒，玩一种叫关扑的赌博。寇准喜欢赌博，而且玩得很大，青州府的人都不是他的对手，因此他玩得兴致勃勃。刘娥的信送到后，他展开看了看就扔在一边，把头钱往瓦罐里一掷，一阵叮叮当当响过后，他又大笑起来，因为他又一次赢了。

不过，寇准表面云淡风轻，内心其实已经翻江倒海。他知道，刘娥说得没错，他回朝当宰相的时候到了！尽管他整日游山玩水，饮酒作乐，一副对被贬毫不在意的样子，但其实他无时无刻不想着重回朝廷。现在终于等来了这一天，他的心中怎会不激动呢！

不过，他又隐隐有些不快，刘娥虽然在信中只字未提让他给官家推荐襄王为储君的话，但信中对襄王的极力表扬实际上就是在暗示自己，襄王才是最佳人选。

同时，寇准在信中又隐隐感到了一丝不安。这个目前连名分都没有的女人，真是非常不简单。她对时事的分析准确到位，对太宗的心思看得清清楚楚。不错，襄王确实是最佳的储君人选，就算赵元僖没薨，赵元佐没疯，襄王都是最恰当的。现在赵元佐、赵元僖都出了意外，排在老三的襄王，更加是不二人选了。尽管刘娥目前连名分都没有，但襄王将来即位后肯定会把她立为皇后的。到那时候，刘娥一定会在朝廷中发挥很大的作用。将来会不会成为新的武则天，真的很难说。如果到了那一步，大宋才真是危矣！

绝不能让这个野心勃勃的女人得逞，必须从现在开始就限制她！

晚上，寇准铺开纸墨，给刘娥写了一封不冷不热的信："刘娘子，感谢你对寇某的关心和信任，只是寇某现在不过一届青州知州。至于今后官家给寇某安排什么去处，那是官家考虑的问题，寇某不关心。至于救襄王殿下，寇某只怕也是有心无力。至于朝中是否有奸佞，寇某身在青州，对朝廷并不了解，不敢妄断。但寇某相信官家是不会让奸佞得逞的。刘娘子，寇某最后想说的是，凡事当顺其自然，不该是自己的，不必强求。强求到手了，最后的结果也是以悲剧收场。所以保持素心、守住初心，这才是最重要的。刘娘子，您觉得寇某说得对不对啊？"

11

刘娥接到寇准回信的时候，太宗已经把襄王赵元侃发配到陈州去了。太宗极为生气，让赵元侃即刻上路。所以刘娥连他最后一面都没见着。刘娥伤心不已，又被寇准一通讽刺挖苦，心里更加伤心。

就在这时，雅儿又来找襄王。她怯怯地问刘娥，托付襄王的事可有眉目？刘娥一见雅儿，气不打一处来，把雅儿往前猛推一把，大声抱怨道："襄王殿下为了救你家先生，都被发配到陈州去了，你还来找他！你究竟还要把他怎样啊，要让他被发配到天涯海角你心里才满意吗？"

雅儿一下惊呆了。她一个人在家里，并不知道朝廷的情况。每日只是来到别墅前，希望能从襄王那里得到好消息。只是好几天过去了，都没见田锡回来，也不见襄王来这别墅，因而才贸然闯进来见刘娥。当刘娥告诉她襄王竟然也被发配去陈州后，雅儿心里又愧又急。愧的是连累襄王遭受贬谪，急的是如果连襄王也被贬谪了，还有谁能帮她呢？雅儿一时不知该怎么办，只能猛地跪在刘娥面前，连连磕头，痛哭不止。

刘娥厌恶地盯着雅儿，不想理她。但随即她就把雅儿从地上扶起来，扶到凳上坐下来，软和地说："雅儿，要想救你家先生，同时救襄王，现在唯有一个人能办到。"

"谁？"

"寇准。"

"我现在就去找他！"雅儿说着转身就走。

刘娥拉住雅儿，摇摇头道："你一个人去，路上不安全，而且就算到了，你未必能说动寇知州。你最好去找你的继英哥，让他和你一起去……"

刘娥话没说完，雅儿就骂道："谁和那傻小子一起去！我就不信，离了那傻小子，我就请不动寇知州了！"

刘娥笑道："怎么了？小两口闹矛盾了？"

雅儿打断刘娥："谁和他是小两口！"

"算了算了，不说了。姐姐知道，你心里满满装的都是你家先生！唉，可惜了这个英俊能干的好后生……"刘娥笑一笑，又说道，"雅儿，不是姐姐小瞧你。若是你去，指定请不动寇知州。但康继英就不一样，他是官家御前的龙卫指挥使，分量要重得多。他出面，寇知州会非常重视的。"

雅儿见刘娥一副稳操胜券的样子，尽管心里一百个不乐意，但还是按照刘娥的吩咐，前去找康继英。

12

康继英和雅儿刚出东门，走没多远，就发现吴王赵元杰在那里等他们，摆下宴席，为他们饯行。

两人很是诧异，不知赵元杰葫芦里卖的是什么药。雅儿拉康继英一把，让他别理，快点走。不过康继英还是走过去，打了一声招呼，抱拳推辞："吴王殿下，请恕末将失礼。有命在身，不敢稽留。"

赵元杰端起桌上的台盏递给康继英，笑道："康将军有命在身，本王自然不敢多留。只是天冷地冻，康将军请满饮此盏，解路上饥寒。"

康继英不敢推辞，接过酒一饮而尽。

赵元杰又端酒给雅儿，雅儿不接，还拉一把康继英道："你走不走？不走本姑娘可就走了！"

康继英只得赔笑道："马上马上！"随即向赵元杰请辞。

赵元杰被雅儿冷落也不介意，他拿出一包瓦屋春雪交给康继英："康将军，烦请你把这包茶饼送给寇知州。这是今年最好的瓦屋春雪，现在天气寒冷，请寇知州留着御寒。"

康继英有些为难，不过也接了过来揣进怀里。正要开步，赵元杰又把嘴巴凑到他耳边，悄声说道："康将军，此去烦请你给寇知州带个信。父皇这次一定会召寇知州回来，而且必定会重用他。自从二皇兄不幸被害后，开封府尹一直空缺。开封府是京城最重要的政府机构，二皇兄被害，吕端又进了中书，现在整个开封府处在空心状态，所以本王非常焦虑。烦请康将军此去转告寇知州，若是他回京后，无论如何，要保举三皇兄担任开封府尹。三皇兄做事稳重，只有他担任开封府尹，才能确保京城的平安。"

康继英原本很不耐烦，没想到赵元杰竟然让寇准推荐赵元侃，这使得康继英立刻转变了对赵元杰的看法，高兴地拱拱手道："吴王殿下放心，末将一定将殿下的话带给寇知州。"

　　终于再次上路。能与雅儿单独同行，康继英无比快乐。仿佛雅儿是主人，康继英成了她身边的快乐小狗。但是雅儿对待康继英也像对待小狗一样。小狗跑前跑后，把热乎乎的脑袋拱上来，寻求宠爱。但主人往往不客气，一脚就把小狗踹开。

　　康继英不断在雅儿面前碰壁，他也深为苦恼。只是他在感情上实在太笨，他并不知道，雅儿的心思全部都在田锡身上，半分也没有留在他那里。雅儿忽冷忽热，康继英完全搞不清她是怎么回事，只是猜想或许是因为先生被关进了监狱，雅儿没了心思。

　　很快就到了青州。见到寇准后，康继英说明来意，同时把茶叶交给寇准，又转述了赵元杰的话。末了，他还特地赞扬赵元杰道："寇知州，原本末将觉得吴王心术不正，沽名钓誉，拉帮结派，没想到他这一次竟然能这么无私，主动请您推荐襄王。看来，末将对吴王殿下是存有偏见的。"

　　寇准拿着那包茶叶，在手中掂了掂，笑道："继英啊，这包茶是茶中的极品，非常昂贵。寻常人家绝对喝不上这样的好茶。吴王送本官这么名贵的茶，你知道他是什么用意吗？"

　　"吴王殿下知道陛下会重用寇知州，借此向寇知州示好呢。"

　　"不，这可不仅仅是示好。"

　　"还有什么？"

　　"警告！知道吗？这是一种警告！"

　　"怎么会是警告呢？"

　　"你忘了许王是怎么薨逝的吗？许王不正是喝了瓦屋春雪薨逝的吗？瓦屋春雪本来是极好的茶，别人喝了都能延年益寿，为何许王喝了却薨逝了？吕端曾来信给本官讲过，他说潘阆告诉他，'茶'字多一横就是'荼'字，而茶水也就变成了荼毒。许王正因为加了一横，所以才薨逝的。"

　　雅儿插嘴道："那潘阆是个大坏蛋，他的话怎能相信！"

　　寇准笑道："大坏之人必有过人之处，不得不说，这个潘阆的话，有时候还是很有道理的……"

　　康继英道："就算潘阆的话有道理，但吴王送给寇知州的是茶叶，寇知州也不可能加一横，茶叶不会变成荼毒啊。"

寇准笑道："继英啊，本官自然不可能加一横，但是吴王让你带给本官向官家说的话，自然就加了一横。"

"这怎么就是加了一横呢？"雅儿和康继英同时问道。

寇准笑道："且不说本官还没有进京，就算本官真的进京见到官家，本官也不该给官家提开封府尹之事。因为谁当开封府尹，便意味着谁将成为储君。也就是说，给官家推荐开封府人选，实际上就是在给官家提立储之事。立储之事向来是大忌，之前胡旦提议立储，不是就被发配去海州了吗？所以，本官若进京就给官家讲这个，你们说，官家会怎么对待本官？"

"啊？"康继英恍然大悟，"原来吴王还藏有这般心思！"

雅儿更是责备道："我就说吴王不安好心嘛，你这傻小子不听，还去和他喝酒！没喝死你就是好的了！"

寇准笑道："雅儿呀，继英帮他带东西，那没有错。至于本官收到他这茶叶后，怎么用，那是本官的事。在官家的所有皇子中，吴王是最不安分的。不过当他从蜀地回来，被官家批评徙封后，吴王就没有先前那样张扬了。本来以为吴王可能就此消停了，但从这件事来看，吴王的心思还活泛着呢，故事还远远没有结束，哈哈……"

"什么故事？"雅儿不解。

寇准没有回答雅儿，对康继英说道："继英，你回去的时候，本官会给你一道奏章，你给官家带回去。官家看到这道奏章，肯定会召本官回去的。至于你说的救襄王，以及救你先生的事情，本官当然会尽力。但是要想起到根本性的作用，主要还得靠你。"

"靠我？"康继英大为惊异。

13

寇准交由康继英带回京城的奏章中对赵元侃、田锡及赵元杰都只字未提，他只是问候了太宗的身体，尤其是问候了太宗的腿伤。他说自己有一个治腿伤的办法，希望能当面献给太宗。

太宗看到寇准的奏章后，笑起来："这个平仲，去青州这么多年，从来不问候朕一声，现在终于想起朕来了！"

太宗立刻派出钦差把寇准召了回来。寇准回京，一进皇宫，太宗就指着他的鼻子大骂道："平仲，你去青州这么久，话不带一句，奏章不上一道。你这没良心的，对朕漠不关心，朕还以为你死在那里了呢！"

寇准红着脸笑道："陛下，朝中事务有陛下掌舵，有诸位贤臣尽心尽力，都做得非常好，没有什么过失，微臣自然没什么可奏报的。微臣唯一关心的就是陛下的身体。之前陛下一向身康体健、生龙活虎，微臣自然没有奏报的必要了……"

没等寇准说完，太宗就哼一声："现在为啥又开始奏报了呢？是不是感觉朕身体不行了？"

寇准道："陛下，微臣远在青州，对陛下身体情况自然不是太清楚。不过，近日微臣听说陛下宣潘阆进宫当御医，微臣对陛下的身体有些担忧，所以才向陛下上奏请安呢。"

太宗皱眉说道："你也反对朕用潘阆？"

"潘阆是东京有名的神医，他高明的医术是有目共睹的。陛下相信潘阆是有道理的。"寇准望了太宗一眼，又说道，"陛下红光满面，精神矍铄，比微臣离京去青州时强健多了。显然，潘阆的药是有效果的。"

太宗叹了一口气道："寇卿啊，不瞒你说，潘阆的药确实能起到立竿见影的效果。尤其是对朕这个腿伤有很好的疗效，服药以后，朕的腿痛松了不少。不过，这药效却管不了多久，过一段时间后，疼痛又来了，而且似乎比先前更痛了……"

说着，太宗掀开龙袍，撩起裤腿，让寇准看他的腿伤。

尽管寇准也知道太宗的腿伤有些厉害，但是，当太宗真正把腿亮出来给寇准看的时候，寇准依然大吃一惊。那条腿已经不像一条腿，简直就像朽坏了的木头，上面长满了黑的红的黄的各种斑。而且浮肿得很严重，太宗手指在上面一压，就是一个深坑，大半天那个深坑也恢复不过来。显然，太宗的这条腿，已经到了病入膏肓的地步。

寇准还看出，潘阆的药表面上可以缓解太宗的疼痛，实际上正在加速太宗病情的恶化。要想减缓恶化，必须尽快把潘阆赶开。但是，如果贸然给太宗提这事，太宗心里肯定不高兴。当然了，寇准进京之前就想好了应对之策，这个对策的关键人物就是康继英。

寇准道："陛下，潘大夫给陛下开的药确实有效果，但是，要想治好陛下的病，不能只靠潘大夫一个人，也不能只靠药物，得综合性地进行治疗，这样效果才会更好，才不会出现之前那种药效一过就疼痛加剧的情况。"

太宗眼睛一亮："要如何综合治疗？"

寇准道："微臣认为，应该丹药治疗与发功治疗相结合。丹药上潘阆是好手，但发功上应该另找一个人。陛下，微臣推荐一人……"

"谁呀？"太宗迫切地问。

"康继英。"寇准道，"康继英号称'大宋第一好汉'，他的内功是非常厉害的。如果陛下服药后，能召他来发功辅助治疗，效果自然就不一样了。"

把康继英放在太宗身边，给太宗发功治疗，这就是寇准想到的对策！寇准和康继英对太宗服丹药之事有过深入的探讨。康继英告诉寇准，潘阆给太宗服食的丹药有一种慢性毒药的性质，相当于魏晋时期士大夫们服用的那种"五石散"。刚服用的时候，肯定会感觉身轻体健，百脉通泰。但是过一定时间后，毒性就会让身体更差。寇准问康继英，能不能发功把这种毒药从太宗体内逼出来，康继英想了想说，发功可以逼出一些，但不能完全逼出，而且这样做非常危险，非常讲手法，有可能把毒药逼出来，也有可能让毒药在太宗体内发散得更快，从而让太宗中毒更深。

寇准拿话激康继英："你堂堂'大宋第一好汉'，难道连这点能力都没有吗？你那名号是怎么得来的？"

康继英红着脸说："末将可以试试，尽力而为。不过……"

"不过什么？"

"咱们这样做，是不是在拿官家的身体来赌呢？这样做……"

"就这么干！"寇准一拍桌子，坚决地说道，"不管是不是赌，赌总比不赌好。不赌，官家的结局一目了然。赌，还有转变的希望！"

寇准随即吩咐道："继英，这事你千万不能告诉你家先生啊！你家先生是'天下正人'，一切按照儒家对君子的要求来做。你要是告诉他，他肯定会很生气。他这个人，正是正，但未免有些迂腐，所以他才会多次遭遇挫折。按照他的能力，早就应该进二府了，可他已经年近花甲，却还没上四品官。你家先生的命运，也是他的性格决定的。本官敬重你家先生是君子，但绝不会按照他那样的办法为人行事，所以你得谨记！"

"君子和而不同，寇知州，你们都是君子！"

正是因为寇准和康继英有这一番商议，寇准才和太宗这么说。而太宗听后也非常高兴，当即把康继英叫到身边。同时提拔寇准为参知政事，让他重新进中书供职。

参知政事是副宰相。本来，众人都预计寇准进京后，太宗会提拔他为宰相，没想到只是个副宰相。不过寇准倒不在意，他早就预料到太宗会这样安排。太宗之前设宰相而不用，现在干脆不设宰相，只设参知政事，而且参知政事会有好几个。太宗这样的安排，显然就是害怕中书弄权。对于寇准来说，他其实更喜欢当参知政事，因为只有当参知政事才能做事。寇准喜欢的是做事，而不是被供起来，像个泥菩萨一样。

14

寇准回到京城后，只字不提救田锡和襄王的事，也不提立储的事。除了推荐康继英去太宗身边，大家都在期望他做的事，他一样没做。

最着急的，自然是雅儿。然而寇准却对她说，让她别急。

最可气的是，寇准不急，田锡似乎也不急。

前些时，雅儿花了大钱买通狱卒，进去看田锡。不过，她却又不到近前和田锡说话，只是远远地看着，不让田锡发现。

田锡一直深埋着头，在纸上认真地写着。雅儿问狱卒田锡在写什么，狱卒抱怨道："你不问还好，你一问，咱可是满肚子的好笑又好气。上面给了他笔和纸，让他交代问题，但他却在默写什么《御览》，说将来带出监狱，给官家看的。哼哼，他不赶紧交代问题，默写这些东西有啥用？"

关于《御览》，雅儿是知道的。田锡从海州回来，去了集贤院以后，就着手编写三百六十卷的《御览》。他说过是编给皇帝看的，希望皇帝能够一天读一卷，一年就读完了。后来被抓进监狱后，这事就停了下来。没想到他却在监狱里继续干。尽管没有书，但他依然凭借惊人的记忆力默写着那些内容。

雅儿看见田锡双腿盘曲坐在稻草上，纸铺在地上，他的身躯蜷成一张弓，沾着墨，悬着笔，快速地写着。他的目光始终盯在纸上，他的嘴巴紧紧地闭着，就像在家里书房写诗一样，那么专注，那么深情。雅儿看得又激动又绝望，激动的是这个优秀的男人正是她喜爱的，绝望的是她喜爱的这个优秀男人并不喜爱她，而是喜爱别的女子，甚至不惜为了那个女子进监狱。

雅儿想站在那里继续看，却又不敢看下去。不过，不管她想不想，狱卒已经告诉她时间到了。当她走出去时，狱卒在后面嘟囔道："真是怪人，花了大价钱，进来了却又不去见面，没见过你这样的……"

雅儿离开监狱后，又去找刘娥："姐姐，你说寇相回朝后就会救先生，为何直到现在他还没有出面啊？"

刘娥也有些摸不透寇准了，她的心里也挺着急的，听雅儿这么说，不禁骂道："这只老狐狸狡猾得很，谁知道他心里是怎么想的！"

雅儿道："我问他，他就对我说，让我别急，再等一等。我问过好几次了，他都说再等一等，我不好再问了。姐姐，要不你去问问他，求求他吧……"

刘娥收到寇准不冷不热的回复后，就知道寇准不待见她。别看刘娥是个被养在别墅没有名分的女子，她的心中其实有着极强的自尊心。被寇准轻视，心里本来已经郁闷不已，雅儿又来反复求她，她心里更加不耐烦，再也顾不得形象，猛站起来，冲雅儿吼道："都是你这个丧门星！要不是你，襄王能被发配到陈州？滚，赶紧从这儿滚出去！我不想再看到你！"

雅儿惊愕地看了刘娥一眼，不知她为何变了一个人。但见刘娥已经怒冲冲回内室去了，也不敢多说，只得哭着离去了。

15

寇准不提救人及立储之事，其实是在和太宗比耐心。他知道，太宗把他召回来，可不是仅仅讨论腿伤的事，更重要的是讨论立储。但寇准偏偏对立储之事只字不提，他要和太宗比一比，看看谁先沉不住气。寇准是喜欢赌博的，他知道，赌博的时候，谁先沉不住气，谁就输了。

当然了，寇准既然在赌博，他就要赌得像模像样。寇准是很懂得赌博技巧的，要想赌胜，就得使用技巧。寇准的技巧很简单，就是不断找太宗说事，把太宗累趴，让太宗不耐烦——这可不是他以前的风格！以前在二府的时候，很多事他能做主就直接做主，不会向太宗禀报，太宗也经常批评他自作主张。他听了批评，承认了错误，但下次还会那么干。说起来，他自作主张干的那些事情也都是对的，因此太宗虽然批评他，也不会太生气。有时候实在受不住了，就把他撵出朝，让他去地方上冷静冷静。

这次回来不一样，寇准事无巨细都去找太宗禀报，琐琐碎碎地说，翻来覆去地说。他这样做，就是要让太宗疲倦，让太宗心烦。太宗只要倦了烦了，自然就会先开口和他提接班人的事了。

果然，没过多久，精力不济的太宗就生气了，冲寇准吼道："寇准，朕召你回来是帮朕分担事务的。为何你回来后，朕不但没有轻松，反而比以前更累了？那些小事，你自己不能做主吗？为何什么破事都来找朕？"

寇准暗暗高兴，太宗已经进了他的圈套，看来这场赌博他要赢了！

不过，寇准不动声色，平心静气地说："陛下不是教导过微臣，朝中无小事吗？作为宰相，微臣做的所有事情，都是完成皇命。既然是完成皇命，自然得请示陛下，领取陛下旨意了！"

太宗不知该怎么说了，因为寇准的回答一点毛病都没有。沉默了半天，他终于开口道："看来，朕应该确立东宫，让东宫帮朕分担一些事务了……"

见寇准没有接话，太宗又试探着问道："寇卿，朕的皇子中，哪个适合入主东宫，帮朕分忧啊？"

寇准笑道："陛下，这个问题微臣可没想过。微臣认为，陛下心中自有主张，咱们当臣子的不必多言。"

太宗道："你是宰相，可不是一般的臣子，你应该给朕提点参考意见啊。"

寇准心中窃喜。但他紧皱眉头，做出思考的样子，摇摇头道："陛下，储君只能由天子自己考虑，不能问任何人，尤其不能问宦官和后宫。宰相虽然帮皇帝宰天下，但是也有倾向性，未必能做到公允，陛下也不该问啊。"

寇准的话滴水不漏，太宗在心中不禁骂道：好你个老狐狸！不过，虽然在心中骂寇准，但他不得不承认，寇准的话是有道理的，也体现了寇准的忠心，因此对寇准的表现很满意。

16

寇准既然要赌博,可不能到此为止。他还必须下赌注,下大赌注。所以他从皇宫出来后,就有意无意把太宗要立储的消息放了出去。

这个话是一个诱饵,他就等着鱼儿上钩。

果然很多人在诱饵面前都不淡定了。尤其是李昌龄和赵昌言心中更着急。如果不赶紧给太宗提议自己心仪的人选,让别人抢了先,今后不但吃不到肉,连汤也没得喝了。

所以,上午听到寇准放出来的消息,下午赵昌言就把推荐赵元份的奏章送到了太宗手里。

其实,赵昌言原本是用不着着急的,因为他有赵元僖这个靠山。在所有的大臣中,他是最有恃无恐的。他深信只要太宗驾崩,赵元僖就是皇帝,他就可以依靠赵元僖吃香喝辣。但赵元僖却就么薨了,赵昌言的希望也落空了。没了赵元僖,就得找一个替补。找谁呢?三皇子襄王赵元侃肯定不行,这人像个隐士,太宗对他毫无印象。而且做事离谱,之前偷偷养歌女让太宗生气,现在又替田锡求情,被皇帝直接发配去了陈州。这个皇子就是个愣头青,皇帝一定不会喜欢他,因此找他是没有意义的。除了三皇子,接下来就是四皇子赵元份了。赵元份胆小懦弱没主见,但好歹是个皇子。大皇子疯了,二皇子死了,三皇子贬了,因此四皇子赵元份就应该是不二人选。

赵昌言为了让太宗相信他的话,还在奏章中说道:"陛下,越王殿下有个很大的特点,就是很听话,陛下说什么他就做什么。因此让越王殿下去东宫是最恰当不过的。陛下现在正是年富力强的时候,很多事可以亲力亲为,为越王殿下做示范。越王殿下亦步亦趋地跟着陛下学习,如此严格训练,将来越王殿下就会成为第二个陛下。这样一来,陛下就可以放放心心把江山交给越王殿下了。"

太宗拿到赵昌言的奏章,笑一笑,什么也没说。

另一边,李昌龄其实早就想上奏了。但是他害怕上奏受到处罚,因此一直在等机会。直到他发现赵昌言上奏没什么事后,才把奏章也递了上去。

李昌龄想上奏,还不只是他一个人想上,好几个人都在催他。李继隆得到消息后，从边关给他送来了信；李皇后也把彩笺从深宫中递了出来；还有赵元杰，也多次上门直接催促。

只是赵元杰从来没有想过，李昌龄快也好慢也好，都和他没有什么关系了。自他从蜀地回来后，李昌龄就把他抛弃了。这一点，李昌龄知道，李皇后知道，李继隆知道，甚至连王继恩都知道，只有赵元杰一个人还蒙在鼓里。

为什么王继恩知道呢？因为抛弃赵元杰，正是王继恩给李昌龄出的主意。

王继恩回来后，太宗顶住压力，封他为宣政使，可以说荣宠至极。但是王继恩并不满足，因为他想把这种荣宠继续保持下去。要保持，就得把下一个皇帝也掌握在自己手里。就像当年太祖驾崩时，他叫来晋王而没有叫来赵德芳一样。太祖之后的皇帝是他选的，因而保住了荣华富贵；太宗之后的皇帝也必须是他选的，他也因此可以继续保住荣华富贵。

这个继任皇帝该怎么选呢？李昌龄知道应该抛弃赵元杰，但不知道应该选谁接替。王继恩告诉他，最恰当的，其实就是他们最先选定的赵元佐。

李昌龄一听，不禁拍手叫好，对呀，最恰当的不就是赵元佐么！

别看赵元佐是太宗最先否定的，但同时也是太宗始终放不下的。只要赵元佐稍微正常一点点，太宗都会毫无悬念选他！而赵元佐不但在蜀地守住了自己，没做出出格的事；回京后，又安分守己，安安静静——这可不是正常一点点，这是完全正常了，太宗能不选他吗？

于是，李昌龄在赵昌言之后也上奏了。

李昌龄给太宗的上奏，是拿赵昌言做铺垫的。他说："陛下，关于储君的事，咱们做臣子的，原本不该多言多语。但是，微臣听说赵枢相推荐越王殿下为储君，微臣不敢不站出来说两句。陛下啊，选择储君，上古三代以来，其实已经有了一套成熟的办法，这个办法就是'嫡长子制'。当年周王定下这样的规矩，并告诉诸侯们，如果不按照这条规矩来做，'天下共击之'。此后，历代君王都按照这样的方式立储君，这种方式也一直延续到现在。"

太宗是聪明人，他知道李昌龄虽然没有说答案，但实际上已经属意赵元佐了。但是一想到赵元佐，太宗忍不住长叹一声："李卿啊，朕知道你说的是元佐。但元佐有病在身，他如何担得起天下大任啊？"

李昌龄道："大殿下确实有病，但他的病不是已经好了吗？从蜀地回来后，一直到现在，他都没有再犯过病了呀。"

太宗一想，确实如此。

太宗其实是清楚的，赵元佐并不是真疯，而是装疯，是不满他对赵廷美的处罚，故意装疯卖傻。这孩子，完全分不清公与私、大与小、轻与重，完全没有一个君王该有的基本素质。所以太宗才会削掉他的王爵，让他去最艰苦的地方锻炼。哪怕蜀地发生那么大的民乱，危险万分，他都没有颁旨让赵元佐回来。目的只有一个，就是让赵元佐明白生活的艰辛，明白守江山有多么不易，明白他的那些举动有多么荒唐。从蜀地回来后，赵元佐再也没有疯过了，是不是也就意味着，赵元佐已经深深地领悟到了那些艰辛和不易？是不是从此就可以做一个正常人，甚至可以接自己的班了呢？

17

太宗决定召赵元佐前来，和他谈一谈，探探他的心思，于是派了一个钦差去宣旨。但是没想到，那钦差刚到赵元佐府上，还没有拿出圣旨宣读，赵元佐突然拿出弓箭，一箭射了过去，一下就射穿了钦差的长袖。赵元佐接着又一箭射过去，一下又射掉了钦差的帽子。那钦差吓得回身就跑，没歇气地跑回了皇宫，向太宗禀报。

赵元佐的这个表现，让所有人都大吃一惊。实际上，李昌龄等人已经提前知会赵元佐，太宗即将宣他去谈话，让他做好准备。李昌龄对太宗会问什么问题及赵元佐该怎么回答，已经做了反复分析，并把答案写出来，由王继恩带进宫交给李皇后，再由李皇后一句一句教给赵元佐，让他记住。当李皇后给赵元佐讲这些的时候，赵元佐表现出言听计从的样子。李皇后让他重复一遍，他也是一字不漏地说得很好。最后李皇后还严肃地交代道："元佐，这是你最好的机会，也是你最后的机会。你到陛下那里去，一定要正常说话，不要胡言乱语。你只要正常说话，将来皇位就是你的，江山也是你的，没有任何人能跟你争得去！"

赵元佐一个劲儿地点头，根本没有表现出丝毫的异样，所以李昌龄等人才觉得十拿九稳。那天晚上，一向谨慎的李昌龄甚至喝了一点小酒，只等着第二天太宗宣布立储的消息。但是第二天一大早，他得到的消息却是赵元佐又发疯了，竟然拿箭射钦差。当李昌龄心慌意乱赶到皇宫，还在门外时，就听到太宗正在大骂赵元佐，说他是烂泥扶不上墙！接着，太宗便吩咐侍卫去传唤寇准来见驾。李昌龄悄悄长叹一声，没见太宗就转身出去了。他明白，要想让太宗再转变主意立赵元佐为储，已经完全不可能了。

18

寇准一直在等着太宗的传唤。这说明他设的这个局已经做成了。尽管还没有把底牌揭开，但他已经知道答案了。也就是说，这场大赌，他成了大赢家。

那时候太宗正颓然地坐在龙椅上，半天不说话。过了很久，他才低声问道："寇卿，朕前些时问过你储君人选，你觉得襄王如何？"

果然是寇准要的那张底牌！

但是，寇准却不动声色地皱眉说道："陛下深思熟虑的，自然是最恰当的人选！只不过襄王殿下现在被贬谪去了陈州，现在立他为储，恐怕不合适吧？"

太宗道："那还不简单，下一道圣旨，宣他回来不就得了。"

寇准一副欲言又止的样子。

太宗道："寇卿有什么要说？"

寇准道："没有什么。"

侍卫很快把圣旨送了出去。但几日后，侍卫却空着手回来，对太宗说："陛下，襄王殿下不愿意回来……"

太宗很不高兴："为什么？"

侍卫道："襄王殿下说，他是给田直院求情才惹陛下生气的。如今田直院还关在狱中，那就说明他还犯着错误，就该继续待在陈州受惩罚……"

太宗把桌子猛一拍，站起来："他还敢要挟朕！"

寇准笑道："陛下息怒，这件事，陛下应该高兴才是呢。这说明，襄王殿下是一个明白事理的人，这也再次证明陛下的眼光很准呢。"

"他还明白事理？"

"对呀，襄王殿下的话，在逻辑上是对的呀。如果田锡还继续关在牢中，确实证明襄王殿下有错，有错自然得改，而不是升迁。"寇准进一步说道，"现在陛下想把襄王殿下立为太子，就得肯定他。若不肯定他，那么即便陛下把襄王殿下立为太子，也不服众。因此，陛下，要让立储一事没有争议，最好的办法，就是给襄王殿下立威，证明襄王殿下是对的！"

寇准一番话，让太宗心中怒气渐渐散了，他哼了一声："平仲，说了半天，你其实就是变着法子，想让朕把田锡放出来吧？"

"陛下，田锡这个人，确实说话直来直去的，有时候也不看场合，说得说不得，他都说。但是正因为如此，微臣才要恭喜陛下啊！"

"恭喜朕什么？"太宗撇撇嘴，"恭喜朕受这老家伙的气？"

"陛下，田锡说话直来直去，与他的性格有关。但这并不是主要的，主要的是陛下给了他一个敢于想说就说的环境。所谓'君仁臣直'就是这个道理。当年唐太宗仁明，因此才有魏徵这样的直臣。田锡说话，比魏徵更不讲策略。明明蕊儿是一个歌伎，但田锡却把她推荐进教坊。田锡也是接近花甲的人了，难道他不明白把一个歌伎推荐进国家音乐机构有些荒唐吗？他知道荒唐为什么还要这样做？那是因为他知道陛下宽容仁明，知道陛下唯才是举。可以说，只有陛下这样的天子，才会出现田锡这样的直臣！陛下，这难道不是值得祝贺的吗？"

太宗沉默了一会儿，忽然站起来冷笑道："哼，给人戴高帽子，可不是你寇准的作风。你的目的很明确，就是想让朕把田锡放出来。可惜你是一个不善于给人戴高帽了的人，所以才把话说得那么拙劣！"

寇准被太宗说中了心思，脸色赭红："陛下，微臣所说句句属实，绝无虚言……"

"别再说了，就你寇准那点花花肠子，朕还不知道？田锡一把年纪了，还不知天高地厚，他必须在狱中好好反省反省。元侃也别想逼朕，他想继续待在陈州，就让他在那里待着。东宫的事，朕另外找人。"

太宗拂袖而起，转身回宫去了，留下寇准目瞪口呆。

在寇准看来，他已经把底牌都看清楚了，稳操胜券了，这一场豪赌应该大赢了，却不知哪个环节出了漏洞，竟让太宗很不高兴。寇准这才发现，太宗还真是非同一般，此后不得不小心从事。要是又被他撵出朝，那又不知要什么时候才能回来了。

寇准不知道，太宗虽然表面上做出不高兴的样子，其实内心快乐得不得了。他一直在和寇准较劲，本来以为输了，没想到最后扳回来一把。他实实在在地看出寇准被他打败，怎能不高兴呢！

至于立储的事，他已经认定赵元侃，当然不会改。寇准讲的话是有道理的，既然要立赵元侃为太子，就应该给他立威。容忍田锡这么个"天下正人"，对自己的风评也是很有利的。但是太宗就是不想让寇准得逞，就是要压一压赵元侃的那股执拗劲，就是要把田锡放在监狱里多磨一磨。谁让田锡坚决否定北伐呢！田锡在坚决否定的时候，难道一点儿也没想过他的感受吗？

哼！

19

太宗晃着身子回宫。他本来很高兴，但突然之间感到身体极度疲乏，一坐在龙椅上就不想起来。于是，他赶紧宣潘阆进宫。

潘阆进宫，给太宗服下药丸后，太宗很快就缓过劲来，身体也洋溢着一种康泰的愉悦。他眯眼问潘阆："潘阆，为何近一段时间来，朕疲乏的时候越来越多？每次疲乏，感觉也越来越强烈呢？"

潘阆笑道："陛下，天子的身体对应着天下的运数，如果陛下的身体感到疲乏，那一定是天下有什么大事发生呢。"

太宗一惊："什么大事？"

潘阆道："陛下，市人不知，不过市人可以算一算。"说着，他掐着指头数弄了一番，面色沉重地说，"陛下，市人算出来了，应该是西北方向有大事发生。但究竟会有什么事发生，市人功力有限，确实算不准确……"

太宗陷入沉思，他不得不佩服，潘阆算得还真准。

在群臣的反对之下，太宗已经放弃了和契丹作战的打算。但是北方平定了，西北又不太平了。西北的党项贵族李继迁一直是一个不安定的因素，让太宗非常担心。一想到李继迁，太宗的头皮就一阵阵发麻。潘阆说西北会出大事，难道是说李继迁又要反叛吗？

太宗忧心忡忡，挥挥手把潘阆打发走了，接着派人把赵昌言叫来。赵昌言建议立赵元份为太子，太宗并没有搭理他，这使得他心里一直惴惴不安。没想到太宗还找他商量这样的大事，所以他非常激动，眼珠子一转，就给太宗建议道："陛下，微臣有一计，可以一举解决李继迁的问题。"

297

"何计？"

"在李继迁担任五州节度使的基础上，再封他为鄜州节度使，宣他去鄜州上任。如果他答应前往上任，便可以在半路上截击他；如果他不答应，便可以找到理由打他。"

太宗也觉得这个主意不错，便把这件事拿到朝堂上讨论。朝中大臣也都被李继迁折磨得精疲力竭，讲不出更好的建议。寇准虽然感觉有些不太靠谱，但他也没有什么办法。寇准向来是主战的，受不得委屈。再说了，他又喜欢赌博，赵昌言的这个建议，多多少少有点赌的味道。寇准觉得，赌一赌，看看底牌，然后再针对性地出牌，其实是种不错的做法。

20

田锡自从被关进狱中后，便埋头整理《御览》，一直非常安静。不管雅儿、康继英、寇准等人是不是在想方设法救他，他都感觉这些跟自己没有关系似的，只是埋头做自己的事情，仿佛回到了当年读书的岁月。

但让大家没想到的是，安安静静的田锡，忽然又在狱中给太宗递了一道奏章，公开反对赵昌言的计策。他警告说，如果真是这么做的话，不但杀不了李继迁，还会再损失一个州。到那时候，李继迁将一下拥有六个州。慢慢发展下去，李继迁就会成为西北的一股割据势力，恐怕就再难归附了！

太宗非常生气！这个田锡，还真是要和自己对着干了。不让打契丹也罢了，连李继迁也不让打，他究竟想干什么？

太宗把寇准找来，敲着田锡的奏章冲寇准嚷："看到没？看到没？你还要为田锡求情，让朕把他放出来。在狱中都不安分守己，放出来，不是更要捣乱！怎么说？你告诉朕，这事怎么说？"

寇准不想为田锡辩解，因为他也不赞成田锡的主张。不过，他害怕田锡惹怒了太宗，遭到更严厉的处分，赶紧赔笑道："陛下，让微臣去看看吧。这个老家伙，入狱好些天了，没见他叫一声屈，不声不响，像没事人一样；突然之间，他却炸出这么一个响雷。待微臣去训训他，让他把奏章收回去。"

寇准见到田锡时，田锡正气定神闲地趴在地上默写《御览》。寇准站在牢门前好长一段时间了，田锡都没有发现。

寇准又爱又疼，把田锡喊醒，责备他道："表圣，你都要活一甲子了，怎么还跟以前一样，动不动就上奏啊？你就算要上奏，也得分清轻重缓急，先把自己从狱中搞出去再说呀。你自己的事不关心，关心什么西北的事！你赶紧再写一道奏章，给官家认个错，把你那道不合时宜的奏章撤回来吧。"

谁知田锡不但不领情，反而嘲笑道："寇相，官家这次把你召回朝廷，还让你继续待在中书，你是不是心里特别感激，害怕再次被贬谪，因此不像以前那样敢说敢做了？"

寇准涨红脸："胡说，寇某岂是贪恋权位之人！"

田锡道："若非如此，寇相为何不阻止官家封赏李继迁？你难道看不出这是挑起事端、引发战争的表现吗？"

"寇某如何看不出！"寇准道，"尽管这个建议是赵昌言给官家出的。赵昌言这个人，只会出鬼点子，摆烂摊子，干不了什么好事。但寇某认为，我大宋已经到了必须和李继迁算总账的时候了。只有消灭了李继迁，才能彻底解决西北的问题，所以寇某这一次支持他！"

"能消灭李继迁吗？"田锡道，"李继迁像只兔子，我们逮了他多少次？哪次逮住他了？寇相，你知道为啥我们逮不住李继迁吗？"

寇准呵呵一笑："你想说李继迁身后有大漠，咱们一逮，他就溜进大漠里去了对吧？错。试问李继迁厉害还是匈奴厉害？为何霍去病能够打得匈奴哭爹叫娘？那是因为汉武帝下了大决心，那是因为有霍去病这样敢打敢冲的将领！霍去病八百人，深入大漠两千里，封狼居胥。如果大宋的将士也有这种精神，何愁逮不到李继迁！"

"咱们有这样的将士吗？"

"暂时没有……但是只要官家下了大决心，奖赏三军，这样的将士一定会涌现出来的。"

"寇相，你觉得官家能下这样的决心吗？"田锡笑了，"我们打了那么多仗，哪一次不是官家预先给个阵图，让将士们按照阵图来打？须知战场形势瞬息万变，如果一成不变地按照阵图来打，怎么可能打胜仗？当年汉武帝如果也给霍去病这样的阵图，他能一跑就是两千里吗？"

寇准道："表圣，你讲的这个道理，寇某当然是知道的。但是寇某相信官家是会改变的，这个大决心，他也是会下的。好在这次连赵昌言这样的人也支持打李继迁，朝中反对的人也不多，因此寇某对打李继迁是充满必胜信心的。"

田锡摇摇头："且别说官家会不会改变，就算官家真的不给阵图，就算官家真的下大决心，组织大兵团围攻李继迁，我告诉你，这事也很难成功！"

"你太悲观了。"

"不是田某悲观，事实如此。"田锡道，"田某为什么说很难成功？因为西北很多老百姓和咱们不是一条心。山高皇帝远，他们听不到皇帝的德音，他们只听得见李继迁的声音。我们现在最重要的，就是要修德，就是要让皇帝传播德音，从而让当地老百姓愿意归附。这样一来，他们才不会给李继迁通风报信，我们才能抓到李继迁，才能确保西北这个地方的长治久安！"

寇准怔怔地看着田锡，半天方才说道："表圣，你说得对，句句都在理。包括两位吕相，都说得对，他们也都是品行高洁的君子、忠直敦厚的大儒。但是寇某告诉你们，如果按照你们这样的方式做下去，西北的党项人迟早会成为我大宋的心腹大患。不但党项人会成为我们的心腹大患，北边的契丹人也会成为我们的心腹大患。他们就像两株藤，现在看起来还很弱小，我们大宋这棵大树还可以和他们相安无事。但是他们在生长，生长到一定程度，他们就会缠绕在我们大宋这棵大树之上，久而久之，必定会把我们大宋这棵大树缠死。即便缠不死，也会把我们拦腰缠断。也许那一天我们看不到了，但是后代子孙一定会遭受的……"

田锡摇摇头："寇相，你错了。田某认为不该打，是现在不该打，是在当今皇帝的手里不能发动战争。但是，并不是说后世的皇帝也不能发动战争。只要咱们现在休养生息，把封桩库装满，有了足够的资本。同时，后世的皇帝有了非凡的胆识和决心，也不再向将军们授阵图的时候，我们就能打这个仗了。"

"你觉得后世会出现这样的皇帝吗？"

田锡笑道："寇相，田某年纪大了，而你还年轻，又在相位上。能不能出现这样的皇帝，就要靠你了……"

寇准突然跳起来，嚷道："寇某知道该怎么办了！寇某知道了！"

说着，寇准跳着跑出了监狱，搞得田锡莫名其妙。但他也不在乎，又趴在地上写字，监狱里又恢复了平静。

21

寇准回到皇宫,向太宗复旨道:"田锡那个老顽固,微臣让他把奏章撤回去,他竟然表示,哪怕把牢底坐穿,他也不会撤。"

太宗得意地说道:"好了吧,你亲眼看了那个老顽固的表现了吧,你以后还为他求情吗?"

寇准道:"陛下,这老家伙是该受点惩罚,他才知道好歹。微臣倒有一个惩处他的办法,陛下不妨一用。"

"什么办法?"太宗饶有兴趣地问道。

"陛下,赵昌言的建议非常好,咱们确实应该好好收拾一下这个李继迁。不过,要打仗,咱们就得有的放矢,就得完整了解西北的情况。微臣的建议就是,让田锡这个老顽固去西北励军,让边防将士积极行动起来,准备打仗!田锡不是反战吗?好,咱们偏要他去激励将士们打仗,嘿嘿,这不就把他给治了吗?"

太宗沉吟道:"这个办法好是好,但是,这个老顽固原本就反对和李继迁开战,让他去西北,他能做励军之事吗?"

"哈哈,陛下大可放心!"寇准笑道,"田锡这个人,虽说有点迂腐顽固,但陛下既然称他是'天下正人',他就不是浪得虚名。诚实和忠诚是田锡的本性。陛下让他去励军,他就算反对,但是圣旨下了,他也会忠实地执行的。"

"说得也是,这一点,朕对田锡也是相信的。"太宗点点头道,"那就把田锡放出来,让他去西北做行军司马吧,希望他能够戴罪立功!"

寇准又说道:"陛下,既然把田锡放出来了,微臣把襄王殿下也请回来,如何?"

"不行!"太宗很坚决地说道,"他既然不想回来,就让他继续在陈州待着,不准喊他!"

寇准不知太宗为何这么坚决,他张开嘴,却也只能默默地闭上。

22

雅儿听说田锡已经被放出来，欢喜异常，但同时又慌乱不已。

其实，她已经打定主意，一旦把田锡救出来，她就会离开这里，再也不见田锡了。但是一听说田锡回来后立刻就得打点行头，奔赴遥远的西北，她心中又有些不忍。于是，她决定准备一顿丰盛的午餐，给田锡补补身子，等田锡吃了午餐后，她再悄然离开。

不过一会儿后，她又改变了主意，决定保护田锡去了西北后再离开。虽说肯定有侍卫跟着田锡一起走，但是那些人粗心大意的，雅儿怎能放心！所以必须跟着田锡，把田锡送到西北。雅儿发誓，只要把田锡送到了西北，她立刻就离开，绝不留恋！

雅儿说服自己后，收拾停当，欢欢喜喜准备午餐。这顿饭，既是接风，也是送行，所以必须非常隆重。雅儿调动了全部手段，做了十几个菜，满满一桌，热气腾腾，香气四溢，就等着田锡从狱中回来。

只不过，一直等到下午，桌上的菜凉了又热，热了又凉，却依然不见田锡的影子。雅儿疑惑不已，算算时间，田锡应该早就回来了呀，难道在回家的路上，又出了什么意外？

雅儿不放心，让家里的老仆照顾着饭菜，提了宝剑，顺着田锡应该回来的路寻过去。然而一直走到监狱，她都不见田锡的踪影。雅儿曾多次去狱中，与牢头熟，再加上又花了些钱，因此很快与牢头搭上话。一问才知道，原来田锡虽然出来了，却并没有回家，而是又写了奏章，进宫上奏去了。牢头告诉雅儿，田锡进宫上奏，是为了救蕊儿。牢头说，当时我还问田司马呢，别人出狱都会急急忙忙回家，为何你却反而去上奏啊？你不是因为蕊儿才被关进监狱的吗，为何刚出狱又去为蕊儿上奏？牢头说，田司马都来不及回答我，就写好奏章往皇宫去了……

实际上，牢头说得并不完全对，田锡上奏的内容，尽管有希望太宗把蕊儿放出来这部分，但是田锡主要的目的，还是希望太宗能够举行籍田礼。放蕊儿，让蕊儿参与籍田礼乐的修订，也是举行籍田礼的一部分。田锡在奏章里说，他会即刻上路去西北。但是希望太宗能够在他去之前，把一直没有完成的籍田礼搞完。毕竟就算要打仗，也要有充分的军粮保障。要有军粮保障，就需要天下老百姓搞好生产。要搞好生产，就得举行籍田礼以示倡扬。

显然，田锡为了能进行籍田礼，已经退了一步，这在田锡身上是不多见的。田锡已经知道，太宗下定的这个决心是不可能逆转的，和李继迁打仗已经是板上钉钉的事。不管他如何反对，就算他从西北带回来相反的结论，都不可能阻挡想要证明自己、想要青史留名的太宗。所以田锡决定妥协，希望太宗在发动战争的同时，兼顾休养生息——这显然是一对矛盾，但相互妥协或许能让矛盾共存。

不过在雅儿听来，故事变成了另外一个版本。当她听说田锡一出狱就急急忙忙去救蕊儿的时候，她身子一软，差点摔倒在地。还是牢头扶住她，她才努力站住了。雅儿在回家的路上，感觉身子一直是飘着的，像一团空气，流动着，扑腾着，翻卷着，没个定型。她也不知自己是怎么走到家的。当她终于有点意识的时候，她发现自己原来坐在餐桌旁，老仆正满脸忧愁地看着她。

雅儿抱歉地冲老仆笑了笑，站起来走进书房，拿起笔，蘸了墨，在纸上写了一行字："先生，祝你和蕊儿白头到老。雅儿走了。"

雅儿走出书房，又朝老仆抱歉地笑了笑，便离开了田锡的家。这时候，她又变成了一团空气，尽管老仆在后面焦急地喊她，她却听不见。她就那样向野外飘去，像一阵风，路边的树叶摇一摇，然后又恢复了原先的宁静……

23

康继英给太宗推拿时，感觉越来越吃力。以前给太宗排毒，只是一个控制手法力道的问题。只要手法柔和，力道均匀，就能收放自如，把太宗体内的毒气逼出来。可是到了后来，他发现逼毒变得越来越困难了。不仅因为太宗体内的毒越来越多，更可怕的是，他在逼毒时，会遇到一种反弹力。这种反弹力抵挡着他，使他很难控制自己的力道。为了不伤到太宗，他只能尽量把手法变柔和，把力道变细。但是这样一来，就更加没办法把太宗体内的毒完全逼出来了，因而太宗的身体才会急速地衰弱下去。

起初，康继英以为是太宗身上自发性的反弹力。毕竟太宗是龙体，冥冥之中自有神助，也许这是神在和他较劲。一想到这一点，康继英就满是惶恐。不过后来,他感觉有些不对,因为太宗体内的那股反弹力并非融和的阳气,而是冷森森的阴气,像冰一样扎人。如果真是"神力"的话,是绝不会发出这种阴气的。

康继英一闪念,忽然就想到了潘阆。这股邪恶的力道,会不会是潘阆为了阻止康继英逼毒,有意注入太宗体内的?对呀,既然潘阆是奸细组织的人,他自然也是个一等一的武功高手。一个武功高手做这样的事,还不是轻而易举的。

康继英感觉被狠狠打了一闷棍。作为太宗的催命判官,潘阆的胆子越来越大,步子也迈得越来越快。同时这也意味着,康继英想通过逼毒救太宗的希望,变得越来越渺茫,他心里的焦躁和绝望,也变得越来越大。

却在这时,康继英又听到雅儿出走的消息,这使得康继英更加心烦意乱。在给太宗逼毒时,更加无法集中精力把力道变得柔和而均匀。康继英非常担心,一旦自己用力不当,说不定就会害了太宗,那样的话,他可就陷入万劫不复了。

更艰难的是,哪怕康继英把力道变得柔和而均匀,也不一定能救太宗。太宗体内的毒力杂乱而又怪诞。就像险滩上颠簸的浪花,一会儿浪花被卷着冲上高峰,一会儿又迅速跌落下来。还没落到底,又被来自另一个方向的浪花撞击,四散碎裂。康继英输入太宗体内的力道想要捉住这种杂乱的毒力,并轻松卸下来,消弭于无形,几乎是不可能的。而经过正反两股力道的搏斗,太宗原本就孱弱的身体更是变得千疮百孔,虚弱委顿。康继英清楚地意识到,他可能不是在救太宗,而是正在成为杀害太宗的凶手。

随着身体越来越差,太宗的情绪也变得越来越坏。潘阆和康继英给他治疗的时候,他会突然间就发火,把两人都撵走。但不一会儿后,又派小太监去召两人,让他们赶紧回来。

有一天,潘阆对太宗说道:"陛下,不知您发现没有,自从康将军参与治疗以来,陛下的龙体就变得大不如前了……"

太宗吃了一惊:"你的意思是说,康继英想害朕?"

潘阆了解太宗,如果直接说康继英害他,太宗肯定不信,因此潘阆笑笑道:"要说康将军想害陛下,借他一万个胆他也不敢。但是不得不承认,他的治疗并不成功,他的发功不但没能帮助陛下痊愈,反而在陛下龙体内起到了相反的作用，这也是陛下的龙体变得越来越差的原因。或许，这一点连康将军自己也没有意识到呢……"

潘阆这话，说得很像那么回事，太宗一下就信了。他虽然并没有责备康继英，但再也不许康继英给他发功治病了。

康继英非常生气，又非常郁闷，还产生了深深的怀疑。他生气的是，自己没能撵走潘阆，反而被潘阆撵走了。郁闷的是，以前不管遇到什么事，康继英都能找田锡拿主意。然而这次他却不敢告诉田锡，自然不可能从田锡那里获得帮助。再一点，田锡入狱前，曾吩咐康继英保护好雅儿，现在雅儿出走，康继英哪里还有脸去见田锡呢！

康继英怀疑的是，自己在太宗身上发功失败，不完全是因为潘阆给的毒力太强太乱，还有自己无法集中精力的原因。雅儿出走，康继英除了觉得对不起田锡，心中还充满着失落、不舍、慌张。尽管雅儿对他忽冷忽热，甚至常常横眉冷对，但他心心念念都是雅儿。他不知雅儿为何出走，不知雅儿到哪里去了，不知还能不能再见到雅儿，他的内心如何不慌呢？

或许正是有这份慌张，他才无法凝聚意念，才不能针对性地对抗太宗体内的毒，造成太宗中毒越来越深！

现在，太宗把他撵走了，这是他罪有应得，但同时又使他感到绝望。如果自己在太宗身边，哪怕不能完全逼出太宗体内的毒，至少可以掌握太宗的情况。现在不在太宗身边，太宗的生命处在极为危险的境地，潘阆想要加害他，简直易如反掌！

该怎么解决这个问题呢？康继英心里翻江倒海，找不到出路。

24

康继英遭遇的苦恼，田锡是不知道的。

田锡沉浸在一种喜悦之中。他出狱上奏后回家，虽然知道雅儿出走了，但并没有太在意。田锡认为雅儿只是出去溜达了，过几天又会回来的。女孩子闹脾气也正常，何况雅儿也不是第一次闹脾气了。说什么自己和蕊儿"白头到老"，简直是子虚乌有，都不值得辩解。田锡甚至还有点生雅儿的气！自己把蕊儿从蜀地接到京城来，又努力把她送进教坊，难道是藏有这样的心思吗？别人不理解，难道雅儿还不理解吗？

田锡不和雅儿计较，不仅仅因为他知道雅儿是小女子性情，没有必要计较，更重要的是，他心里藏着喜悦。因为他上午刚上奏，下午太宗就回复说，同意他去西北之前组织举行籍田礼；而且还答应把蕊儿放出来，让她进教坊乐队。

太宗如此爽快地答应，田锡是没有想到的。

田锡虽然上了奏章，但是他认为太宗是不会答应的。不会答应，为什么他还要上呢？无非是给太宗提一个醒，希望太宗在任何时候都不要忘了"致太平"的理想，避免穷兵黩武。但没想到，太宗竟然答应了，全答应了，所以田锡感到相当意外，也满怀喜悦。

但是尽管喜悦，田锡却也很不安，"事出反常必有妖"啊！

田锡打听到，太宗已经很多天没上朝了，有奏章都是王继恩递进去批。太宗究竟遇到了什么，谁也说不清楚。王继恩也搞得神神秘秘，不给人说。田锡猜测是太宗身体出问题了，是不是因为潘阆一直留在他身边的原因呢？田锡非常担忧，所以他找来康继英，想从他那里了解太宗的情况。

康继英虽然知道田锡出狱回家了，但他躲着不敢去见田锡。直到田锡召唤他，他才赶紧前来。康继英以为田锡是想问雅儿的情况，所以一进门，就赶紧抢先道歉道："先生，都是学生无能，没有看好雅儿，致使雅儿走失……"

田锡摆摆手："雅儿的出走与你无关。别管她，也许她出去玩几天就回来了。老夫叫你来，是想了解官家的情况。近一段时间官家很少上朝，朝臣们都不知官家出了什么事。你是官家身边的御前侍卫，你了解情况吗？"

康继英情绪低落地说："先生啊，学生已经不在官家身边了，潘阆在官家面前说学生的坏话，官家把学生撵走了……"

"怎么回事，老夫入狱前，不是让你找吕相想办法撵走潘阆吗？"

康继英知道田锡一直在狱中，对朝中发生的事情一无所知。于是便将吕蒙正被贬谪去洛阳等一系列事情，原原本本说了一遍。包括寇准出主意，让他给太宗逼毒这种不敢给田锡讲的事，他也全都讲了。最后，康继英惭愧地说："先生啊，学生做了错事，不该在官家身上发功，最终没能救官家，还让官家的身体越来越差，学生真是悔恨不已……"

田锡皱眉说道："你确实不该那么做，但是平仲更不该给你出这个主意。

这家伙，赌徒的性格一生不变！"

说着，田锡就去书房写奏章。当康继英知道田锡的奏章是请求官家撵走潘阆的时候，着急地说道："先生，这时候你千万别上这道奏章。你上这样的奏章，官家会很不高兴的。所有人都明白这一点，吕相就是一个实际的例子，因此谁也不敢在官家面前提这件事。你刚从狱中出来，就给官家上这样的奏章，先生啊，你想过后果吗？"

"大家不说，老夫也不说吗？如果连老夫也不说，还有谁说！"

康继英知道田锡的话说得对，但他就是不能让田锡冒这个险，于是又说道："先生啊，之前你几次请求官家举行籍田礼，官家都没有答应。既然官家这次终于答应了，你就不该触怒他，否则他还会再取消的啊……"

田锡打断康继英："籍田礼重要，还是官家的身体重要？籍田礼只是一个仪式，但官家代表着整个国家。重要的不是一定要举行这个仪式，而是要保住官家，并让官家永葆济世安民之心。孰轻孰重，难道你分不清楚吗？"

康继英无话可说。就在这时，他看见雅儿写的纸条。那张纸条被田锡随手放在一边，几个字清清楚楚跳进康继英的眼帘。康继英的脑袋里忽然轰一声响，他一下就明白过来，雅儿为什么要出走了。原来，这一切都与他没有任何关系。雅儿的心思，全在田锡身上。而且雅儿对田锡的爱，是刻骨铭心的，不管他用多大的心思来追雅儿疼雅儿，雅儿都是不会放半分在他身上的。

康继英不知道他是怎么离开田锡家的。田锡把奏章交给他，向他交代了很多事，他一句也没听进去，整个脑袋晕乎乎的，脚下软得像踩在烂泥里。他只是一个劲儿地点头，但他的心里，实际上在快速地思考着，他知道自己已经到了必须有一个行动的时候。

25

康继英并没有把田锡给他的奏章递上去，他知道，一旦这份奏章递上去了，田锡肯定会受到严厉的处罚。他不能让田锡往火坑里跳，他要拿出行动，自行解决潘阆的问题。

这天，康继英算好时间，在皇城的一个角落等待着。很快，他就看见潘阆从皇宫里走出来。潘阆微眯着眼，摇摇晃晃地走着，一副志得意满的样子。康继英从暗处转出来，逼近他面前。潘阆发现了，脸色一变，结结巴巴问道："你要干什么？"

康继英目光凌厉地盯着潘阆："我要杀了你！"

潘阆心里一阵慌乱："康将军，你别乱来啊！不让你给官家发功治病，是官家自己的决定，和市人没有任何关系啊……"

康继英低声喝道："说，你为什么要下毒害官家？"

潘阆不敢看康继英，辩解道："市人给官家服食的，是延年益寿的丹药，哪里在下毒？康将军不要听别人胡说，冤枉市人！"

康继英冷笑道："你想骗别人可以，你还能骗得了我！我正告你，你若是跟我去向官家坦白你的罪行，我还可以饶你一命。若是不去，明年今日就是你的祭日！"

潘阆看出康继英说的是真的，有点害怕了，退了几步，瞅准皇宫的方向转身就跑。显然，他在想只要跑进皇宫，康继英就不敢再杀他了。康继英也明白这一点，拔腿朝他猛冲过去。那潘阆的轻功着实了得，一时之间，康继英竟然有些追不上。而且，潘阆很快就显露出了那个熟悉的背影：像鹰一样耸立的肩膀，像狼一样迅捷的步子。毫无疑问，潘阆就是奸细组织的人！说不定还是奸细组织的头领！

康继英发了狠，提起一口气，猛往前冲，终于在一堵墙的尽头撵上了潘阆。随即，康继英挥掌向潘阆劈去。潘阆的武功显然不弱，两人拳来脚往，打了几十个回合，尽管康继英一直处在上风，但是他却没办法制服潘阆。眼见得潘阆又要逃脱，康继英不敢大意，拼出十二分力气朝潘阆打去，把一双拳头挥得密不透风。潘阆百般躲避招架，但终于还是没能完全躲过康继英的拳脚，被康继英一掌打在后背上。潘阆一个趔趄，康继英趁势逼过身去，扭住潘阆的手，把他摁在地上。

康继英厉声问道："说，你是不是奸细组织的人？是不是奸细组织的头领？"

潘阆被抓住，他反而不再慌乱了，微微一笑道："不错，市人确实是你们所说的奸细组织的人，但并非头领，咱们的组织大着呢！"

"你们这个组织的目的究竟是什么？"

"报仇！"

"你们有何仇何怨？向谁报仇？"

"向赵宋报仇，向赵炅报仇！"潘阆冷哼道，"我们要报的仇多着呢，要给柴皇报仇，给孟皇报仇，给李皇报仇，给刘皇报仇；还要给契丹报仇，给党项报仇；还要给太祖报仇，给秦王报仇，还要给李顺报仇，给张余报仇……市人告诉你，赵宋欠下的仇怨太多，就是说一天一夜也说不完！所以我们才有这么一个寻仇的组织，目的是还我江山，还我国土，还我帝位，还我王爵，还我百姓，还我太平……"

康继英听得脊梁骨一阵阵发麻，他再也忍不住，打断潘阆："胡说八道，大宋掌天下，今上坐江山，都是天命所归。你既然整天以神仙自居，就明白天命的道理，为何倒行逆施，做什么复仇之事！我劝你最好尽快丢掉这些荒唐的执念，为人向善，保境安民，这才是你们的方向。否则的话，你们注定要走向彻底灭亡！"

"我们的人多着呢，全国各地都有，而且生生不息，他们永远不会灭亡的！永远不会！灭亡的只可能是赵宋！哈哈，赵炅已经只有一口气，马上就要死了，这也是他应得的报应！哈哈，应得的报应……"

一百多年后的北宋末年，宫廷画师张择端画了一幅《清明上河图》，里面画了八百多个人，其中就有不少奸细。而张择端画完这幅画不久，北宋就灭亡了。显然，潘阆当时说的那番话还真没说错。

只是潘阆一边这么说的时候，鲜血一边从他的嘴角涌出来，很快他便头一歪，倒在地上不动了。康继英大吃一惊，赶紧翻看潘阆的尸体，这才发现一支毒箭插在潘阆的后背上。康继英急忙抬头往四下里看，却什么也没有看见，完全不知道这支毒箭是什么时候射过来的，又是从哪里射过来的。

康继英懊恼不已，他原本是想抓住潘阆，到太宗面前，让他亲口承认他的阴谋。没想到潘阆竟然被杀掉，而号称"大宋第一好汉"的康继英，竟然不知潘阆是被谁杀死的……

就在这时，一群侍卫提着刀，向康继英冲了过来。那侍卫头子显然认识他，边跑边大喊："好啊，康继英，你竟敢杀人，还不快快束手就擒！"

康继英最初的打算，是杀掉潘阆，然后去自首。雅儿爱的人是田锡，康继英有些万念俱灰。但是，当听了潘阆临死前的一席话后，康继英忽然改变了主意。他知道，他不能去监狱里虚度时光，更不能死。奸细组织很庞大，还时刻威胁着大宋的安全,他还有很多事要做!

想到这里,康继英也不解释,提起一口气,一个纵步便翻过围墙,往远处跑去。

26

康继英打死潘阆的消息,在朝廷里引起很大的震动。很快,皇帝的圣旨就下来了:着令全国通缉康继英!同时,因为田锡是康继英的先生,寇准是康继英的推荐人,所以叫停籍田礼,田锡即刻出发前往西北;寇准则被贬出朝,出任邓州知州。

田锡第二次准备的籍田礼,又这样无疾而终,这使得田锡心中充满巨大的失落。就像第一次被取消籍田礼一样,田锡又来到东郊籍田,顺着那些田埂默默地转了一圈,最后来到先农坛前。

先农坛本来已经荒芜,台上也已被青苔覆盖。经过田锡的整治,已经焕然一新。如果又被闲置下来,青草和苔藓肯定很快又会把先农坛全部覆盖,这先农坛或许又会变成一个巨大的荒冢。

田锡心里一阵感慨,拿出第一次准备举行籍田礼的时候写的《籍田颂》,对着先农坛念了起来——

圣主文明,时方太平。四鄙无事,万邦咸宁……

还没有念出几句,他已经老泪纵横。

由于圣旨已下,籍田礼被叫停,这里已经没人。尽管田锡知道哭泣很失礼,他也由着热腾腾的眼泪吧嗒吧嗒往下滴,砸得地面尘土四起。同时,他也任由粗哑哑的声音从喉咙里吼出来,那声音就像一颗颗干硬的土坷垃,从他的嘴里卷出一片沙尘暴。

乡饮之礼,行之甚易。庠序之学,复之可以。古典郁堙,由人振起。千载一时,允谓昌期。时不再来,臣实惜之。登封降禅,愿陛下行之!愿陛下行之!愿陛下行之……

当田锡读到最后一句的时候，他用尽全身力气吼起来，一遍又一遍，冲着先农坛大声吼，冲着旷野大声吼，冲着皇宫的方向大声吼，粗粝喑哑带着血丝的声音，让田锡自己都惊讶不已。这是自己的声音吗？自己怎么会发出这种声嘶力竭的声音？一个崇尚温柔敦厚中庸之道的人，怎么可能发出这样的声音？

就在这时，田锡听到了一阵长长的叹息。转头一看，这才发现寇准和吕端不知什么时候站在他身后了。吕端一手拎着一壶酒，一手托着一些下酒菜，寇准则摸着他的大胡子，轻轻地摇着头，两人的表情都有些凝重。

寇准或许是怕田锡尴尬，上前拍拍田锡的肩膀，调笑道："来来来，咱们找个地方坐下来，尝尝易直的酒。这易直也是，官家已经下旨让寇某去邓州休息，寇某'归心似箭'呢，这易直非要给寇某饯行。饯行也就罢了，寇某走的时候去长亭饯就行了，非得在这时候饯。在这时候饯也罢了，非得把我们两人打包一起饯。打包一起饯也就罢了，非得到这里来饯。到这里来，看见你表圣哭兮兮的样子，寇某本来非常愉快的心情给搞得一团糟。太白说'举杯浇愁愁更愁'，我们现在喝这酒，还怎么喝得下去嘛……"

吕端打断寇准："平仲，你就别抱怨了！吕某约你们两位到这里来，也不是纯粹为了给你们饯行。或者说，根本就不是给你们饯行。吕某认为，你们都不该走，而是应当留在京城。"

"留在京城，你是想让我们抗旨不成？"寇准和田锡都有些不解。

吕端坐下来，把下酒菜铺开，摆出三副台盏，倒上酒，各自举起，饮了一盏。吕端方才说道："官家已经有很多天没上朝了，他的病情究竟如何，除了王继恩以外，谁也不清楚。这时候下旨，你们觉得，这真是官家的意思吗？"

两人一怔："你的意思，这是王继恩假传圣旨？"

吕端道："如果真是王继恩假传圣旨，两位想想，你们乖乖离开京城，不是正中他的下怀吗？"

寇准和田锡都点点头，陷入沉思。田锡问道："王继恩假传圣旨的目的是什么？"

"那还用说，就是把你们两位支开，然后趁官家不豫的时候，在储君问题上动手脚啊！"吕端笑道，"在这件事上，王继恩可是尝到过甜头的。现在又有'三李'在后面撑腰，他的底气就更足了。稍微有点担心的，也就是咱们三个。现在又把你们两位撵出朝，剩下我一把老骨头，王继恩就可以为所欲为了！"

"官家并没有明确储君人选，王继恩和'三李'想立谁？"

吕端道："吕某对他们有过观察，他们最初想立的人是大殿下，后来又换成了五殿下。五殿下从成都回来，被官家责罚后，他们似乎又换成了大殿下。"

田锡点点头："如果大殿下不疯，他倒是一个合适的储君。但问题是大殿下并不愿意，故意装疯。所以，若是大殿下当了皇帝后，还那样一直装疯，那么王继恩和'三李'就可以在朝廷内外一手遮天了，那时候才真是咱大宋的灾难了啊。"

"是啊，所以我们得想个办法，让官家尽快宣布储君人选！只要宣布了，王继恩和'三李'就有所畏惧了。"

"问题是，我们也见不到官家，如何让官家宣布储君人选呢？说不定官家已经宣布，而王继恩和'三李'隐瞒起来，也未可知啊。"田锡忧虑地说道。

寇准端起酒盏一饮而尽，抹一把胡子，笑道："易直啊，你之所以把我们叫到这里来，就是为了避开那些藏在暗处的耳目，以便于讨论这个问题对吧？"

"对呀，"吕端笑道，"你以为吕某真的给你们饯行啊？你们都走了，吕某还能找谁想办法！"

寇准又满满地喝了一盏酒。吕端是个酒虫，见到酒就开不了步，这会儿却是一口也不喝，寇准倒是一盏接一盏，一壶酒瞬间喝下一半。吕端不高兴了："平仲啊，这不是给你饯行，你怎么喝个不停啊？你倒是想想办法啊。"

寇准嘿嘿笑道："着什么急啊，一切都在寇某的掌握之中！"

又干了一盏，他才接着说道："这事不能等，得分两步走。一方面要想办法见到官家，让官家下旨宣布储君人选；另一方面，我们得赶紧通知襄王殿下回来。只有襄王殿下在京城里，我们才能有的放矢……"

"官家可没有宣布立襄王殿下为储君，我们这样做，不是僭越吗？"田锡担忧地说道。

"你放心吧，官家心中的储君就是襄王殿下，假不了的。之前官家就和寇某提过襄王殿下，并让襄王殿下回来。可是襄王殿下却说，你田司马没有出狱，他就不回来。官家一生气，才让他继续在陈州待着。表圣，你看襄王殿下

312

对你多好啊！"

田锡摇摇头道："不然。不管襄王殿下是不是对田某好，田某认为，他都必须在获得官家圣旨后才能回来。否则的话，他就有回来夺位的嫌疑。这个口子在我大宋绝不能开，开了这个口子，必然遗祸无穷！所以我们现在首先得想办法见到官家，让官家下旨，绝不能本末倒置！"

"表圣，你这个人正是正，但也太过迂腐！"寇准责备道，"现在官家一直不上朝，是否被王继恩控制起来了，我们也不得而知，怎么让官家下旨？再说了，你有办法立马见到官家吗？"

田锡陷入沉思，他一时还真想不出有什么办法立马见到皇帝。

寇准道："你既然不能立马见到官家，时间又不等人，若是官家没有宣布储君人选就宾天了，而王继恩出来宣布另一个人，而且说这就是官家的遗诏，你说怎么办？"

田锡争辩道："如果我们没有得到圣旨就擅自行动，这和王继恩等人的做法有什么区别？"

吕端赶紧双手往下压，笑道："好了好了，两位不用争了。两位的话中，都有一个共同的观点，你们都觉得应该尽快见到官家，对吧？好好好，我们就应该在这个问题上想办法。平仲，你有没有什么办法？"

寇准又干了一杯："要想见到官家，这有何难？"

吕端道："你既然有办法，为何不早点说出来用？"

"早了不行，必须得这时候。"寇准道，"你们想啊，我们既然着急储君的问题，难道赵昌言一党的人不着急吗？除了赵昌言一党的人以外，吴王殿下被王继恩和'三李'抛弃，难道他不着急吗？所以，我们根本不用出面，只要把他们发动起来，让他们出面，就能见到官家了……"

吕端笑道："平仲啊，你可真是个弈棋的高手，谁在你的手里，都能变成一枚棋子。"

"嘿嘿，不知道你这话是在夸寇某，还是在骂寇某啊，"寇准又瞥了田锡一眼，"不过这话若是由表圣说的话，那一定是骂了。"

田锡面无表情，不置可否。

27

寇准说田锡迂腐，但田锡认为他这是坚持儒道。坚持儒道对儒士来说，是一个起码要求。如果王继恩真是假传圣旨，自己即刻出京，固然是上当。但假如这真是皇帝的旨意，自己拒绝执行，显然就是抗旨。从田锡对太宗的了解来看，这样的圣旨很可能就是太宗颁发的。太宗对潘阆很依赖，没有潘阆，他的身体一定会感觉很难受。虽说从长远来看，这对太宗的健康是有益的，但是短期之内，太宗却是受不了的。身体影响心情，太宗气恨康继英，并因此迁怒于他和寇准，也是很有可能的。

所以田锡必须确认这是不是太宗的旨意。要确认，就要见到太宗。田锡在家里走来走去想了半天，终于有了主意。他到书房写了一份谢表，来到宫门外，要求面见太宗，把谢表亲手交给皇帝。

很快王继恩就从宫里出来了，冷冷说道："田司马，官家龙体欠安，概不见人。你把谢表交给咱家，咱家递给官家吧。"

田锡道："王宣政，田某除了向官家递谢表外，还有些话想向官家当面禀报。还请王宣政再通报一次，田某一定要见到官家才能对他上奏啊！"

王继恩脸露不悦："田司马，你也算是老臣了，难道听不懂话吗？咱家已经说得很明白了，官家不见人！你有谢表就赶紧交，交了就赶紧走人！官家不是让你即刻出发去西北吗？你为何还在这里磨磨蹭蹭的？你想抗旨吗？"

田锡不理王继恩，对着宫门跪下来，伏在地上，一声声大喊道："老臣田锡请求觐见陛下！"

在田锡的喊声中，很多大臣都围了过来，指指点点，对王继恩也很是不满。

王继恩见田锡不听，还引来了这么多人，大怒道："田锡，官家龙体欠安，正需要静养，你却在这里大声喧哗，影响官家休息，是何道理！"说着，他便吩咐侍卫上前，想把田锡从地上扯起来叉走。

众人挡在田锡面前，阻止那些侍卫抓人。田锡其实早有准备，给大家摆摆手，直起腰来，冲王继恩大声说道："王宣政，太祖当年早有旨令，内臣'止令掌宫掖中事，未尝令预政事'。本官向官家禀报的乃外朝政事，你有什么资格干预？"

田锡的朗朗正气果然吓住了王继恩，他不得不向侍卫们挥挥手，让他们退后。他心中气恨不已，却又无可奈何。

不过这时候，李昌龄从宫中走了出来，倒背着手，昂着头，对田锡说道："田司马，本相有没有资格收你的谢表？"

田锡道："李相公是宰相，自然有资格。只是不知李相把下官的谢表收去做什么？"

李昌龄怒道："你不是要上表官家吗？本相帮你拿去呈报啊！"

田锡等的就是李昌龄这句话："怪了，刚才王宣政说官家龙体欠安，概不见人，而且寇相、吕相等人都见不到官家，为何李相却能见到官家？"

周围的人也都议论纷纷，跟着田锡质问李昌龄。李昌龄公然不惧，抖抖肩摊摊手说道："官家确实概不见人，但是官家要见本相，本相有什么办法呢？"

众人都知道李昌龄在耍无赖，但是又拿他没办法。

就在这时，赵昌言带着越王赵元份来到宫门外。赵昌言让赵元份也跪在地上，跟着田锡喊。可是赵元份只是跪着，并不开腔。赵昌言没法，只得帮他喊道："越王殿下请求觐见陛下！"

李昌龄斥责道："赵枢相，你怎能鼓动越王殿下到这里来凑热闹？官家需要静养，越王殿下到这里来吵闹，这能是孝道的表现吗？越王殿下，你自己说说，你这样做对不对？你应不应该受别人的蛊惑，到这里来闹事？"

赵元份本来就胆小怕事，被李昌龄指责，果然就怕了，爬起来就往外跑，赵昌言大声喊他，他也不停下来。不过他还没跑几步，就被赵元杰给抓住了。赵元杰把他重新扯过来，大声呵斥道："四皇兄，你跑什么？我们是父皇的儿子，父皇生病了，难道我们做儿子的都不能见一见父皇吗？"

王继恩过来阻拦。毕竟他曾经和赵元杰在成都一起出入楼馆酒肆，亲密无间，所以他觉得自己能拦住赵元杰。没想到赵元杰不见王继恩还好，一见到王继恩，简直气不打一处来。若不是和王继恩在成都混了那么长时间，他还不会被父皇责罚呢！更可气的是，当赵元杰被责罚以后，王继恩等人就抛弃了他，让他现在成了个孤家寡人，朝中大臣没有一个依附他，赵昌言集团哪怕拥立懦弱胆小的赵元份，都不搭理他。光脚的不怕穿鞋的，他还顾及什么！所以他把王继恩猛推一把,大声呵斥他道:"这是我们赵家的家事,你一个阉人,也敢来指手画脚,滚开!"

推开王继恩后,赵元杰大步走过去,使劲敲打宫门。赵昌言也赶紧把赵元份推到宫门前。赵元份慌张地看了赵昌言一眼,也只得跟着拍门。围在一旁的大臣虽然没有敲门,不过却兴奋地大声吆喝着,就像在给两个皇子擂鼓助威一样。

田锡目瞪口呆地看着这一切,他知道,这场好戏都是寇准安排的。寇准充分利用赵昌言想扶赵元份当储君,以及赵元杰也想当储君的心理,把他们怂恿到宫门外敲门。就算李昌龄和王继恩想封锁消息,但他们却没办法阻止皇子们去见自己的父亲。所以,只要赵元杰和赵元份敲门,肯定是能敲开的。

同时,田锡还看出,寇准这下的是一步稳赢不输的棋。敲开宫门后,如果太宗还活着,他必然会迁怒砸门的两位皇子,两位皇子也因此肯定不可能再获得储位了。如果太宗已经宾天,这两位皇子砸开门后,必然揭露王继恩和"三李"的阴谋,必然和这个集团发生争斗。最终的结果就是"鹬蚌相争,渔翁得利"。总之,寇准怎么做都是赢。田锡几乎可以想到,此刻寇准正躺在家里的摇椅上,惬意地喝着酒呢。

寇准的做法,让田锡的心情极为复杂。寇准不像一个儒士,更像一个纵横家。他充分利用赵昌言和赵元杰对储位极度渴望又急躁莽撞的特点,把他们调动起来唱这一台好戏。这台好戏的目的就是牺牲两位皇子,从而让襄王得利。田锡显然不认可寇准这样做,但是田锡又不得不承认,寇准的做法确实是行之有效的。他就这么轻松地解决了在田锡和吕端看来极为棘手的问题。

宫门在两位皇子的猛敲之下,终于打开了。一个内侍走出来,让两位皇子以及在场的大臣们都进去。显然,太宗是不是还活着,答案即将揭晓。

所有的人都很兴奋,纷纷跨进宫门。不过,田锡却并没有进去。他把谢表塞在李昌龄的手里,反身往外走去。搞得李昌龄莫名其妙,问道:"田司马,你这是要到哪里去呀?不亲自向官家递谢表了吗?"

田锡甩着长袖,头也不回地往外走去:"烦请李相递一下吧。官家让田某即刻出发去西北,田某可不能耽搁啊……"

28

田锡回家后,简单收拾一下,带着个仆人就出发了。

出城门不久,刚来到长亭,竟然发现寇准坐在亭子里,望着田锡,笑意盈盈。

田锡以为寇准要给自己饯行,不禁笑着打趣道:"寇相,你若是要给田某饯行,就该备点酒菜。再不济,也该摘一把柳枝。你号称'寇青天',不是'寇清风',你这么'两袖清风'的样子,能叫饯行么?"

寇准摆摆手:"表圣,寇某可不是在给你饯行,寇某是等着别人来给寇某饯行呢。你来得正好,咱们一起等。"

田锡不解:"等谁来饯行?"

"易直啊!前些天,寇某本来要走,他却把寇某拉到籍田那里。名义上是给咱们饯行,实际上就是还想劳役咱们。现在事办完了,寇某出发了,你表圣也出发了,他却躲起来不来饯行了。哼,寇某就在这里等着,看看他能不能良心发现!"

田锡跟着笑一阵,却又问道:"你觉得事情真的做完了吗?官家不是还没有宣布太子人选吗?不错,在你寇相的'摆布'下,四殿下和五殿下确实没有希望了。但不是还有大殿下吗?大殿下想要做泰伯而装疯,可这样不是正好让王继恩和'三李'占了便宜吗?送佛送到西,寇相你的任务还没完成呢,你不是该继续'摆布'吗?"

"看你说的,怎么叫摆布呢?"寇准哼一声,"这个任务就交给易直了。官家曾赞扬易直'大事不糊涂',立储这样的大事,易直不可能做差。再说了,咱们都外任了,只有他老人家留在京城享清福。他既然享福,就该承担相应的责任!"

见田锡沉思不语,寇准拍拍他的肩膀道:"表圣,寇某知道你在担心什么,放心吧,官家虽然病重不治,但他是清醒的人,比太祖清醒多了。他知道在这个时候,最重要的就是落实储君人选。看吧,官家很快就会对外宣布储君人选的。说不定这个消息,会在易直给咱们饯行的时候带来呢。"

"你确定他会来?"

"他当然必须来！他之所以迟迟不来，就是在等消息呢。等到消息以后，他就会赶来给咱们饯行了！"寇准抬头往京城方向望了一眼，哈哈大笑道，"看看，寇某说得没错吧？他不是就已经来了吗？"

田锡忙回望，果然发现路上飘来一顶小轿，吕端从轿上下来，一手拎着一壶酒，一手托着一包下酒菜，就像那天他去东郊籍田时一样。

三人一阵喧笑，在长亭里坐定，铺开下酒菜，倒上酒，都干了一盏。放下台笺，寇准埋怨道："易直啊，老夫在这里可是坐老半天了，你怎么才来呀，等你这顿酒，可真不容易啊！"

吕端叹口气道："唉，你们两人都走了，把吕某一个人留在朝中，吕某肩上的担子重，得小心谨慎啊！好在官家斥责吴王和越王后，随即便宣布立襄王为太子，并给襄王改名为赵恒，同时让吕某赶紧派人去陈州把太子接回来。虽说一切看似已经尘埃落定了，但是太子没回来，官家又病重。若是官家提前走了，太子没在京城，恐怕又会出什么乱子啊。吕某得把所有的事情都安排妥当后，才能赶来给两位饯行，所以，还请两位海涵啊！"

田锡赶紧说道："既然如此，吕相快回去吧。咱们酒也已经喝过了，彼此珍重吧！"

寇准却不以为意，自己倒了一盏，一饮而尽，嘿嘿笑道："别急啊吕相。寇某在这里等你，也不完全是为了讨你一盏酒喝，寇某可是有礼物相赠，不会让你白来的！"

吕端笑道："你平仲是出了名的老抠，你能送吕某什么礼物？"

寇准往远处努努嘴："什么礼物？哈哈，国之重礼！你看，那礼物不是来了吗？"

两人也跟着往远处看，发现又一顶小轿翩然而来。那只是一顶普通的小轿，由两个粗莽的轿夫抬着，也没什么人跟着，不知来人是谁。直到小轿来到长亭前放下，轿夫掀开轿帘，众人才发现，轿里赫然走出襄王赵元侃和刘娥。

吕端和田锡吃了一惊，赶紧行礼问好。寇准笑道："吕相，寇某送的这一份重礼，还丰厚吧？"

田锡一下就明白过来，显然是寇准已经提前通知刘娥，让刘娥前往陈州把赵元侃接回来的。寇准很聪明，知道刘娥对赵元侃当太子一事非常上心，只要给她一提，她一定会立刻快马加鞭赶去陈州的。同时，也只有刘娥能确定把赵元侃接回来。在这件事上，寇准又下了一盘棋，而且又是一盘稳赢不输的棋！

田锡不得不佩服寇准心思缜密，足智多谋。不过，他可不想表扬寇准，他明白，寇准这人，一表扬他就会得意忘形，何况田锡并不完全认同寇准的做法，于是笑道："寇相，殿下现在是太子了，他是国本，而不是国礼，你未免有些用词不当吧。"

寇准道："表圣，别想用你儒道的那套来批评寇某。寇某让刘娘子去接殿下的时候，殿下还不是太子呢。因此说殿下是'国礼'，并没有什么冒昧。"

随后他又对吕端说道："吕相，现在寇某把太子交给你了，你要是没把太子照顾好，受罚的可就不是寇某了！"

说着，寇准拱一拱手，便大步迈出长亭，翻身上马，长啸而去。

刘娥望着寇准远去的方向，大声朗诵寇准的诗《咏华山》道："'只有天在上，更无山与齐。举头红日近，回首白云低。'寇相，你放心，你很快就会回来的！"

寇准并没有搭理刘娥，只是大声啸叫着，很快，众人的眼中就只剩下一片烟尘。

却在这时，众人只听得砰的一声，一支箭射在了亭子的柱子上，箭上还插着一张纸条，纸上有一行字。众人凑上前一看，纸上写着："赵恒，你以为你这太子当稳了吗？别做梦了！你不但当不长，明年今日，还是你的祭日！"

田锡大惊，赶紧给吕端挥手道："吕相，赶紧带着殿下回去吧，这里太危险了！"

话音刚落，又一支箭射过来，贴着赵恒飞了出去，吓得刘娥尖叫一声。同时，另外又有几支箭射过来。尽管刘娥连声尖叫，但她却趴在赵恒身上，护着赵恒，紧紧闭上眼睛。

这时，一个白衣人极快地飞扑过来，一阵乒乒的响声，射过来的箭纷纷掉落地上。随即又听到几声惨叫，几棵树后，扑通扑通接连倒下了三个人。

一阵眼花缭乱之后，众人这才搞清楚，树后那三个刺客都是被白衣人抓住箭，反甩过去射死的。而那白衣人不是别人，竟然是康继英！

田锡惊喜叫道："继英，真是你吗？你怎么会在这里？"

康继英道："学生是一路悄悄护送着殿下到这里的。"

田锡忙说道："继英啊，你赶紧继续护送着殿下走吧，这里太危险！快走快走！"

刘娥也喊道："康将军，你快随护左右！只要进了京，殿下必定给你加官进爵，保你一生荣华富贵！"

康继英笑着摇摇头道："对不起刘娘子，在下对荣华富贵不敢奢求，不能跟着你们一起走。不过你们放心，在下终此一生，都会用自己的方式护佑大宋周全的！"

说着，跪下来给田锡磕了三个响头，然后站起来，甩开大步往远处走去，一个纵闪就消失在了远处的草莽之中。

田锡望着康继英离去的背影，泪水模糊了他的双眼。

29

吕端护送着赵恒进京后，正准备入宫觐见太宗，忽然就听到了太宗驾崩的消息。吕端慌忙往宫里跑去，还在半道上，就听说王继恩、李昌龄和李皇后准备把赵元佐扶起来当皇帝。正当他们紧锣密鼓做这件事的时候，赵元佐忽然不见了，此刻李昌龄正带着人四处寻找赵元佐呢。

吕端还得知，王继恩和"三李"对外放话说，尽管太宗把赵恒立为太子，但由于赵恒迟迟没有回来，因此太宗临终又口头宣旨，让赵元佐继承皇位。由于太宗病床前只有李昌龄、李皇后、王继恩等人，他们一致对外说，这就是太宗临终的遗言。他们这么说，谁也不敢说他们说的不对。

吕端知道，紧要关头来了。太宗当年之所以在赵元僖死后，依然没有追究他护卫失责，反而把他提拔进中书，就是知道他大事不糊涂，能够在关键时刻起关键作用。吕端可以肯定这一次王继恩和"三李"是假传圣旨，如何揭穿他们的阴谋，这是太宗很早就交给他的任务，也是他必须承担起的责任。

同时，对于吕端来说，这也是他实现救赎的机会。他曾经看护过两任储君人选，秦王赵廷美和许王赵元僖，结果都没有看护好。赵恒，这是他看护的第三任，如果这一次他还看护不好，他简直没脸再活在这个世上了！

吕端真想在这一刻能有一盏酒喝，喝了酒，他会更清醒一些！

可惜时间已经来不及了，他没办法从容地找到酒喝。赵元佐虽然躲起来了，但很显然，李昌龄要找到他是很容易的事。一旦赵元佐被找到，又被扶上龙椅，或许一切都尘埃落定了……

正在这时候，吕端看见王继恩从宫门里出来。吕端赶紧上前笑着说道："王宣政，听说大行皇帝临终时说让大殿下继位对吧？"

王继恩眉头一挑："难道你还怀疑不成？"

吕端道："吕某并没有怀疑啊，吕某也觉得，大殿下是最合适的人选，他是嫡长子嘛！自古'有嫡立嫡，无嫡立长'，大殿下既是嫡子又是长子，还有谁比他更合适呢！"

王继恩心情放松了，皱眉说道："大行皇帝圣明，可惜大殿下一时不知去哪儿了，真是急死人了！"

吕端笑道："宣政别急，大殿下这个人啊，就是有点顽皮，喜欢捉迷藏，他躲起来了呢！"

"他躲在哪里去了？"

吕端把嘴凑到王继恩耳边，小声说道："他要是躲到别处去了，吕某还真不知道，谁知他竟然跑到吕某府上，想躲在吕某家里呢。"

王继恩疑惑道："他怎么会躲到你家里去？"

"嘿嘿，这就是大殿下聪明的地方啊。他知道吕某不会扶他当皇帝，同时吕某也不会出卖他，因此才找吕某的家躲避呢。"

"你怎么就出卖大殿下了呢？"王继恩不怀好意地问道。

"这也不是吕某出卖大殿下呀，"吕端辩解道，"大行皇帝既然让大殿下继位，吕某就得执行大行皇帝的旨意啊……"

吕端一番说辞，王继恩再不怀疑，跟着吕端去了他家，走进吕端的书房。

却是王继恩一进书房，吕端就迅速把房门锁了起来，并让人好生看守，不得让王继恩离开。尽管王继恩在房里大骂不已，但吕端毫不在乎，出了房门，快马加鞭往赵昌言府上跑去。

赵昌言听说吕端到来时，吓了一跳，屋里也一下安静下来。

原来，赵昌言和董俨、陈象舆等人正聚在赵府书房里，紧锣密鼓地商讨着。当太宗宣布赵恒为太子以后，他们本来已经很失望，但是没想到太宗驾崩后，"三李"和王继恩竟然准备把赵元佐扶上台，这让他们又有点蠢蠢欲动了。"三李"和王继恩有赵元佐，他们还有赵元份呢。"三李"和王继恩可以利用整天围在太宗身边的机会假传圣旨，他们也并不是没有机会，赵昌言还掌管着枢密院呢。只要把禁军调动起来包围皇城,对付"三李"和王继恩还不是一件简单的事——军队才是王牌,手中有军队,一切阴谋诡计都显得软弱无力!

但做这件事是需要胆量的,成功了全家鸡犬升天,失败了所有人下十八层地狱!正因为事关重大,所以内部的人意见并不统一。再加上赵元份又软弱无能,不愿意上前,甚至不愿意当皇帝,因此他们并没有做出最终决定,此刻,就还在赵昌言书房中激烈争论着。

门卫传报吕端来了,众人都面露惊恐之色,以为事情败露,被吕端发现了。陈象舆本来就反对起事,此刻更是吓得就想离开。而董俨和其他一些人,也想跟随陈象舆离去。赵昌言很不高兴,这可真是大难临头各自飞啊!他拔出宝剑,一剑劈在桌上,恶狠狠地说道:"本相先把话说在这里,本相没有拿出最后决定之前,谁要是敢离开这个屋,本相的这把剑,绝不会饶了他!"

赵昌言冷笑一声,转身出去见吕端。众人的脸白得像纸一样,呆立原地,一动不动,连大气也不敢出。

不一会儿后,赵昌言便走了进来,对众人说道:"本相已经决定了,立刻行动!"

众人的心中再一次猛跳起来,谁也不敢说话,只有董俨惴惴地问道:"赵枢相,真的决定要干了吗?"

"决定了!"

"那……吕端来干什么?"

赵昌言坐下来,端起一盏酒一口干了,把众人环视了一遍,这才笑着说道:"看你们这副熊样!本相要依靠你们,别说举大事,恐怕连明天的酒也喝不上了!"

陈象舆哭着说:"赵枢相,你知道我们没出息,反正也成不了事,那就不做了吧……"

赵昌言把酒盏往桌上一蹾,喝道:"你们都在这里乖乖等着,谁也不准离开,等本相举事成功后,再回来找你们!"

说着,赵昌言便背着手,大笑着出去了。他那把砍在桌上的剑,发出摄人心魄的闪闪寒光。

其实,赵昌言进屋说的这番话,是故意吓唬屋里几个人的。他吓那几个人的原因，是因为他这些"酒肉朋友"都不是能成大事的，让他空有一番壮志，却孤掌难鸣。

他确实要调兵把守皇城城门，但是并不是为了赵元份夺位，而是与吕端合作，粉碎"三李"及王继恩的阴谋。原本他是想起事的，但是赵元份不给力，队友也不给力，这使得赵昌言颇为失望。没想到这时候，吕端竟然捐弃前嫌，主动和他合作对付"三李"和王继恩。这样一来，他就是赵恒继任新皇帝过程中的功勋之臣。而且这样做，还能洗去他夺位的嫌疑，这让他如何不高兴呢！所以进屋后，他才那么有恃无恐地吓唬那几个"猪队友"。看见他们被吓得六神无主的样子，他的心里说不出地快乐。

赵昌言派兵守住皇城城门，断绝了皇宫内外的联系，李昌龄没有找到赵元佐，他也不能进宫。这样一来，宫里就只剩下李皇后一人。于是，吕端带着赵恒，很从容地来到李皇后的宫殿外。他先让赵恒在门外等着，独自进殿觐见李皇后。

李皇后看见吕端进来，吃了一惊，一时有些慌乱，正要问话，吕端抢先开门见山说道："娘娘，王继恩已经被老臣关起来了；皇城的城门，赵枢相也已派重兵把守着；李昌龄还没找到大殿下，但他已经不可能再进宫了。"

李皇后颤声问道："吕端，你为什么要这样做？大行皇帝尸骨未寒，难道你想造反吗？"

吕端道："老臣并非造反，老臣只是想问问娘娘，大行皇帝宾天前，究竟是让谁接掌天下？"

李皇后眼神躲闪："自然是让元佐接掌天下呀。"

"可有圣旨？"

显然并没有这样的圣旨。李皇后道："大行皇帝并未留下圣旨，但他说的话，本宫是听得一清二楚的，王宣政和李相也在场，他们也听见了。"

吕端严肃地说道："大行皇帝并未留下圣旨，又只是你们三人听见，如何让天下人相信？再说了，大行皇帝已经立下太子，太子继位，自古天经地义。大行皇帝并没有废太子，怎么可能传位给大殿下？"

李皇后辩解道："太子不是在陈州，没有回来吗？"

"太子现在已经在京城了！"

李皇后无话可说，她埋着头，不作声。显然她并不想妥协。

吕端也不急，耐心地说道："娘娘，大殿下和三殿下都是您养大的，手心手背都是肉。大殿下有疯症，虽然现在好了，但是将来会不会发？能不能执掌天下？谁都无法预料。尽管有娘娘坐镇，但是娘娘只在后宫，前朝的事情那就是李昌龄一手遮天。到那时候，李昌龄未必会听娘娘的。若是有人再给他披一件黄袍，大宋江山可就麻烦了。而且就算在后宫，王继恩认为他拥立有功，那时候娘娘也未必能在后宫做主。三殿下是大行皇帝立的太子，正直明慧，对娘娘颇有孝道，把娘娘当自己亲生母亲一样。若是三殿下继掌江山，不管是前朝还是后宫，都可安之若素啊！"

李皇后已经明白了这个道理，有点心动，但她还是有些担心赵恒将来会打击她。吕端洞察了她的心理，忙说道："娘娘放心，三殿下若是做了皇帝，对娘娘一定会一如既往地孝顺！如今三殿下就在宫门外跪候娘娘的召唤，咱们让他进来吧。"

说着，吕端即刻出门把赵恒叫了进来。

赵恒一进门，立刻跪在李皇后面前，磕头哭道："母后，儿臣去了陈州多时，没能在母后面前尽孝。儿臣现在回来，母后放心，儿臣一定好好尽孝，再不让母后受半点欺负和委屈了！"

李皇后见赵恒如此，心中万般母爱潮水般涌起。她满脸泪水，起身把赵恒扶起来道："皇儿啊，你回来就好了。你父皇宾天，把江山交给了你，照顾母后事小，此后你得勤勉努力，把国家治理好，让我大宋千秋万代传下去啊！"

吕端心里一块石头落了地，他也忍不住流下了滚滚热泪。

30

田锡在前往西北的途中，听到了太宗驾崩和赵恒登基的消息，一时心情非常复杂。他一方面对太宗的驾崩感到伤感，另一方面又对赵恒登基充满期待。

田锡是太宗践位以来举行的第二次科考的榜眼，那一年，田锡已经三十八岁了，年近不惑。但如果没有太宗重视文教科考之举，他一个生活在洪雅偏远之地，祖上也没有任何人入仕做官的庶民，哪怕再过三十八年，他都不可能走上仕途。从这一点来说，太宗是一个相当了不起的君王，也是田锡一生的恩人。

太宗在位期间，田锡多次上奏，直陈太宗的过失或者朝廷的疏漏。尽管太宗也很生气，多次把他贬谪出朝，但是总体上是很包容他的，而且还赞他为"天下正人"，对他的直言敢谏很欣赏。他和太宗的关系，尽管无法与魏徵和唐太宗相比，却也被传为一时美谈。

但是，田锡又有一种在太宗手下做官一事无成的感觉。

他提倡的国家休养生息政策从来没有落到实处过。哪怕是举行一个小小的籍田礼，多次动议，却都没能付诸行动。他想辑录一套《御览》和《御屏风》，却因为忙碌纷乱，一直没有完成。以至于只能进了监狱，才多少有些空余的时间和空闲的心情做这事。田锡一生反战，崇尚和平，可是现在却被安排去西北励军，鼓动边关将士，发动一场旨在消灭党项人李继迁的战争，这显然是一件十分荒唐的事情！雅儿千里迢迢进京找他，让他帮助申冤。最终他没能办到，还导致了雅儿的出走。康继英跟随他多年，他没能让康继英上战场建功立业，最终只能躲在民间，做一个"隐身人"。甚至于对自己的两个儿子，田锡也因为缺乏照顾，使得他们年近不惑还未能入仕……修身齐家治国平天下，一生崇尚"古道儒术"的田锡，把哪一件做成功了呢？

倏忽之间，田锡已经接近花甲之年了！

新皇帝赵恒上位了。赵恒和他父亲太宗的作风肯定是不一样的，赵恒比较安静，比较务实，没有太宗那样好大喜功。而且赵恒为了把田锡从狱中救出来，不惜被贬谪到陈州，体现了他的身上有着很纯粹、正义的一面。这样一个年轻人当皇帝，田锡一生的理想，能够通过他实现吗？

田锡一边匆匆地赶路，一边向赵恒上了一道奏章。他并没有长篇大论地讲道理，他只说了一件事，籍田的工作已经准备就绪，希望新皇帝上台后，做的第一件事，就是带着文武百官去东郊举行籍田礼！

田锡把奏章交给信使后，甩一甩衣袖，翻身上马。

茫茫戈壁，无边无际。

北风并不大，甚至只能从草叶的轻轻颤抖中，感受到北风的存在。但是骑在马上的田锡，却领受到了北风那可怕的强大威力。它无声地从地面刮起来，直往衣服里钻，冰针一样扎进去，给田锡带来尖锐的疼痛。

但是这种疼痛只是最初的感觉，过一会儿后，田锡就发现，身上开始往外散发着热腾腾的蒸气。这种蒸气正把冰针一点一点消融，就如同太阳出来后，把地面的霜雪消融一样。

　　田锡忽然之间就明白了一个道理：当天寒地冻，天上没有太阳的时候，自己必须成为那个太阳，哪怕只能温暖自己！

后　记

《大宋籍田歌》是一部半虚构半写实的长篇历史小说。

历史小说是一种很奇特的文体，它永远在写实和虚构中摇摆不定。究竟应该有多少写实、有多少虚构，或者说怎样写实、怎样虚构，各家说法不一。有人认为应该"七分写实，三分虚构"，有人认为应该"大事不虚，小事不拘"，还有人认为应该"精神须实，情节可虚"，等等。同时，关于写实和真实，也有着不同的观点，比如写实并不等同于真实，比如正史记载未必写实，等等。如此众多的说法，反映着历史小说在写实与虚构之间尖锐对立的矛盾和必须达到的统一。

《大宋籍田歌》虽然写的是宋朝太宗年间的历史风云，但毫无疑问，田锡是本书的第一主角。田锡这个人，时人给予了他极高的评价，如范仲淹颂他为"天下正人"，苏东坡赞他是"古之遗直"。"正"是对民，"直"是对君。"正"与"直"的评价，是对一个大臣的最高赞誉，也是对一个君子的最高赞誉。

遗憾的是，这样一个获得极高赞誉的大臣，留在史料上的事迹却不多，而且语焉不详，后人研究他颇为费力。之所以出现这种情况，主要还是因为田锡一生官位最高也就是右谏议大夫，从四品官员。而且在当京官的时候，主要在史馆、集贤院等一些清闲部门任职；在州府供职时，又被评价为"治郡无称"。因此史官不可能对他大书特书。

但问题在于，关于田锡的史料不多，为何田锡能获得范仲淹、苏轼这种级别的大儒的极高赞誉呢？原因很简单，因为田锡身上有一种"位卑未敢忘忧国"的精神。除此以外，在他的仕宦生涯中，还取得了多种具有开创性的成就。

田锡最值得称道的，无疑是他的直言敢谏。

宋代是一个钜公辈出的时代，之所以出现那么多杰出的文人士大夫，与宋代帝王的宽仁厚道不无关系。但是，从某种意义上说，帝王的宽仁厚道，也是文人士大夫们直言敢谏"逼"出来的。如果大臣们不敢说真话，害怕犯虎威，没有大勇气，帝王的底线是拉不下来的。

宋代第一个直言敢谏的大臣，正是田锡。也许正是因为他的直言敢谏，他的官位才难以升迁，同时皇帝始终把他放在比较清闲的部门供职吧。但是他的直举，却给后世带了一个极好的头。以至于同为眉山老乡的苏辙敢于在科考试卷中直接批评当今皇帝；以至于包拯批评皇帝时，敢把头凑到皇帝面前，唾沫星子喷皇帝一脸；以至于文彦博敢说"皇帝与士大夫共治天下"……可以说，正是文人士大夫们前赴后继地上奏直谏，才创造了被后代赞颂的宋代开明政治。

田锡有开创性的成就，还体现在文学方面。

自唐代韩愈、柳宗元倡导古文运动以来，经历了五代和宋初的动乱后，韩、柳的文脉被截断，遍布朝野的是一种浓艳华丽、绮罗香泽的文风。田锡则一改此风，他的《咸平集》里收录了他的一些关于文学革新的诗论、文论及诗文作品。在诗歌写作上，他主"性情"，主"意"，强调自然和生气，主张熔豪健与雅丽于一炉。在散文写作上，他主张发扬韩、柳"求通变"的文学精神。虽说田锡算不上文学大家，但是他的过渡性和开创性，对于宋代文学来说是非常重要的。尤其对他的老乡、后来被列入"唐宋八大家"的"三苏"的影响是显而易见的。

不过，我认为田锡最重要的成就，还不在于他的直言敢谏和文学革新，而是他对宋初核心价值观的构建。

宋太宗登基以后，一方面慑于北方契丹和西北党项的压力，另一方面由于得位不正，他急需主动出击，通过击败外族建立战功来提高自己的威望，巩固自己的皇位。所以他一登基，便两次兴兵向契丹主动发起进攻。可惜的是，志大才疏的太宗两次都失败了。而这两次失败，也过早地暴露了大宋并不强大的军事力量，不仅激起了契丹的报复，同时也导致了以李继迁为代表的党项贵族对大宋的轻视。从此，宋朝的边患绵延不绝，朝廷用兵不断，税赋太过沉重，老百姓困苦不堪。这也造成宋初国内的民乱风起云涌，尤其是蜀地王小波、李顺起义，给朝廷造成了极大的震动。

面对众多尖锐复杂的社会矛盾，出生在蜀地的田锡内心是非常焦虑的。新兴的王朝应该实行怎样的政治策略，应该建立怎样的核心价值观，一直是田锡极力思考的问题。而田锡对这些复杂问题思考后的结论，就体现在他持续不断的上奏之中，也体现在他在州郡的为政举措之中。田锡主张"以儒术为己任，以古道为事业"，在《试进士策》中，他更是明确地提出，王朝应该"富国备边，实资农战，化民导俗，本贵儒玄。尚玄以清净为宗，尊儒以礼乐为本"。具体来说，田锡认为，王朝在实现统一以后，就不能好大喜功、频繁用兵，而是应该休养生息，以清净为宗，以礼乐为本。只有国力强盛了，百姓安宁了，才有用兵的资本。另外，宋朝的地缘政治与汉唐时代已经有很大的不同，当时的宋辽两国分庭抗礼，任何一方都无法灭掉另一方，持续不断的战争只能给百姓带来巨大的灾难。所以在外交上"主和"或者说采用"德化天下"，显然是一种明智的选择，这也是包括吕端、吕蒙正在内的一大批精英文人士大夫的共同观点。这种观点符合儒家"执中"传统的主流价值观，而田锡正是这种主流价值观最坚决、最彻底的支持者。从这个角度来考虑，我们可以看出，《宋史》评价田锡"治郡无称"，或许是对田锡的一种误解。田锡的所谓"不作为"，正是他坚持清净无为、休养生息、不过分折腾老百姓的体现。

作为一个品级较低的官员，却能够对国家的大政方针进行深入、通盘的思考，而这种思考还走在一众大臣及大儒的前面，这对宋王朝核心价值观的形成所起的作用是不小的，在那个时代存在的意义是非凡的。连真宗皇帝都为他这种"敢为天下先"的精神所感动，赞叹道："田锡，直臣也。朝廷少有阙失，方在思虑，锡之章奏已至矣。若此谏官，亦不可得。"

田锡对于北宋来说如此重要，可惜他留下来的史料却很少，所以我在写这部关于田锡的小说的时候，把他一生的事迹都集中到了从端拱到至道的十年间，并且把他放在宋王朝初期大事件背景之下，以蜀地名茶"瓦屋春雪"为点，以促成皇帝施行"籍田礼"为线，以大臣的朋党之争、皇子的储位争夺、蜀地平乱治理三个板块为面，从而集中刻画出田锡的精神风貌和历史贡献。在创作过程中，为了更加深刻地展现人物性格的冲突与命运的波折，我对纷繁复杂的宋初历史进行了艺术化的处理，将真实的历史线索与虚构的情节巧妙地交织在一起，从而达到艺术与历史相得益彰的效果。

田锡是洪雅的一张历史文化名片，田锡的精神面貌与我们当下这个追求和平与蓬勃发展的时代是非常契合的。对田锡资料的挖掘整理，对田锡"正人"

和"执中"思想的宣传，在当下有着重要意义。感谢洪雅县委、县政府以及县委宣传部对本书提供的帮助和支持，感谢成都文学院把本书列为2024年重点扶持项目，感谢洪雅籍著名画家邓枫先生提供的封面田锡画像，也感谢四川文艺出版社对本书的精心制作和大力发行。希望这本书的出版，能对弘扬以田锡文化为代表的中华优秀传统文化起到应有的积极作用。